山川湖海，日月星辰
做证
越良译对这梦
此心不移

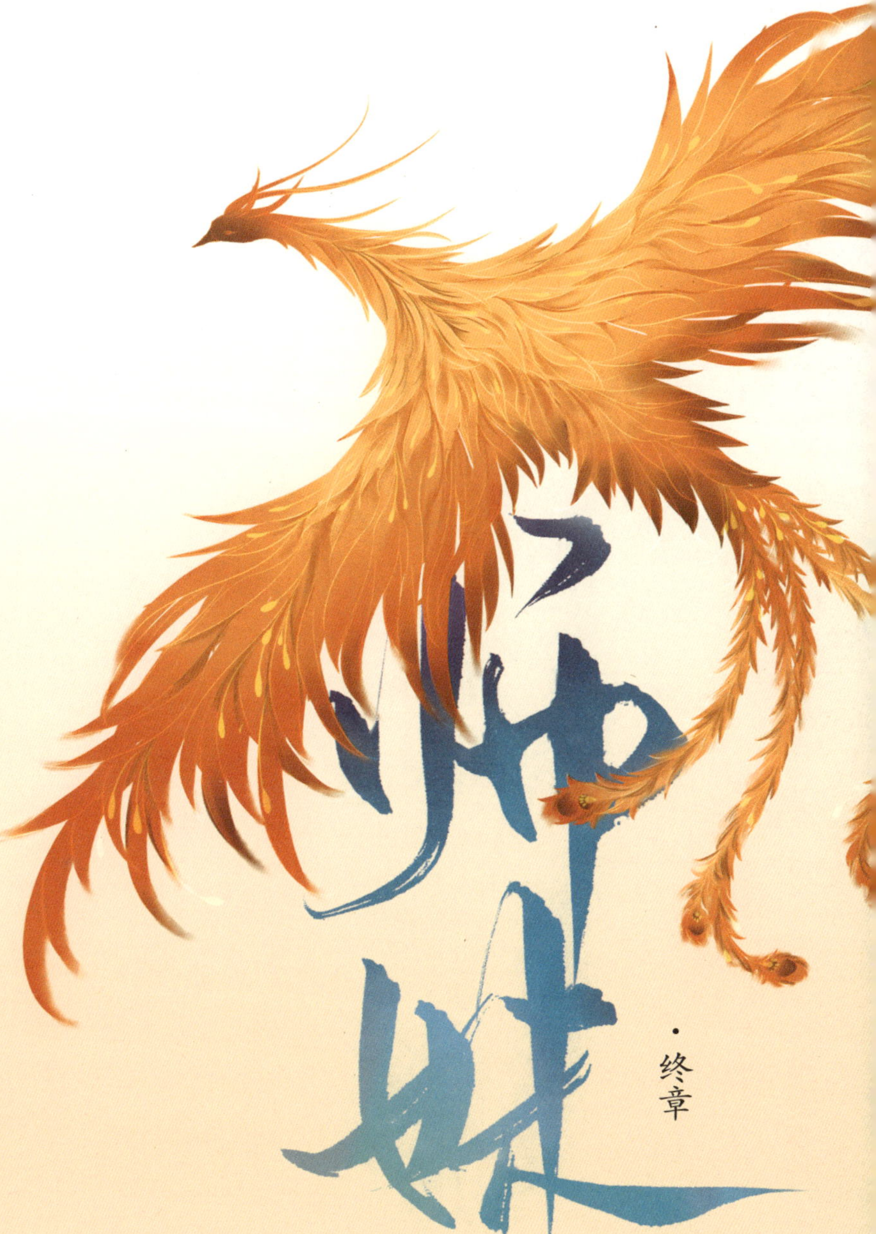

师妹·终章

归山玉 著

师妹

他们的故事开始于结束之后，
凤凰涅槃、浴火重生。

海峡出版发行集团 | 海峡文艺出版社

图书在版编目（CIP）数据

师妹·终章 / 归山玉著 . — 福州：海峡文艺出版社，2023.6（2023.8 重印）
ISBN 978-7-5550-3318-9

Ⅰ. ①师… Ⅱ. ①归… Ⅲ. ①长篇小说—中国—当代 Ⅳ. ① I247.5

中国国家版本馆 CIP 数据核字 (2023) 第 049959 号

师妹·终章

归山玉　著

出 版 人	林　滨
出版统筹	李亚丽
责任编辑	陈　瑾
编辑助理	王清云
特约监制	杨　琴
特约策划	孙一民
出版发行	海峡文艺出版社
经　　销	福建新华发行（集团）有限责任公司
社　　址	福州市东水路 76 号 14 层
发 行 部	0591—87536797
印　　刷	三河市兴博印务有限公司
厂　　址	河北省廊坊市三河市杨庄镇大窝头村西
开　　本	710 毫米 ×970 毫米　1/16
字　　数	392 千字
印　　张	17　　　　　　　　　插页　4
版　　次	2023 年 6 月第 1 版
印　　次	2023 年 8 月第 2 次印刷
书　　号	ISBN 978-7-5550-3318-9
定　　价	49.80 元

如发现印装质量问题，请寄承印厂调换

目录

第四十五章 · 忆往昔	……	181
第四十六章 · 白骨魔	……	193
第四十七章 · 夏夜萤	……	201
第四十八章 · 师徒	……	210
第四十九章 · 同归去	……	219
第五十章 · 旧时信	……	223
第五十一章 · 棠花枝	……	227
第五十二章 · 旧友	……	231
第五十三章 · 护人间	……	238
第五十四章 · 小铃萝上	……	245
第五十五章 · 小铃萝下	……	250
第五十六章 · 人间魔	……	254
番外 · 玉芝上	……	259
番外 · 玉芝下	……	265

目录

第三十章 · 入平遥 ……001

第三十一章 · 甘王府 ……008

第三十二章 · 前尘事 ……020

第三十三章 · 女仙君 ……032

第三十四章 · 入仙门 ……047

第三十五章 · 心上人 ……056

第三十六章 · 教教我 ……069

第三十七章 · 北庭月 ……077

第三十八章 · 月下鹰 ……092

第三十九章 · 画皮灵 ……109

第四十章 · 明心意 ……120

第四十一章 · 善与恶 ……128

第四十二章 · 燃业火 ……143

第四十三章 · 万魔出世 ……158

第四十四章 · 玉灵珠 ……170

铃萝，只要不在你身边，看不见你，我就会担心你过得好不好。

第三十章

入平遥

　　铃萝没联系上于休，就跟楚异先去了听花坊。常霏跟宋圆圆盯守这边的药铺、医馆，徐慎则在隔壁思修坊盯梢。

　　"来求医买药的人不少，但都没什么特别的，倒是那医女昨夜偷偷出去——"常霏说着顿了顿，咳嗽一声清了清嗓子，在楚异静等后续的目光注视下不太好意思地说，"夜会情郎。"

　　"我二师兄在哪边？"铃萝翻到屋顶上去环视了一圈。

　　"于休师兄呢，是在隔壁思修坊。"宋圆圆指了个方向，"徐慎那边，若是有消息，我们都是报给于休师兄的。"

　　"三宗各报各的，负责南边的是天昼宗，负责北边的是三极宗，我看这些日子入城的修者多是我们天极的人。"常霏盯着前边的医馆压低声音说道，"不过这田蓉师姐可是二掌门青樱最后的徒弟，真要就地格杀吗？二掌门闭关这么多年，他们两个人怕是很久没见过面了。"

　　"留一口气。"楚异说，"带回去给二掌门看看。"仙门弟子投靠魔族对其宗门来说是十分屈辱不堪的事，各家都在尽量避免，就算有消息，一开始也会压下内部解决。天极大掌门穆横天不想田蓉活着回去，也不想她能在这世上多活一日被其他仙门当作嘲讽天极的笑柄。

　　宋圆圆叹气道："二掌门真的不容易，在世的最后一个徒弟也这样胡来。"

　　东岛天极二掌门的亲传徒弟其实不少，相反还是三位掌门中最多的。她不太挑天赋，只要合她眼缘的人都能被收作徒弟，有时下山云游还会从外带徒弟回来。可后来她的徒弟都死了，被另一个关在娑婆界的亲传徒弟清舜杀死的。只有田蓉当时年纪小，清舜在动手前顿住，沉默地盯了这位跪在地上瑟瑟发抖的小师妹片刻，此时二掌门终于赶到，救下最后的徒弟。

　　"抓人就是，别的不用多想。"楚异说。

　　铃萝从房顶上下来："二师兄回我传信了。"她带楚异去了隔壁思修坊，顺手把坊名发给了子修师兄。

子修正跟圣剑宗的两个弟子游山玩水，看见玉听消息后哈哈笑道："铃萝才去了一日就想我了，唉，果然楚兄不行，铃萝更喜欢她的子修师兄，哈哈哈——"

走在前头的越良泽侧首往后淡淡地看了一眼。吃着烤串的白藏瞅了一眼他递来的玉听消息："思修坊？还真有可能，不过天极的玉听没了万象阵法，在离平遥城那么远的地方还能接收消息吗？"

"前年长老们将万象阵法改良后，玉听已经没了仅能在天极范围内使用的限制了。"子修骄傲地说道，"如今它完全能与你们圣剑宗的飞云听媲美，而且还能储存玉听之外的联系方式——对了，白兄，我们加个飞云听好友呗？"

"好啊。"白藏也没拒绝，笑眯着眼拿出自己的飞云听说道，"不过我还是第一次跟天极的玉听加好友。"

"谁还不是呢？！我也第一次跟圣剑宗的飞云听加好友啊！这里，这个，注入灵息发送，通过——完成！"子修跟白藏拿着玉听与飞云听碰撞发出清脆的声响以表庆祝，似乎发现了新天地，坐在路边摊的凳子上研究起来。

子修问："飞云听能发传音传画吗？"

白藏："能，你看看。"他发了以飞云听记录的传画过去。

"这个好！玉听在天极外虽然能接收传画，自己却只能发传信，等回天极了还是要催促长老们改进一下。"子修瞥见白藏的飞云听记录页面，惊道："不是吧白兄，你飞云听上的人这么少吗？"

"师哥们跟师弟，还有一个小徒弟。"白藏点了点人数，五个，挑眉说道，"不算少吧？"

"你看看我。"子修把玉听递过去给他看，"足足三百四十六人！"

白藏被这个数量对比惊到了，抬手轻摸了一下鼻子，摊手道："你们天极人多啊。"

"谁家仙门弟子不比圣剑宗多嘛！一个小仙门都是二十人打底呢！"子修滑着名单说，"但是我这里面可不全都是天极的人啊，还有其他仙门的，月宫、太初、雪河之类有传简之物的，还有部分散修好友。"

"明明你比我厉害多了，怎么朋友却这么少？"子修纳闷地看向白藏，"世人不该如此没眼光啊！"

白藏笑道："各家大仙门与圣剑宗的关系你也知道。"

子修左右看了看，竖着手背遮面，压低声音严肃地说道："那你可千万别让人知道我有你的飞云听好友，不然他们可就要棒打鸳鸯，强行删我的好友拆散我们了！"

白藏摸着下巴说道："子修兄，'棒打鸳鸯'用在这儿似乎有些不合适？"

"都一样！我如今是个只能玩点儿低等咒律的废人，有你的飞云听好友他们也不会太忌惮的。对了，阿泽师弟！我们也加个好友啊？"子修回头去看被两个人遗忘在人群中的越良泽。

越良泽抬眼看向白藏。白藏在捣鼓飞云听没看见，越良泽迟疑片刻，最终拿出自己的飞云听跟子修互加好友。

子修问:"你师哥的飞云听好友只有五个,你的呢?"

越良泽说:"五个。"

子修眼角轻抽地说道:"你们两个真是太无趣了,怎么说也是入世好些年的人,一个朋友也没有的吗?"

"有啊。"白藏说,"但问我要飞云听好友的,就只有子修兄你一人了,其他人都不敢或者不想。"

子修神色一愣:"那我还挺荣幸?"

白藏点头。

子修同情地看着两个人:"真是……那些规矩也是害人不浅,加个传简好友平时聊聊天,分享一下仙门趣事有什么好怕的?大家又不是密聊谋反的事。"

白藏笑眯着眼:"子修兄好觉悟。"

"来,来,来,我给你楚异的灵息,你也加他,等他看见你的申请一定吓死了!"子修跟白藏边走边说。

越良泽看着飞云听里的子修眨眨眼,沉思着慢慢跟上去。

平遥城。于休在馄饨铺前看见走来的两个人,起身说道:"给你们各叫了碗吃的东西。大师兄也来了?"

楚异在他的对面坐下,黑着脸说道:"问她。"

铃萝乖乖地坐下说:"大师兄是怕你被白玲珑跟田蓉师姐还有那魔一起欺负,特地来帮你的。"

于休听得微怔,朝楚异看去,目光柔和,话里带笑:"原来师兄这么担心我。"

铃萝点头。

楚异:"这下不是都得说是了……"

于休将这些天的情报汇总告知他们,表示还需要再蹲守一段时间看看。

铃萝没意见,把楚异放在这里再蹲守三五个月都没事。

楚异却很积极,想要早点儿完事早点儿回天极休息,吃饱就开始在各家药铺布阵法等着抓人。如此三五天后,他们却依旧不见有什么动静。今日几个人交班盯梢,吃晚饭时于休说:"她被师父的渡天所伤,疗养必须要尼龙花叶和巨玉丹,都是珍贵的药材和丹药。"

楚异沉思后说道:"若是她不需要出面在城中买药呢?"

于休说:"我也想过这点,所以联络了城中守将,拜托他们帮忙巡查,若发现疑点立马发信号告知。"

修者有修者的规矩,普通人也有普通人的规矩。皇家王公贵族都有自己的修者护卫,历朝国师院由三姓世家掌控,但求的是国泰民安,而非修士一途,因此与其他修者有所不同。两边的人虽互不插手事务,保持微妙的平衡,但历朝都有人铺路与各大仙门交好,这已是默许能做的事,只要不过线。对于天极这种千年传承的大仙门,宫内举办一些重大宫宴时偶尔会发去请帖,只是各仙门的人都懂规矩,每次都只回帖附赠礼物表示心意已领,不会派人到场。若是缉拿叛逆的修者或是魔，两方的人也会一起合作，保天下太平。铃萝低头吃着馄饨，没有灵脉的普通人也不能小瞧。这偌大的天地间数量最多的是普通人，不是修者。

"田蓉重伤，她救的白玲珑也受伤，这两个人都不是问题，有问题的是那只开死雾门把人救走的魔。"楚异单手支着下巴说道，"二十六魔为何牵扯其中，着实让人想不透。"

于休说："白玲珑杀修者，早前就有投靠魔族的意思，那二十六魔应该是为白玲珑而来，并非因为田蓉师姐。"

"再看几天吧，反正她肯定逃不出这平遥城。"楚异神色有些蔫，在这边盯梢也挺无聊的。

无论是修者还是城中巡逻的守卫，都在找田蓉与白玲珑，可十多天过去，依旧没有半点儿消息。铃萝在暗处盯梢，瞥见楚异一直在玩玉听，便屈指敲了敲墙壁："师兄，专注。"

"不是有你看着？"楚异头也没抬，专心回复玉听传信。

铃萝纳闷地问道："你跟谁聊得这么专注？"

楚异说："白兄。"

铃萝愣住："白藏？"

"你哪里加的他的飞云听好友？"铃萝不敢相信。

"他主动申请加我为好友的。"楚异朝她晃了晃玉听，悠悠地说道，"还不是你前些日子给子修发什么思修坊，说你才走一天就想他闹的。"

铃萝无语片刻，说道："什么想他，思修思修，我是要子修师兄少喝点儿酒好好修炼恢复体质。"

楚异挑眉，懒懒地笑着。

"白藏跟你有什么事好聊的？"铃萝问着，试图去看玉听界面，被楚异抬手往上递去。她踮脚去看，楚异又转身挡住。

"圣剑宗的飞云听能发传画，可聊的事多了去了。"楚异翻了翻前边的传画给她看。

铃萝踮脚去看，楚异抬手一滑，数十张传画"哗哗"闪过，都是在西海城里吃喝玩乐的传画，有他俩的，也有带上越良泽的。

铃萝看得眼角轻抽："这是子修师兄发你的吧？他的玉听发不了传画，这才借飞云听传你。"

楚异当然知道是这样。"之前是，现在不是。"他说，"前几日圣剑宗已经开始去找那偷镇仙玉的魔。"

"子修师兄呢？他跟白藏在西海城玩？"铃萝纳闷地问道，"不是找剑吗？"

楚异说："他俩玩，让越良泽去找。"

铃萝心说："这还真是你们几个师兄做得出来的事。"在她跟楚异聊天这会儿，天色彻底暗了下来。

铃萝对抓人这本事就散漫，没一会儿又丢下楚异溜达去了隔壁听花坊。

她问常霏跟宋圆圆："想吃什么夜宵？我去闹市那边看看。"

两个人积极报出零食名字，宋圆圆说："还想再吃上一口我小阿爹做的红糖凉糕！"

铃萝冷笑了一声："做梦吧。"她去长街闹市逛了逛，尽兴后给两个人买了些零食回去。

刚回听花坊药铺街边，就见紧闭的药铺大门打开，铃萝下意识地使出瞬影去了墙后躲着。一直盯梢的宋圆圆跟常霏也打起精神来，却见披着斗篷从药铺里出来的又是那要去夜会情郎的医女。铃萝使用瞬影到了常霏身后，将买来的东西递给他，目光却盯着正贴墙走的医女。

"又是去会情郎的。"常霏接过盒子、袋子等，转交一些给宋圆圆，"这次谁去？"

"他俩一见面就进花楼，我不去！"宋圆圆摇头。

常霏伸手说道："老规矩，三局两胜啊。"两个人玩起剪刀石头布，宋圆圆不幸战败。

"你赶紧的。"常霏幸灾乐祸地笑道，"要是有异常就放信号。"

宋圆圆捧着盒糕饼蔫头耷脑地走了。

铃萝说："那医女似乎藏了东西。"

常霏探头看去："是吗？她上次给那位情郎送了食盒，我见她打开过，都是做的糕饼食物，然后两个人在花楼隔间里待了一夜，到天明才走，我都守得不好意思了。"

"有什么不好意思的？"铃萝说，"蹲守监视而已。"

常霏咬着肉夹馍，抬手比画了一下，眼神清明，说得委婉了些："那两个人又不是纯盖被子只聊天，夜里在花楼相会，热恋的男女总不能只拉拉小手啊。"

铃萝"哦"了一声表示懂了，虽然觉得这医女有问题，但没有主动去挑破，反正不急。

她算算时间，这会儿北庭月宫的人正在天极，还要待上十天半个月才走。

宋圆圆一路盯着医女，随她进了夜里十分热闹的花楼，因为对方夜会情郎走的路偏僻，倒也便宜了他，使他得以轻松摸进花楼藏起。花楼偏僻阁楼的窗户上有着两个人影，先是拥抱接吻，再是坐下相拥，慢慢地两个影子就重叠在一起难分难解。他们也查过这医女的情郎，对方是个商户小工，清清白白普普通通，因为两家父母不同意，这才只能在夜里相会。宋圆圆蹲在院中树后默默别开眼。他连跟姑娘牵个小手的经历都没有，却要被迫在这里——等等！有人！宋圆圆忽然警惕起来，使用瞬影上树藏匿身形。阁楼下方的小道路上出现几个晃动的影子，其中一个特别诡异，还甩着尾巴，让宋圆圆奇怪不已。

"恩主，你把价钱又提高了一成，我们今年可难办了呀。"

宋圆圆对这声音有印象，前堂的姑娘们都叫她红姨，她是花楼管事的。

红姨正带着两个侍女走来，姿态却显恭敬，走在她前头的赫然是只画皮灵大狸猫。

宋圆圆瞧见那眼熟的大狸猫，不由得捂住了嘴。

大狸猫哼哼道："我只管收钱，店铺要如何营业赚钱你自己想办法。"

"姑娘们每日要用的胭脂水粉可都是钱呀。"红姨愁着脸跟大狸猫说，"再说学艺、弹唱器具、衣着配饰，样样都得花钱，更别提那蔻丹香脂——"

大狸猫听得尾巴直竖，回头瞪大了眼看着她："怎么要买这么多东西？！"

红姨好言好语地说道："恩主不知，普通人就喜欢这样的，哪怕是一丝丝与众不同的香味，都能引得他们探究不已，再加上我们花楼的姑娘各个长相不凡，气质万千，又识趣会拿捏客人，让众多公子哥流连忘返，就连那世子爷也常常……"

"等等！"原本瞪着眼认真听着的大狸猫忽然呵斥道，"你放了修者进来？"

"修者？绝无可能！"红姨连连摇头，表情还有一丝惶恐，"花楼按照恩主的规矩不接

第三十章 入平遥

待修者，来往都是普通人，我更是不可能主动放修者进来！"

大狸猫嗅了嗅空气，愤怒地跺脚："你骗我！这分明就有修者的气息，你竟然坏了规矩，走！这花楼我才不要再交给你打理！"

"恩主！"红姨慌忙上前欲拦住大狸猫，"恩主明察！我绝对没有……"

宋圆圆本是要主动下去自首的，却不想在下树的瞬间察觉到自这院中散开的阴冷气息。红姨还没说完话，就被一道黑色剑光从背后斩下，鲜血洒了满地。

剩下的两名侍女吓得惊声尖叫地腿软倒地。

那剑光本是要斩向大狸猫的，却不想红姨因为怕被大狸猫赶走而上前拦它，刚巧撞上。

大狸猫气得奓毛："谁？！滚出来！"

另一道黑色剑光悄无声息却带着满满的杀意朝大狸猫斩去，宋圆圆使出瞬影拦下这一击，却拦不下另一道道黑色剑光。大狸猫勉强躲开，第三道黑色剑光已至！一切都在瞬息间发生！这里不止藏着一个修者！宋圆圆来不及阻挡，以剑鸣削弱几分攻击，还是被那剑光斩中半身，鲜血横流。

"走！"宋圆圆单手画了结界朝那两名侍女喊道。

可那两名侍女还没来得及起身就被一闪而过的黑色剑光穿过结界割喉死去。

大狸猫再次奓毛地吼道："你们住手！要打出去打！再打我就要叫我的小师叔了！"

宋圆圆："叫！现在就叫！"他可打不过三个躲起来的白玲珑！这八气三转的剑招，绝对是他们没错！宋圆圆掐诀正要发信号，却被使出瞬影来到他身前的黑影拦下。他匆忙抬剑抵挡时，瞧见从阁楼下来慌忙离去的医女。该死！她竟然真有问题！宋圆圆因为受伤被对方的剑气碾压，被击飞摔出去撞在树上，疼得又吐了两口血。另一记杀招已至眼前，被大狸猫飞身而来挡掉，大狸猫化形散去，未被它抵挡的剑气砍在宋圆圆的背上，让刚试图起身的他又闷哼一声倒了下去。

白玲珑出手必是杀招，之前那一剑斩断了他右手的灵脉，他已握不住剑，也掐不出灵诀，信号传不出去。面对三个隐藏着的白玲珑，就算是破了生死境的修者也必死。宋圆圆抗了四次必杀之招已算不易。可他还不打算死在这里啊！鲜血流过他的眼睛，他眼底映照着黑影手中的镶有黑瑕玉的袖剑，这是白玲珑给目标最后一击时才会露出的武器。玉剑斩下，却被悄无声息地忽然出现的剑光拦下，宋圆圆还没来得及惊讶，就见另一个人影瞬间掠至眼前朝手持黑瑕玉袖剑的白玲珑斩去。大狸猫那恼怒又嚣张的声音再次响起："就是这些人在我的店里闹事杀人！我已经警告过你们要打出去打否则就叫我小师叔来——"话没说完，大狸猫又被藏在暗处的白玲珑一剑斩得散形。

越良泽逼退了第一个黑影白玲珑，剑招占据绝对上风，然而白玲珑向来身法诡异，精通万花影和瞬影之术，眨眼就能从对手的剑下逃脱换个方位。只是对手换作别人白玲珑能逃，他却没能甩掉越良泽，每次使出瞬影移到下一个方位都被越良泽的剑封住。不是被预判了位置，而是越良泽的剑太快。暗处的白玲珑放了杀招，却被手持黑剑的越良泽碎掉，越良泽全程安静又浑身透着无上威压。黑影不敌，被越良泽的剑气横扫摔出去撞在石灯柱上，倒在被杀的侍女旁边正要起身，剑刃已到他的咽喉处。

"住手！"后方传来低沉的透着威胁的嗓音，"把剑扔了，否则我现在就杀了他。"

越良泽回首看去，第二个白玲珑身着黑斗篷遮掩容貌走出来，一剑抵在已经昏过去的宋圆圆的咽喉处。被打倒在地的白玲珑因为剑伤爬都爬不起来，勉强撑几下后又吐血倒了回去。同伴见后有些着急，用剑刃划开宋圆圆的一点儿皮肉：「扔剑！」他料定眼前这人没了那把剑，便无法斩出远距离的超强剑气，那样他们就有足够的把握脱身！

越良泽转过身去，细长的眉轻挑了一下，黑而亮的眼眸静静地看着树下挟持宋圆圆的白玲珑，见对方又加重了割喉的力道，便随手将无生扔远了些。被扔进草丛里的无生冲白玲珑叫嚣着粗鄙之语。越良泽把剑扔掉后，最后一名白玲珑现身，将受伤的同伴背起使出瞬影离去。越良泽注意着挟持宋圆圆的白玲珑，在对方眼神瞟向他的后方时使出瞬影上前，月光照亮白玲珑的眼，白玲珑的眼底清晰地映着已至自己身前的清俊面容，以及瞬间涌出的惧意。

万花影！白玲珑使出比卖药贩子更强的万花影，在这瞬间分裂出五个白玲珑，全在超近距离下攻向越良泽！没了剑的剑修，还有堪比剑术的强悍体术。缴械，折腕，扭颈，封脉——不过瞬息间的体术较量，越良泽已废了万花影分身掐住白玲珑本体的咽喉。

"小阿爹……留……活口……"倒地的宋圆圆艰难地提醒。

越良泽这才停下杀招，封了对方的灵脉后将其打晕。他低头看向宋圆圆，蹙眉，弯腰把人背起，无声渡着灵力护他的伤势不再加重。

"小阿爹……也太……厉害了吧……喀……"宋圆圆低声却笑呵呵地说道，"我刚才都快吓死了……还好你……及时赶到。"

越良泽说："沉息守气，白玲珑八气三转的剑伤会逆你的灵脉走势。"

宋圆圆说："那人……得带回去……"

越良泽回道："无生看着，我先送你去医馆。"

宋圆圆抬手给他指了听花坊的方向，断断续续地告知他今夜发生了何事。他今晚算是离死亡最近的一次，死里逃生，颇有感悟，平日里就是话痨，越良泽给他渡灵力压制了剑伤，倒是让他越发清醒，思路明确，说得更多："过来之前，铃萝问我要吃什么，我还说想吃小阿爹你做的红糖凉糕……她说我做梦，刚才我真以为自己这辈子再也吃不到了。"

越良泽声音平静，却又给人稳重可靠的感觉："明日给你做。"

宋圆圆高兴地眯起了眼，半个身子都被鲜血染红，嘴里都是血腥味，低声说道："常霏跟铃萝还在药铺里盯梢，见了那医女回去，肯定会知晓出事了。他要是见我这样回去，定会痛哭自责不已……唉，我最烦他哭了，平时还好，一哭就真的像个女孩子。到时候小阿爹你跟铃萝可要好好劝劝他——"

越良泽一路使用瞬影，很快就到了听花坊药铺。他走到巷口，瞧见守在暗处的两个人正吃着夜宵喝着水，旁若无人，开开心心地玩着五子棋。察觉异样，铃萝回头看去，看见背着人回来的越良泽时挑了挑眉。

宋圆圆正准备迎接同伴的自责痛哭，却听常霏兴奋地问道："师兄！你也是送夜宵来的吗？"宋圆圆气得昏了过去。

第三十一章

甘王府

药铺就在眼前,铃萝带人闯了进去,常霏麻利地挑拣着丹药给宋圆圆止血处理伤口,隔壁的楚异与于休很快就赶到。越良泽回去把白玲珑带过来。听见动静的前堂药童看着夜闯药铺的一行人蒙了。铃萝去了后堂,把试图隐瞒的医女揪了出来。

"道君饶命!我也是迫不得已!"医女哭道。

铃萝低头看着她,问道:"偷偷送药送就送了,伤人干什么?"

"事发突然……本……本来我只负责把药带去,他们来拿,但今日不知为何竟被人戳穿了身份,这才出手,但此事与我无关!我不知道他们会杀人的!"医女哭着摇头恳求。

楚异扫了一眼宋圆圆,问常霏:"伤得如何?"

认真上药的常霏答:"死不了。"

于休问医女:"谁叫你这么做的?"

"我……我不知道,是真的不知道!元郎说有人给他一大笔钱想买尼龙花叶跟巨灵丹,却又不能让人知晓,要我想办法帮忙带去。"医女抹着眼泪,很是伤心难过又害怕,"我们真不知道那是修者,也不知道他们会杀人。"

于休又问:"药送往何处?"

医女抽噎着回:"我不知道……他们不说,只在花楼拿了药就走。"

楚异随口道了一句:"找她的情郎问问。"

医女就慌了,顿时下跪哭道:"恳请道君们放过我跟元郎,我们真的什么都不知道!"

楚异说道:"我们真的就只是问问而已,保证态度礼貌。难道我们看起来比那三个白玲珑更吓人?"

铃萝绕过医女去看宋圆圆:"只有你一个人。"

于休将医女扶起来,温和地说道:"姑娘莫慌,我们只是问话而已,不会伤害你。"

医女擦着眼泪,抽噎着连连道谢。

越良泽没一会儿就把被抓的白玲珑带了回来。

"这……丹水真君为何也在?"于休发蒙地问道。

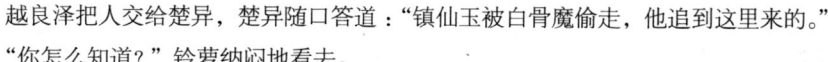

越良泽把人交给楚异，楚异随口答道："镇仙玉被白骨魔偷走，他追到这里来的。"

"你怎么知道？"铃萝纳闷地看去。

楚异说："子修说他发了玉听传信。"

铃萝微微睁大了眼，什么意思？越良泽为什么加子修师兄的好友却不加她的？！铃萝朝越良泽看去，他已走到宋圆圆身边查看伤势。于休弯腰将被阵法困在地上无法动弹的白玲珑的斗篷摘去，露出白玲珑的真容，是一个长相阴柔的男人，脸上有些雀斑，正冷冷地看着他。

"田蓉在何处？"于休问。

雀斑男冷笑一声，不答。

"你跟他客气什么？"楚异并着双指挥出剑光钉在雀斑男的双肩上，雀斑男闷哼一声，听楚异又说道，"你不说也没关系，世上咒律千万条，总有能让你开口说的办法。"

雀斑男疼得脸色微微扭曲，咒骂道："你想让我开口还嫩了些！尽管找去，我就算死也不会……"

"在甘王府。"越良泽说。

雀斑男咒骂的声音戛然而止。

越良泽不紧不慢地说道："其中一人被无生所伤，沾染了无生的煞气，一直到甘王府才停止了移动。"

"甘王府？"于休愣住，"怎么会在……"

雀斑男转动着眼珠子想去看越良泽，却只能捕捉到一点儿影子。他冷冷地说道："我白玲珑与圣剑宗无冤无仇。"

铃萝笑道："还无冤无仇，你一个专杀修者的组织，跟每个修者都能有仇。"

越良泽起身，看向雀斑男说："你杀了我师侄店里的侍女。"

大狸猫这会儿还在红姨的尸首前痛哭不已。

越良泽瞥了一眼宋圆圆，却没再说什么。今夜他若是慢了半分，宋圆圆就将死在白玲珑的黑瑕玉袖剑下。

"既然已知晓人在何处，我这就过去。"于休将消息发给其他天极弟子，立马动身前往甘王府。

楚异离去时，瞧见铃萝站在门口没动，便问："你不去？"

铃萝抬首看着天上月，眯了一下眼，淡淡地说："他们在甘王府藏了十多日半点儿消息都不见，两个受重伤的人，没有王府的配合，你觉得可能吗？"

楚异问："王府在为他们打掩护？"

"只剩六个白玲珑，今夜就出现三个，算上受重伤那个，四个。"铃萝弯着眼笑道，"说不定白玲珑全都在这平遥城里啊。"

"那就是你乌鸦嘴，怕了就别去。"楚异嘲笑着，转身走了。他可想把这事解决了回天极，在平遥城待了十多天，天天盯梢快腻死了。

铃萝也不恼："反正你们去不了多久就得回来，王府会给人才怪。"

甘王府此时灯火透亮，门府高墙下有重兵看守。如今府内掌事的是郡主甘婷。

于休在外说明来意，本以为会被接见，却见那传信的管家很快就来回复道："郡主说，王府内并无你们要找的人，还请几位道君慎重。"

楚异听了这话后轻笑一声，懒懒地抬首扫了一眼门上的牌匾。

甘王府。于休也没想到会得到如此答复，眉头微蹙着说："白玲珑凶残，嗜杀成性，又是投靠魔族修者，有如此凶徒藏匿在王府中，对郡主也是一种威胁。"

管家却不慌不忙地说道："郡主说，府内安危，自有王府军士和麒麟卫操心。"

于休："既然如此，那白玲珑郡主想留就留，还请王府把本门投靠魔族的师姐田蓉交出。"

管家笑道："道君健忘，方才郡主已经告知诸位，王府并无你们要找的人。"

于休有些苦恼，甘王府非一般寻常人家，不能交恶，也没法不顾规矩硬闯。他还没想出个办法来，身边的大师兄已经拔剑朝王府内斩出一剑，黑色却带着凛然正气的剑光横扫王府大门，炸出暗处的三位麒麟卫拔剑抵挡。

"一人破生死境，王府守卫还挺不赖。"楚异淡淡地说道。

麒麟卫首领沉声说道："郡主已给了你们答案，还请各位不要过多纠缠。"

"这府里藏了什么人，你应该清楚。"楚异挑眉打量对方，"何况那是我天极门人，郡主可算是先破坏修界规矩，非要让我纠缠到底。"

麒麟卫又瞬间现身五人，将府门这片拦住。麒麟卫首领抬剑指向楚异："你这是想硬闯王府吗？"

楚异笑道："闯了又如何？"

王府门前气氛紧张，战况一触即发，管家给一旁的侍女比了个手势，要对方去告知郡主。

侍女疾步去往王府禁楼后院，刚进院里，就闻到一股苦涩的药味，十分浓烈。屋门开着，几名端着托盘的侍女站在外侧，床榻边坐着一个穿着金色长裙的华美女子，正给床上半坐起身的田蓉喂药。

"郡主。"侍女进屋低声禀道，"天极的两位道君在外不肯走，与麒麟卫对上了，扬言要硬闯。"

甘婷秀眉微蹙，精致的脸上带着点儿怒气："简直放肆，仗着一点儿仙门背景就想为所欲为！"她刚起身，就听田蓉轻声唤道："郡主……"

甘婷将药碗交给侍女，回身扶住田蓉的肩膀安慰道："你放心，有我在，绝不会将你交给他们。麒麟卫能拦住，他们闯不进来，何况强闯王府是重罪，这几个人若是识趣就不会真的做出这种事来。"

田蓉半合着眼："四愁呢？"

"还在昏迷中。"甘婷说，"你先好生休养，不必担忧。"她起身离去，由侍女将剩余的药继续喂给田蓉。

屋外夜色黑沉沉的，压得人心头沉郁。宋圆圆被转进药铺伤者屋里，常霁跟徐慎在里边照顾他。越良泽刚从屋里出来，就见铃萝绕着被扔在院中地上的雀斑男画咒。雀斑男正骂骂咧咧地说着："臭丫头！你搁我身上画了些什么咒律，赶紧给我解开听见没有？！"

"你都沦为阶下囚了还这么嚣张？"铃萝屈指在虚空中对着他的肩侧点了一下，就听雀斑男没能忍住痛叫出声，"我还没跟你嚣张呢，你叫什么？"她抬手施了个禁言诀，让雀斑男闭嘴，又说道："想说话？想就眨眨眼，但我不一定给你解开。"铃萝继续画咒，瞥见越良泽走来，轻哼一声，没说话。

越良泽被无视得有点儿莫名其妙。他何时惹到铃萝了？两个人安静了一会儿，越良泽顿了顿，轻声问："你在画什么咒律？"

铃萝回道："禁咒。"

越良泽瞬间想起当年在天极铃萝跟徐慎当着他的面练禁咒的情景，不由得想笑。这两个人真是一点儿保密意识也没有。

听闻自己身上被画了禁咒，雀斑男眼睛都瞪圆了，疯狂眨眼示意她把禁言诀解开。

铃萝没理他。

越良泽问："什么禁咒？"

铃萝说："取人的记忆，重塑人格，逆魂咒。"

雀斑男连眼睫毛都快眨秃了。

越良泽："什么时候学会的？"

"前两年。"铃萝漫不经心地说着，"师兄说得没错，世上咒律千万条，多的是能让他开口说话的。"

雀斑男心说："老子在眨眼了，我想说！我现在就说！你倒是把禁言诀解开啊！啊！"

"但他不想说，那就直接调取记忆，再将其打碎，一个人几十年的所有记忆忽然被搅成一团，他再醒过来就跟傻了无疑。"铃萝边画边说，完全不管雀斑男越发狰狞的表情，"我要是心情好，就帮他把记忆理一理，让他变成一个懂点儿常识的人；要是心情不好，就把记忆团成个死结，再碎了他的灵脉，让他每晚都梦到自己杀的人用同样的方式杀了自己，把恐惧放大无数倍，让他此后再也不敢睡觉，自己折磨自己——"

她瞧见越良泽愣然的眼神，蹙眉继续说道："你这么看着我做什么？以前你又不是没见过我——"铃萝说到一半停住，意识到眼前的越良泽并不知道她在水天镜展现的未来世界里都做了什么。她将所有阻拦她复仇的人——一斩杀了，未有丝毫犹豫，善时不顾一切地救人，恶时杀的每一个敌人都不后悔。铃萝不想看见越良泽望着自己的惊讶目光，别开视线，又有点儿生气，转回去凶他："看我干什么？不准看！你闭眼！"

越良泽是对铃萝运用逆魂咒的方法有点儿惊讶，第一想法是她在咒律方面的实力强大不输剑术，可半个字都没夸出去就被凶了，有点儿茫然。

越良泽想了想，说："我并没有要偷学的意思。"

"你这么看着我干什么？"她冷笑道，"又要说我手段残忍，有辱正派之风，是大邪大恶之人？"

雀斑男：难道你不是吗？谁家仙门正派之人练逆魂咒还这么折磨人啊？我等大邪大恶之人都没敢这么玩，你不是谁是啊！都是一样的恶人，你就给我解开禁言诀吧祖宗！

越良泽皱眉："我没有这个意思。"为什么她说"又"？明明我从未说过这种话。

"随你什么意思。"铃萝气道,"反正你不准看我!你……"

"铃萝。"越良泽抓着她的手腕,将转身的铃萝拉回来,垂眸看去,"我以前没说过这样的话,以后也不会说。"

屋门口的徐慎伸手摸了摸门轴。

常霏在后边问:"你怎么还不去前堂拿药?"

徐慎回头,表情认真地说道:"我觉得现在不能出去。"

铃萝眨巴着眼看着越良泽,越良泽说得不急不缓,却注意着她面上的表情变化:"你刚才说'又',之前在太初金鸾池宴台屏风后也说过类似的话,你是不是把我当成别的人了?"

什么别的人,那不都是你吗?铃萝觉得他这话问得无聊,刚要嘲笑时,恍然记起那日在屏风后自己说了什么,瞬间炸毛:"什么类似的话?!我说了什么?我不是跟你说了那是梦话吗?!你怎么还记得?忘掉!现在立刻、马上忘掉!不忘掉我现在就杀了你!"

越良泽:"忘了。"

"哪有这么快?!你骗谁呢?!"

"真的忘了。"

铃萝伸手去抓他:"算了,我用逆魂咒把那段记忆拿掉!"

越良泽握着她的手挡下她的动作:"真的。"

楚异跟于休回来时,就见越良泽抓着铃萝的手不放,还对人搂搂抱抱,一个出言警示,一个直接将剑光甩过去。这剑光反倒被铃萝侧身拦下,她正想呵斥哪个不长眼的人打扰他们,就看见了回来的于休与楚异。

楚异:"干什么呢?"

于休发现是铃萝在欺负越良泽后,若无其事地伸手摸了摸腰间的玉笛,仿佛刚才什么都没发生。

铃萝没理这两个人,眯眼看向他们身后:"人没带回来?"

"甘王府不交人。"楚异哼了一声说道,"这郡主倒是威武,府上养的麒麟卫有三个入了生死境。"

"若是硬闯不合规矩,便只让人在王府外守着,若是白玲珑或田蓉师姐出现立即将人拿下。"于休说着,皱着的眉头却没舒展,"但长此下去也不是办法。"

铃萝嘲笑道:"再多等几天那两个人伤好了。"

徐慎这才开门出来,去前堂拿药。

越良泽垂首看了看被钉在地上的雀斑男,趁那两个师兄不注意,悄悄将这人身上的禁咒纹路给消除了,免得铃萝被怀疑。雀斑男瞪眼看着他,心想:"没想到你堂堂圣剑宗弟子,号称公平公正的存在,却如此包庇这臭丫头!一定是对人家图谋不轨!"

天极的人去旁边讨论捉拿投靠魔族弟子的事,越良泽在院内静站了一会儿,铃萝过来瞅了一眼雀斑男身上的禁咒,发现都被人抹去了,便狠狠地瞪了越良泽一眼。

越良泽神色安静。

雀斑男心说:"你光是瞪他有什么用?揍他啊!直接动手!上!"

铃萝屈指在虚空中弹了弹，将雀斑男击晕，问越良泽："你不是来寻剑的吗？有什么线索了？"

不远处的楚异听得眼角轻抽。这种机密要事人家会告诉你？

越良泽却答道："在太初与那魔交过手，留下了无生的气息，寻着煞气到平遥城，暂时断了线索。但只要它用功，我就能感应到。"

楚异："你还真说啊……"

铃萝："无生有时候是挺好用的。"

这话无生听着爽了："算你有眼光，哼。"

"白玲珑的同伙在我们手里，他们说不定会来救人。"楚异说，"把他也带去王府那边，绑了给府里的白玲珑看。"看看是谁先沉不住气。

双方开始无声的较量。越良泽没去王府，而是留在了药铺里，翌日说到做到，给宋圆圆做了红糖凉糕，做好后才离开药铺，去平遥城寻找白骨魔的踪迹。铃萝跟两位师兄守在王府附近，如此三日后，风平浪静。

楚异的脸色一天比一天难看，他无数次跟于休说："闯进去算了。"

于休都会劝道："师兄，这里是甘王府，我们若是闯进去不好交代。"

第四日时，楚异拔剑，打算强闯王府，于休劝解，铃萝在旁边看热闹，却忽然感到厉风袭至，引来王府内外两拨人的注意。三五个身着淡金色长袍的剑修御剑而来，潇洒落地。为首的少年神采飞扬，一身贵气，腰间金纹是复杂的咒纹，可驱妖魔瘴气等阴邪之物。

"南山雪河的人来这里干什么？"后方的常霏纳闷地问道。

铃萝微眯起眼，目光落在风天耀身上。随着风天耀落地，另一个人影也从地面转角处慢慢走来。那是圣剑宗最后的徒弟，在他身后还跟着北庭月宫的私生子。

"几位在这里干什么呢？"风天耀打量着楚异跟于休问。

楚异懒懒地问道："风大少爷也来这里干什么？"

风天耀倒是不在意，抬手指着后边走过来的越良泽说："圣剑宗在平遥城找镇仙玉，我爹让我来帮忙。"

铃萝对风天耀的到来不屑一顾，却在瞧见越良泽跟慕须京时微微睁大了眼。这两个人什么时候走在一起的？！慕须京在这里，那姜妙呢？

"查镇仙玉，怎么查到甘王府来了？"楚异问着，心里有不祥的预感。

越良泽与慕须京走到门府前，被两拨人注视着，一个面不改色，一个依旧阴沉漠然。

"方才察觉到无生的煞气在这方异动。"越良泽朝甘王府内看去，"两位都是各大仙门派来帮我寻剑的。"

南山雪河掺和这麻烦事铃萝知道，但她真没想到北庭月宫也会来。

风天耀挥了挥手说道："不过就是甘王府，有什么不能去的？你们等着。"他上前叩门，拿出了甘王府的通行令牌说道："南山雪河风天耀，追查魔息到此，还请府上开门。"

风天耀身后的众人目光复杂地看着他：这货真是嚣张啊。

府内的麒麟卫听说是南山雪河的人皆眼皮一跳，立马去向郡主甘婷禀报。平遥城是南山雪河仙门修者的地界,这一片地方的安危都靠南山雪河的人解决,若是南山雪河来要人甘王府拒绝,往后可不好打交道。甘婷听说南山雪河也来要人,面上露出一丝厌恶之色,从桌案前起身说道:"不见,就说这里没有他们要找的人。"

麒麟卫出去回复。

风天耀听了这话后瞪大了眼:"我在门口都能闻到里面的魔息,你跟本少爷说没有?!"

楚异忍不住看了他一眼:你是狗吗?我怎么没闻到?

于休说:"我们已在王府外守了四天。"

风天耀一听,想到自己刚才信誓旦旦的样子却惨遭拒绝,面子上过不去,便说道:"郡主若是私藏妖魔,我就不客气地直接硬闯了!"

铃萝不管他这个憨憨,过去拉着越良泽指着慕须京小声问:"他在这里,那姜妙呢?"

"月宫宫主去了天极拜访,他只是跟我一起查镇仙玉。"越良泽也小声回答。

铃萝这才松了一口气。

楚异斜眼看向这两个人:"当着这么多人说什么悄悄话?给我过来。"

铃萝还没回话,风天耀已经跟王府的麒麟卫打起来了。

剑光和咒律光影闪烁,让管家等人看得眼花缭乱。

铃萝没过去,抬头看回楚异说:"白玲珑跟师姐在里边,偷了镇仙玉的白骨魔也在里边,师兄不觉得哪里不对劲吗?"

楚异面无表情地说:"偷镇仙玉的魔就是救走田蓉师姐的魔,也是指挥白玲珑的幕后主使。"说完他又忍不住嘲讽道,"这种事有脑子的人都能想到。"

铃萝面不改色地说道:"谁没想到谁没脑子。"

没能想到的常霏:莫名感觉被骂了。

打斗没能持续多久,就听一个清脆威严的女声传来:"放肆!这里是甘王府,岂容你们胡来?"甘婷在一众侍女与王府守卫军的护送下来到门前,冷眼看向门口道上的仙门修者们。

甘王府的郡主十四岁主管王府上下大小事,虽然年轻,却贵气天成,身为女子,出身贵族世家,举手投足间皆有一股优雅与凌驾于众生之上的傲慢气势。甘婷目光冷冷地看向风天耀说道:"南山雪河的少主,就是这般无理?"

"郡主,我方才已说明来意,妖魔藏身府上,我等按照规矩办事,是郡主你不配合。"风天耀是真的什么话都敢说,只因为有风云鸿罩着。

甘婷冷笑了一声:"妖魔藏身?我府上自有麒麟卫解决此事,不需要劳烦你雪河的少主。"

"那可不行,这妖魔偷了我们的剑,必须让它还回来!"风天耀毫不退让。

甘婷漠然道:"你可知强闯我甘王府是何后果?"

风天耀眼睛都没眨一下:"那也比放任妖魔为害世人的好!"

"为害世人?"甘婷冷笑,看着风天耀的眼里满是讥讽之色,"你南山雪河又有多高尚正直?"

风天耀不悦地说道:"郡主可别胡说。"

"我府上有一名麒麟卫叫阿楚，是名女子，当年入你南山雪河修道，天赋高于他人，却因为是女子而被劝退。"甘婷淡淡地说道，"我细问之下，发现不止她一个人是这样，你们南山雪河招收新弟子的试炼，淘汰的多是女子，哪怕女子天赋碾压其他人也不一定进得去雪河。"

"传承千年，位列修界十二大仙门之一的南山雪河，却如此歧视女子，你还配站在我面前说为害世人？"

风天耀静静地听着，眼中虽有不悦之意，却没有急着打断甘婷的话。他虽狂傲，却不是傻的。"招收弟子的试炼规矩是门内诸位长老制定的，郡主若是怀疑有所偏袒，你让这位叫阿楚的女子出来与我一战，若是她赢了，我带雪河千百弟子迎她入山门。"

风天耀冷哼道："只是不知原来郡主对我雪河竟有如此偏见，我南山雪河的女剑修只多不少，千年下来更是有说不清的受人敬仰的女真君，如今几位长老中也有女子，实在是不知郡主的偏见从何而来。"

甘婷听了这话后微微抬首，神色高深莫测。

铃萝轻扯嘴角，眉目间满是嘲讽之色，风天耀还真是天真。

"无论今日你们说什么，我都不会让你们踏进王府半步。"甘婷刚说完这话，就听后方传来少年急切的声音："阿姐！我听说有人来闹事，你怎么不叫上我来啊？！"

甘婷的额角轻轻抽动。世子甘卯带着好友姜俊气冲冲地赶来，身后还跟着另一批麒麟卫。甘卯神色不满地看向铃萝等人："都是哪些不要命的人，竟然敢来这里闹事？"

姜俊随便往外扫了一眼，却忽然愣住，目光落在慕须京身上久久未移开。

"谁要你出来的？退下。"甘婷蹙眉道。

甘卯却气冲冲地朝风天耀走去："又是你？别以为你是雪河的少主本世子就不敢揍你，你今日敢欺负我姐，我定要你吃不了兜着走！"

"你过来都不够我一拳。"风天耀不屑地回道。

两个人都上了火，对视一眼后，愣是以其他人都没注意的速度直接就打起来了，只是没用术法，直接拳头相斗。看着这打起来的两个幼稚鬼，铃萝悄悄地拉了一下越良泽的衣袖，压低声音说："干脆趁现在直接偷溜进府，反正他们都在这门口守着，白玲珑和魔那边肯定没人了。"

越良泽："偷溜进去是否不太好？"

"那你在这里看着，我跟他去。"铃萝招呼着慕须京。慕须京倒是没意见，眼皮都没抬一下就跟着铃萝走了。越良泽看了两人一眼，默默跟上。

这会儿正是夜黑月高之际，王府内大部分麒麟卫去了大门处护着两位主子，而他们也没想到这些大仙门修者会选择偷偷潜入这么不光明的手段。铃萝以前在意，现在不在意。慕须京就没把自己当作大仙门人。越良泽见两个人都很坦荡，若是再叮嘱反而显得他太过啰唆。

三个人悄无声息地去了王府后门方向。王府有禁制阵法，守护府内平安，一般妖魔进不去。阵法对普通人来说没用，可若是妖魔修者擅自闯入不懂运行规律，就会触发各种保护或攻击机制，引起守卫注意。

铃萝站外边抬首看了看，问慕须京："会画皮灵吗？"

慕须京："不会。"

"那我教你，包教包会。"铃萝掐诀，在越良泽看过来时说，"在里面动手肯定会惊动王府的人，那时他们不敢继续在王府待下去，你进去打草惊蛇，我跟他在外边黄雀在后。"

慕须京不由得看了一眼铃萝，这成语用得真是与众不同。

越良泽问："我自己一个人进去？"

铃萝掐诀画着画，轻挑眉说道："什么叫你一个人进去，我跟他以画皮灵的姿态进去还减少被发现的风险。"

越良泽："你教他画皮灵干什么？"

"只许你教他瞬影不许我教画皮灵啊？"铃萝哼道，"你能教我凭什么不能教？我教得还比你好！比你简单易懂！"她瞥了一眼没动静的慕须京，以眼神威胁：给我学！

慕须京一言不发，沉默地运用灵力跟着她学。

"那只大狸猫你见过吧？你可以控制大小形态，就算是狸猫，只要你想，也可以让它变得跟成人一样高大，或者如拳头般大小。"铃萝不紧不慢地教学道，"但是这需要对此术很熟练，且灵力修为深厚，像你这样的初学者，就画只蝴蝶、蟋蟀什么的，个体小，灵力控制比较容易，不复杂。"

慕须京按照她说的，认认真真地画出一只黑色的蝶，再御灵让其从画中飞出。一切都很稳，从画中飞出的黑蝶展翅，与寻常蝴蝶无异，也没有掉落灵力散形。

铃萝说："还行。"

慕须京盯着自己第一次唤出的画皮灵眼都没眨一下。

越良泽问她："你画什么？"

铃萝伸指随意勾画几笔，可见是一只狐，化形出来后是一只白色的小狐狸，摇着尾巴踩在越良泽的肩膀上，挥了挥爪子甚是嚣张地说道："走！"

越良泽不自觉地挺直腰背，白狐柔软的尾巴似无意地扫着他的脖颈，让他感到发痒。虽然看起来是狐狸，它里面装的却是铃萝的神识，一举一动都是她的意识，相当于铃萝在他的肩膀上。越良泽不由得认真了些。于是他左肩上趴着一只白狐，右肩上停着一只黑蝶，施法穿墙进了甘王府。内庭前到处都有巡逻的守卫。甘王府太大了，这个院子去往另一个院子都要穿过好几条长廊或者花园小道。越良泽专心躲阵法时，铃萝在向慕须京小声教画皮灵的要诀与运用。

慕须京一开始对此似乎不太感兴趣，盯了一会儿自己画出来的黑蝶后，态度一百八十度大转变，开始虚心求学。

越良泽偶尔插嘴补充一两句，就被白狐用爪子挠脸："我教的时候你不要说话！那不就变成你教的了吗？！"毛茸茸的爪子拍在他脸上。越良泽闭嘴了。

铃萝教完后问："你没拜师父？"

"没有。"

"月宫也没人教你？"

"不教。"

"为什么？"

慕须京默了一瞬后，语气无甚波动地答："不知道。"

"那他们接你回去干什么？"铃萝装作好奇地问，"月宫少主，将来可是要继承宫主之位的。"

慕须京："那就是要我回来继承宫主之位。"

白狐伸爪要去凶另一边肩膀上的黑蝶，被越良泽拦住："这是我刚才说的！"

慕须京沉默。铃萝又换了个问题："真的是姜妙接你回去的？她没事把前夫的私生子带回月宫干什么？她不在外把人灭口都算心善的。"

"不是。"慕须京漠然地说道，"接我回去的人不是她。"

"那你还整天跟在姜妙身边，别人看了都以为你是她的心腹。"白狐端庄地坐着，越良泽瞥了一眼，发现就算是画皮灵，也继承了铃萝骨子里的骄傲劲儿，"你俩关系好就是心腹，关系不好就是你在监视她。"

黑蝶像死了一样："月宫的事，不能告诉你。"

白狐冷哼一声，动了动耳朵，又问："那你觉得姜妙怎么样？"

慕须京静了片刻，最后难得以肯定的语气回答："无聊。"

铃萝还想再问下去的，却见越良泽在一处幽静的阁楼前停下，说道："到了。"

铃萝又把注意力放在偷剑的白骨魔身上，朝阁楼里打量着。

"你去。"白狐指了指黑蝶。

黑蝶振翅飞走，绕着阁楼转悠了一圈，将外边有多少侍女和守卫记在心里。越良泽按照他给的情报绕开守卫，悄无声息地翻进后方庭院里。院里有一股难闻的药味，里面包含了铃萝最讨厌的尼龙花叶。白狐用前爪捂着鼻子很是嫌弃。除了难闻的药味，三个人还察觉了若有似无的魔息，就在那屋子里。窗户半开着通风透气，越良泽施了障眼法，避开守在院门口的侍女进去。屋前一个人都没有，等他走近窗边后才发现为什么没有。

田蓉从床上坐起身，不紧不慢地穿着衣裳，离床不远处的妆台边有一团黑影，似人形，黑雾缭绕变幻，只能瞧见是一个高大的身影，却看不清容貌。显然这屋里二人的谈话不能让其他人知晓。

"你要的东西拿到了吗？"田蓉轻声问道。

"仙门的人就在王府前，麒麟卫拦不住他们，我来接你走。"白骨魔说。这男声低沉悦耳，光是听声音，就给人一种清雅俊美的青年感。

"四愁呢？"田蓉从床上下来问道。

白骨魔："白玲珑已经过去准备带他走了。"

田蓉抿了抿唇，轻声说："你会治好他的吧？"

白骨魔低笑了一声："这是我们之间的交易，当然会。"

田蓉低头系着腰带，听到这话后，苍白的脸上缓缓露出一个笑容："那就好，你们走吧，不用管我了。"

白骨魔看着她，没说话。

田蓉自顾自地说道："我十二岁时，师父收我为徒，虽与我相处不到一年时光就因为师兄的事闭关，再未见过，但在那一年，师父给了我活下去的勇气。

"她痛恨师兄投靠魔族，又因为师兄是她最喜爱的弟子而无法下杀手，只能折磨自己，在明心祠闭关，每日都为被师兄杀害的怨魂们诵安魂经，平息怨气赎罪。我只能在外边隔着一道门同她说说话。"

白骨魔皮笑肉不笑地说道："她收你为徒，却并未教导你什么，也配当你师父？"

田蓉摇了摇头，回首望向白骨魔，秀气的脸上满是让人舒心的温柔神色："有的人出现在对的时机里，就会让你终生难忘，师父是，四愁也是。

"师父给了我活下去的勇气，但我背叛了她，违背师门。我可以救四愁，但只要他活着就好。我犯下了不可饶恕的错误，已经没有回转的余地，也不想让师父伤心。"

"你师父根本不在乎你如何。"白骨魔不屑地说道。

"天极下了通缉令，我逃不了多久的。"田蓉平静地说道，"你快带他走吧。"

她朝外走去。

"你去哪儿？"

"我去自首。"田蓉说，"也想死前跟师父说声'对不起'。"

白骨魔抬手将她定在原地，语气忽然变得森然："我说过，会带你走。"

"你不用如此。"田蓉秀眉微蹙，"你已经拿到要的东西，可以去做你想做的事，我不会跟仙门透露半个字。"

"就算你不说，他们也能有各种手段从你的脑子里挖出来。"白骨魔冷冷地说道，"大仙门的手段有时可比妖魔更加残忍。"

"你……"田蓉刚开口，就被黑雾笼罩，晕倒其中，被白骨魔半抱着。白骨魔欲离去时，忽然扭头，剑光已到眼前。眼熟的黑剑带着骇人的煞气，还有一股矛盾的凛然正气与这煞气同存。黑色的结界拦在身前，无生却将结界斩碎，白骨魔周身黑光大绽，与无生对冲，横扫阁楼。这方异动很快引起外边守卫的注意，他们立马发出信号传递消息。

白骨魔飞出阁楼来到空中，冷眼看着下方的越良泽说道："真是不死心，竟追到了这里来。"

越良泽抬首看着他，剑气散开，掀起阵阵厉风。

"把镇仙玉还我。"他说道。

白骨魔笑道："你不是不要吗？"

越良泽问："你想拿它做什么？"

"放心，我就是借用，等用完还你。"白骨魔意味深长地说道，"这世间能拿起镇仙玉的就你一人，我抢不了的。"

越良泽换了剑式，淡淡地回道："不借。"乘风咒起，他来到空中追着白骨魔，后者无意多战，一直在与他拉开距离。天空中横扫的剑光与魔息让下方的人们看得心情复杂。

"郡主！出事了！"侍女慌忙来报。还在跟风天耀互扯头发、衣服的甘卯看见后方的剑光，更是气不打一处来："好啊！你们竟然偷偷潜进我家，卑鄙！还自诩仙门正派，这跟窃贼有什么区别？！无耻！"

风天耀怒道："偷摸进去的又不是我，关我什么事？！本少爷是光明正大地闯你们王府，没有偷偷摸摸！"

"都一样不要脸！"甘卯还在挥拳。

风天耀吼道："你看看那一团魔息，还说你们没有藏人！"

甘婷眼中闪过恼怒之色，指挥着麒麟卫过去查看。楚异看出了那是越良泽的无生剑气，扫了一眼自家人，面无表情地问常霏："铃萝呢？"

常霏无辜地摊手："不知道啊。"话音刚落，就见铃萝的剑气在附近横扫开来，高墙之间，两个人影正在交战。

铃萝在白骨魔与田蓉说白玲珑带人离开时就跟慕须京去堵了。两名白玲珑各背着一名受伤的同伴，想要离开王府时却被铃萝与慕须京拦住去路，朝王府大门边逼去。铃萝使用瞬影上前借着乘风咒将跃至空中的白玲珑一剑斩下，对方避无可避，狼狈落地，其他人正要动手，却听一个声音喊道："住手！小心世子爷没命！"其中一名白玲珑挟持了甘卯，黑瑕玉袖剑横在他的颈项间。此时白玲珑的操作倒也不辱没顶级刺客的名声，他竟能在突破生死境的麒麟卫的守护下悄无声息地拿下甘卯。

风天耀怒道："竟敢在本少爷面前抓人！"他正要动手，那名白玲珑毫不犹豫地一剑割下，刀刃深入甘卯皮下瞬间流血不止。

甘婷袖中双手紧握："住手！"

风天耀停手，其他人也没敢动。

白玲珑冷冷地喝道："谁敢动一步他就死。"

风天耀气得咬牙："卑鄙！"

魔息降临上空，白骨魔来到路道上，抬手打了个响指，身后出现一条黑色长线，在他靠近时张开。

"阿蓉？"甘婷看着被白骨魔抱在怀中已晕过去的田蓉咬牙怒道，"你放开我阿弟！"

"郡主息怒，暂借你弟弟一用，很快归还。"白骨魔不紧不慢地说着。

白玲珑们都朝他靠近，进了死雾门中。白骨魔看向天极等人嘲笑道："回去告诉你们的掌门，想要她的命，亲自来找我拿。"

铃萝见他开了死雾门，知晓拦不住，来时已收剑，却不想一道剑光从她身侧朝死雾门斩去，剑气惊人，强悍霸道，似有摧万山成齑粉的气势。因这道剑光，转身入门内的白骨魔略显惊讶地回首看了一眼。剑光斩向死雾门却被黑雾吞噬，无声无息，黑线闭合化作黑雾散去。铃萝瞥了一眼斩出这剑的越良泽，神色高深莫测。这人当年也斩过她开的死雾门。你跟这门过不去了？

第三十二章

前尘事

此时夜色刚至,天色黑沉,人间已亮起灯火。

甘婷怒道:"追!去把人给我找回来!"

麒麟卫纷纷朝平遥城各处散去,追寻甘卯的下落。

东岛天极跟南山雪河的人也纷纷散去找人。

于休说道:"事关重大,我先传信给师父。"

"我去找人。"楚异说完便使出瞬影不见了。

守在王府四周的天极弟子全都撤走了。之前还站满人的路道上一下变得空空荡荡,铃萝问越良泽:"你能根据无生的煞气找到人吗?"

越良泽蹙眉:"不能,死雾门隔断了气息,短时间内找不到。"

铃萝心想:"那就好,你找不到但我可以。"于是她转身说道:"我也去找人了。"她知道白骨魔拿镇仙玉想干什么,她目标明确,直接出城。

平遥城外,顺义河。

铃萝御剑过河再落地,回首看了一眼河流水势方向,顺义河后是顺义镇,从前繁荣昌盛,如今人已死绝,怨魂遍地,煞气冲天,是著名的鬼镇。因冤魂众多,南山雪河在顺义留了阵法,只能将怨魂镇压,无法驱除。走山路的人都会自觉地避开那一片地方,若是误入,不管修者还是普通人,多是有去无回。

铃萝走到河边,弯腰伸手捧了捧水又散开倒回去。如此反复几次后,她拿了一节竹筒取水收好,转身朝顺义镇走去。刚入林中,便能看见满山雾瘴,铃萝将竹筒中的顺义河水倒在手中,以灵力御水成一圈结界,叫这满山雾瘴不敢靠近。一般人根本不需要进顺义镇,在周边林里被雾瘴吞噬就已没救了。这顺义镇地下葬着一个人,铃萝想去看看。水天镜倒转时间前她来平遥城时,白骨魔的祸事早已平息,她根本没机会掺和,现在时间刚好。

白骨魔为此人不惜想尽办法去偷镇仙玉,还搅乱北庭月宫,铃萝不管他的执念,反正现在也无所谓。她穿过林中雾瘴,隐约瞧见山下阴气森森的镇子,圆月高悬,洒下的银辉让那些影子斑驳的建筑显得越发萧条冷清。

铃萝慢慢下山，刚进镇子，就听到一个女声迟疑地唤道："铃萝？"这声音有些耳熟。

铃萝愣住，循着声音看去，左边房屋的窗户被从里边推开，"吱呀"一声，从里面探出一个有些狼狈的脑袋："铃萝！"这一声饱含重逢的激动之情。

琴鸢？铃萝蒙住了。

"铃萝！快先进来！"琴鸢朝她招手，街上阴风阵阵，窗前的女人探头看过来时，耳边翠绿色的泪坠迎着月光闪耀着漂亮的光泽。

铃萝一眼就认出这人的容貌，却又感觉不可思议。琴鸢怎么在这里？风声呜咽似鬼哭狼嚎，街道两旁破败的房屋被吹得"咯吱"作响，铃萝耳边有窃窃私语声，世间的各种声音接连涌来。黑暗中一双双发红的眼睛正带着恶意巡视着街道。

"快进来！"琴鸢绕到门边拉着铃萝进屋，"千万不要被它们看见，否则你就要掉进恶鬼窝里出不来了。"

铃萝借着月光打量眼前的人，对方应该是战斗过，衣上有血迹，有些狼狈，佩剑也不在手边。"你怎么在这里？"铃萝不动声色地问道。她与琴鸢自进内门后就不如在外门时常在一起，一开始还好，但从她短时间内学会本门心法不再去习堂开始，就逐渐与对方拉开距离。亲传弟子到底是不一样的。可琴鸢每逢节日也会跟她道一声好，若是能见面还会一起吃饭，随着这两年各自都长时间外出历练，见面次数少了许多，至少今年这还是头一次见面。

"你不是来顺义除雾瘴的吗？"琴鸢被她问得有点儿蒙。

铃萝："不是。"话音刚落，就听"砰"的一声巨响，关上的屋门被破开，一团巨大的黑雾涌了进来，里面有数不清的红色眼睛，满是邪恶的气息。之前街上的窃窃私语声再次出现，怪笑、愤怒、哭号等声音都搅在一起，让人耳朵疼。

铃萝拔剑挡在琴鸢身前，琴鸢表情紧张起来，低声说："这邪祟之物古怪得很，煞气太强，我刚掉进这镇子它就一直追着我跑！"

"你来这里干什么？"铃萝持剑拦着冲过来的黑雾时问话。那黑雾被斩开，便干脆分成了两半，黑雾中包裹着数不清的红色眼球，一眨一眨的，每一双眼睛都充满恶意。黑雾分裂成七八团，一部分追着琴鸢跑。

琴鸢边躲黑雾边回答她："我今年不是入世吗？听说平遥城附近有一个恶鬼镇，我就打算来看看，在路上遇见村民求助，说自己的儿子进林子三天了还没回来，怕是遇见什么妖祟了，我就想着进山救人——"她就地一滚，躲开两团黑雾的夹击，不幸磕到柱子，捂着额头"哎呀"叫了一声。

铃萝反手掐了个剑阵落在她身上，灵力化作的光剑帮她挡着黑雾，琴鸢捂着额头泪眼汪汪地说："山里有雾瘴，我本来带了驱除雾瘴的灵器，却没用，林子里越来越黑，什么咒律都没用，我一不小心踩滑了滚下山坡，醒来就已在镇子里了。这就是那个恶鬼镇！我一醒来就被这些邪祟追着到处跑，它们还把我的剑吞了。我以为我死定了，却不想刚才忽然瞧见你……铃萝你不会也是从山里掉进来的吧？"

"不是。"铃萝说,"我是走进来的。"铃萝的注意力在眼前的黑雾上,它们力量强大,煞气冲天,就算是神武长袖,被沾染上一点儿黑色雾气都有被腐蚀的迹象。

琴鸢扶着屋内的房柱起身,担忧地问道:"我们能出去吗?"

"当然能,只不过我暂时不想出去。"铃萝将腰间的樱喜扔给琴鸢。

"哎?你给我樱喜做什么?"琴鸢接着樱喜有些蒙地问道。

樱喜已经展开,露出樱林图。

"樱喜会护着你,给你指引出去的方向,你先走。"铃萝又给她装了河水的竹筒,"那雾瘴只能靠顺义河水驱除,你拿着它就不会再迷路。"

琴鸢听了这话后睁大了眼急道:"等等!你这是要我一个人走?我怎么可能丢下你在这里自己走了!"

铃萝注意着黑雾的走位,抬剑拦它:"不用管我,你剑都没了,修为也不够,先走保命最好。"

琴鸢顿时怂了些,知道自己跟铃萝的差距,拿着樱喜弱弱地说道:"可是铃萝……我……我一个人走害怕。"

"怕什么?有樱喜!"铃萝没好气地说道。

琴鸢:"樱喜又不是人!"

铃萝正要说话,那四散的黑雾忽然聚成一团,如此庞大,快要将整个空间挤满。她退到琴鸢身前,黑雾便张开巨口冲来要将二人吞下。

"来了就别走了,一起留下吧!"

"哈哈哈——都死吧!死吧!"

"虚伪!虚伪!虚伪至极!"不同声音说的话混在一起,强烈的厉风吹来,房屋各处都在"咯吱"作响,琴鸢拿着樱喜抵挡黑雾,铃萝手握长袖,剑光大绽,与这黑雾相抗。

顺义镇煞气强,南山雪河的人都没法彻底度化,只能镇压,可见其实力强劲并非一般鬼镇能比。铃萝看着黑雾中的红眼睛轻轻挑眉,倒是没让她失望,这地方果然难搞。黑雾遭到抵抗,气势更强,在万鬼齐啸时颤抖的房屋再也守不住整个崩塌。铃萝抓着琴鸢使用瞬影闪出房屋范围,借着乘风咒上至空中,那黑雾却也顽强,对二人紧追不舍。

琴鸢将樱喜递给铃萝:"你比我厉害!你先走!我帮你拖住它!"

铃萝没看她,双手掐诀,在黑雾冲过来时念道:"天干,九十八道,火凤临。"七只金色的凤凰从空中降临,在两个人上空鸣叫展翅,长长的金翅与拖着的尾羽洒下金色的火焰。它们配合默契,强势将黑雾围住,燃起熊熊烈火。金色的烈火与黑雾纠缠,阴冷与炽热的两股气息冲撞,星火爆裂,空中像是炸出了一团团金色的烟火。

琴鸢被眼前的大场面惊呆。太厉害了,这样的大型咒律铃萝居然不用吟唱咒文就能直接使出。她学了几年可是连咒文都背不完。

黑雾被拦住,铃萝拉着琴鸢转身:"走。"没走两步却顿住,在城镇中心,一道冲天的金色剑芒横扫全镇,隐约有龙啸之声,整个地面都在颤动。

铃萝也忍不住抬手遮掩这刺目的光芒:"来迟了。白骨魔已经动手。"

"铃萝！"琴鸢一手捂着眼，"发生了什么？这是谁的剑气？太强了，我看都不敢看！"

金色的光芒笼罩住顺义镇，在极光动荡之后，世界被翻转。乌云压顶、月色高悬的世界瞬间变化，蓝天白云之下，残破冷清的房屋建筑与街道恢复了往昔繁荣的景象。两个人听着耳边的喧闹声，缓缓放下遮眼的手。

"阿树哥哥，你娘叫你回家吃饭啦！"

"昨儿不是到了领工钱的日子吗？你怎么一个子儿都没带回来？！你是不是私藏了？！"

"阿娘，我不要去学堂！不要不要就是不要！"

"跟你爹说去！"

"宋裁缝在家吗？我又送衣服来啦！"

琴鸢见这朗朗白日，刚才倒塌的房屋已完好如初，窗前还摆着一排花盆，迎着温暖的阳光绽放着不知名的小白花。母亲牵着女孩的手从她身旁走过，琴鸢还能闻到两个人身上的烧饼气息。之前阴森空荡，只有恶鬼来回窜动的街道，此时已恢复生机。琴鸢却吓得紧挨着铃萝，握紧手中的樱喜，压低声音问道："这是怎么回事呀？我们是掉进什么幻境里了吗？"

"差不多。"铃萝朝镇子中心的最高处看去，"有人动了顺义镇里的禁制，触发了保护机制，让镇子恢复到以前的时间，试图把禁制中心藏起来。"

琴鸢呆住："这里除了我俩还有别的人吗？！"

铃萝朝镇中走去。琴鸢急忙跟上。

铃萝说："你就在那边也行，不用跟过来。"

琴鸢连连摇头："不要，我一个人在那边害怕，非常害怕。"

可是越往里边越危险，铃萝想了想，最后也没阻止，任由她跟过来。这会儿正是午时，街道上行人不少，有的回家，有的去往店铺或客栈，听大人的话出来买东西的孩子们在街上飞跑。

"铃萝，我们这是要去哪里啊？"琴鸢一边好奇地打量四周，一边说，"这看起来跟吞天塔的幻境很像。"她有种身临其境的真实感。

"我要去赵家。"铃萝抬手指着镇子中心那最高的楼阁说，"他家有司命塔，可运行阵法。"

说着过了一个拐角，她就看见了赵家大门。

琴鸢却神色犹豫地说道："铃萝，你别去。"

"为什么别去？"铃萝脚步不停。

"我有不好的预感，总之你千万别去，我替你去。你要找什么东西，告诉我，我进去帮你找，你千万不要进去。"琴鸢抬眼看着她。

铃萝不以为意，以为她是害怕白骨魔。

赵家门前没人看守，左右两边栽种着两棵大海棠花树，此时淡粉色的花朵正缀满枝头。

铃萝迈步进门时说："你害怕的话就在外边等着，我——"金色剑芒以她没能察觉到的速度穿透她的心脏，将她钉在门口。痛楚蔓延全身，铃萝忍不住皱眉，嘴唇轻颤，微微睁大了眼。她缓缓伸手捂住胸口，手上沾满了刺目的鲜血。剑光无情地抽出，铃萝闷哼一声，靠着花树跌倒。

幽幽的叹息声从后方传来,琴鸢缓缓走上前,轻声说道:"我不是说了让你别去吗?"

黑长的眼睫轻颤,铃萝抬眼看向琴鸢。琴鸢到她身边蹲下身,伸手轻轻摸了摸她的脸颊:"她就算死了,留在世间的剑意依旧诛杀天下万魔。你跟当年可不同,水天镜倒转时间,让你重回当年,刻在你灵魂深处的魔息哪怕只有一丝丝,也会被这剑意误杀。"女人的眼睛与当初高高在上地看着她的那只眼睛重叠。

铃萝用最后一点儿力气抓着琴鸢的手挥开,脸上露出厌恶的神色。这双眼她死也不会忘记,高高在上、注视芸芸众生的冥渊,身为灵术之祖的冥渊——如今却可怜兮兮地附身在渺小的人类身上。铃萝嗤笑一声,因为受伤声音很轻,充满讥讽之意:"我就知道是你搞的鬼,怎么,输不起?你冥渊竟然怕死,决战时想了这么个法子让我重生回到过去。

"你想让我再杀你一次?"琴鸢静静地看了她一会儿,再次叹息,伸手覆上她受伤的位置,手上发出莹白灵光治愈着她的伤,"我太心痛了。"

铃萝恼道:"被剑刺的是我,你心痛什么?!滚开!"

"你我那日一战,若是我没有启动水天镜让你回到现在,那死的人就太多了。"琴鸢说着,目露怜惜之意,"你与我为敌,一开始就错了,难道你以为杀了我,世间就能变成你想的那样吗?"

铃萝说道:"我现在知道变不成了,但也不能让你活着。你说我错了,那怎么不看看你都干了什么?"

琴鸢:"那是世人的选择。"

铃萝:"是你给他们的选择!善人死,恶人活,这是你给他们定下的道!"

那双眼温柔地注视着她,琴鸢说:"生死没有善恶之分。我不忍你为此偏执入魔,也不忍那人为你而死,这才选择以水天镜倒回时间,让你们有不一样的选择。只有这件事是我的选择。"

铃萝蹙眉:"谁死了?"

琴鸢伸手点在她的锁骨上,铃萝欲阻拦,却没力气,只能瞪着琴鸢。

"你放心,我选择重启,就失去了杀你的选择,你也许会死,但绝对不会是我动的手。"琴鸢不紧不慢地说,"这是业途上保存生魂记忆的苦业花。"那鲜红色的、开着重瓣的花被送入铃萝体内,在雪白的锁骨处留下一个印痕,其中一片花瓣正被烈火燃烧着消逝。

"铃萝,倒回时间后,你不想做出改变吗?"

铃萝面无表情地说:"不想。"

琴鸢说:"当你从水天镜中看见未来即将发生的事情后,也许你会做出改变。"

铃萝感觉锁骨处传来被灼伤的痛,皱着眉,视线却变得模糊,意义不明的碎片画面在眼前闪烁。满目黑色烈火,似乎将天也烧出一个窟窿来。铃萝与冥渊决战前一夜,她去山上布置禁制,很晚才回来。这会儿正值盛春,天照山百花齐放,樱树、棠花各占半边天。

越良泽上午都在打理山中庭院里的花卉。灵魔们有心帮忙,却笨手笨脚,摔了好几盆花,在男人看过来后齐齐耷毛,团成一团躲去石灯后假装自己刚才什么都没做。

越良泽也没有责骂那些灵魔，神色平静地过来清理花盆，将花株重新栽种，不厌其烦。他剪了几枝开得漂亮的棠花插入瓶中，将其放在铃萝的屋里，窗前、桌案上皆有。

铃萝今早走得急，床铺乱糟糟的，他也一并整理了。

灵魔们趴在窗上默默看着。这男人在天照山哪里都能去，随便做什么都行，主人根本不管。大庭院旁边有小庭院、葡萄藤架、种菜的小院子、流水的石台，跟他当年在天极居住的院子一模一样。午时过后，越良泽到石台前洗手，再取食材开始做晚饭。因为要做的东西很多，所以他提前动手。灵魔最喜欢这个环节，互相传递消息，叽叽喳喳地从四面八方赶来。胆子大的，跟越良泽混熟了的几只灵魔喊道："道君，道君，这次要帮你叫主人吗？"

"主人去小山头布禁制，一时半会儿怕是回不来。"

越良泽说："她忙就别叫了。"他一个人认认真真地做好晚膳放在桌上。

天色已经彻底暗下来，山里能看见漫天银河。越良泽煮了些糖水小玩意儿给灵魔们，一帮小黑球欢欢喜喜地抬着锅走了，不再打扰他。餐桌在花树下，花树又挨着池塘。越良泽沉思了一会儿池塘里该种些什么，最后却回屋拿了竹竿出来夜钓，反正也是打发时间等人回来。越良泽安静地坐在池边竹椅上，随身带着的飞云听突然响起。他愣了愣，取出一看，发来传音请求的是三师哥白藏。越良泽一开始没接，白藏又发了一次，越良泽这才接起。他刚接起传音，就听白藏抱怨道："你在那边玩得也太乐不思蜀了，竟然连我的传音都不接了。"

"师哥。"他垂眸看着清澈的水面，低声说。

"吃过饭了吗？"白藏很是随意地问。

越良泽说："吃过了。"

"我还没吃。"白藏叹气，"二师哥又在煮白水蛋，非要把白水蛋煮出花来，拦都拦不住。"

越良泽眼里掠过笑意。

"你赶紧被她赶出山回来做饭吧。"白藏说，"不需要回宗内，在外边也行。"

越良泽："她不赶我走。"

白藏默了一瞬，说道："师弟，做人坦诚一点儿，至少不用跟师哥说些虚的。"

越良泽眨了眨眼说："是真的。"

那边传来"哐哐当当"的声响，二师哥长赢喊道："白藏，过来给我吃蛋！"

"不吃！"白藏不客气地喊道，"我已经在游说阿泽回来做饭了，你休想靠白水蛋吃死我。"

长赢凑到飞云听前喊："越良泽，给老子滚回来吃蛋！"

越良泽抿了抿唇，压低了点儿声音回："师哥你们先吃。"

"吃什么吃，你找大师哥去，你看他吃不吃。"白藏把长赢推开，继续跟越良泽说："明日十二大仙门齐聚天照山，我跟二师哥也会到，到时候仙首令一出，就算是你想拦也够呛。"

越良泽盯着鱼线说："师哥，不用考虑我。"

白藏又说道："行吧，就算我不用仙首令，那四方禁兽已经被唤出来，本就是守护人间的最强存在，你单挑一个勉强能留个全尸，四个是真的不行。"

越良泽神色不变，只说道："我试试看。"

长赢在旁边翻着白眼说道:"试什么?!你连全厂都不会有!师尊来也救不了!"

越良泽正色道:"肯定不能麻烦师尊。"

长赢岑毛道:"重要的是这个吗?!"

"哎,别硬塞给我吃!"白藏再次把长赢推开,语重心长地说道,"师弟,最后的机会了,明日你如果想拦仙门人,那我们也保不了你。"

仙门的人至今还以为丹水真君是被妖女抓了困在天照山出不来,外边还有人喊着拯救丹水真君的口号来救人。

越良泽只说道:"不必在意我。"

白藏长叹一声,早在那次越良泽出山门后,就知道劝不住的。

飞云听重新恢复安静。越良泽钓了许久,一条鱼也没有钓上来。他轻笑一声,不再守着,起身去桌案边展开画卷,研墨提笔,想着下一个庭院如何构造。旁边的竹篓里堆了不少画卷,画的不是什么美景、美人,都是房屋建筑或是一些新奇小玩意儿。越良泽作画的时候才静心思考,思考他的道。一路走来历经沉浮,世间苦难、爱恨嗔痴他也尝遍了。他做了对的事,也做了错的事,善恶是非如何,从很早以前就无所谓旁人怎么看。旁人只会说,或是恭维赞美,或是鄙夷批判,可无法感同身受,也不能经历一样的事去做出选择。他们连做抉择的权利也没有。你必须学会自己做选择,然后承担后果。越良泽咬着笔将画纸卷起,另一个人影迎着漫天星光走来,她到石台边洗着手,水流声声传来。

"你画的什么?"铃萝看了他一眼,懒洋洋地问,"又是房子?"

越良泽点头,卷好画纸后取笔画了一圈咒印封着。

铃萝轻车熟路地走去桌边坐下,哼了一声道:"天照山这么大,我不信你要每一块地都建房。"

"可以建很多,但不用都占满。"越良泽说。

铃萝抬眼看着他,目光清明:"你很缺房子?"

"以前缺,现在不缺。"越良泽去洗手,末了又补充一句,"但想要。"

铃萝看了看满桌子的食物,挑了最喜欢的那道菜先吃,闻言随意说道:"想要你自己动手,我可不会帮你半点儿。再说明日十二大仙门就要来围剿天照山,听说还带了四方禁兽,大手笔,还有什么乱七八糟的神奇法宝禁制都拿来了,到时候这一片地方肯定打得乱七八糟,你想要,趁早下山去太平城里买。"

越良泽拿着手帕擦手,低垂着眉眼回:"我想自己建。"

铃萝:"那你去城里买块地自己建啊。"

"在这里建。"他面不改色地在桌边落座,"你们明日打就打,毁了我就重新建。"

铃萝用筷子敲碗说道:"你怎么不回圣剑宗去建?我可打不进圣剑宗,别人也打不进去。"

越良泽:"回不去,这里风景好。"

铃萝嗤笑了一声,不信:"刚才有飞云听的灵力波动,你的师哥们终于肯联系你,想来救你了?"

越良泽不答。铃萝单手支着下巴看着他，另一只手掐了个灵诀，将杯中的凉酒热好后递给他："明日我与冥渊一战，那些仙门的人来得正好，入了天照山，我刚好以阵法借他们的灵力给我，要是你师尊也来的话就更好了。"

"师尊不会来的。"越良泽接过她递来的酒，又掐诀让它冷却后才喝。

铃萝眯着眼笑："那你们的师徒关系不好啊，若是我师父还在，肯定早就来了，还有我师兄。"

"虽然他们死的死伤的伤，但也算是有对比的，你是不是做了什么事惹恼你师尊了？"

她眨了眨眼，语气带着几分暧昧和戏弄："该不会怪慈仙首知晓你在南江城对我做了什么，这才震怒不救你吧？"

越良泽点头"嗯"了一声。

铃萝哼了一声，不再问。倒是越良泽问她："铃萝，你非战不可吗？"

"有何不可？"铃萝反问，"难道你以为我会输？"

越良泽给她夹菜："不会。"

铃萝扬了扬眉，不自觉地感到满足高兴。

越良泽不认为她会输，但看出了铃萝对尘世再无留恋，与冥渊一战就是同归于尽。哪怕是他也留不住这个人，为此他多少有些失落。饭后越良泽收拾好厨房，又去另一座建造到一半的庭院里打打敲敲，忙活到深夜才回去洗漱更衣。

铃萝已经睡下了。平时不是铃萝忙咒术、阵法到很晚才回来，就是越良泽忙改造天照山环境忙到很晚，他每次都等铃萝睡下后才回来，然后悄悄摸上床在她身边躺下，一伸手就把人捞进怀里抱着，安安心心地睡去。铃萝算是默许，面子上又过不去，便每次最早醒最先离开，拒不承认她次日会在这个男人怀里醒来。可今日天色将亮时越良泽就醒了。他小心翼翼地起身，穿衣洗漱，走到门边时顿了顿，又回去，弯腰在她的唇边落下轻轻一吻。

满山灵魔眼巴巴地目送着越良泽下山去。他走过山间的一草一木、一花一树。春花烂漫，短短一夜却开始凋谢死去，迎着朝阳而来的是一把黑色的长剑。无生太高兴了，主人终于重新召唤它，但在被主人握住时，又觉得难过。

越良泽站在天照山脚下。十二大仙门的人临近午时才来，浩浩荡荡上万人，有的御剑在天，有的持剑在地，去往天照山的路被一个提剑的男人拦着。

"丹水真君，你为何在此拦我等？！四方禁兽已出，说明冥渊也在助我们将她铲除，你为何要与仙门、冥渊为敌？！"

越良泽目光清明，一如往昔那般干净明亮。他不言，却划出了一道冲天结界，将天照山护在身后。各方仙门的人声讨、指责、谩骂的话语，他都听在耳里，却无悔。

"难道圣剑宗就不说点儿什么吗？！"各大仙门的人望向白藏与长赢。

"诸位动手便是。"白藏淡淡地说，"只是我圣剑宗从不对自己人刀剑相向。"

"好一个不对自己人刀剑相向，他丹水如今可是投靠魔族！"

"早听闻越良泽与那魔女有不可告人的秘密，关系暧昧不清不楚，如今看来果真如此！"

"什么被抓，我看这小子根本就是自愿在此！"

"有辱仙门的孽畜！"

长赢抬眼看过去："来，再骂，诸位可别骂得用力，等会儿却撑不过一剑就下去见阎罗他老人家。"

"你们不是来讨伐妖魔的吗？！为何处处维护他？！"

长赢冷笑道："我等要杀的是魔，可不是下边那个蠢货。"

"多说无益，既然你要拦，那我等也不客气！"仙门的人喊道，"这是大势所趋，她今日必死，你拦不住的！"上万修者攻打天照山，剑光、咒律、阵法，却都被越良泽的剑斩下。这一战搅动得周边灵力大乱，天地都在震颤，他们都被越良泽的剑气拦下了。这男人的确是当今修界最强的剑修。而他不仅剑术最强，作为圣剑宗弟子，咒律也是一绝，用上了天干地支、星宿六甲中的上千条大型咒律，灵力修为深不可测。最后仙门的人动用了四方禁兽，强行攻山。四方禁兽是守护人间最强的存在，其身长是天与地的距离，吞吐云雾、风雨、灵息、雷光，朝他攻来。

越良泽被逼退了，蹙着眉，手中无生断意正不断散开。十二卷、二十四卷、三十六卷、九十七卷——断意全散，无生出鞘。天地间所有凶戾煞气都集中在此，所有人的剑都停了灵息，瑟瑟发抖，不敢再往前半步，宛如废铁。

铃萝忘记了，她以前也跟越良泽说过让他换把剑。越良泽没换。他不需要无生保护自己，因为他手中的剑想保护的从来都是别人，而非自己。

天照山逐渐崩塌毁去。四方禁兽吐息间，厉风吞噬山花树枝，烈烈火焰焚烧世间一切不祥、不洁、不净之物。火焰吞噬了守在天照山前的男人。断意缠绕在他的手上，将无生与手掌捆绑在一起。越良泽还站在山前，可他的肉身已死，留在这世间的只剩剑意。无生发出愤怒的剑啸，焚烧的烈火一瞬染上黑色。越良泽死前在想昨日铃萝跟他说的最后一句话，只是一句普普通通的话。

此时越良泽所见就是铃萝所见，是冥渊以水天镜映照出的未来会发生的事，在她与冥渊战斗的时候，在她看不见的地方，越良泽会替她守着天照山，与十二大仙门的人相遇，最后所有人都将死在四方禁兽的烈火中。他们在生命尽头看见的是四方禁兽，是满山黑焰。原来无生也出鞘过。冥渊要她看见这些画面，就是在问她，难道你不想救这个人，不想改变这个结局吗？铃萝醒来时蹙着眉，有些茫然。她已不在赵家门前，而是在一间小屋里。屋里稍显昏暗，遮掩的窗帘只被掀开一角，却有一个人影站在那里挡住了更多的光源进入。

铃萝眨眼朝窗前的人看去，才从苦业花的记忆之梦中回来就见到了他。越良泽背对着她站在窗边时也像极了站在天照山前，身姿挺立，带着点儿戒备与守护之意。铃萝瞧着他的侧脸。他是长相干净的那类人，却也俊美无双，尤其是那双眼，黑色的眼眸沉静冷淡，尽管没在看人也没有说话，安静时也难以让人忽视，却又不显冷漠。铃萝曾说越良泽是美男子，不止是皮相，还有风骨和气质。

窗外天色似乎已近黄昏，偷摸避开男人洒进来的橘色光芒都带着一股腐朽的气息，给她一种走到尽头的凄美感。走到尽头……铃萝轻眨着眼，伸手摸了摸心脏位置，衣上还有血迹，伤却好得差不多了，只有一点儿疼。水天镜让时光倒流，冥渊不杀她，反而救她，哪有这么好的事？他肯定是有所图。他给她看越良泽的记忆又如何？他想劝她回头吗？

怎么可能？铃萝轻声说道："你怎么在这里？"

越良泽回头，对上铃萝看过来的目光时眉头轻皱了一瞬，放下掀帘的手，朝床边走来，说道："伤势如何？"

铃萝眨着眼没答，又问："我怎么在这里？"

越良泽轻声解释道："我追着煞气到顺义镇，鬼镇里却没有鬼，反而恢复了往昔的繁荣景象。我巡查时，遇见琴鸢带着受伤的你在找药铺。"

琴鸢，他应该也是认识的。

越良泽说："当时你看起来伤得很重。"

"我又没死。"铃萝抿唇，对自己的大意中招有些恼。

"现在看起来应该没事了。"越良泽瞥了一眼她受伤的地方，"我去琴鸢说的赵家看过，进去也并未见到剑光，里面一个人都没有。"

你当然看不见剑光，那剑意只诛杀万魔。

铃萝心中想着，问："琴鸢呢？"

"她跟慕须京守着赵家。"越良泽补充道，"这里是药铺房间。"

铃萝有点儿惊讶："慕须京怎么也在这里？"

越良泽说："他跟我一起来的。"

铃萝轻扯着嘴角嘲笑道："你对他还真是处处照顾。"

越良泽也不恼，而是问："能起来吗？"

"能，但不想。"铃萝抓着被子问，"琴鸢走的时候说什么了吗？"

越良泽想了想，答道："要我好好照顾你。"

铃萝侧头上上下下地打量了他一会儿："她说你就听话了？"

越良泽依旧好脾气地说："你当时的确需要被照顾。"

"手给我。"铃萝说。

越良泽看了她一眼，虽然不知道为什么，却还是伸出手递过去。铃萝握住了他的手，有些凉。她坐起身，在越良泽垂眸看下来时，却拉着他一起倒在床上。

越良泽对她没有防备，倒下时另一只手还扶住她的肩膀，以免她磕碰到伤口。只是他有些疑惑，黑亮的眸子静静地映着她的面容，铃萝的长发垂落在他的肩侧，一缕轻轻滑过他的脸颊，冰冰凉凉的。

铃萝将手掌覆在他心脏的位置，感受着衣下那颗心脏的跳动，眼前的人会说话，会眨眼，会拦着她没倒下去，是活生生的。"越良泽。"她点了点这颗心脏，说，"你要死也死在我手里，为什么要便宜那些废物？"

越良泽被她说蒙了。他说道："我没想死。"

铃萝却越听越气，此时根本顾不得眼前的人什么记忆都没有，五指揪着他的衣领紧紧攥着："我又没跟他们说过南江城的事，谁都没有说过，天下人哪里知道你做了什么？他们攻山就攻山，你老老实实地站在旁边看着不就好了？你还是修界的正道仙君，第一剑圣，拦什么？！我根本就不怕他们！"

越良泽怔怔地看着她，发现不知不觉间她的眼尾染上了绯色，惊心动魄的美感让他不敢惊扰她。

"他们凭什么？！"铃萝气道，"我都没动手，他们怎么敢？！什么四方禁兽，我现在就去杀了看这帮废物还能有什么手段！"她不可能因为越良泽的死而回头，但越良泽的死勾起了她心底最深处的暴戾情绪，她迫不及待地想要将那些人和物都杀了。在这世间她已经没有什么可失去的东西了，铃萝是这么以为的。可他们杀越良泽不行，不行就是不行。哪怕她曾把这人拉下欲望泥潭，让他与魔为伍，也曾伤他甚至践踏他，却又不能容忍旁人也如此对他。

铃萝有无数次机会杀越良泽，却始终没走到那一步，哪怕只差一点点也停下了。

她冲动起身欲去找四方禁兽杀掉，却被越良泽拉了回去。"铃萝。"他有点儿无奈。

铃萝挥开他的手，却没挣脱，便看回越良泽瞪他："放开！"

"铃萝，你是把我当成别的人了，还是……"越良泽抓着她的手腕，目光沉沉地看着她，"做噩梦了？"

铃萝咬唇，稍微冷静了一点儿："你怎么知道我做噩梦？我才没做梦！"

越良泽顿了顿，嗓音带着点儿慵懒之意地说："你之前叫我的名字了。"

铃萝睁大双眼："你再说一遍？"

越良泽认认真真地重复了一遍："你睡着的时候叫我的名字了。"

"不可能！"刚冷静些的铃萝又疯了，"我没有！你撒谎！"

越良泽似无声地笑了一下。

门外传来脚步声，铃萝弹指将一道剑光飞出去怒道："不准进来！"于是刚走到门口的慕须京又面无表情地转身走开了。琴鸢则被这剑意吓到，听铃萝这声音显然是好得差不多了，也就一脸蒙地跟着慕须京走开。

铃萝对越良泽说："我没有！"

越良泽轻声说道："只是梦而已，你不用担心，也不要怕。"

那才不是梦。那是你——铃萝反驳的话到嘴边又停住，她看着眼前这张脸恨得牙痒，之前揪他的衣领的手被越良泽握着，只能嘴上凶道："你知道我做了什么梦吗？"

越良泽眨眼，以一副愿闻其详的表情看着她："什么梦？"

铃萝："梦见你不知死活地挑战四方禁兽，断意全散、无生出鞘也打不过，被活活烧死了。"

无生听到这话又不服了："你又在主人面前贬低无敌的我跟我无敌的剑鞘！主人不要信她的花言巧语！她伤到了脑子！"

断意："四方禁兽的话，以主人现在的实力主人是打不过。"

无生："无敌的我跟无敌的你有什么打不过的？！主人千万不要信她，我们这就去把那什么禁兽斩成渣渣给这个女人炖汤喝！"

断意："你闭嘴吧！好好听我说四方禁兽是什么玩意儿！"

越良泽屏蔽了剑灵的声音，只看着铃萝，还是认认真真的模样。他问："我为什么要去挑战四方禁兽？"

铃萝眼都没眨一下就答："因为你蠢！"

越良泽："所以你是梦到我死了吗？"

铃萝看着他恼道："死了！你笑什么？哪有人听见自己死了还笑的？！"

越良泽没忍住，眼角眉梢都染上了点点笑意。"不知道。"他说，"只是梦而已，梦里我死了就死了，但你梦里有我，比死了更让我想笑。"这是一种难以明说的喜悦，令他不能自已。

但铃萝听见"想笑"二字，倒觉得他是不以为意，理解成一件趣事。这男人根本没意识到这件事的严重性！铃萝气得想咬死他，身体比脑子快，先做出了行动。她低头朝越良泽咬去，一直老老实实地被铃萝压在床上的越良泽又蒙了，身子僵硬在那里不敢动分毫，突然入怀的温香软玉每一次都让他手足无措。

越良泽自信能解决世上最难拆解的剑术和最难背诵的咒律，却拿铃萝没办法。直到尝到那点儿血腥味铃萝才停下，她看着他出血的唇时秀眉微蹙，眼角的绯色褪去，眸子里却染了一层雾气。越良泽任她为所欲为，没有反抗也没有斥责。

铃萝略微直起身与他拉开距离，控诉道："梦里你不仅死了，还偷亲我，我现在亲回来。"

越良泽心情复杂，一时竟不知是否该澄清一下梦中人似我非我，还是说她报复的方式较为奇特？

总之——越良泽声音喑哑地说道："以后别这么做。"要是梦里偷亲你的人不是我怎么办？

铃萝看着他染血的唇，哼了一声，恶劣地说道："你疼也不关我的事，教我亲吻的人没教好。"她放开越良泽起身，没瞧见男人明亮的眼眸黯了几分。

"谁教的"三个字到了嘴边，他最终还是没说出去。他以什么身份问这种话？可他又莫名地不甘心。越良泽眉头微蹙，眸子里染了点点郁色，在铃萝看过来时别过脸去避开了。

这人的气势都变了，安静中带了点儿冷与阴郁。铃萝看出他不高兴了，却没管，只觉得越良泽会死在天照山，是因为在南江城时跟她在一起，若是越良泽没和她待在一起，那就不会被圣剑宗放弃，仙门的人也没理由挑错。铃萝抿了抿唇，五指抓着柔软的被子紧了又松，反反复复，也带着点儿不甘心，而越良泽轻轻起身，长衣滑过她的眼尾。她追着这抹长衣去看越良泽。

越良泽背对着她，黑长的眼睫轻颤，将眼眸深处的沉郁之色掩藏住。

铃萝见他背对着自己，最终妥协，说："我以后不会再碰你。"我也不拿你练美人尖了，你来南江城就赶你走，绝不留你，也不要你在天照山待着。你就好好活着。

越良泽听得再次蹙眉，抬眸时眼里带着点儿冷冷笑意。他本欲抬手擦掉唇上的血，却顿住，最终轻轻将其舔掉。

第三十三章

女仙君

铃萝还在纠结自己刚才做出的决定，总觉得不甘心，很不爽，一时没注意越良泽的样子。

这人忽然转身走过来，伸手掐住她的下巴。

铃萝惊讶地看过去。

"就算你娇纵任性、蛮横无理，事事只按照自己的心意来，我也无所谓。"越良泽站着，比她高半个身子，垂首看着她时，眼神带着无形的压迫感。

铃萝听得又想咬他："你竟然——"

"凶我"两个字还没说完，她就感觉冰凉柔软的指腹压在她的唇上，让她顿住。

越良泽将她唇上沾染的一点儿血色抹去，没看她的眼，视线落在她红艳的唇上，与他冰凉的手指不同，是柔软温热的。"但既然那人没教好，你就别学了。"他说。

铃萝眨着眼看着越良泽。

他说："不准学。"

越良泽放开她，神色沉静，没再看她就转身出了门。

铃萝歪头看去，屋门被关上，把两个人隔开，夕阳橘色的光芒各自落在他俩身上，她放在被褥上的手染上一层瑰丽色彩，还能感觉到点点暖意。她忍不住笑了，伸手捂着嘴，抱着被子笑倒在床上，声音细碎。

越良泽站在门外冷静片刻后，回想起自己刚才说了什么话，不由得默默捂住脸。你可真威风，怎么还是说出来了？这要她怎么想？她是否会觉得自己多管闲事，哪里来的资格要求她，简直不要脸？在他头抵着廊柱面壁思过时，再次进门来，站在台阶下的慕须京没什么情绪地问："可以谈正事了吗？"

越良泽抬首，瞬间恢复平静："你说。"

慕须京身后跟着的琴鸢小心翼翼地问道："铃萝呢？"

越良泽回道："里边。"

"她怎么样了？刚才是怎么回事？你俩吵架了吗？"琴鸢边问边过去敲门。

越良泽淡淡地回答："没有。"

铃萝笑得太欢，没注意压着伤口后疼得倒吸一口冷气，心脉受损的问题被修复，但皮肉伤没给她治好。那一剑可真是——铃萝皱眉，收敛笑意掀开被子起身下床。她听见琴鸢的声音在外边响起："铃萝？你怎么样了？我可以进去吗？"

铃萝上前开门，屋外阳光耀眼，她眯着眼，看见门口站着神色担忧的琴鸢，看着她的不再是冥渊的那双眼睛。

琴鸢只是冥渊降临人间时附身的傀儡，本人并非冥渊。

"我没事，死不了。"铃萝懒懒地说着，余光瞥向旁边的越良泽，这人没看她，在跟慕须京说话。

"白天赵家一个人都没有，司塔那一圈有灵力护着，我进不去，大概是有什么禁制。"慕须京说，"也许到了夜晚会不一样。"他从身上拿出一幅画卷递给越良泽："这是在一处厢房里找到的，供奉桌上挂着的画像，算是唯一住在里面的人。"

越良泽打开画卷，铃萝走过去看起来。画上描绘着一个身穿淡金色法袍的女人，在场的人都认得那是南山雪河的门服。画上画的是女人的正面，可见全貌，并非什么天仙，五官也不精致，平凡普通，甚至有几分刻薄，左眼只有眼白，显然是个盲人。女人身着法袍，手持仙剑，周边有黑魔和妖兽朝她袭来却被描绘出的金色剑气拦住。虽然相貌平平，女人的眉眼却很温柔，饱含对苍生的怜爱之色。

"这……这人有点儿眼熟。"琴鸢指着画上的女人说，"南山雪河的门服，是雪河的剑修吧。"

"只是眼熟吗？"铃萝点着画说，"这么厉害的剑修你们都不知道的吗？"

慕须京才被接回月宫一年左右，在这之前从未接触过修界的事，看这幅图也就勉强知道这是南山雪河的法袍，别的就再不知道了。他没说话，铃萝也不指望他能认出来。

琴鸢摸了摸鼻子，有些尴尬地说道："习堂上尊主教的东西，我大多数忘记了嘛。"

"玄号左白真君，是一名实力非常强大的雪河剑修。"越良泽打量着画中的人说，"她曾诛五邪七魔，自创方天剑术，可比风家神术剑意，修为已到飞升境的门口，就差一点儿。"

太聪明的人想事情总是很快。在讲述画中的人是何身份时，他脑子里已经想到了这方天剑术。剑气能以铃萝无法察觉的速度释放，又精准穿透心脏位置，还有从铃萝的伤口残留的点点剑术气息来看——伤她的多半是左白的方天剑术。只是这剑术有点儿特别，只对魔有效。若是寻常人，剑光哪怕穿透他的心脏也不会伤其半分。

越良泽不动声色，没有说出半点儿猜想。

倒是铃萝看着他表情有些惊讶："你竟然知道？"她还以为世间修者差不多把左白真君忘得一干二净了。

越良泽说："旁人或许不知道，但圣剑宗弟子必须知道，因为入世前师尊会抽考相关案卷。"

铃萝说道："看来圣剑宗的修行比想象中的更加艰难。"

"左白真君当时风光无限，一人一剑斩妖除魔，杀了不少危害世人的妖魔，被民间许

第三十三章 女仙君

多人敬仰信奉。"铃萝看着画中眉眼温柔的女人说,"她要做到何种地步,才会让世人为她修庙供奉,奉人为神?"

她还未得道飞升成仙,就已有人甘愿为她修建庙宇,供上香火信奉她。之前甘王府的郡主说南山雪河歧视女人,不收女剑修,可南山雪河曾出了一位世间最强大也最温柔的女剑修。

"那也太厉害了吧!"琴鸢感叹道,"这样厉害的人物,后来怎么半点儿音信都没有?习堂和民间都该听说她的事的呀!"

铃萝撇嘴道:"左白真君已经死了好几十年,她后来的名声不好,大家不敢提也不屑提她,加上修界每年都有厉害的人物,渐渐地她就被忘得一干二净了。"

慕须京看向赵家的方向:"也就是说那家人信奉这位早就死了的左白真君?"

"这画像是供奉用的规格,有人信奉左白真君也不是什么坏事,她的确做到了至死也保护人间,除魔卫道。"越良泽收起画卷说,"入夜了,我们再去赵家看看。"

铃萝眉头微蹙,却没有拒绝,跟着去了。一行人走到街上依旧能听见各家传来的声响,打骂笑闹,窗户上映出的影子都是活生生的人儿。

白天空无一人的赵家,入夜后却变了一番模样。门上贴着大红的喜字,屋檐挂着的灯笼都是红色的,就连门前那两棵花树也被挂上了大红的喜字,府内丝竹弦乐声都带着喜庆与柔美之意。门前站着两名迎宾小厮,笑嘻嘻地恭迎着前来贺喜参宴的客人们。

四个人到这里一看都有些蒙。

"白天还什么都没有……"琴鸢对眼前的喜庆与热闹场景感到毛骨悚然,"这会儿怎么又……又要办喜事了?"

铃萝说:"我就不去了。"

越良泽看了她一眼,铃萝理直气壮地说道:"我害怕。"

"那你在外面等着。"越良泽也没有勉强,跟慕须京先进去。

小厮倒也没有拦人,而是笑呵呵地说道:"欢迎欢迎,快快里面请,新郎官和新娘子都在里边等着诸位呢!"

琴鸢听得汗毛直竖,问:"谁和谁成亲啊?"

"哎呀,你进里边去看看不就知道了?"两个小厮推着她往里走。

铃萝面无表情地站在门口。她本以为这三个人要去很久,两个小厮也冲她招呼,但她没去。铃萝在门外观察着来此的宾客,几乎白天都见过,就是住在顺义镇的人们。她蹙眉半晌,最终掐诀用了画皮灵,试一试能否以画皮灵之姿进去。

赵府院中有棵大树,枝叶繁密,延展到院外。铃萝化身白狐,一跃而上。它慢慢朝里走着,保持警惕,随时准备撤离,却直到走进赵府内也不见半点儿反应,这才加快速度去找越良泽他们。

府内到处张灯结彩,满满的喜庆之意,侍女、小厮们都在来来回回地走动忙碌着,还有主人家招呼亲戚的声音,欢喜热闹。白狐跳跃着落在庭院中的假山上,见走廊里好几名侍女捧着喜服往前走,旁边站着的喜婆甩着帕子掐着嗓子招呼:"快去给新郎官换上,新娘子已经在大堂等着，就等他去拜堂呢！"侍女们边走边笑。

铃萝看得有些疑惑：这是有几个新郎？怎么要这么多套喜服？她跟着侍女们走着，刚出长廊，就感受到慕须京的剑气，还有琴鸢的尖叫声："我是女孩子！你们要一个女孩子当新郎干什么？！就算你们要抓我，也该抓我去当新娘子好吗？！"

铃萝："现在这情况你当什么都不好吧！"

中庭的屋檐下，侍女们拉着琴鸢说道："快进屋换上喜服，去前堂娶新娘子啦！莫要让人家久等，我们这就帮你更衣。"

琴鸢："你们找错人了！我娘说我破生死境前不可嫁娶，你莫要坏了我娘的遗愿！"她挣扎着，那笑盈盈的侍女抓着她时却像是下了什么禁制，让她使不出半点儿灵力，只能被强行拖走。

慕须京一剑斩来，抓着琴鸢的两名侍女尖叫一声变成黑色烟云散去，却又有两名侍女笑嘻嘻地跑来。

琴鸢一边往慕须京身后躲一边"呜呜"地喊："他才是男的，你们要新郎抓他啊！"

慕须京："……"

捧着喜服走来的侍女越来越多，他们根本杀不完。

白狐凶悍，咬死一个算一个。琴鸢见到白狐很是感动："铃萝！铃萝你千万不要进来，这地方有古怪！他们随便抓人当新郎，那奇怪的侍女抓着我时我连灵力都用不出来。"

白狐问："越良泽呢？"

琴鸢说："这些侍女拉着我走时，也有一批侍女去拉丹水真君。"

话刚说完，几个人就听之前的喜婆尖声喊道："新郎已到，快快行礼！"

原本追着琴鸢与慕须京跑的侍女们听了这话后当即欢欢喜喜地走了。

铃萝看着落了满地的喜服，他们哪里来的新郎？

琴鸢惊道："他们该不会把丹水真君给抓了吧？！"

新郎？越良泽？岂有此理！新郎就算是左白真君也不可以！白狐灵活地跳跃着朝前堂赶去，到前堂时，刚巧看见穿着新郎喜服的男人在喜婆与侍女的护送下朝端坐在庭院高处的新娘走去。

新娘静静地端坐在红色的桌案后，头戴盖头，身旁夜灯照耀，隐约可见盖头下是个妙龄女子。

新郎走得很慢。

过道两旁的宾客宴席上已是杯酒声声，十分热闹，众人都看着新郎，说着赞美和祝福的话。侍女们笑着撒着篮中花瓣，喜婆则尖声喊着婚典里的吉祥话，气氛十分热闹美好。

这场婚礼所有人都很开心，没有谁是不满意的，就连盖头下的新娘子也在光影的映照下可见温柔安静的样子，脸上并非忧愁、怨怼或不满神色。可白狐却非常不满，它只当走向新娘子的是越良泽，便急火火地跑上去咬人，却在冲进去时被结界弹飞，然后被混在宾客间发现它的越良泽伸手接住。小狐狸前爪扒拉着他的肩膀，似抱着他的脖颈，毛茸茸的脑袋在他身前轻撞了两下。铃萝气死了。你不是新郎你早说啊！

越良泽神色平静，拎着小狐狸的后颈拉开距离："不是说以后不再碰我吗？"

白狐朝他挥舞着毛茸茸的爪子，即使被抓住了命运的后颈，仍旧一副嚣张的模样说道："画皮灵碰的跟我有什么关系？"

越良泽听后沉默了片刻，又问："不是说害怕不进来？"

白狐伸爪按他的额头，说一句按一次："我仔细想了想，你是拔出镇仙玉的丹水真君，还有无生，能与我一战不落下风的圣剑宗弟子，有你在，我就不是很害怕，勉强屈尊进来陪你一起看看。"

越良泽看着这只嚣张的狐狸，似认输般放开了它，任由它跳上自己的肩头。好话歹话都让你说了，我能怎么办呢？白狐小小一只，坐在他的肩膀上时尾巴不安分地一摇一摆的，蹭得他脖子酥痒。

越良泽静心不管。

慕须京与琴鸢匆匆赶到，悄悄混入宾客中，好奇是哪个倒霉鬼被抓去当了新郎。在场的新郎就一个，在宾客与父母的注视下缓缓走向新娘子。

铃萝悄声问："要是你被抓去当新郎怎么办？"

越良泽盯着前方，眼都没眨一下地说道："婚姻大事，死也不从。"

白狐听了这话后忍不住抬爪捂着鼻子笑。这回答可真是一本正经。

喜婆尖细的声音再次响起："新郎、新娘到，起身，一拜天地！"

新郎走到桌案后，与起身的新娘子并肩，终于转过身来，大红的喜服之下却是一张憋屈狰狞的脸。

在场四人看见他时都有点儿惊讶。

唯一不认识甘卯的琴鸢悄声问："这是谁啊？"

慕须京说："甘王府世子。"

琴鸢一时哽住。人间世子被绑架进鬼镇强迫成婚，这事也太惊悚了吧！

甘卯这会儿又吓又气，被这诡异的气氛吓到，气自己竟然被人绑架就算了，还要被逼着跟一个不认识的女人拜堂成亲！对方是人是鬼他都不知道，简直岂有此理！

甘卯内心嘶吼："阿姐，俊俊！救命！"他进了婚道结界，被阵法压制着，无法开口说话，身体也不听使唤。他想停下，身体却根据另一股陌生的意识行动。

喜娘喊道："拜！"

甘卯与新娘子朝着天地弯腰拜下。

"这怎么办？"琴鸢小声问，"就让这小世子跟人成亲了？"

慕须京淡淡地说："进不去。"他看这结界越良泽都破不了，那自己肯定也破不了。

另一边，越良泽跟铃萝说："那新娘似乎就是左白真君。"白狐毛茸茸的爪子在他身上按来按去，一会儿挠脸蹭额头，一会儿摸摸脖颈踩踩肩膀玩。铃萝对这场婚礼不是很感兴趣，闻言只说道："丹水真君眼力真好，隔这么远都看得出新娘子长什么样。"

越良泽不动声色地将这只乱碰的小狐狸抓到怀里按着。

好动的白狐被制住，只能露出一个头，睁大了眼看着拜堂的两个人。

喜婆喊道："二拜高堂！"

瞧着转过身去的两个人，越良泽说："你知道左白真君曾嫁过人吗？"

白狐挥了挥爪子，假意答："不知道，现在有人能记得左白真君她都该谢天谢地了。"

"她的方天剑术至今无人能破，是曾经杀退魔王的凶悍剑道。"越良泽低声说着。

白狐"嗯嗯"地敷衍着，低头咬他的手，见他还是不放，又啃了两口，倒也没太狠心用多大力气，就像是幼兽与主人玩闹的程度，然后就被越良泽以手卡住了脖子，再也咬不到。

"古籍中记载，她二十六岁盛春嫁人，死在第三年的冬末。"越良泽说，"所有有关她的剑道和功绩的事都在嫁人后停了。"

"这说明她嫁人后就再没碰过剑。"白狐阴森森地说，"以她的身份地位，还有修为境界，她却嫁给一个一事无成的纨绔子弟，世人都心痛她瞎了眼。"

越良泽问："你怎么知道她嫁的是纨绔子弟？"

白狐挥着爪子，熟练地甩锅："我师兄给的话本里都这么写的。"

越良泽默了一瞬，说道："写得挺对。"

白狐闻言仰头看他。

喜婆喊道："夫妻对拜！"

越良泽低头看着白狐，就算铃萝是狐狸形态，他看着时依旧能清楚地感觉铃萝的存在。

婚道中穿着喜服的二人规规矩矩地走完了所有流程，喜婆笑得满面花开，尖声道："礼成！"

甘卯崩溃："完了！我真的娶了个见都没见过的女人！阿姐！爹娘！俊俊！救我！"

"入洞房，入洞房啦！"侍女们嬉笑着将两位新人送去后边洞房。

音乐再次响起，宾客们的欢笑声比之前更大了，众人纷纷站起身举着酒杯朝高堂上的赵母、赵父走去："恭喜二位！祝贺二位！"

"恭祝二位新人百年好合！"

"这可是左白真君哪，赵郎能取得如此娇娘，可是三生有幸！"

越良泽起身去追甘卯，路上听见某个女人冷哼一声不悦地说道："一个丑八怪而已，有什么好得意的？"

她身旁的女人急忙说道："哎，玉姐儿小声些，你早前与赵郎暧昧，若是让左白真君知道了，可得小心哪！人家是赫赫有名的修者，多的是办法整治你。"

玉姐儿不屑地说道："修者如何？道术厉害又怎么样？她长得不行，以赵郎的性子就图个新鲜，我告诉你，不出三天，他准会腻了回来找我。"

女人叹道："祖宗，你可小声些吧，别再说这个了，吃完赶紧回去。"

越良泽追着侍女到了后院，前方奏乐声与祝贺的声音都逐渐远去。

喜婆引路，笑着推开房门，侧身迎向二人道："二位，请入洞房。"

新娘子迈过门槛，缓缓走进去。

甘卯脑子里大喊"给我停下不准进去"，身体却不听，已经抬起脚，正要迈过门槛时，

第三十三章　女仙君

听见一声熟悉的大喊:"世子不能进!"后方一名小厮忽然冲上前来,抱着甘卯的腰把人拖走:"快走!进去了你就真要跟这鬼新娘入洞房了!"

甘卯看清眼前的人后感动大哭:"俊俊!"

"回来!"喜婆惊声尖叫,"把新郎带回来入洞房!"

侍女们齐齐转身追过去,姜俊背着甘卯跑进庭院,跟慕须京打了个照面,双方都是一愣,后方鬼气袭来,侍女们眼神空洞,飞身上前围着姜俊开口道:"新郎,快回去吧,新娘子等着你入洞房呢!"声音甜美得诡异。

甘卯在心中嗷嗷喊叫:"滚开!要入洞房你自己去!我不承认这门婚事!俊俊快走!"

姜俊躲着来抢人的侍女,却见数条黑气形成的黑蛇从空中飞出朝他咬来,两条黑蛇咬住了甘卯的衣服拉扯着。

"快救人!"琴鸢喊着,上前帮忙。

姜俊躲闪中朝慕须京喊:"帮他把身上的月咒解了!"

刚拔剑的慕须京闻言顿了顿,淡淡地回道:"不会。"

姜俊瞪大了眼震惊地问道:"你是月宫少主竟然不会月宫的咒术?!"

慕须京蹙眉,目光阴冷地朝他看去:"你怎么知道?"

姜俊还在震惊中,艰难地躲着空中越来越多的黑蛇,回道:"不是,人命关天,你别开玩笑,你不可能不会月宫的咒术!慕景逸怎么可能不教你月咒之术?!"

慕须京将长剑一横,目标从黑蛇转向了姜俊。

姜俊没想到他竟然对自己动手,被打得措手不及地摔倒在地,黑蛇们趁机一拥而上,将他背上的甘卯紧紧缠绕,试图拉走。

琴鸢看呆了。怎么忽然之间自己人打起来了?

"你……"姜俊拼命拉着甘卯的手阻止他被黑蛇和侍女们抢走,同时狠狠地瞪了一眼慕须京吼道,"你干什么?!"

"你跟慕景逸是什么关系?"慕须京用长剑指着他。

姜俊没好气地说道:"我跟他能有什么关系?!"

慕须京却不为所动,又问道:"你是谁?"

姜俊艰难地跟黑蛇们较着劲,咬牙切齿地喊道:"你娘没跟你说过她有个哥哥吗?我是谁?我是你舅舅!"

甘卯:"什么?你哪里来的这么大一个外甥?!"

越良泽跟铃萝刚到庭院,就听见这惊天动地的喊声。

慕须京听得沉默。

这人是姜妙的哥哥?

"愣着干吗?救人哪!"姜俊没好气地喊着,"你来这里看戏的吗?行,就算你不会解月咒,总该会拿剑砍死这些破玩意儿吧?!"

越良泽掐了剑诀飞去,剑刃将黑蛇们斩断,慕须京回身将追来的侍女斩退,给了姜俊喘息的机会。

然而没了束缚的甘卯不受控制地朝洞房方向走去。

姜俊把人拉住，再次询问慕须京："你真不会解月咒？"

慕须京面无表情地答："不会。"

姜俊神色犹豫，内心挣扎着。甘卯要走，他险些拉不住。越良泽给甘卯设了禁制阻拦他过去，却被他一脚踩碎，显然这禁制拦不住他。他们必须将甘卯身上的月咒解开。月咒是北庭月宫的高级咒律，只有月宫的人知道如何解开。见甘卯又被黑蛇缠住，姜俊暗骂一声，咬破指尖滴血点在甘卯的眉心处，注入灵力解咒。

慕须京见状目光沉了几分。

铃萝在外轻挑了一下眉。

这姜俊，竟然偷学了咒律。

甘卯更是震惊无比。

他的好友姜俊不是个普通人吗？

姜俊怎么有灵力，还会修者的咒律之术？！

"你们看着点儿，我第一次解这玩意儿，不知道能不能成功。"姜俊说。

黑蛇朝他蜂拥而来，被越良泽与慕须京守在前方拦下。

白狐跳去姜俊的肩头看他解咒，越良泽瞥了白狐一眼。

甘卯眉心一抹月牙咒纹被火焚散去，咒术被解开，他不再是一副木木呆呆的样子，深吸一口气活过来，拍着胸脯喊道："俊俊！吓死本世子了！你怎么有灵力，还会咒律？你不是……"

他的话还没问完，姜俊也没来得及松一口气，就见天色大变，从夜晚转瞬变到天明。

场景被强制更换。几个人的位置从庭院中变成了洞房屋檐下。姜俊眼角轻抽，看见贴着喜字的喜房屋门被人从里边打开，穿着新郎服的甘卯从里边出来，神情、姿态完全是另一个人。那人神色嫌弃，揉着眼睛打了个哈欠，嘟囔了一句"无趣，不经折腾"。

甘卯："我什么都没做！"

姜俊扶额，前功尽弃。

"司命塔在回溯赵府曾经发生的一切事情，怕是与左白真君有关，部分禁制无法干扰，只能继续看下去。"

越良泽淡淡地说着，顺手把姜俊肩上的白狐拎了回来。

姜俊问："那要是把司命塔毁了可行吗？"

"行。"越良泽说，"但我暂时毁不掉。"

侍女们进屋去，却发出不小的惊叫声。男人们不方便去看，琴鸢跟白狐便悄悄地过去看了一眼，最后捂着眼回来，指着前边的甘卯骂："混账！禽兽！"

甘卯内心哭泣："我不是！我没有！"

白狐站在窗前朝里看着。

女人正颤巍巍地撑着双臂从地上起身，隔着纱质帷幔白狐隐约可见对方身上的血迹与不堪入目的伤痕。女人背对着铃萝的视线，因此铃萝不知左白真君此时是何表情，可受了如此屈辱，大多数人是绝望和愤怒的。

"少夫人。"侍女们给她披上衣服将人从地上扶起来，"这……这可如何是好？要不要去叫大夫？"

另一名侍女急道："快去，快去！"

"可少爷刚才并未……"

"你也不看看少夫人都成什么样了！"

左白真君拢着衣服，轻声说："不必去请大夫，帮我打点儿热水，让我沐浴就好。"

这声音跟她本人一样温柔。

侍女忙应道："是，我这就去。"

琴鸢气道："这赵家怎么敢如此对待左白真君？！怎么说她也是……"说到最后她又觉得不对。

以左白真君的修为境界，她怎么可能被一个普通人伤成这样？

"左白真君是谁？"姜俊还不是很了解当下的情况。

琴鸢给他解释这是一个如何厉害的人物时，铃萝回来跳到越良泽的肩上说："她大概是被废了灵脉，腕上有被抽取灵脉留下的伤痕。"

修者无论强弱，根基都在灵脉上，灵脉被废，就是一个没有灵力的普通人。哪怕你脑子里装着再多的法术、咒律，也用不出来。

"怎么可能？"琴鸢震惊地问道，"谁能废她的灵脉？她不是南山雪河的剑修吗？这么厉害的存在南山雪河总不该视若无睹吧？"

"她成亲那会儿还有南山雪河送来的礼盒。"姜俊说，"我看见下人接待的，送礼的是个跟世子差不多大的男人，穿着雪河的门服，气质挺特别。"

"那意思就是……南山雪河知道她的灵脉被废了？"琴鸢不敢相信。

"肯定是南山雪河不管她了，她才沦落至此。"姜俊看着甘卯离去的方向皱眉，他们不再像成亲那会儿能自由走动，而是被禁制困在了左白真君附近。

"刚听完你们说的话，我也想起一些事来。几十年前南山雪河有位非常厉害的女剑修，厉害到世人都传下任掌门会被破例传给她，可后来这位女剑修忽然就没了消息。有人说她与魔勾结，也有人说她自甘堕落放弃修道，还有人说她夫妻和睦、膝下儿女成双，隐退不再过问世事。"

"夫妻和睦？"慕须京讥笑道。

姜俊看了他一眼："那是别人说的。"

看着侍女们抬着热水进屋，琴鸢还郁闷不解："南山雪河怎么会不管她？"

姜俊说："很简单，像南山雪河这样的大宗门，肯定不会无缘无故地抛弃自家弟子，更别提还是这般厉害的剑修，想想她被废的灵脉和南山雪河的态度，这灵脉多半是被自家宗门废的。大仙门内部争斗一点儿都不少，说不定这位左白真君站错了队。"

慕须京开口："你也是大仙门的人。"

姜俊觉得他在针对自己，于是静默两秒后，挑眉看过去问："你娘亲怎么不在这里？"

慕须京："……"

气氛陡然变得诡异起来。

在场的其他人都知道慕须京的娘亲是何许人，这对继母、继子的关系总是被其他人议论。

慕须京冷冷地说了一句："她管不着我。"

"是吗？你娘管不着，我这个当舅舅的更是管不了了。"姜俊笑道。

他看着慕须京微笑着，语气却藏着暗讽之意："倒是你为什么连月咒之术都不会？就这样你以后还怎么当月宫掌门？"

慕须京回道："我不会，你会才奇怪。"

姜俊呵了一声，却不再怼他。

铃萝知道白骨魔来顺义镇要找的是左白真君的尸骨，也知道左白真君嫁过人过得不好，但对这些事也都是听说的，从未亲眼见过。

如今瞧见左白真君身上那些伤，铃萝才知旁人的描述全然不及事实半分。

白左真君在屋内洗浴时，守在门外的两个侍女皆是一脸复杂的表情。

"不是说她是仙门有名的真君吗？怎么她却被少爷弄成这个样子？"

"嘘，你小声些，真君手上的伤我以前见过……少夫人怕是没了灵力，是个废人了。"

"什……什么？"

"不然像她这样的人怎么可能嫁给少爷？"

"这可真是……唉，我本来以为，遇上少夫人，还想着用心服侍好了，请她用法术帮我弟弟治病，却没想到她竟成了废人，一点儿机会都没了。"

左白真君许久才从里屋出来。她穿戴好，素面去了前堂见赵父、赵母。

早膳桌边，赵母笑呵呵地邀请左白真君在身旁坐下。

赵郎不悦地说道："怎么不涂抹点儿胭脂就出来了？你看看你那张脸，啧，素面朝天的像什么话？你们修者就只会学些乱七八糟的剑术，不会打扮自己？"

左白真君沉默着没说话。

她的眼一白一黑，乍一看其实有点儿吓人，赵郎抬首看到她的脸，说道："晦气，不吃了！"

"混账！哪有你这么说话的？！"赵父怒而拍桌，"回来坐好！"

赵郎却一点儿都没被吓到："爹，你看她，新婚刚过，起来一句话都不跟我说，也不叫我一声夫君，她才混账！我看哪，人家就是觉得咱们配不上她，端着修者的架子，看不起咱们，不然怎么一声夫君也不叫啊？"

"这也太不要脸了！"琴鸢忍无可忍，要上前揍他，被姜俊拉住。

甘卯之前还在哭，这会儿气得破口大骂："你顶着本世子的脸说这些混账话，我真的要吐了！俊俊不要拦她，让她过来打死这混账家伙！"

父子俩吵起来，赵母起身劝架："不要吵了，这像什么话，都是一家人，一家人哪。"

赵母身体不好，起来劝了没两句就头晕，一手扶着额角，赵父忙扶着她，怒道："你这逆子！看看你把你娘气成什么样了！"

赵郎扯了扯嘴角，指着左白说道："是她气的！你看我们在这儿吵，她却什么都不说，指不定在心里笑话！爹，我跟你说，这人就是当惯了高高在上的修者，看不起咱们普通人，平日里——"话没说完，他就听到左白轻声唤道："夫君。"

赵郎先是愣了愣，接着咧嘴笑得不能自已，眼泪都快笑出来了。

"再叫啊？"他说。

左白抿了抿唇，看了一眼快晕过去的赵母，低声说道："夫君，过来坐下用膳吧。"

"好，好，夫人都这么说了，我当然得吃。"赵郎回来坐下，神色讥讽地看着她，"不如夫人亲自喂我吃吧。"

左白神色如常，将所有情绪都藏起来，只露出温柔的一面，端着碗一勺一勺地喂他吃东西。

甘卯暴怒："这是我的脸！我的身体！你丢的是我甘王府的面子！你死了，等本世子出去就把你祖坟的骨灰都扬了！"

赵家娶了位女道君，这事全顺义镇的人都知道。这位女道君是位非常厉害的剑修，出自大仙门，人们对她的往事津津乐道，第二日就来了许多人想要一睹真君风采，或是带了信函和礼品来求人帮忙。赵父让下人去拦人，赵郎却开了门让他们全都进来，并扬言道："我娘子可是有名的道君，天下没什么难题是她解决不了的，且她心善，看不得世人遭难，你们尽管去求她，无论什么事她都会答应你们。"虔诚且有所图的人们来到左白居住的院里，侍女慌慌忙忙地跑来告知她缘由。

左白沉默，随后亲自出面，当着众人的面伸出手腕，告知腕上伤痕的原因："我的灵脉已被废，我如今只是一个体弱的普通人，让诸位失望，很是抱歉。"

众人的表情十分精彩。一开始不少人还羡慕、忌妒赵家娶了一位道君，第二日就得知这道君是个废人，背地里众人对此感到十分好笑，茶余饭后常以此取乐。

"我以前见过的道君，哪一个不是英姿飒爽娇美俊俏？偏偏赵家娶的那位，跟以前我见过的道君们比起来简直不堪入目哪。"

"别说她长得难看，还看不见呢！"

"哎，本来就长得不好看，又瞎了一只眼，以前她好歹风光厉害，如今却成了个废人，叫人唏嘘得很咯。"

"修者怎么了？没了灵脉她还不是跟我们一个样，谁比谁高贵啊！"

左白足不出户，基本就在赵家庭院里待着。她身上有伤，养好都得十天半个月，然而多半等不到好她就又会被赵郎凌辱，伤痕总是新旧交加。身体上的凌虐不够，赵郎还会故意将外界的人如何谈论左白的话告知她。

琴鸢看得都要气疯了，姜俊再次把她拦下，说："这人做得太过，不像是单纯性情残暴，更像是跟左白真君有仇。"

"有仇？什么仇？左白真君杀他全家碎他筋骨将其锉骨扬灰都不为过！"琴鸢气道。

姜俊讪笑，你一个小姑娘还挺狠。

琴鸢看了看几位同伴，问："怎么就我反应这么大？难道你们看了都不觉得生气吗？！"

白狐又被越良泽按在怀里，只能举起一只爪子说："我很生气。"

越良泽发誓，他只是为了避免被生气的狐狸咬所以才按住了它。

姜俊说："虽然我也很不爽，但生气没用，仔细想想后来这些人都死了，你就消消气吧。"

被强行剥去灵脉，活下来的身体也虚弱无比，左白虽然有所反抗，但那点儿力气实在不够看。

这夜赵郎喝了酒，外边下着雨，夜色下的雨幕与灯火交织，衬得这庭院格外凄凉。

左白披着外袍坐在屋檐下听雨。赵郎一身酒气，手里拿着把匕首，走到左白身后说："今儿是玉蝶的忌日，我本来是该与她成亲的，你却说她是妖，让我爹娘赶走了她。"

琴鸢听到这里顿住。

"她胆子很小，特别怕人，平时与人说话都磕磕巴巴，只能躲在我后边默默地看着众人，明明那么乖巧，也从未害过人，你却非要杀她。"

左白轻声说："她杀了人。"

"你闭嘴！"赵郎抓过她的肩膀让她看着自己，她那仅有的一只黑亮的眼瞳正映着男人狰狞的脸，"我不管她杀没杀人，反正我已经看透了你们这些修者！她是妖是魔又怎么样？她从未害过我！从未伤害过我！"

左白说："她从未伤害过你，所以伤害别人就可以吗？"

"玉蝶没有杀人！"赵郎怒道，"是你不分青红皂白地就冤枉她，一点点机会都不给，直接杀了她！"

左白被他掐着脖子，呼吸艰难，抱在怀中的香炉滚落到地板上发出沉闷的响。

"今日是她的忌日，我总该给她带点儿祭品去。"赵郎说着，举起了手中的匕首，冷笑道，"你这只瞎了的眼睛，就赔给她吧。"

左白伸出一手去挡他的手，却被挥开，琴鸢跟甘卯都在喊住手，赵郎却手起刀落，将那白色的眼珠挖出。

夜雨渐大，倒在地板上的女人颤巍巍地起身，却走不稳，从石阶上滚落，倒在庭院中，夜雨落了满身，冲刷着她身上的血污。

左白神色茫然，缓缓伸手遮住自己被挖的左眼，灰蒙蒙的眼中映着沉郁的天空。

"我杀妖除魔救人，哪里错了？"有着无上剑道修为的左白真君竟生了心魔。心魔左白站在雨夜中垂首看着她，神色冷漠，手中长剑是从十五岁时就一路陪伴她，漫漫十年，却被她无情地抛弃，剑鸣声声，满是不甘之意。

"你没做错。"心魔说，"每个人你都想救，但不是每个人都值得你救。"

不！每一个人都值得她救！左白对魔厌恶，自己生了心魔，比赵郎对她的折辱更难以让她接受。她努力想要湮灭心魔的存在，这事却被魔界所知，一开始只是三两只灵魔站在窗上嘲笑她，渐渐地来的灵魔越来越多，越来越多。

来的魔阶级也越来越高。世人将她遗忘时，魔界却将她的事迹传遍。

"左白，当年你以方天剑术杀我同胞时不是挺威风的吗？怎么如今你却连把剑都拿不起了？"魔君带着一众灵魔立于空中，神色睥睨，居高临下地看着左白被赵郎欺辱，"可怜，实在是可怜。"对这么一个废人，魔君连欺压的心思都没有。

左白仍旧在压制心魔。

第一年，赵郎摘她的一只眼，第二年，赵郎斩她的一根手指。

第三年，顺义镇常有怪事发生，大家都说是妖魔作祟。

赵母病重，久不见好转。

顺义镇的确来了几只小妖，夜里吓了人，被添油加醋地描述，形容成了凶戾嗜血的大妖，人人自危，家里养的鸡被下山来的猛禽叼走也说是妖魔做的。说法众多，随着那几只小妖越发肆无忌惮后，人们逐渐认为这是以前被左白杀害的妖魔来报复她。

"她杀了那么多妖怪，如今成了废人，那些妖怪肯定是要找她报仇的啊！"

"晦气！都怪她嫁到了这里来，害得我们也跟着倒霉！"

"老子今晚就去赵家找那婆娘赔我丢的几只鸡！"

"还有我！我家的羊突然就病倒了，肯定也是她的错！"

人们跑去赵家闹，赵父气得不行，赵郎只冷眼看着，甚至言："你们想要什么说法？杀了她解恨？"

人们倒是被他直白的言论吓到，忙说道："哪有这么严重？我们就是要她告诉那些妖怪冤有头债有主，妖怪要报仇也该找她，别拿我们撒气啊。"

赵郎不屑，他的态度引得镇民们都很不服气，当夜，一个小孩夜里撞鬼，被吓死了。这家人哭得肝肠寸断，孩子的父亲提着刀来到赵家，一路冲进左白的庭院里喊："我要杀了这女人为我儿报仇！都是你招惹来的祸害！都是你害的！"侍女吓得退走，没人护她，左白站在原地没动。她身子越来越弱，想跑也跑不了的，于是她被踹倒在地，长刀砍在她的脸上、肩膀上，屋里血流成河。

侍女们尖叫着跑走，大喊："杀人了，快去救救少夫人。"

可等赵父带着人过去时，却发现那提刀行凶的男人死在庭院里，而浑身是血的左白站在门口，手中是那男人带来的刀。赵父被吓晕了过去。一时间左白疯了、左白被妖魔附身等言论传遍整个镇子，一天之间丧子失夫的女人更是难以接受，于家中自尽。这似乎点燃了所有人的怒火。他们围堵着赵家，要赵家人交出被妖魔附身的左白，要杀了她除魔。赵郎开了门，将被绑着的左白推出去给他们："要杀要剐随你们，别在这里瞎闹吵着我娘养病。"被推出去的左白浑身是血，面容被血迹遮掩，让人看不真切。她似乎艰难地张了张嘴，却被人举着石头重重地砸在头上。

女人哭喊道："就是你杀了我二哥，又害得我二嫂自尽，你才是妖魔，是恶鬼！去死！"

众人对她群起攻之，拳打脚踢，或是拿着棍棒、刀剑敲打。世人愚昧，也许这不是他们的错，可他们因此做出疯狂的事，便是大错。左白看见的不是人们厌恶的嘴脸，而是在人群后缓缓扩散的黑雾，从黑雾中走出的人影提着长剑。

"不……不要……"她艰难地出声，试图阻止黑影，却被一个七岁男孩扔来的石头砸中，再也醒不过来。左白真君嫁进赵家三年，第一次出门。天色暗沉，有白雪从空中落下，女人已经死了，疯狂的人们却不知，仍在继续施暴。于是黑影划出手中的长剑，将人们的首级一一斩下。尖叫声四起，人们不知所措地慌乱逃窜着。左白死了，再也阻止不了自己的心魔。她的心魔将顺义镇化为了人间炼狱。心魔手持长剑立于空中，周身黑雾围绕，她掐诀燃起大火，对下边跪地求饶的人们视而不见，声音冷漠地说道："来，该你们了。"

烈火焚烧到赵郎身上时，甘卯终于被放出来了。他看见眼前因为痛苦而五官扭曲的男人，气得上去补了两脚："你简直畜生不如！"

"世子！"姜俊过去把他拉走。

琴鸢捂着脸靠着墙哭得上气不接下气，"呜呜"地拉着慕须京的衣袖擦眼泪。

越良泽目光沉静地看着上方的心魔，轻声说道："难怪南山雪河的掌门也只能镇压顺义镇的恶鬼，没法将其消除，原来守在这里的是左白的心魔。"

他们出来后，铃萝便撤了画皮灵，眨眼看向浑身是血地倒在赵家门前的女人。火海中，一个黑影现形，弯腰将死去的左白抱起，动作温柔虔诚。慕须京与越良泽同时拔剑指向来人，哭得正伤心的琴鸢被吓了一跳，铃萝将她护在身后，看向终于出现的白骨魔。

"我的师尊死在赵家门前几十年，却连一个为她收尸的人都没有。"白骨魔柔声说着，抱起左白时，肉身风化，染血的衣下只剩一具白骨。

"师尊？"姜俊跟甘卯都愣住，"她是你的师尊？"

白骨魔被黑斗篷遮着容貌，让人看不清脸，他笑道："我师尊哪里都好，就是太善良，死后也不愿自己的心魔伤人，因此在这镇上留了方天剑术，我若是想进来带她的尸首出去，必须避开这剑意才行。于是我借了你的镇仙玉挡剑意，丹水真君想必是不介意的吧？"

越良泽问："镇仙玉呢？"

白骨魔未答，而是飘到了空中，与心魔并肩，大笑道："这些人都活该，再受几十年的罪也不够，百年，千年，万年，上万年……我要他们永无安宁转生之日！"

烈火不住降落，甘卯被烫得"嗷嗷"叫，姜俊拉着他，对上边的白骨魔说道："随你想怎么样，我们跟此事无关，你先把我们放出去！"

"走那边。"铃萝指着亮着幽幽蓝光的方向，"那是出口，趁这心魔还没再次发功，我们现在赶紧走。"

姜俊拉着甘卯就跑。他对上边的师徒虐恋完全不感兴趣，倒是甘卯边跑边问："为什么他师尊嫁赵家的时候这徒弟没来？第一年他没来，第二年也没来，第三年还没来！整整几十年他才来给他的师尊收尸，这个逆徒！"

姜俊听得哭笑不得："现在是在意这事的时候吗？你被绑走郡主担心死了！我可是拿项上人头担保必须救你回去的！"

甘卯忙说道："对，对，对，赶紧回家去见阿姐！回去叫麒麟卫来把这赵家的祖坟都给我拆了！"

慕须京拉着抽抽噎噎的琴鸢走了，铃萝问越良泽："你怎么还不走？"

越良泽看向司命塔的方向："镇仙玉在那里。"

铃萝不紧不慢地说："司命塔里记录的一切就是支撑心魔的存在，因为白骨魔用镇仙玉做掩护进司命塔，司命塔一直在被方天剑意攻击，如今全靠镇仙玉撑着运行。你若是拔剑走了，司命塔被毁，心魔散，顺义镇的人也就解放了，不再受苦。"

越良泽听着这话眉头微蹙，似在犹豫。

空中的白骨魔看着左白的心魔，目光温柔，话里却满是自责之意："师尊，对不起，我来得太晚了。"他伸出手，轻轻抚摩着心魔的脸："不过你放心，我们总有再见的一天，相信我师尊，很快。那些把你害成这样的人，我一个都不会放过。"

"我会废了他们的灵脉，将他们带到你面前忏悔，然后一起关在这鬼镇里。"心魔面无表情，只在意下方的怨魂们，看都没看白骨魔一眼。白骨魔在她的眉心处落下一吻，抱着左白的尸首离去。

烈火熊熊燃烧，白雪纷纷飘落。

越良泽欲往前走时，被铃萝拉着手往出口的方向走去。

"不要去。"铃萝说，"你不是不要镇仙玉吗？就让它留在这里，反正没人打得过左白的心魔，也没人能拔出镇仙玉，把它留在这里反而是安全的。"

越良泽低头看向被抓的手腕，沉默一会儿后，说："这次可不是画皮灵。"

"那又怎么样？"铃萝头也没回地说，"我反悔了，别说以后，我现在想碰就碰，不愿意你就拔剑。"她还真是理直气壮。他无声地笑了一下，任由铃萝带着自己走了。越良泽离去前看了一眼空中的心魔。不是所有怨气都必须被平息。

第三十四章

入仙门

众人冲出顺义镇,看见的是刺目天光,外边天色已亮,回头看去,顺义镇却被笼罩在黑暗之中,浓浓的怨气让人毛骨悚然不敢靠近。

"世子!世子在这里!"麒麟卫们穿过林中雾瘴,却进不去顺义镇,看见甘卬出来时感天动地,纷纷上前把人护住防止发生意外。

楚异正想过去问他们自己的混账师妹在哪儿时,就见铃萝牵着越良泽慢悠悠地走了出来。

这人倒好。他在外边急着进去救人生怕这混账师妹被恶鬼撕碎死了也不得安宁,结果她此刻却像是夜半出游与野男人厮混的大小姐一般半点儿不慌。他真是白操心。

楚异狂翻白眼时,于休却松了一口气,上前问道:"铃萝,可曾受伤?"

铃萝看见于休,立马松开越良泽小跑过去:"二师兄,我怎么可能被伤到?"

于休却见到她衣上有血迹,蹙眉问:"那你身上哪里来的血迹?"

"这不碍事,别人的。"铃萝面不改色地撒谎道。

楚异问:"别人是谁?"

铃萝:"别人就是别人,反正不是我。"她看向不远处南山雪河的人,南山雪河的人比之前多了几位,风天耀正拿着剑抓狂:"凭什么那魔能进去本少爷进不去!"

他身旁的青年玉沧无奈地说道:"人家是魔,当然能进鬼镇。"

风天耀转而瞪他:"我进个鬼镇还得入魔吗?!"

玉沧好脾气地笑着。

铃萝收回目光,就听楚异冷笑道:"你就乱来,你二师兄进不去这里都急得要传信给师父让师父过来救人了。"

"镇守这里的可是位大人物,你们进不去也不奇怪。"铃萝说,"南山雪河的剑修至尊,左白真君在里边守着呢。"提到南山雪河,众人不由得朝风天耀一行人看去,风天耀闻言也看过来,有些疑惑。他还未开口,哭得双眼通红的琴鸢就骂道:"你们南山雪河的人也太过分了,左白真君那么温柔善良的一个人,也对南山雪河有过贡献,你们却放她在外任人欺辱！"

风天耀满脸疑惑的表情："左白真君是谁啊？"

玉沧小声提醒他："宗内禁提此人。"

"为什么不能提？"风天耀也小声问他，"此人犯了何事？"

"那是位早逝的前辈，玄号左白，使方天剑术，"玉沧说，"因为投靠魔族被赶出宗门。"

风天耀闻言挑眉，望向琴鸢说："投靠魔族的人？"

"什么投靠魔族！"琴鸢怒道，"她可是到死都不让自己的心魔伤人！"

风天耀不信："要真是如此，她怎么会被废除灵脉？"

琴鸢生气地将顺义镇的事情声情并茂地讲了出来，先让众人想起左白当年的光辉事迹，再对比嫁入赵家后的凄惨景象。旁听的众人都惊呆了，个别人也忍不住悄悄擦起了眼泪。

风天耀听着这事也觉得这女剑修太惨，那赵郎不是人，顺义镇的人都是蠢货，可这事关南山雪河宗门，他可不允许别人诋毁，便说道："谁知道你说的事是真的假的！反正她被废灵脉，肯定也是做了不可饶恕的事！"

琴鸢："那她也不该被如此对待！"

风天耀："那是赵家人做的，跟我们南山雪河有什么关系？！"

一旁吃着麒麟卫递来的食物和水果的甘卯朝南山雪河的人扔去一个小碟子怒道："老子亲眼所见亲身体会，你休想狡辩不认！"

姜俊忙把人拉回去不让他掺和这事。

两边的人越谈越生气，大有要动手的意思，玉沧拦着风天耀顺着毛："息怒，息怒，我看还是将此事汇报给掌门，毕竟事关宗门，也不好就这样放着不管。"

于休则拦下琴鸢，低声说道："此事已上报大掌门，他们会解决的。"

"你真要觉得不信，进去看看不就知道了？"楚异拔剑，朝又鬼气动荡的顺义镇里走去。

铃萝看了他一眼："你去干什么？"

楚异头也不回地说道："见见传说中的方天剑术。"

不少人还真跟他一起去了。

于休有些担忧，想拦楚异，却见铃萝摇了摇头，朝一旁把玩飞云听的越良泽抬了抬下巴。

越良泽低声说："镇仙玉在司命塔里，有楚异在不会有什么事，但也动不了这顺义镇的阵法。"

"镇仙玉在里边？"于休愣住。

越良泽"嗯"了一声，一手滑动着飞云听传信："我已将此事告知师哥，师哥说不用管镇仙玉，倒是要注意那白骨魔的后续计划。"

于休蹙眉应道："白藏真君说得没错。"

越良泽看向铃萝，轻声说道："师哥要我回宗门一趟，即刻起身。顺义镇可进可出，但你还是要小心，别惹恼了心魔。"

于休还在想左白跟白骨魔的事，铃萝倒是问："叫你回去干什么？"

越良泽轻轻摇头，没说，看着铃萝，目光略显犹豫。

铃萝看出他有话想说，眨眼问："怎么？"

"你的玉听……灵息给我。"越良泽故作冷静地说，"白骨魔若有后续动作，我好告知。"

铃萝倒没有多想，拿出玉听给他。加上好友后，越良泽将玉听还她，御剑道："那我先走了。"

铃萝看着玉听，头也没抬地"嗯"了一声，等她再抬首时，天光大亮之处已没了人影。

她再看玉听，不由得弯唇笑了一下。

风天耀硬是要闯顺义镇，玉沧拦不住，只能陪着他一起进去。

一批人进进出出，天色很快暗下。

甘卯已被送回平遥城中，来此的各家仙门人也都去闯顺义镇，留下铃萝几个人一时无言。

铃萝看向没动的慕须京问："你接下来去哪儿？"

慕须京望着下方的鬼镇沉默，好一会儿才回道："南山雪河。她已经在去往南山雪河的路上。"慕须京说，"这是拜访仙门的最后一家，过后就回月宫。"

铃萝也在看下方的顺义镇，听了这话后淡淡地说道："若是回月宫，你可就得小心了。"

慕须京神色一如既往的阴沉，让人看不出情绪起伏。他在日落时接到月宫的消息回了平遥城。

胆子大的人都去顺义镇里见识了一番，出来时各个神色复杂。有的人哭哭啼啼，有的人双眼通红，还有人破口大骂，从赵郎骂到愚民，再骂到南山雪河……

风天耀一脚踹过去："关我们南山雪河什么事？！你是不是想打架？！来啊！"

玉沧把他拉走："算了，算了，同是仙门修者，哪有自己人打自己人的？"

风天耀听了这话后更炸："谁跟他是自己人了？！"

玉沧说："掌门已知晓此事，会有定夺，咱们此次是帮圣剑宗寻剑，既然已寻到了镇仙玉，就先回宗门吧。夫人见你上次比武受伤还惦记着呢，赶紧回去让她安心。"

风天耀不满地说道："你真是哪壶不开提哪壶，那点儿小伤算什么？！"说着他却往铃萝的方向瞅了一眼。玉沧怕他急脾气上去找人打架，忙把他越拉越远。

铃萝正跟师兄们一起离开，顺便问琴鸢："你接下来去哪儿？"

琴鸢苦恼地说道："我的剑被顺义镇的恶鬼吞了，法器也丢在里边，接下来……还是先回天极重新挑把剑再下山入世吧。"

"不用，这个给你。"铃萝将长袖塞给了她。

"欸？"琴鸢一脸蒙地抱着天降神武，"这可是神武！不行，不行，你快拿回去！"

她将长袖还给铃萝，铃萝却不收，说："反正你回去也是要挑剑，这把正好。"

琴鸢说："这太贵重了！"

铃萝挑眉："有什么贵重的？现在哪家仙门弟子不是拿着神武到处跑？"

琴鸢听得哽住，心中咆哮："那是你们亲传弟子才有的待遇啊！你看看别的弟子有把上品武器都不错了，还想什么神武呢？！"

"我接下来要去寻剑，你陪我一起去吧。"铃萝说。她想多多观察琴鸢，想再跟冥渊对

第三十四章 入仙门

话一次。

琴鸢这才被转移了注意力，好奇地发问："你要去寻剑？去哪里寻剑？"

"去很远的地方。"铃萝抬手在空中比画了一下。

田蓉师姐一事彻底断了线索，天极的人在平遥城转悠了数日，再无半点儿音信后也各自撤走了。

楚异谢天谢地，终于能回天极休息会儿了。至于什么白骨魔，什么左白心魔，各家掌门都出面在全修界通缉了，哪里还轮得到他操心，他直接御剑回了天极。

铃萝得知姜妙已去南山雪河拜访，便没再拦楚异，带着琴鸢离开平遥城去寻剑。她离开平遥城当夜，却瞧见早几天离城的慕须京去而复返。

慕须京身边跟着月宫的人，她没有打招呼，在闹市中与他擦肩而过。

北庭月宫的使者去了甘王府，从甘王府带走了一人。

白骨魔放言，要为了死去的师尊报仇。各大仙门虽然下了通缉令，个别人却等着看南山雪河出事，因为左白是南山雪河门人，这二十六魔的怒火肯定会牵连南山雪河。

南山雪河与东岛天极素来交好，两方掌门更是至交，天极应对此事很是积极。在其他人都关心白骨魔，要么积极对抗，要么幸灾乐祸地等着看热闹时，只有西海太初仍在为镇仙玉发愁。

白藏留在太初已久，今日告辞，太初掌教亲自相送。

掌教说道："镇仙玉已被丹水真君拔出，我等知道此请求有些强人所难，但还是希望他能将镇仙玉带回来。"

白藏轻笑道："他本来也不要这剑，若是当初你们没多此一举地设阵法把剑换走，那白骨魔的计谋也不会得逞。"

太初掌教被他说得很是尴尬，老脸一红，再次拱手，还未开口就被同样拱手的白藏打断："掌教莫要为难我了，如今镇仙玉就在平遥城外的顺义镇内。丹水发过誓，此生绝不再碰镇仙玉，若是太初想拿回镇仙玉，也不用着急，慢慢来。"他的潜台词是：圣剑宗不会跟你们抢。

白藏笑眯眯地转身下了山。哪怕金鸢池宴大会早已过去，西海城却依旧热闹。

子修在西海城热闹的街市道上朝他招手："白兄！这是要离开太初回圣剑宗呢？"

"不回。"白藏手里拎着个小酒壶转悠着，"风卒国有惑妖出来，在都城里闹腾，死了不少人，我接了请愿去除妖。"

"风卒国？那挺远哪，惑妖出世，当真麻烦。"子修摸了摸下巴，"最近还有个白骨魔闹得人心惶惶，这些妖魔可真是……唉，闹腾得我这个闲人都得回去帮忙盯梢。"

白藏惊讶地问："天极人手可不算少，怎么连你也被叫上了？"

子修跟他并肩走着："可不是嘛！虽然哪里有热闹我就往哪里走，但那种送命的热闹我一向是不凑合的。"

白藏安慰他道："想必也不会让你做什么难事，你放宽心，这白骨魔既然要报仇，肯定优先找得罪过他的人。"

子修忙摇头说道："那肯定没我什么事。"

二人在西海城外告别，各自朝不同的方向走去。

白藏在去往风卒国的路上觉得无聊，便发飞云听问自家小师弟在干什么，要不要一起去。

越良泽路上遇妖魔闹事，耽误了回宗门的时间，这才刚到宗门。穿过无尽的雪原，看见青翠山海，满目花香，他回到圣剑宗时，被师尊怪慈仙首叫去了井室。越良泽跪坐在井室帘外，将在平遥城顺义镇所见所闻一一讲述。他唯一省略的是对铃萝受伤的猜想。两个人一帘之隔，怪慈仙首在里面整理书柜，将放在桌上的各种书本抱起再仔细放进格子里。

"那年我见她时，她身旁跟着一名十六岁的小儿，性情温顺，却是个半妖。"怪慈仙首不紧不慢地说，"人类与妖的后代不被人所承认，也不被妖承认，世人将其称为怪物。"

"这世间有妖，有魔，也有不能被两者概括的怪物。人与妖虽能结合，却极难生下活着的子嗣，因而人形的半妖极其少见。左白收了一只半妖为徒，认为这小儿有着人类的心与外表，可被教化，只是他依旧有妖的血脉，无法被这世间之人承认。于是左白将自己的灵脉换给他，洗去他的妖血。"怪慈仙首认真堆放着书本，声音没什么情绪起伏地说："南山雪河不接受半妖，也无法接受她收半妖为徒，两方因而决裂。"

越良泽默默听着。

怪慈仙首继续说："这是当年事后南山雪河给我的解释，是我所知，可我所知有时也并非真相。"

越良泽问："师尊是觉得另有隐情吗？若说左白被废灵脉是为了徒弟，嫁人又是为何？"

怪慈仙首不答，反问："你二师哥的伤早已好了，却始终不入世，你知道是为何吗？"

越良泽神色沉静。他知道，但不想答。

怪慈仙首也不在意，一边放书一边慢悠悠地说："你二师哥是个很喜欢凡间热闹的人，经常在外待着叫都叫不回来。当年他与邪魔一战救了数不清的人，普通人和修者皆有，但他受重伤回来时，发现被人跟踪，便故意走了错路，两方交手才发现跟踪者都是各仙门的修者，他们试图找到圣剑宗所在之地，见身份被识破，便对他下杀手。

"他没死在邪魔手里，倒是差点儿死在被他所救的修者剑下。"

自那之后，长嬴就不爱出山门了。

越良泽静默地听完这些事，轻声说："大仙门忌惮的是仙首令，想要的是圣剑宗内的入仙门。"

"入仙门，一步登仙。"怪慈笑道，"不知多少人渴望追求的就是这一步登仙，但我门内的入仙门，也许进可一步登仙，但去了就再也回不来这世间。'登仙'二字，是他们理解错了。

"你大师哥不可入世，二师哥伤了心，三师哥看似圆滑，实则冷心冷情，也许天下人都死光了他也不是很在乎，至于你，你的心思不在这些事上。"

怪慈转身看向帘外的徒弟："长嬴说你呆，没有自己的想法，只听令行事。这话有一半是对的。你只是不想自己思考。"

越良泽瞥了一眼身侧的佩剑，淡淡地说："我不适合。"

"不适合什么？"

第三十四章　入仙门

"当修者。"

"为何？"

"不想救人。"

怪慈说道："不想害人，也不想救人。"他问，"那当年你为何愿意同我回圣剑宗？"

越良泽答："不想害人。"

怪慈眉目慈和，闻言轻摇了摇头。"为师可从未教过你当修者必须救人。"怪慈掀开帘子出来说，"仙首令由你三师哥拿着，他知道该怎么做。你入世三年，今年却是第一次与大仙门接触，我希望你可以为此多想想。"师尊走了，留越良泽一个人在井室里面对满满的古书，一呼一吸间都是书页腐朽的味道。

越良泽闭眼静修。无生和断意都安安静静地陪着他。他梦见了很久很久以前的事。夏夜的风吹拂着，夜里星火闪耀，河边有萤光与野花，男人背着一把重剑，牵着他走在夜色中，河的对面是欢笑热闹的人们在放花灯。男人将手中会发光的风车递给他，又给他一盒糖，低声说："越良，这是你娘亲的姓氏，很特别，很好听，也……很漂亮。"

天际有大片火烧云，耀眼瑰丽。

铃萝在河边捧水洗脸，晃荡的水面倒映着她的模样，她衣襟微敞，锁骨靠左下方处可见一抹红色的花形印记。她伸手摸了摸，冰凉的水珠顺着印记滑落。

"琴鸢。"铃萝回头指着自己的印记处问道，"你看我这里有东西吗？"

"我看看。"琴鸢打量一番后摇头，"什么都没有，怎么了？"

"没事，我看错了。"铃萝又看回水面。这朵苦业花的印记只有她才看得见吗？

越良泽的记忆。他为什么要这么做？这么多天以后，铃萝难得花心思去想这个问题。

两个人在荒郊野外赶路，日落时选在河边扎营休息。琴鸢生着火，将百宝囊里存的食物拿出来穿起放在架上烤，又捣鼓着各种酱料。铃萝打水回来，在旁边帮忙，火焰暖暖的，驱散了夜里的寒意。她故作无聊地问："琴鸢，我有一个朋友最近总问我一些难懂的事。"

琴鸢听了这话眼皮一跳，抬起头神色怪异地看过去："这朋友问你什么？"

"她之前被人追杀，中途绑了一个男人当人质，逃进一座山里，后来追杀她的人攻山，这男人却没逃走，反而去拦攻山的人，最后男人死了。"铃萝问，"这男人怎么想的？"

琴鸢深吸一口气，对这个问题感到不可思议："怎么想的？这还能是怎么想的？！他当然是为了保护你朋友不被那些人追杀啊！"

铃萝却很平静地补充道："这不可能的，我的朋友是魔，他是正派修者——"

"等等，魔？！"琴鸢瞪大了眼，左右看了看，压低声音说道，"铃萝，跟魔当朋友这种事你还是慎重考虑一下。"

"我就打个比方，不是魔，就类似这样的关系。"铃萝斟酌着措辞后重新说道，"你想，这男子是被绑来当人质的，怎么可能反而去保护绑架自己的人呢？"

琴鸢想了想，又问："你的这个朋友长得漂亮吗？"

铃萝面不改色地回道："漂亮。"

"那怎么没可能？你朋友长得漂亮，世上男人绝大多数会因此心软沦陷。"琴鸢高深莫测地说道,"就算性别互换一下,但长相不变,这种事也很有可能发生。"

铃萝默然一瞬后,鄙夷地说道:"庸俗!"

琴鸢嘿嘿笑道:"世上本就是俗人多。"

铃萝想了想又说道:"但我朋友说,这男子不是会被表象迷惑的人,就算我朋友长得再好看也没用。"

"这么一听,那还真是让人唏嘘。"琴鸢转了转眼珠,对这个话题感兴趣了,开始积极发问,"有没有更详细的补充?"

铃萝眨眼看过去:"比如说?"

琴鸢竖起一根手指头问:"那山上就住了这两个人?"

铃萝点头。

琴鸢竖起第二根手指头:"孤男寡女?"

铃萝:"算是。"

琴鸢挑眉,又问:"两个人睡了吗?"

"啊。"铃萝蒙了一下,"睡?"

琴鸢悄声在她耳边解释:"就是——"

铃萝故作高深莫测地说道:"睡了。"

琴鸢听后微微睁大了眼:"哎,都这样了,你朋友还问为什么?她这也太迟钝了吧!"

"哪里迟钝了?!"铃萝不满地嘀咕。

琴鸢一边翻动着烤架,一边拿着刷子刷油与酱料,没好气地说道:"先说男欢女爱这事,他就算是被绑来的,但也没被限制自由,你朋友更不是霸王硬上弓,双方你情我愿,这还看不出来?"

铃萝强调道:"这种事也能见色起意,我朋友就是觉得这男子长得好看。"

琴鸢反问:"那这男子呢?"

铃萝纳闷:"我……我朋友哪里知道他怎么想的?"

琴鸢叹气,颇为恨铁不成钢地说道:"之前不是说了吗?这男子不是会被美色魅惑的类型,对方长得再漂亮也不会,他却做出了这种事来,可知不是见色起意,而是真心的。"

"真心?"铃萝变得神色古怪。

"对啊,真心,他真心爱这个女人,爱到愿意为她赴死。"琴鸢感叹道,"这已是显而易见的事实呀。"

铃萝却听蒙了。等一下,谁爱谁?"什么爱到他愿意为她赴死?"铃萝震惊地问,"这哪里是爱?"怎么可能?!爱是卑鄙、自私且肮脏的,是一个人把对方捆绑在身边百般折磨,只为自己快乐。

"这还不是爱?"琴鸢更惊讶,"怎么看这男子都爱惨了你朋友。命只有一条,他本就是被抓来的,算是无妄之灾,完全可以一走了之不管攻山的人,却留下来阻拦那些人,给心爱的女人拖延时间。这要不是爱,他哪里会去做这些事?"

这话乍一听很有道理,但这跟铃萝认知的爱完全不同,所以她难以相信。越良泽爱她?

这简直是笑话！铃萝抓紧手中的竹扦，微蹙着眉头。她想起苦业花记忆中，男人背对着天照山慢慢消逝在黑色的焰火中的场景。他死后，无生仍守着天照山与四方禁兽对抗，没有人能往前一步。可他不该死，也不该这样死。铃萝一想这事就觉得烦躁不已，心底的杀意蠢蠢欲动。她眨眼压制着冲动，琴鸢没发现不对劲，还在翻转烤架，继续说道：“每个人表达爱意的方式都不一样。”

是吗？铃萝狐疑地看去。

琴鸢说：“比如我爹，喜欢我娘，每天出门赶工时都会提前问我娘想吃什么水果，晚上回来时给她买。

"天昼宗有个师兄每天都会给阿兰送花，各种不同的花，都是新鲜的，每日从不间断。虽然阿兰最后跟别人在一起了，但那也是一种表达喜欢的方式。”

铃萝撇嘴说：“送花而已，有什么难的？”

越良泽也没送过她花呀。水果什么的……他倒是问过。

"这些当然是显而易见的啦。”琴鸢哼哼着，"也有危难关头见真情的，再拿阿兰来举例，她没被天昼宗的师兄打动，反而在一次外出历练时与一个书生相遇。书生腼腆，有些呆，不擅长与人打交道，但是阿兰受伤那会儿，书生背着她走了很远很远，为她去求人拿药，不离不弃地照顾她。那妖找到阿兰报复她时，也是书生拦在前边，让她先跑。还是那句话，命只有一条，若是一个人肯为对方拼上性命，那对方一定是对自己非常重要的存在。"

这种事向来是说得容易，真到那时候，许多人曾说过的誓言都将变为谎言。

铃萝越听越闷，手下不知轻重，将一把长竹扦全都捏断了。

琴鸢越说越上头，对此话题无限唏嘘感慨："爱可以是美好的，也可以是残酷的，不能只认定其中一种方式，这样做——"她回头想拿竹扦，却发现竹扦在铃萝手里断成了两截，一时呆住。"铃……铃萝，这……这……这……"琴鸢结结巴巴地说道。

铃萝把断了的竹扦扔开，面无表情地说："我重新削，你继续说。"

琴鸢莫名地感觉后背一凉，直觉自己刚才说的话有铃萝不喜欢听的，便小心翼翼地问道："继续说什么？"

铃萝："说那男人这么做是为什么？"

琴鸢琢磨了一会儿，试探道："方才已经说了。"

铃萝停手，神色古怪地问道："仅从这一件事就知道是爱了？"

琴鸢心说："这人命都没了还能不知道吗？！"

面上她却说道："也许还有更多我们不知道的细节。"

铃萝沉默，半晌后，削着竹扦问："你怎么知道这些的？"

琴鸢老实回答："话本上看的。"

铃萝那一点点动摇的情绪瞬间没了。

琴鸢接过她新削的竹扦感叹道："一开始我还以为你说的这个朋友是你自己，但仔细想想，这些事情都跟你对不上，我才安心。"

铃萝："怎么可能是我？！当然不是！绝对不是！"

烤串熟了，琴鸢递给铃萝几串，轻声说："你那朋友显然不知情为何物，如今那男子也死了，我看你还是别告诉她了，免得她伤心。"

铃萝咬着烤串含混不清地"嗯"了一声。

琴鸢想了想又说道："不，你还是告诉她吧，万一只是那男子单相思，你朋友对他感情不深，可能并不会伤心，但也算是能有所感悟。"

铃萝咬着肉，眨了眨眼说："伤心？"

"若两个人是两情相悦，喜欢的人却已身死，那另一个人当然伤心了。"琴鸢叹道，"换作我能哭个三五年。"

铃萝想笑，却笑不出来，而是在心中反问：越良泽死了她伤心吗？还未等她想出个所以然来，玉听就响了，是云守息的传信，问她去了何处。铃萝看了一眼就放下玉听，暂时没兴趣回复。这会儿天高皇帝远，她不理他又能怎么样？结果她刚咬了两口肉，玉听又响了，铃萝低头一看，轻挑了一下眉。密密麻麻的一大片传信，是越良泽发来的关于左白与她徒弟白骨魔的消息。

越良泽："这是我师尊告知的关于左白的信息。听说你没回天极？"

铃萝擦了擦手，拿起玉听，慢悠悠地将左白的相关消息看完，接着放下玉听没回复。加上玉听已经七八天了，你终于知道问我啦？

吃饱喝足后，琴鸢伸了个懒腰，掐着火诀说："你先休息，我守上半夜。"

铃萝走去大树旁坐下，这才拿起玉听回复越良泽："没回天极。"

越良泽问："那你去哪儿？"

铃萝："去寻剑。"

"跟你师兄一起？"

"师兄回天极了。"

"你一个人去的？"

"不是。"

越良泽看着飞云听陷入沉思之中。那她跟谁在一起？那人是男的女的？看着自己打上的传信，越良泽忽然醒悟，这回复实在不妥，太没分寸了。他正要将传信删掉时，二师哥长赢突然出现拍他的肩膀道："好不容易出井室，在这里愣着干吗呢？走，师哥带你出去玩。"传信被发出去了，越良泽眼皮一跳。

"你跟谁聊？白藏？"长赢探头去看飞云听，越良泽秒收，起身说道："师哥你去玩吧，我还想在这里坐坐。"长赢揽着他的肩膀把人带走："坐什么坐？你这分明是有鬼，先前白藏说你跟那写信不回的姑娘见面了，现在不写信，改用飞云听传信了？"

越良泽轻轻"嗯"了一声。

长赢笑他："人家都不回你——"话音刚落，越良泽的飞云听响起。他拿出飞云听看。

铃萝回他："是琴鸢。"

越良泽可耻地松了一口气。为此他在心里将自己鄙夷了一番。明明铃萝更过分的事都做了，他为什么却连发传信都要如此小心翼翼？

第三十五章

心上人

铃萝还在思考越良泽爱她这事，无论如何都没法相信，这太违和了，哪里都对不上，就像是要她接受鱼不是在水里游，而是在天上飞一样。情爱这种东西越是深想她越觉得恶心。

可如果对方是越良泽——她忍着恶心感想了想，还是放弃深思。反正越良泽无法阻止她。铃萝心里碎碎念时，越良泽跟二师哥出宗门去隔壁山里转悠，给她发传信问："你要去哪里寻剑？"

"我要去上无涧。"

越良泽看着这条传信轻挑了一下眉。

上无涧，一个存在于传说中的地方，记录非常少，具体位置不定，有人说在西南之海，也有人说在东北地下，只能言在这天地间，却有可能出现在任何地方。曾有许多修者找了一辈子也没能找到这地方。上无涧又名神剑墓。那些丧主或是不愿再择主，进行自我封闭的神剑，会自行进入上无涧，等待有缘人的到来。上无涧里的每一把剑都可算在神武之上。它们存在了很长时间，最少也是几千年。这也是无数修者穷其一生不放弃寻找上无涧的原因。因为记录少，这更像是一个虚无缥缈的传说，也有许多人觉得它根本不存在。但越良泽知道上无涧是真实存在的。他的师哥们的剑都是从上无涧里取得的，以至他曾经认为上无涧其实是圣剑宗的剑库。后来他问了师尊才知道并非要修者去找上无涧，而是上无涧主动来找修者。

神剑入梦，告知上无涧入口的方向。无生曾在上无涧待过一段时间，嫌弃里边要跟其他剑分享地盘。上无涧里边什么剑都有，整天打来打去争第一，很烦，它就跑出来自立山头。

就算是坟墓，无敌的我也只能接受跟我无敌的剑鞘一起！别的剑滚开！

越良泽将上无涧的规则告知铃萝后问："你收到神剑入梦的指引了吗？"

铃萝看着消息沉默了。她当然收到了，在很早以前收到的。那是她十岁那年。十岁的铃萝常常梦见自己身处一片薄薄的白雾之中，时而在天空中，时而是水面上，哪怕场景不同，但那挥之不去的接近透明的白雾总会准时到来，带着些微湿意，却又随着她的指尖划动而变换，似乎在柔声安抚她，要她别怕，拼命朝她传递自己的温柔想要与她亲近。当她走到白雾尽头时，看见的是一方倚着山壁的水潭，潭水清澈透亮，底下却无一活物，周边山花烂漫，再加上雾气蒙蒙，宛如仙境。清澈的寒潭水中心有一把剑竖在上方，像是透明的雾凝聚而成，看上去很薄，如冰凌，剑身细长，有着些微弯曲的弧度，隐隐透着几分带有贵气的金色光芒，她走进寒潭来到剑身下方，看得更加清晰。剑在发光，是温润透亮的光泽，也散发着轻薄的雾气。每一道雾气从剑身上流泻时，剑刃上都会闪过五彩斑斓的世间美景，当与人对战，刀剑相撞时迸发的剑气亦与众不同，世间唯它独有，无法被复制。用此剑挥出的每一道剑气都美得惊心动魄，让人沉醉其中，甚至难以察觉死亡的恐惧。

这是世上最美的剑。平时它附在铃萝腰侧，因为接近透明，又能散作雾气，基本没人看得出她到底带没带剑，除非她催动剑气现形。与此剑对战亦是，偶尔敌人会不知道这剑去了何处，又会从何处现身。这把剑是世间之雾形成，在这天地间无处不在。这梦反反复复，那时的铃萝不解其意，想要去拿剑却无法靠近，她又非要去拿，跟梦境较劲，常常因此醒来后十分郁闷。

铃萝醒后还是很郁闷，抓着被子滚了一圈，睡在旁边的妹妹玉芝因此醒来，睡眼惺忪地问道："阿姐，怎么又醒了？"

"睡不着。"铃萝掀开被子起身，神色郁郁地说，"我去外边练一会儿剑。"

"欸？这都多晚了你还练什么剑？"玉芝缩在温暖的被子里小声说，"阿姐你别走呀，我就是怕黑不想一个人睡才来找你的，你走了我怎么办呀？"

"阿娘不是给你的房间点了不灭灯吗？整个屋子都透亮，你怎么还怕黑？"铃萝下床穿着衣服。

姐妹俩的声音都稚嫩清脆。

玉芝歪头看过去，小声地跟她撒娇："阿姐不要走嘛。"

"我睡不着啦。"铃萝点了灯，又回来将被子给她拉上，"不准踢被子。"

玉芝眨巴着眼看着她："你走了，阿娘也没回来，你们都不要我。"

铃萝吓唬她："瞎说什么呀，信不信我放雁兽盯着你睡觉？"

"不要，不要！雁兽长得那么丑，更吓人！我这就睡了！"说完玉芝一把将被子拉起盖住了脑袋。

铃萝拿着把木剑出门，外面的庭院都亮着点点灯火，哪怕深夜，整个离宫各处依旧灯火明亮，许多地方不会熄灯，只因为离宫的二小姐怕黑。

铃萝没走多远，就在殿外，怕玉芝睡不着或是做噩梦醒了哭闹。

高墙内种着好几棵盛放的樱树，是从大仙门西海太初的樱林移植栽种的，非有钱能做到。

女孩拿着木剑在樱树下练招，又回想了一遍梦中所见情景，深觉抓狂。守在殿门处的侍女轻声呼唤，铃萝收剑看去，一名披着淡蓝色长袍的美妇人正漫步走来。她暗叫一声糟糕，立马转身往屋里跑，却被人柔声叫住。

"这么晚了还不睡,在这里干什么？"母亲过来问道,瞥见她藏在身后的木剑时眉头微蹙,不轻不重地叫着她的名字,语气却透着几分威严。

女孩眨巴着眼说:"我就是看看而已,没有练剑。"

母亲弯腰将她手中的木剑拿走交给了侍女。

铃萝一脸老实的样子。

母亲没有多问,但神情举止都在说着"没商量"三个字。

"睡不着？"她揪着衣袖帮女儿轻擦额头的细汗。

铃萝摇了摇头,跟母亲说着那让她郁闷奇怪的梦。

夜里风凉,母亲拉着她到樱树旁的石桌边坐下,又给她掐了个火诀驱寒。

铃萝边说边抬手比画着:"那把剑很漂亮,无论是光泽还是形状,比阿娘你的剑还要漂亮。"

母亲耐心地听着,神色温柔,在她好奇地发问时为她答疑解惑:"神剑入梦,是上无涧在给你指引方向。"

"上无涧？"女孩神色懵懂,"那是什么地方呀？"

母亲说道:"许多人梦寐以求,穷其一生也想去的地方。"

"你说的那把剑是由世间雾凝形,细长有微弧,纯净无瑕又可映照天地万物之美,散可至浩浩天地,被称作世上最美的神武剑,千年前就没了踪迹。等你以后长大了,你就可以根据上无涧的指引,去梦中所见到的地方找它。"

母亲起身,三指轻扣着咒诀走向她:"但是……剑对你来说是最不需要的东西……忘了吧……"冰凉的指腹轻点她的额头,将咒诀送入。

"阿娘……"

母亲柔声说:"以后你不要再偷偷练剑了,我跟你说过的,只要我还活着一天,就不会让你学剑术。"

铃萝抿了抿唇:"我不学剑术就是,可阿娘你也不教我咒律呀。"

母亲怜爱地摸了摸她的头,"等阿娘找到办法后,就教你咒律,除了剑术,你想学什么,阿娘都教你。"

屋门"吱呀"一声被打开,裹着披肩的女孩探头看出来,哭兮兮地喊道:"阿姐,你快回来吧,我一个人睡不着,我害怕。"

铃萝:我这没用的妹妹。她提着裙摆一边朝台阶上走去,一边说:"阿娘,你可不能反悔。"

"阿娘？"玉芝探头看过来。

母亲笑道:"多大了,还缠着你阿姐睡。"

玉芝小声说道:"那还不是因为阿娘你每天都很晚才回来。"

"好啦,我回来了,进去吧。"铃萝牵着她进屋,把门关上。

窗上映照着两个小人越走越远的身影,窗外的美妇人静默地看了一会儿,双手掐诀点出两只护光兽守在门外,让围绕着殿门的光亮显得柔和又温暖。只是没多久,离宫就被黑暗吞噬，再也无人点亮灯火。铃萝以前是不怕黑的，在外颠沛流离好几年后却怕了，怕得要死。

上无涧给她的指引被母亲拦下，她也因而忘记了梦中的一切事物，直到今年那咒诀力量才失效。上无涧再次找到她，唤起了她的记忆。水天镜倒流时间前铃萝花了点儿工夫才找到那处水潭，如今重来一次可省了不少工夫。

越良泽等了许久，才等到铃萝的回复。

她说："你别想探我的话，等我取了剑回来，你拿无生跟我比一比，看谁更厉害。"

越良泽：谁要跟你比？他让铃萝小心些，铃萝不以为意，记忆里她取剑顺顺利利的，一点儿都不怕。

天明时她跟琴鸢再次动身，御剑赶路，又花了三五天时间，跨越两个洲，进了大山之中。

琴鸢拿着提灯，左右打量着这处深山："我们跑这么远，是不是要取很厉害的剑？"

"一般厉害吧。"铃萝走在前边，看了一眼天色后，转身将手中的灵器递给琴鸢，是驱除山中妖魅的，"就在前边不远处，不过你要是害怕的话，可以在这里等一等，应该要不了多久。"

这一片地势较为开阔，没有林中那么阴森。

琴鸢摇头："我要去，我要去！放你一个人去我怎么可能安心，万一有危险怎么办？！"

"那就一起去。"铃萝倒不是很在意。

两个人偏离山中的石子路，穿过密林，来到倚着石壁而成的水潭边，入夜了，林中响起各种鸟兽鸣叫声，走近后还能听见不急不缓的水声。山林野花绕着水潭边缘开着，夜里有萤火虫在一旁飞舞，新月从乌云后现身，无声观看着世间景致。

"就是这里吗？"琴鸢左右看着，难以理解这里除了景色漂亮外，有什么特别之处。

铃萝点着头，走到水潭边一边挽着衣袖，一边说："我下去取剑，你就在外边等着。"

"什么？下去？"琴鸢惊讶地回头，就听"扑通"一声，身边的人已经跃入水中。

忽然之间只剩下自己一人，她有些蒙。她也不知道这水潭有多深，铃萝下去没事吗？

琴鸢举着提灯上前打量着潭水，清澈却不见底，只能瞧见水波晃荡，没有半点儿浮物。不说鱼虾，水里就连片花瓣或叶子都没有，干净得有些诡异。琴鸢下意识地想离这潭水远些，暗暗祈祷铃萝早些平安无事地回来。

铃萝入水后没一会儿就发现水下起雾了。她顺着那白色的雾游着，出水面时，依旧是在水潭中，却与她梦中的情景一模一样。深山被白雾吞噬，散发着金色荧光，悬在潭水上方被雾气环绕的长剑发出细微的剑鸣声，听起来竟有几分委屈。铃萝甩了甩脸上的水珠，刚睁开眼看去，就见那透明长剑朝自己飞来贴上她的脸，神武剑中传来她熟悉的剑灵的声音："主人你可算是来接我了！我在这里等你好几年了！一不留神突然就回到我还在上无涧等待被你召唤的时候，我真是服了冥渊，这人有毛病！既然要水天镜倒流时间，为什么把我给扔回上无涧？！为什么不让我跟你在一起？！你不知道我这几年在上无涧待着有多无聊！上无涧那些老不死的蠢剑因为想知道你跟丹水的事都快把我给问哭了！"

铃萝感受着冰冷的长剑贴着脸，有些蒙地眨了眨眼。

她抬手握着剑柄问："你还是以前的岁雾？"

岁雾委屈地嗷嗷叫道："我是！我当然是！我们之间相处的点点滴滴我都记得！半点儿没忘！这天下只有我一把剑知道你跟丹水真君在一起过！"

"你还跟谁说过？"铃萝问。要是它跟别的剑说过这事，她就让岁雾死在这里，杀剑灭口。

岁雾十分上道地说道："主人你放心！这种天大的事我哪里会随随便便就跟别的剑说！何况上无涧那帮剑咱们也看不上，不屑搭理。"旁的人和旁的剑眼中的岁雾是沉默且高冷的，被誉为世间最美的神武剑，只有别人跪求它搭理的份，它只需要高高在上无声地散发自己的美，就能让众多修者疯狂迷恋一生。事实上它脾气暴躁话还多，只喜欢跟主人唠嗑，铃萝做过的最多的事情就是屏蔽自己的剑灵。好在岁雾只喜欢跟她说话，不怎么搭理别的剑。

剑灵之间可以互相交流，但主人只能跟自己的剑灵沟通。

铃萝拿起岁雾，听它碎碎念道："这冥渊怎么想的？是不是输不起？我都做好你死后我再回上无涧自闭个几万年的准备了，但如果可以的话我还是不想主人你就这样死了。你不知道丹水真君死的时候无生号得有多惨，散雾那会儿我听着都觉得耳朵疼！虽然我没有耳朵，但那一瞬间我觉得我有了！"

"你知道他死了？"铃萝愣住。

"无生号得太惨，不止我知道，天地镜它们都知道！"岁雾语速飞快地说，"就是咱们跟冥渊打架那天，无生又被丹水真君召回来了，不知道怎么的丹水真君在天照山跟那些人和四方禁兽打了起来，最后死在四方禁兽的神火中。无生气得把四方禁兽的神火都染上了煞气让那些人进不来半步。那会儿你已经把我散雾丢下，与冥渊破镜而去，我追都追不上。"岁雾说到这里还有些可怜，"我只好下去跟无生一起守着天照山，随后发现你与冥渊同归于尽。我正伤心时，没想到突然就回了上无涧！"说到最后它又生气了。它当时都决定不回上无涧自闭，就守着天照山了，却突然被送回去。看着那些熟悉的剑灵面孔，岁雾反应过来是什么情况后气得爹毛，在上无涧暴躁乱杀，把其他剑灵给看蒙了。在岁雾碎碎念的时候，铃萝却听得沉默。连岁雾都这么说，看来冥渊没骗她，苦业花的记忆是真的。

铃萝语气幽幽地问道："你说，他为什么这么做？"

岁雾："谁？做什么？"

铃萝："越良泽死守天照山。"

岁雾大惊："这种事你确定要问我吗？"

行，你还挺有自知之明的。剑灵是不太管也不想理解人类的爱恨情仇的，只需要听主人的命令。铃萝不再多问，拿着岁雾重新潜入水中离去。她再次出水时仍是夜里，天上的月半隐在乌云后，只是少了雾气。

琴鸢听见出水声忙问道："铃萝？你没事吧？快上来。"她上前朝铃萝伸出手。

铃萝上岸后抬手抹了把脸。她因为越良泽的事神色郁郁，一点儿也没有寻到神武剑的喜悦之情。

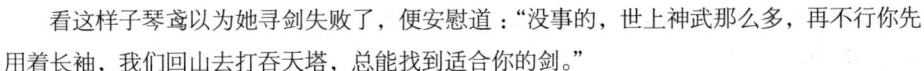

看这样子琴鸢以为她寻剑失败了，便安慰道："没事的，世上神武那么多，再不行你先用着长袖，我们回山去打吞天塔，总能找到适合你的剑。"

"什么？"铃萝纳闷地说道，"剑我寻到了。"

琴鸢："那你怎么一副郁闷生气的样子……"

"剑在哪儿？"琴鸢上下打量了铃萝一眼，"我怎么没看见？"

铃萝让岁雾显形，白色的薄雾一掠，琴鸢得以瞧见佩在她腰间的长剑，散发着点点金色流光，些微薄雾环绕似透明的剑身，光泽透亮绝美。

琴鸢深吸一口气，不可思议地看着这把剑。"这……这真能从水里拿出神武剑来？"琴鸢震撼道，"这也太漂亮了吧！我现在下水还来得及吗？"

"来不及，只有这一把。"铃萝掐着火诀将湿透的衣服和头发烤干。

琴鸢好奇地打量着神武剑："太漂亮了，简直是我见过的最漂亮的神武剑，细看剑身竟然反射着不一样的景物……等等，这种神武我好像在哪里听人说过！"

岁雾也在打量琴鸢："这姑娘眼生，以前没见过的，竟然能跟你一起来取剑，看来是关系极好的，重来一次交到新朋友了吗？哪门哪派的？今年几岁了？学的什么？剑术吗？剑术怎么样？看样子她知道我！你怎么还不说？对，就是我，我就是那把最美的剑——名字，说名字，不会吧，你不会忘了最美的剑叫什么名字吧？！"

琴鸢轻拍额头："我忘记了！"

岁雾："你竟然真的忘记了！可恶！"

铃萝熟练又久违地将岁雾屏蔽了。两个人在山里待了一夜，天明才离去，其间琴鸢始终想不起那把神武的名字。两个人来时匆匆，去时不慌不忙，一路游历斩妖除魔。到东岛天极境内后琴鸢要先回天极补充灵器等，铃萝因此与她在东海城外分开，转而去了当年第一次与楚异去历练的村子四陌。以前她这会儿还在勤奋修炼，跟着云守息四处游历提升修为，听从云守息的教导收敛心中仇怨。那时她只觉得师父好厉害，什么都会，什么都难不倒他，她什么时候才能变得像师父一样厉害？！如今她却已十多天没回云守息的玉听消息了。

两个师兄的她也没回。若是她回了师兄的，却没回师父的，那云守息知道这事肯定要疯。

但铃萝就是要晾着他，让他自己疯去。此时她修为比当初翻了几倍，便决定提前去四陌村。

御剑到深山时，她看见的是熟悉又陌生的陡峭山壁，依着山壁形成的山路狭窄蜿蜒，走在那上边必须打起精神十分小心。

铃萝下山崖时恰巧遇见一个男人因为背了太重的东西而没站稳掉下去，同行的人发出惊叫，她借乘风咒瞬影过去将人重新送回了山道上。

两个人打了个照面，竟是以前见过的。

"你……你是那位东岛天极的女道君！"对方激动地说道，"多谢道君相救！"

铃萝也想起来了，他是当初那位要翻山去给自家阿姐拿药的少年。村民淳朴，个子高，男子常在外干活，皮肤被晒成了古铜色，二十出头就因此显得沉稳。铃萝护着这几个人到山下，就见刚被她救的田古过来拱手道谢："没想到这次又是道君救了我，我实在是不知道如何回报才好，道君有什么吩咐尽管说，我田古一定做到！"当年她与楚异没有在村里留宿，却因为护他们走山路走了好几个月而混了个脸熟，不少人对她还有印象，因此热情邀请她进村摆宴欢迎她。铃萝忙说不用，她来此只是为了拦住去路的山崖，没想过要进村。

暮色四合，天极云霞漫天，山崖路道上可见远处黑色的几座房屋，还有满目青绿水稻的梯田，夏季，整个乡野间都是悠然的绿色景致。铃萝送他们去路口时问："最近有什么妖物来犯吗？"

"没有，没有，托两位道君的福，自从几年前那风妖被除后，我们这一片就没什么怪事了，太平得很，出行再也不用提心吊胆的。"田古继续邀请道，"道君就随我们一起回去吧，我阿姐若是见到你肯定高兴得很，不止阿姐，全村人都高兴！"

铃萝轻轻摇头，正要告别时，却见夹杂在稻田中心的宽阔道路上缓缓走来一头高大健壮的黑牛。坐在黑牛背上的六岁男孩朝他们招手喊道："爹！我和哥哥来接你回家啊！"

田古旁边背着背篓、手里还提着竹篮的男人看得眼角轻抽，笑骂了一句："这臭小子，又缠着阿泽带他出来玩。"

铃萝半眯着眼，目光打量着牵着牛绳的黑衣青年。他穿得轻便，衣袖半挽，另一只手里拿着小孩喜欢吃的甜杆，长发高束，戴着斗笠遮掩，抬首时逆着后方绚烂的晚霞，将那清俊的面容衬得有几分疏懒之意。

越良泽瞧见跟村民站在一起的铃萝时微怔。在铃萝眼中，此时的越良泽与这青翠却又幽静的乡野融为一体，形成一幅让她感到舒心的画。不过他这打扮，不知情的人还以为他已经归隐。小孩想要从牛背上下去，跟越良泽交流着，男人走上前去喊道："你慢点儿，别折腾阿泽了，我来，我来。"

铃萝问田古："那牵牛的男人是什么时候来这里的？"

田古热心地解释道："这位啊，叫阿泽，快半月前来的我们村，陈大哥说阿泽是嫂子那边的远房表弟，来这里探亲的。"

远房表弟？

探亲？

他这是玩的哪一出啊？

越良泽将牛绳交给陈昊，朝这边走来，铃萝表情高深莫测地等着。

田古比越良泽大一岁，跟他打招呼道："阿泽，这位是——"

"师兄。"铃萝慢悠悠地说，"你来探亲怎么不叫上我一起？"

田古瞪大了眼。

什么兄？

越良泽面不改色地接她的话："走得匆忙，没来得及跟你说。"

铃萝在心里翻了个白眼，同田古说道："这是我师兄，有些日子没见了，没想到在这里遇上。"她顿了顿，又说："我随他一起进村，但宴席千万不要，人多我害怕。"

越良泽听她说人多害怕时眼里掠过笑意。她真的是什么瞎话都敢说。

田古连连说好，非常识趣地拉着其他人先走，给他俩空间，去追前边的陈昊疯狂问是怎么回事。

铃萝走在进村的路上，晚霞正一点点沉没。她偏头去看身旁的越良泽，轻挑着眉："师兄，探亲哪？是哪位嫂嫂，我是否该准备点儿礼物去？"

越良泽有些无奈地回道："我路过此地，见他家有魇魔入小孩体，便帮忙驱除，但陈大哥不想让别人知晓此事，我也不爱让别人知道修者的身份，便对外说是远房表弟来探亲。"越良泽不爱主动透露自己的修者身份这事她倒是知道的。圣剑宗弟子在外除害，若非必要，基本不会说自己是圣剑宗的人。危害被解除就行了，哪家仙门解决的并不重要。除非他们需要跟大仙门和朝廷打交道必须说明身份。越良泽独来独往惯了。他入世除的妖魔危害基本都在人迹罕至处，不是关外边塞就是各种深山村寨。他与大仙门打交道，西海太初那次是头一遭。他若没有拔出镇仙玉，也不会让世人注意到他，便继续一人一剑行走世间，默默无闻。

"你这样迟早会吃亏的。"铃萝哼道。

越良泽看着她："你取完剑怎么没回天极，来这里了？"

铃萝在取完剑那日就没再看玉听，对越良泽的传信也一样。见铃萝没回，他以为她已经回了天极。

"我第一次跟大师兄外出历练来的就是这里。"铃萝抬手比画了一下，看着前方的陈大哥几个人和一头牛，声音清脆地说，"等我杀完风妖回去你却已经走了。"

越良泽微怔，别过眼去。

"你看我。"铃萝在路道上停住，握着岁雾，在越良泽看过来时说道，"这把剑叫岁雾。"

细长有微弧的剑身，袅袅白雾升腾，天边晚霞绚烂的光芒被它吸入剑身，剑身光芒一闪，呈现着世间的晚霞美景。它依旧是透明无瑕的。那景物并非流转在剑身上，而是人的眼睛透过它看见了如此景色。人眼中所见何物，取决于这把剑要让人看见何物，所见即是天地万物之美。越良泽透过这把剑看见了铃萝。

铃萝目光明亮地看着他："我之前说过，寻到剑后就跟你比一比，看看谁的剑更厉害。"

岁雾："这个丹水真君是活着的！"

铃萝心想算了，她不比了，没心情。她忽然收剑，表情漠然地往前走去。

这让正要说不比的越良泽陷入茫然状态中。他跟上去喊道："铃萝……"

"不比了。"铃萝头也不回地说，"反正我最厉害！"

两个人走在回家的村民的后边，隔着不远不近的距离，隐约能听见前边的谈话声。

天色逐渐暗下，田埂边上的房屋都亮起了灯火。

铃萝瞥见越良泽手中的甜杆，朝他伸出手，越良泽便将甜杆给了她。

"魇魔被除掉了吗？"她边吃边问。

越良泽看着前边的陈家小儿低声说道："还要两天。"

魇魔最爱入孩童体内，小孩抵抗力差，又有它们最爱的纯洁灵魂，被缠上的孩童多半会悄无声息地死在睡梦中。只不过魇喜欢慢慢渗透宿主的身体，陈家小儿被吞噬得比较严重，因此除魇速度不能过快，要慢慢来。

铃萝拿着甜杆指了指两个人后方，说："来的时候，那边有一座大山挡住了通往外界的去路，村民想要出去赶集或是求医，都得翻山越岭，走悬崖峭壁。

"当年因为风妖作乱，不少人从崖上掉下去死的死伤的伤，侥幸摔下来还活着没断胳膊断腿的人，也必定被风妖吃了眼睛瞎了。"

越良泽说："我听陈大哥说过，当年是两位天极的道君在这里守了几个月才抓到那只作乱的风妖。"

铃萝："它太能藏了。"

越良泽问："风妖已被除，你还留了些禁制在这村里，一般妖物不敢靠近，怎么又来了？"

铃萝歪头看着他："因为有些问题的根源不在风妖上，我只是……"她想让这些人过得更好。但她不再是当年的铃萝，无法再坦坦荡荡地说出这样的话。她身为二十六魔之一却有这种想法简直就是笑话，不管人还是魔都不会相信。铃萝抿唇，看见天上的新月，懒懒地说道："我想来就来，新寻了剑就想找地方试试效果怎么样。"

越良泽闻言垂眸瞥了一眼她腰间的岁雾，赞道："剑很漂亮。"

岁雾："天哪！这是真的丹水真君吗？主人你快仔细看看他！这是不是别人假冒的！有生之年我竟然能听见他夸我漂亮！"

铃萝心说："你本就是最漂亮的剑，他说的是事实，怎么就夸了？！"

岁雾还在震惊地念叨："你俩为什么能这么和谐地聊天？他还给你甜杆吃？他为什么这么听话？以前这个时候他敢靠你这么近的吗？为什么主人你还心甘情愿地叫他师兄？这对你来说不是耻辱吗！"

岁雾："我在上无涧的这些日子都错过了什么！"

铃萝屏蔽了它！

夜色渐深，一行人路过村民家前，田古都会热情地跟人介绍铃萝与越良泽，之前见过越良泽的人都非常惊讶。村民有点儿慌："没想到阿泽也是道君，之前我还让他帮忙锄地……这可真是对不住啊。"

铃萝看了一眼眉头微蹙的越良泽说："没事的，我师兄学艺不精，什么法术都不懂，能帮忙锄地也是好的，你不用跟他客气。"尽管如此，村民还是有些惊慌。这世上大多数普通人对修者打从心底里尊敬，却也有几分惧怕。

越良泽不喜欢人们对他小心翼翼和过分关注。

到村子里后，铃萝问："你住哪儿？"

越良泽答："陈大哥家。"

前边的田古说："陈大哥家就一间客房，怕是住不了两个人，铃道君不如住我家吧，我家离陈大哥那里也不远。"

陈大哥看了一眼越良泽，忙说道："住得下，住得下！孩子跟我们睡，就是两间客房。"

田古本还想说什么，被陈大哥踩了一脚，疼得"嗷呜"了一声。

越良泽已经带着铃萝走去陈大哥家的方向。

田古："哥，你踩我干吗啊？！"

陈大哥抱着孩子翻了个白眼悄声说教。

越良泽跟陈大哥一家相处融洽，也知道他在膳食方面的特别之处，饭都是分开吃的。偶尔他还会去山里找食材。

铃萝进院里好奇地打量着，陈家娘子热情招呼，等小孩回来后调皮捣蛋更是热闹。

乡下地皮倒是比城里便宜好多，娶妻生子后陈大哥也将家里翻修了一番，新搭了不少花果藤架，也重修了一间房。饭后众人在院中歇息，看男人抱着孩子举高让孩子去摘藤上的瓜果时，陈家娘子笑道："多亏道君将风妖除去，我们才敢放心外出，以前能不出去就不去，最多也就几天出去一次。如今没了风妖作乱，缺什么就能安心去外边买回来，日子好过了许多。"

铃萝单手支着下巴，一边看厨房里忙活的越良泽，一边跟陈家娘子笑着回话。

"我师兄……其实很厉害，路上我说他学艺不精不懂法术是骗他们的。师兄喜静，不喜欢别人知道他的修者身份。"铃萝轻声说，"他肯定能除这魔魔，希望你不要因此担心。"

陈家娘子先是惊讶，而后笑道："我们自然是相信阿泽的，当初要不是他，我儿怕是活不过那夜，对此我们一家都非常感激他。"

铃萝轻轻点着头。

乡下夜里虫鸣不断，又是夏季，蛙鸣蛐蛐声齐上，还少不了一次次声嘶力竭的蝉鸣。

灯火熄灭，村民们沉入梦乡。

一直在外看着天色没有进屋的铃萝拿着剑走了。

她刚走远，就听到越良泽问："去哪儿？"

铃萝惊讶地回首："你怎么还没睡？"她瞧见越良泽屋里黑漆漆的，以为这人已经睡下了。

越良泽不答，又问了一遍："你去哪儿？"

"去山崖那边。"铃萝继续往外走。

越良泽跟着她。

铃萝不像之前那般悠闲地慢慢走，而是直接御剑到山崖处，又在路道边设了结界。

越良泽问："设下音障做什么？"

铃萝："怕他们听见。"

越良泽似有所悟，看了看她，又看了看那山崖，掐诀帮她把音障扩大范围。

他说："如果你是要劈山开路，得将音障范围扩到田野那边才行。"

铃萝持剑回首看着他，目光怪异："你怎么知道我要干什么？"

"猜的。"越良泽也看着她，目光清明，"猜对了？"

铃萝轻哼一声，借乘风咒上到空中，手中长剑追着金色流光化作薄薄白雾散去，分往山崖各处标记。水天镜倒流时间前她计划了很久才动手，要顾虑方位，不波及旁边事物，又要计算路道位置，等等。那些认真辛苦的日子让她铭记于心，再来一次她也无比熟练。

于是她刚到四陌村就打算直接动手,只是没想到越良泽也在这里。音障范围扩大,黑色的结界将村子拦在外边,随着铃萝动手,剑啸长鸣,山石滚落,大地震颤。

越良泽双手快速结印,将一个又一个咒律使出,帮她掩盖这方的异样,不让已经沉睡的村民察觉分毫。他抬眼看着空中手持岁雾的铃萝,即使在夜色下,她仍旧光芒万丈,耀眼夺目。数百年来沉默在此的大山,被强势霸道的剑气劈开,裂缝逐渐扩大,这剑意势不可当,宛如神龙冲撞,可吞天地万物般咬在山壁上。

四方结界都在颤抖,出现了裂痕,越良泽继续补上。

从深夜到天际翻出鱼肚白,晨光微亮,结界里已是天翻地覆的变化。拦住人们的去路的巍峨雄山,被霸道的剑意劈开,一条长长的、宽阔平坦的道路出现在两方山壁之间。

只一夜,这里已彻底变了模样。铃萝从空中下来,抬手揉了揉眼睛又打了个哈欠,有些累。她看见越良泽在给两方山壁设结界,防止高空碎石砸下。铃萝走过去说:"等日后他们种些花花树树就不怕了,再做点儿石灯之类的东西,也不怕走夜路。"

越良泽看着她疲惫的眉眼,问:"怎么想到做这些?"

铃萝没答,伸手拉着他的衣袖一头栽进他的怀里靠着。

越良泽愣住。

"太累了。"铃萝说,声音很轻,"又累又困。"

越良泽对铃萝的示弱没有半点儿抵抗力,心软得一塌糊涂却没有显露半分。他背着铃萝朝村子的方向走去。光亮在两个人身后缓缓出现。

铃萝靠在他的背上闭着眼说:"不为什么,我想这么做所以就做了。"这次她不需要说什么为了世人,为了让他们过得更好,为了他们出行更方便。她曾给予善意,也给予恐惧。哪怕她救过再多的人,杀了再多祸乱世间的妖魔,也敌不过杀一个人就是罪。"你不要跟他们说,也不要跟任何一人说。"铃萝嘀咕道,"我才不要听那些恭维的虚话,也不是为了谁,就是为了试我新寻到的神武剑。"

越良泽"嗯"了一声答应着。

铃萝神态娇憨地打了个哈欠,说道:"要是他们问起,你就说……就说……这山自己想开了。"

越良泽听后忍不住笑。

铃萝恼道:"不准笑!"

越良泽:"嗯。"他的眼里还是有笑意。

铃萝又说道:"别人可以不知道,但你一定要知道,这样以后你就……"

他就不会跟那些人一样凶她。

铃萝想了想越良泽也责骂、鄙夷、痛斥她的场面,不由得胃疼,忍不住缩了缩身子,感觉难以接受。好在以前越良泽从未说过她。可铃萝又忽然想起时间倒流前自己入魔时,一回首就对上越良泽的剑。那时无生离她可真近,差点儿就贴着她颈间的肌肤划过去。现在她仔细想想,似乎那时越良泽是要杀她的。铃萝被自己的想法惊得愣住,忍不住歪头去看越良泽。他正背着自己走在天色显亮的路上,晨间的风很凉,带着田野里的青草香味。

男人宽阔的肩背结实温暖，让人想要靠着舒服地睡个好觉。他的侧脸跟她记忆中的重叠，恍惚中她似瞧见天照山大火烈烈，把一切都烧毁了。铃萝太累，没能问出心中疑惑便靠在他身上睡去，却有苦业花进入她的梦中。铃萝看见越良泽跪在圣剑宗的山门前。

他跪了很久。从天明到天黑，日夜几经轮转，他仍挺直腰背跪着，神色沉静，目光一如既往的明亮干净。夜里暴雨洗刷着山门前的巨石，"圣剑宗"三个字已被雨水打湿。

他淋着暴雨静思着。天亮时，大师哥站在山门内对他说："我本以为你会入魔，都想好到时候该怎么制止你了，却没想到你自己撑过去了。"

越良泽低垂着眉眼，像乖巧听训的学子。大师哥打了个响指，将他身上的湿气散去恢复干爽，不紧不慢地说道："你不是最讨厌魔吗？因为厌恶，所以你死也不让自己变魔，怎么如今却为了一个入魔的人跪在这里？她入魔后大开杀戒，做了你最讨厌的事。"

越良泽哑声说："我能撑过去不入魔，是因为她曾在我眼中十分耀眼。她在金鸾池宴上战神术剑意耀眼，劈山开路，造龙车飞云为世人，独自一人守城不退也耀眼。师哥，她每次出战，斩出的每一道剑意都是坚定的浩然正气，只要看见她，我就会被影响。因为她在我眼里太过耀眼，我从她的剑意中获得了力量，所以不准自己输给魔。"

大师哥说："可她入魔了。"

越良泽垂首道："是，她入魔了。那日在南山雪河，她入魔我是想杀她的。"他的剑已到铃萝身前，他却在她回眸的瞬间输了。他曾想要坚持下去的道被铃萝抛弃践踏，因而他意识到自己是多么愚蠢和弱小。铃萝给了他力量，又毁了这股力量。

越良泽跪在山门前静心反思。他做了错误的决定。

越良泽低声说："我杀不了她。"

大师哥屈指弹他的额头，叹道："傻子。"

越良泽又跪了数日。

白藏回宗门，跟跪在巨石下的越良泽细数着铃萝在外做的事。

"她这会儿在南江城，传说她是要练美人尖，派了不少灵魔出去抓人。"白藏说，"她自己选的路，这世上已经没人能左右她的决定。你也不行。东岛天极和南山雪河的人恨她入骨，追着她不放，大仙门都联手了，也没我们什么事。比起去杀她，我更在意深渊灵脉的问题。"白藏跟他碎碎念着。三师哥是圣剑宗最冷心冷情的人，也就偶尔会勉强对自家师哥、师弟们用点儿心。

天色刚暗，宗门上下灯火明亮。师尊总算愿意来山门前见他。怪慈看着小徒弟说："圣剑宗没有把人逐出师门的规矩。入我山门者，生死皆是门中人。"越良泽抬首看着他。

"但圣剑宗与魔势不两立，你此番下山却是为了魔。"怪慈轻轻摇头，神色有几分无奈，"你大师哥是守门人，你能从他手中过这山门，便自行离去吧。你仍是我的徒弟，可这一去，你与你的后人，生生世世不可再入圣剑宗。"

越良泽沉默着，对师尊低头叩拜。三跪之后，他拿着剑起身，与守在门前的大师哥一战。

大师哥没用全力，他也受了伤。

越良泽擦着嘴角的血迹，拿着剑迎着夜色走下山去。他想找到那个女人，看她如今是何模样。可他伤得很重，连御剑飞行都做不到。哪怕大师哥没用全力，却也没让他好过多少，出了茫茫雪原，他栽倒在水中，任由水流带他离去。不知何时，越良泽遇见一个好心的渔夫将他从水中捞了起来。

天色蒙蒙亮，偌大的河面上渔夫撑竿行船。他回首时瞧见从水里被打捞起来的男人睁开了眼，便搓着手笑道："小哥，你终于醒啦？那剑护着你，我想帮你看看伤都不行。"

越良泽睁眼看了看天色，哑声道："多谢。"

渔夫笑道："救命的事，能帮就帮。小哥要去哪儿？咱们先回城里找家医馆看看？捞你起来的时候，你身上可都是血。"

越良泽说："我要去南江城。"

"南江城？"渔夫摇着头说道，"南江城那边可热闹，修者打架，妖魔横行，官府都没辙，闹得天翻地覆，如今被一个魔女接管，小哥我看你伤成这样，还是别去的好。"他见越良泽起身，又补了一句："不然等伤养好了你再去吧。"

越良泽："我现在就得去。"

渔夫纳闷道："你都这样了还非要去？是家里有人在南江城出不来吗？"

越良泽摇了摇头："我要去见一个人。"

渔夫问："什么人这么重要？你受这么重的伤也非要去？"

越良泽轻声答："心上人。"

渔夫先是愣了一下，接着摇头笑了起来。

第三十六章

教教我

越良泽翻山越水也要去见他的心上人,刚进南江城却被琮秀拦下,他为了镇仙玉要与越良泽比个高低。若是琮秀赢了,就要越良泽去将镇仙玉取出带回西海太初。

越良泽说:"我伤成这样,你也要与我比吗?"

琮秀沉默一会后拔剑道:"抱歉,这也许是我唯一的机会。"

越良泽没有退避,只淡淡地说:"你告诉我她在哪里练美人尖,我跟你比。"

琮秀答得干脆:"南江城望楼。"

越良泽这才拔剑。与琮秀一战越良泽虽受了伤却并没有输。在铃萝问起时,越良泽沉默只是不想她的重点在静夜剑上,他们应该有比为何受的伤更重要的事要谈,对越良泽来说媚毒只是借口,不是铃萝拉他下深渊,是他自己主动跳下去的。越良泽比铃萝醒得早,坐在床边看了铃萝许久。醒时傲慢骄横的魔头,睡姿却非常乖巧。她脖颈纤细,手腕也细,他握着都嫌太瘦。这女人本是柔软纤细的,却又有一颗冷硬的心,他怎么都焐不热似的。以前他只是看着她,如今却能碰到,那触感让他想了更多。越良泽只觉得自己一手就能握住她的五指,铃萝在他眼里变得如此细小脆弱,这样一具柔弱的身子是如何经历那些苦难走到现在的?

人是自私的。当你决定保护某人时,你将站在他身前为他抗所有伤害,让自己受伤来保护别人,这种事向来是说得容易做得难。

越良泽想起师尊跟他说过:"当修者并非一定要救人。"

事实上修者必须做的事是与妖魔对立。他也想起左白的方天剑术,诛杀一切妖魔,无论这妖魔是否害人,是否想要从善,是否要与人类和平相处。

左白顺应冥渊的指引与妖魔势不两立。人间不该是它们能踏足的地方。可魔由心生,人是本源。魔怎么可能被杀完?

越良泽知道自己不配做修者,也不愿入魔,更没法做一个普通人。他只是想护着铃萝,不想她再受伤。越良泽因此变成了世间的怪物。他低头看着还未醒来的铃萝,伸手轻轻揉了揉她的头发,低声说:"不要太难过了,你没做错。"

你没做错。梦中的铃萝睁开眼时，梦外的铃萝也醒来。

屋外十分热闹，似乎有许多人在外边说话。昏黄的光芒映照在窗上，她侧头时，泪珠顺着眼角滑落到枕上。铃萝不由得愣住，抬手摸了摸眼角。

她哭什么？她这么问着，撑着窗沿起身看向窗外，能听见孩童的稚语，还有陈家娘子说话的声音："阿泽，铃道君还没有醒吗？"

越良泽"嗯"了一声。

陈家娘子说道："要不要叫她起来先吃点儿东西再睡？"

越良泽说："没事，让她多睡一会儿。"

话刚说完，铃萝就推开门走了出来，正迎着下沉的太阳，刺眼的光芒让她偏了一下头。

院中的越良泽回头看向她，陈家娘子笑道："醒了，醒了，道君饿不饿？要不要吃点儿什么东西？之前就给你备好的薯饼、豆饼热一热马上就能吃。"

"饿了。"铃萝揉着眼睛，低声说，"想吃师兄做的东西。"

越良泽没意见，放下手中的东西起身去给她弄吃食。

陈家娘子牵着孩子的手上前跟铃萝说："一夜里大山开路，虽然阿泽说是什么天地异象，跟你们没关系，但大家都知道，其实是道君你帮忙开的路。"

铃萝还在揉眼睛："不是我。"

陈家娘子眼中含泪，闻言跪下擦了擦眼睛又笑道："道君你仁善，肯为了我们开山辟路，如此大恩大德，我们世代难忘。就算不是你，这天地异象肯定也是因为道君才会发生，无论如何，我们都不能忘记你的善举。"

铃萝弯腰把人扶起来，轻摇着头，目光复杂，只抬首时笑了一下。她顺手捏了一下男孩白嫩的脸，说道："以后他不用再爬那么高的山壁出门赶集，也可以去看看更远的世界，天大的好事，就莫要哭了。"

孩童不知阿娘为何哭，只兴冲冲地喊："阿娘，阿娘，我还想去那边玩！之前的山分开成两半，变成两座好高好高的山了！"

陈家娘子擦着眼泪笑道："好，好，我们跟你阿爹一起去看。"她识趣地将空间留给这二人，带着孩子出门，也让外边的村民们不要进去叨扰二人。

铃萝到院里一角接清水洗脸，将那沉重情绪洗去，迎着晚风感受到了扑面而来的凉意。

她歪头朝厨房看去，越良泽倒是轻车熟路地在烧柴切菜。铃萝闷头又接水洗了洗脸，她的玉听一直在"嗡嗡"响，好几次越良泽都朝她看来，那表情像是无声询问"你还不看看你的玉听？"铃萝走到厨房门前，问："你几次三番看我干什么？"

越良泽提醒道："你的玉听一直在响。"

"响就响。"铃萝没进去，就站在门口，半边身子逆着光，有些懒散地说，"不用看也知道是谁。"

越良泽："这怎么知道？"

铃萝无趣地说道："像这般发个不停没得到回应誓不罢休的人只有我大师兄。"

楚异啊。

越良泽余光轻扫她，却发现铃萝在看自己。他收敛心思，又问道："不会是别人？"

铃萝见他不信，这才拿起玉听点开传信给他看："我就说是他吧。"

楚昇："你没死？"

"十天半月没消息，我以为你都已经风化了。"

"取剑就取剑，取完了不知道说一声？"

"就算没寻到剑，除了我，你二师兄跟师父又不会笑话你，你躲什么？"

"没死哼一声！"

"琴鸢都回来了，你又去哪儿野？"

"哟—你还要三过家门而不入了？你是不是做了什么对不起我的事才连玉听都不敢回了？！"

"铃！萝！"

越良泽不忍直视地转过头去继续切菜，说道："你师兄担心你。"

"我有什么好担心的？他不如多担心自己。"铃萝漫不经心地回楚昇的传信。

楚昇收到消息后秒回。暴躁地说道："昨日师父得知琴鸢回了天极，你却没回，整个人都冷得像块冰，于休都不敢靠近，我被他老人家按着比了一日的剑。你要么现在就回来，要么永远别回来！"

铃萝面无表情地回道："师兄，师父要是知道我回了你的传信却没回他的，你觉得你还要挨打几日？"

楚昇看了消息后立马把铃萝的灵息从自己的玉听中删掉。

云守息路过，瞥了一眼拿着玉听的大徒弟，淡淡地问："你师妹回传信了？"

楚昇面不改色道："没有，我的玉听里没她。"

云守息神色淡淡地看着他，听大徒弟鬼扯："前些日子不小心删掉了，还没加回来。"

"真的。"楚昇拿着玉听给师父看。

云守息轻笑一声，敛了眉目离去："饭后到上南苑，我看看你近日的咒律修行。"

楚昇：又是我？死师弟不死师兄，楚昇面色郁郁地去找于休威胁他到时候跟自己一起去。

天降横祸，于休一脸蒙。

铃萝关了玉听，任由师兄们自生自灭。她看着眼前的人，梦里梦外都是他。

越良泽听她问："你讨厌魔吗？"被问得突然，越良泽不由得回头看向她："嗯？"

铃萝重复问道："你讨厌魔吗？"

"怎么突然问这个？"越良泽转过头去，神色如常。

铃萝说："就想知道你讨不讨厌。"

越良泽切菜的动作顿住，片刻后他才"嗯"了一声。

铃萝又问："很讨厌？"

越良泽说："特别。"

铃萝沉默。她脸色略显纠结，脑子里似有好几个人在叽里呱啦地说话，一个想嘲讽，另一个又想生气命令他不准讨厌，还有的人在问十万个为什么和"嘤嘤嘤"。最后她还是什么都没说，默默把这个话题揭了过去。铃萝吃饱喝足后总算打起点儿精神，但她的目光总是落在越良泽身上难以转移。

越良泽都忍不住问道："我脸上有什么东西？"你怎么忽然一直看我？

铃萝答得理直气壮："看你怎么了？"

越良泽："没怎么，你想看就看。"

因为山路的事全村的人都很激动又兴奋，他们聚在一起大摆宴席，甚至买了烟花庆祝，夜里"砰砰"巨响不断，绚烂烟火在墨色夜空中绽放。

铃萝跟越良泽夜里出去走了一圈。他俩避开人多的大路，走了窄小的田埂，绕着梯田一圈又一圈地去了高处，回首就看见夜空中的绚烂烟火。哪怕隔了这么远，他们也能听见灯火明亮处传来的器乐声。铃萝坐在高处沉默着看了许久。她没说话，越良泽也安静地陪着她。

等烟花过后，越良泽见她还是没说话，便蹲下身去，伸手轻捏着她的下巴将她的脸转过来问："怎么不开心？"

铃萝怔怔地看了他一眼："你胆子挺大，竟然敢碰我。"

"是你先动手的。"越良泽指了指她一直抓着自己的衣袖没放开的手。

铃萝轻哼一声，别过脸去，又被越良泽抓回来看他。

他虽没再问，却等着铃萝回答。

于是铃萝说："你让我开心不起来。"

越良泽万万没想到天降刀子又狠又准地插在他身上。

铃萝低声说："你做了很多事都让我开心不起来。"

越良泽闷声问："我做了什么？"

铃萝缓缓抬眼看着他，月色皎洁，眼前这双漂亮的黑眸中只映着她一个人。她忍不住想到了云守息。那段日子里云守息的眼中也只有她一个人，她也只能从男人的眼中看见自己。

可那双漂亮的眼中，她是凶狠怨恨的，还带着惧怕的脆弱无助。铃萝伸手遮住了越良泽的眼。

她用另一只手环住越良泽的脖子靠在他的背上凶巴巴地说道："我不想走回去。"

越良泽一言不发地背着她起身。他又问："我做了什么？"

铃萝哼道："说了你也不记得。"

越良泽蹙眉："你说。"

铃萝就瞎说："晚饭没给我做红糖饼，早饭、午饭都没给我留，出门时问我要不要带水的语气太凶，没有提前把我叫醒，跟小孩玩不跟我玩，没让我看见日出——"她都是在胡说八道，越良泽却听得认真。

铃萝说着说着，声音却越来越小，歪头去看他，纳闷地问道："你怎么都不反驳一下？"

越良泽看着脚下的路答："你说得有道理。"

铃萝："有什么道理……"她哭笑不得，却总算是笑了。

两个人回去时已是深夜，却还有部分村民在外喝酒笑闹。越良泽帮陈家小儿除了魇魔，陈家夫妻又是一顿感谢。铃萝还是有些累，倒回床上一会儿后却没有睡意。她闭上眼脑子里想的就是越良泽。越良泽跪在圣剑宗门前。越良泽说她耀眼。越良泽拿着剑下山。越良泽说的那句心上人——越良泽，越良泽！

好他个月亮，扰人心神！

铃萝恼得翻身起来，轻手轻脚地开门去了越良泽那屋。她去了，却在门外徘徊，没敢敲门。

越良泽察觉到她在门外，却没惊扰，在想铃萝要做什么。

直到天降大雨，雷声轰鸣，铃萝猝不及防地被大雨淋着，满身湿漉漉的。

越良泽使用瞬影去开的门，把傻乎乎地站在外边的铃萝给捞进屋里。

暴雨来得急，"哗啦啦"地响。

越良泽给她擦脸上的水渍，神色莫测地说道："你在外站那么久，就为了等这场雨？"

我为了见你而犹豫，你却说我在等雨！你这是对心上人的态度吗？她气得转身就走，却被越良泽拉回。见他掐了火诀，铃萝说："你怎么什么都用咒律解决？灵力多了不起吗？！"

越良泽被说得莫名其妙，便灭了火诀抬眼看着她。

铃萝也在看他。

窗外夜雨声不断。

越良泽看着她，没用咒律，抓着衣袖动作轻柔地帮她擦着水渍。

越良泽问她："跑这里来干什么？"

"睡不着。"铃萝抿了抿唇说，"想见你。"

越良泽为她擦脸的动作顿住，他垂眸看着她："你知道自己在说什么吗？"

"我只是想见你。"铃萝重复道，"因为睡不着。"她看起来并无恶意，也没有杂念。

越良泽却被她说得狼狈，心有杂念的反倒是他，因而无法被那双眼注视而略微垂首。

他说："睡不着不是理由，你可以有很多事情做，为什么一定要来见我？"

铃萝被他问得微微睁大眼，表情带着点儿好奇和骄纵："我为什么不能来见你？你娶妻了还是定了婚约？"

他没说话，铃萝却追问道："又或是与别的女人私订终身还是心里有人？"

越良泽面不改色道："都没有。"

铃萝"哦"了一声，问："也没有心上人？"

越良泽："没有。"

铃萝看着他不说话了。

再来一次，越良泽还会喜欢她吗？过去是能被改变的，比如楚异。她切断了楚异与姜妙的联系，断了两个人的缘分，如今师兄依旧在天极好好地待着没去北庭月宫。

楚异不再迷恋天上月，越良泽也可以不再喜欢入魔的她。那他就不会被赶出圣剑宗回不去，也不用守天照山战四方禁兽而死。看起来像是她害死了越良泽，到最后还是她的错？

铃萝蹙眉，有一瞬间有些憋屈。她看着越良泽，无比认真地说道："你若是不准我来见你，我以后就——"

"没有不准。"越良泽打断她的话，"你只要想随时都能来见我。"他找了干爽的帕子来给她擦头发。

铃萝坐在床边，把下巴搁在窗沿上看外边的夜雨，雨声"哗啦啦"地响，太大了，她便抬手在窗前设了一圈音障。

越良泽站在她身侧帮她擦头发。

铃萝久违地问起："那十四封信你都写了什么？"

越良泽不动声色地说道："一些节日安康的话。"

"是吗？"铃萝歪头去看他，满眼狐疑之色，"你连宋圆圆他们缺个茶杯都送，就只给我写节日安康？"

"也给你寄了。"越良泽说，"你想吃的糕饼、一些你可能喜欢且适合女孩子佩戴的小玩意儿都有。"

他越说心情越复杂。想想那些信都被云守息看去，对方知晓他写了什么，越良泽顿感胃疼。

铃萝看回窗外的夜雨，心说得想个办法把这些东西找回来。不过以云守息的性格，他多半是不会留着那些东西的。总之她回去以后找找看。

夜雨蒙蒙，不让用咒律，越良泽便耐心地给她擦着头发。

铃萝恍惚记起天照山的夜雨。那日的雨比今时要小得多，她靠坐在窗栏边，借着灯火静静地看着在庭院中忙着搬花收拾东西的男人。虽淋着雨，他却不慌不忙，分辨了哪些物品不能淋雨后就收起来，也没用咒律帮忙。

铃萝问他："怎么不用咒律，那样不是收得快些？"

越良泽说："凡事都靠咒律会很无趣。"

铃萝又看向他造了一半的院子，忍不住想笑："你真是把这里当自己家了，装修起来一点儿也不客气。"

"天照山有足够多的材料，差什么我也能去买回来。"越良泽说着，补了一句，"我自己花钱买。"

铃萝哼道："说得好像我没钱似的，你出去报我的名字，谁敢收你半分银币？"

越良泽看了她一眼："你的确没有。"

"……"铃萝咬牙，"那你哪里来的钱？"

"这些年存的。"越良泽说，"以前帮过一些大户人家除妖魔，他们会给不少东西。我有两个师哥，因为长期不出宗门，钱多得没地方花，就给了我。"

铃萝：我的师兄们为什么没有这样的觉悟？

越良泽又说道："我还有个师侄，这辈子都只做赚钱一件事。它开了许多店铺，我帮它摆平闹事的人，它给我算工钱。"

铃萝说："不就是钱吗？这有什么难的？你若是不够我现在就去……"

越良泽："够了，你想买什么东西就跟我说，我给你买回来。"

"我什么都不缺。"铃萝单手支着下巴，侧首看着他，"倒是你在这里待得太久，该不会忘记了自己是来除魔的仙门修者吧？整天在那里捣鼓房屋建造不说，我也没怎么看着你，你想走很容易，却偏要赖在这里。"

越良泽刚撑开伞，闻言转身看向她，雨水滑过尖瘦的下巴，他说道："铃萝，你就没想过我为什么不走吗？"

铃萝故意嘲笑道："丹水真君莫不是觊觎我的美色不愿走？"

越良泽听着愣了一下，随后也跟着笑，有点儿宠溺地轻摇着头。

"在南江城你已经丢过我一次，我不想再被你丢下第二次。"他将手中的油纸伞放倒，为花遮雨，自己暴露在冰冷的雨幕中，淡淡地说，"无论你怎么赶我，我都不会走。"

铃萝不屑地说道："不走，你疯了？"

越良泽瞥她一眼，这一眼带着几分睥睨与霸道的意味，不同于他平日沉静的模样，让铃萝愣住。"不想你一个人孤零零的。"他说，"你就当从今以后只有我能陪着你。"越良泽看着她的目光却无声说着：除我之外的任何人都不行。

铃萝当时不以为意，甚至听得漫不经心，她的重点都在打打杀杀的事上，而越良泽说的这番话被无意识地记在心里，事到如今还能清楚记得当时的每一幕场景。

现在回想起来，她给越良泽的时间太少了，只是默认习惯他的存在，却没有去深思，更不会想到情爱这方面去。

尽管如此，越良泽在她的世界里也是特殊的存在。即使隔着音障也能听见细小的雨声，"噼里啪啦"地落在房屋瓦片或是院棚上，越良泽帮她把头发擦好，问："冷不冷？"

铃萝摇头。

"那饿不饿？"越良泽又问道，"之前你说我没给你做红糖饼所以不开心——"

"那是我瞎说的。"铃萝看向窗外眨着眼，"也不饿，但你要做的话我可以吃。"

越良泽静了片刻，起身道："那我去做。"

铃萝不由得歪头看向他，说："现在下着暴雨，又是夜半。"

越良泽开了门："不碍事。"

铃萝望着他出门的背影微怔。如今她认真地去想这事后，便觉得越良泽对她很是纵容，要什么给什么。越良泽的屋子对着厨房，铃萝就趴在窗边，隔着雨幕见厨房亮起灯火，一个人影映在窗上。她撤了音障，满耳暴雨"噼里啪啦"的声音。因为云守息和其他经历，铃萝觉得情爱是最没用、最不需要的东西。大师兄为了情爱放弃尊严骄傲任人践踏；师父为了情爱不择手段，从谪仙变成魔鬼；锦苑爱慕陈师兄而虐杀玉芝；阿娘因为一个男人满门被灭。

就连越良泽也因为他所爱的人而死。

铃萝蹙眉。周围的人一直都在影响她对情爱的偏见与认知。因此她杀了云守息后，重点一直在复仇之事上，杀意疯涨，每日让自己睁开眼的动力就是杀了心中怨恨之人。入魔后，她也只为了与冥渊一战，没有心思去想什么爱不爱。这对那时的她来说是没意义的事。

铃萝走在自我毁灭的路上，谁也拦不住她，她也不想停下。越良泽深知这一点，也曾试图挽留，但铃萝没给他机会，于是他只能做到陪着铃萝，不让她一个人走这条路。如今铃萝愿意停下来等等他，多给他一些时间。她知道得太晚，而他们相处的时间也太短。只是那怨恨无法平息。

铃萝垂着眼，目光晦暗。

夜色下的雨幕中的灯光与人影显得格外温暖。铃萝想起自己曾毫不留情地嘲讽越良泽输给琮秀，逼他吃烤包子，拿他练美人尖，打伤过他，说要利用他引怪慈来，嘲讽圣剑宗不救他——现在全都是不忍直视的回忆，她还莫名地觉得羞耻，忍不住扶额闭眼。

起了夜风，将雨往窗里吹来，雨丝飘飘洒洒地落在铃萝的脸上，冰冰凉凉的，之前擦干的头发又染上了湿意。铃萝却迎着夜风不躲不避，神色认真地看着对面灯火下的人影。

良久，她才低声说："对不起。"

如果你重来一次还喜欢我——

那就教教我，教我该怎么正确地去喜欢一个人。

雨声"噼里啪啦"地响，把她的声音淹没了。

对面的厨房里，面饼已被烙至金黄，越良泽给她切了一块，端着盘子回去。

到走廊就看见窗边发上湿漉漉的铃萝，越良泽无言，有些哭笑不得："风吹雨进来怎么不关窗？"

"不想关。"铃萝眨着眼看着他，"剑修体魄最强，淋点儿雨算什么？"

越良泽见她不关窗，便站在窗外挡着雨，把盘子递过去。

铃萝将盘子放在窗上，闻着香甜热乎的味道竟有了点儿饿意。她啃着红糖饼同越良泽聊着天。两个人说着分开这些年在外历练遇见的事，一个讲在人迹罕至处的怪诞奇闻，一个讲在繁华都城中的绮丽怪事。雨声逐渐小去，变得渐渐沥沥的，窗边的两个人却一说一听十分投入，竟都没有察觉这变化。铃萝咬着最后一块红糖饼问："你吃不吃？不吃我可吃完了。"

窗边的越良泽歪头看着她："你已经咬了。"

铃萝："我就咬了一小口，你要吃我就分给你这么大一块。"

她动手要把剩下没咬到的红糖饼撕开，越良泽阻止她："我不吃。"

铃萝看着他笑，眼尾上扬着，嗓音软软地说："饼是你做的，我就是咬一口，就一小口，你都看这饼好几眼了，想吃就说想吃。"

越良泽听着这话，侧过身来看她。

铃萝"嗷呜嗷呜"地吃着饼，神色无辜地迎着他的打量目光，无声地表示"我已经问了你吃不吃"。

越良泽看着她吃完饼，眼里掠过笑意。

铃萝说："你一直看着我，我还以为你要来抢。"

越良泽垂眸别过脸去。他是想抢的。就刚才，他想俯身凑近抢她到唇边的最后一口饼。

第三十七章

北庭月

两个人不知不觉间在这里聊了一夜，铃萝看着雨雾退去，天光乍现，才发现时间过得真快。

越良泽问："还不困？"

铃萝摇头，伸了个懒腰，拿出玉听后问越良泽："魔魔已被除了，你还待在这里吗？"

"再看吧。"越良泽望向外边，似沉思着说，"前段时间大仙门都在找白骨魔，如今却逐渐没声了。"

"白骨魔也一直没冒头，他们放松警惕很正常。"铃萝在玉听里找楚异，"他费尽心思不惜偷镇仙玉也要将左白的尸首带走，不会只是说说狠话这么简单，越是没动静，他们才越要小心些。"她边说边找，最后发现自己大概是被楚异删掉了。

铃萝给楚异发了加玉听的请求，没一会儿就被通过了。

楚异：你还敢加回来！

铃萝回着玉听，听到越良泽问："你那日在顺义镇受的剑伤，是被左白的方天剑术伤的吗？"他问得很平静，也很随意，听不出半点儿试探之意。

铃萝把着玉听的指尖顿住，她抬头去看他。她想说是，却又想起苦业花记忆中越良泽说的话——他说她耀眼，说从她的剑意中得到了力量。

于是她答："不是。"铃萝故意哼了一声不屑地说道："左白的方天剑术哪里能伤到我？"

越良泽侧过身去看她，神色莫测："那是谁伤的？"

"不知道，太快了，我什么都没看见。"铃萝面不改色地撒谎道。她以为只要自己咬死说不知道就能蒙混过关，越良泽却知道她在撒谎。他对铃萝的情绪总是敏感得过分。

铃萝不说，越良泽也没有继续逼她，只觉得这并不是一个好的谈话时机。

天色亮起，生活在乡野的村民们总是早早地起来忙活。

铃萝回完玉听后，掩面打了个哈欠，起身朝屋里的床铺走去。

"我在这里睡一会儿。"她倒在床上裹着被子滚进了里边去，"还有半边留给你。"

铃萝说完又觉得这会儿的越良泽怕是没胆跟她一起睡，便说道："不然你去我的屋里睡。"

越良泽靠在窗边抬手捏了捏眉心。见多识广的二师哥长赢跟他说过，世间有种女人，只撩人却不负责，只准她撩拨别人，却不给别人半点儿机会，问她时她还会理直气壮地说"我根本没那个意思，是你自己多想的"。长赢跟他说，这种女人被称作渣女，多是同时撩拨好几个人。此时此刻的铃萝完全符合二师哥说的渣女。越良泽刚想庆幸她只渣自己一个人时，又冷不防地想起那日铃萝说教她亲吻的人没教好，不由得眉头一跳。在铃萝看不见的地方，男人沉静的眉眼间却添了几分郁色。铃萝睡了个好觉，越良泽却站在门口吹着冷风冷静。

陈家娘子来问："田古说想见见道君，我方才去前屋找她却不见人，道君是不是出去了？"

越良泽面不改色地说："她在我的屋里睡着。"

陈家娘子瞧了瞧站在门口守着的越良泽，不由得捂嘴，忙说道："我这就去跟他说道君不见人，绝不会让他来打扰二位。"

越良泽没说话。显然对方误会了，但他也没有要解释的意思。本来他说的也是事实。

四陌村因为大山开路的事热闹了好一阵，村民每天都在这条路上找新鲜事，先是一起商量施工做些保护措施，接着开始捣鼓给这条路定个好称呼。人们来找铃萝跟越良泽，想要这两个人起名。越良泽在帮陈大哥拉黑牛犁地，铃萝在田埂上看着。听了田古的提议，她神色莫名地说道："这是你们生活的地方，起什么名字当然看你们自己了。"

她不愿掺和，而村民们讨论过后，决定将它起名为承善路——承君善意，永生难忘。

路道平坦宽阔后，各家开始准备交通工具，买马、买牛、买驴做成兽力车，家家户户都忙得很。

陈大哥也在做兽力车，但算了算自己家里的钱后，打算先自己动手做。

越良泽帮他进山砍树拉回家里，陈大哥挺不好意思，越良泽说道："就当是修行。"

陈大哥心中感动，便大方接受，若是再推托下去反倒显得矫情。

夏季天热，他们在外干活都避开了烈日正盛那会儿，要么趁晨间清凉时，要么趁入夜降温时。

日暮时夏风渐凉，越良泽在院里捣鼓兽力车，拿着小锤子在木板之间"叮叮当当"地锤着。

铃萝坐在花果藤架下看着他。他可真是什么都会，修窗户、造房子小院，搭建藤架，做各种家具也不在话下，更别提一手精湛厨艺，甜品、菜肴简直无所不能。以前她怎么没发现越良泽这么能干？

铃萝单手支着下巴，若有所思地打量着被洒了满身暮色光影的男人。没了少年时的清瘦沉默，如今他充满成熟男人的魅力，衣下是剑修最强的体魄，宽肩劲腰，挽起的衣袖暴露着手臂动作时的肌肉线条，有着别样的美感。男人修长的五指熟练地摆弄着工具，在暮光照耀下隐约能见手背青筋浮现。这双手拿剑时漂亮，不拿剑时也漂亮。铃萝这些日子什么事都没做，就静心看着越良泽，一开始越良泽还会有点儿在意，后来就随她去，她想看就看，随她怎么看。

天色彻底暗下去后越良泽还在干活。

"这么着急干什么？"铃萝趴在小木桌上问他，"你不是要在这里待挺久的吗？"

"白天我收到三师哥的传音，说岐山掌门崔狩死在北庭，杀他的人疑是月宫的少宫主。"越良泽不紧不慢地说着，"北庭月宫与三山相接，岐山、巫山、云山，前两日这三山共同前往北庭参加朝花宴，这是北庭一年一度的节日。

"崔狩死在花宴当晚，巫山圣女亲眼看见慕须京从他的房里出来。"

铃萝半眯着眼听他说，该来的总会来。她懒懒地说道："岐山掌门真是他杀的？"

"他说不是。"越良泽抬手擦了一下额角的细汗，半弯着腰捣鼓着兽力车边缘的木板，"但因为巫山圣女的证词，没什么人信他，岐山少主要求月宫杀人偿命，把慕须京交给岐山处罚。"

姜妙没交人。

岐山又不死不休。

铃萝明知故问道："三司教呢？"

各大仙门自成一体，虽不插手人间政事，却也会彼此合作。三司教的修者护国运，求的是国泰民安，说到底为的还是凡间权力巅峰，而非无上境界。两方人在维护人间秩序抓捕妖魔一事上常有合作，但只是合作，没有从属关系。一般发生杀害修者的事都是由三司教负责。毕竟世间散修也不少，并非所有修者都是三司教或各大仙门的人。普通人与修者是不同的。

普通人的某些规矩无法约束修者，而修者的某些规矩普通人无须遵守。

"三司教管的是散修，宗门修者归宗门管。"越良泽说，"师哥说最近十多年三司教与各大仙门的关系十分微妙，彼此合作也越来越少。"

铃萝笑道："三司教跟小宗门较劲还行，动不了这些大仙门。"

越良泽敲下最后一根钉子，起身时将手中的小铁锤抛起又接住，回头去看铃萝："所以月宫跟圣剑宗发了请愿，要以仙首令来审判此事。他们想让圣剑宗的人来查案，抓到凶手，用仙首令将其除名。"

铃萝问："姜妙发的请愿？"

越良泽摇头："慕须京要求的。"

铃萝听得愣了一下。她只知道圣剑宗会介入此事，却不知道竟然是慕须京要求的。

"三师哥说这事可接可不接。"越良泽继续说道，"有巫山圣女的证词，他自己也承认确实从崔狩的屋子里出来，很难翻身。"

铃萝直起身，微眯着眼睛打量他："但是你同意了？"

越良泽"嗯"了一声，又补充道："我不觉得人是他杀的。"

铃萝单手支着下巴看着他笑。可这崔狩还真就是慕须京杀的。

但她也没点破，只问："所以你今天拼命干活，是打算今晚就去北庭月宫？"

越良泽点头。

铃萝说："我也去。"

水天镜倒流时间前去的是楚异，这次她替楚异去了，大师兄就老老实实地在天极待着别瞎跑。

越良泽有点儿惊讶。他本以为自己说出此事，铃萝就会跟他分开回天极。

"你真要去？"越良泽看着她问。

"不行吗？"铃萝说，"我若是回了天极，你可就很长一段时间看不到我了。"

她补充道："或许一别就是两三年。"铃萝问："这样也可以吗？"

当然不可以，越良泽不动声色地说道："我把这兽力车做好就走，三师哥已先我一步去了北庭，我们也不用太着急。"

铃萝起身朝他走去，凑近越良泽时踮脚，仰首在他的颈肩轻嗅着。她突然靠近让越良泽不自觉地屏住了呼吸，挺直腰背站好，在铃萝踮脚在他的颈项间探头时越良泽没忍住伸手揽过她的肩膀，垂眸看着她。

铃萝抬眼看向他说："是不用太着急，你一身汗味，洗个澡再动身吧。"

两个人就这样站在院内，刚从小道上走来的田古朝院内喊道："铃道君，路牌已经做好了，你要不要——"

越良泽侧首看去，他揽着铃萝的动作在门口的两个男人看来占有欲十足。田古顿时卡壳，陈大哥手疾眼快地把人拉走。

"我去路口等你。"铃萝笑眯着眼退开。

越良泽眼瞧着铃萝越走越远，夜风吹过带汗的脖颈，凉凉的，他忍不住伸手轻抹一把，将刚才女人呼吸轻洒时带起的战栗感抹去。

铃萝在路口等着。

玉听"嗡嗡"响，满是楚异的传信消息。

铃萝看都没看，直接问："师兄，太初金鸾池宴过后你没再教姜妙咒律吧？"

她这一问许久没得到楚异的回复。铃萝耐心地等着，确信姜妙那边被她截和，楚异应该是没机会再教了，但还是以防万一问了他。可她等来了越良泽也没等到楚异的回复。

今夜无月，天上缀满星子。

铃萝跟越良泽御剑去往北庭月宫。

中途越良泽见她一直把玩着玉听，淡淡地问："在等消息？"

她点头，对越良泽没有隐瞒，将楚异与姜妙在太初教学咒律的事说后又说道："离开太初时，我给姜妙留了一只记录许多咒律的灵鸟，可以教她咒律法术。"

越良泽："胆子真大。"

铃萝一点儿不怕他会说出去，继续嘀咕道："但我怕我师兄也在教她。我师兄最好别参与月宫的事，反正他也帮不上什么忙。"就像越良泽没能阻止她自我毁灭，楚异也没有阻止姜妙。

她记得姜妙是很感谢楚异的，却不是爱慕。那也是一个不会选择情爱放弃自己所求的女人。

越良泽说："论咒律，北庭月宫是所有仙门里最厉害的。"

"是最厉害，但她又不会。"铃萝说，"宫主跟少宫主半点儿咒律都不会，全靠北庭以外的人教，这比杀了岐山之主更丢脸。"

如果说南山雪河剑修最多，北庭月宫就是咒律修者的天堂。月宫初代宫主靠着强大且独特的咒律横行天下，诛杀世间万魔，只需要动动手指便无敌手。

"那日在顺义镇，世子甘卯继承赵郎在幻境中的身份，困住他的是月宫特有的咒律月咒，那月咒是谁下的，事后倒是没人提起半分。"铃萝说，"众人的重点都在左白与南山雪河的关系上，完全忽略了这点。"

越良泽觉得她说得对，月宫的咒律出现在顺义镇也很奇怪。说起咒律，他不由得想到北庭初代宫主。北庭初代宫主自创咒律万千，最终却也死于咒律。传闻这初代宫主被下了名叫断白头的恶咒，中咒者与心爱之人永世不可相见。无论转世如何，两个人将永远保留那份爱意。君生我死。我死君生。初代宫主于某日在西海太初樱林赏花时，思及心爱之人，想让她也看看这人间美景，于是自裁于西海太初樱林中。这恶咒至今无解，也无人知晓是谁所创咒律。

在越良泽沉思时，铃萝总算收到楚异的回复。

楚异大惊："你怎么知道我在太初教了她咒律？姜妙说的？你到底在哪儿？！"那是当初他瞎了眼，没认出那是月宫宫主还把人揍了才赔礼道歉教咒律。

铃萝："没在教了吧？"

"废话，你把我叫去抓田蓉我哪里来的时间教人家咒律？"楚异冷漠着脸说道，"何况当初我教也不是你想的那样，那是赔礼道歉，你别往外说，不然天下人都该知道我曾经把月宫宫主打了一顿。"

铃萝："我也没想到你们初见是这种情况。"

楚异："你别管这事，赶紧给老子滚回来。"

"不要。"铃萝干脆地拒绝，"师兄你若是实在想我，就憋着。"

楚异看完传信气得想立马掐死她，写了一长串传信发出去却被提示删除。

铃萝这次终于先一步删掉了对方。

两个人距离北庭月宫较远，哪怕御剑飞行也要两天时间。

如此很耗灵力，于是越良泽跟铃萝说："你过来。"

铃萝朝他抬了抬下巴："干吗，看不起我？"

越良泽就知道她会这么回，早已想好说辞："你之前劈山开路消耗大量灵力，累得没一会儿就睡着了，现在还没有完全恢复。也许到了月宫我还需要你帮忙，所以我带着你飞，你先休息。"他说这么多，就是不想铃萝误会他是看不起她，又想照顾她的状态。

铃萝听完这话，神色傲娇地伸出手，嘴角弯了一瞬。

越良泽带着铃萝一起御剑去往北庭月宫，过北庭城，直到月宫山门前。

月宫前是花海，后是大片雪山群，白色与黑色相接，巍峨肃穆。两个人到时是夜晚，夜空中有一轮漂亮的圆月高悬，月色照耀整片大地，山门前的花海足有人高，淡粉蓝紫各色皆有。

"我就不进去了。"铃萝在山门外下了剑,看向月宫说,"这事不简单,你去了他们肯定盯着圣剑宗办事。你在里边看着,我在外边帮忙。"何况她一进月宫,云守息就该知道她在哪儿了。

越良泽对此没意见。

铃萝掐诀用了画皮灵,小白狐落在他的肩上,挥爪指着月宫,趾高气扬地说:"走!没我的同意我看他们谁敢动我这半个徒弟!"

越良泽边走边说:"半个?"

铃萝:"你一半我一半。"

越良泽无声地笑着,跟着她认下这半个徒弟。

上阶梯时,越良泽似随意问道:"你锁骨左下的地方刻的什么花?"

白狐震惊地扭头看向他:"你能看见?"

越良泽不动声色地回:"偶然看见的。"是铃萝之前靠近他嗅味时,他垂眸瞬间瞥到的。

或许是怕她多想,越良泽又说道:"这花很漂亮,又没见过,所以问一下。"铃萝沉默。越良泽以为她不想说,却被白狐毛茸茸、肉乎乎的爪子拍脸:"一点儿都不漂亮!是很倒霉的花,你最好别知道。"越良泽伸手抓着白狐,将它提溜到怀里抱着:"是倒霉的花为什么还要刻?"

铃萝哼道:"别管它,总有一天会消失的。"人死后才存在的花,不仅倒霉还不吉利。每日她照镜子看见这朵苦业花,都像是无声提醒她越良泽曾死去的事实。

越良泽见她不说,便只"嗯"了一声,目光却黯淡几分。他发现自己想了解铃萝的一切,不容拒绝。这忽然增强的占有欲让他越发小心地与铃萝相处。他刚进月宫山门,就有弟子上报圣剑宗丹水真君到访。随后宫主派了人来迎接越良泽。来的人未着门服,而是身着一袭紫袍,玉冠束发,神色沉郁。两两相见,彼此都沉默了片刻。

姜俊率先开口道:"在下姜俊,奉宫主之命带丹水真君去听楼,白藏真君与三山的人都在那边。"

被越良泽按在怀里的白狐仰着脖子去看姜俊,又被越良泽按了回去。

越良泽问他:"你怎么在这里?"

姜俊抿了抿唇说道:"说来话长,你先去听楼吧。"

"我先去见慕须京。"越良泽问道,"他被关在哪里?"

姜俊看了他一眼:"他被关在红雪门里,那是月宫关押重犯的禁地,没有宫主允许没法进去。"

越良泽说:"那就劳烦请示宫主。"

姜俊轻扯嘴角,拿出月听给姜妙传信,片刻后,收到姜妙回应,转身说道:"她同意了,我带你们去。"

铃萝记得离开平遥城那晚看见去而复返的慕须京跟月宫的人,那时他们应该是去王府将姜俊带走。因为姜俊偷学咒律的事暴露了。

"红雪门在月宫后方的雪山群里,过了雪线,那边的天空总是不见光亮的,与月宫这边四季如春的景致有天壤之别。"姜俊带路时不紧不慢地解说着："红雪门归惩恶司看管，今年初由雪明长老接任惩恶司。雪明长老最看不顺眼的就是宫主，对她的便宜儿子也没有好感，所以他被关在里边不死也要脱层皮。"

铃萝心说："你不是人家的舅舅吗？怎么不死也脱层皮这种话你说得如此坦然？"

越良泽帮她问："你不是他的舅舅吗？"

姜俊翻着白眼答："那雪明长老还算是他的三叔父呢！"

越良泽沉默。原来他们是自家人打自家人。两人一狐走出华美庭楼，朝那巍峨雪山群走去。周遭树丛掩映，他们出树林后，天空就是黑漆漆一片，雪山上的各处烽火楼都点燃了灯火照明。路上越良泽问："岐山掌门这件事你知道些什么吗？"

"不知道，事发时我不在朝花楼。"姜俊说，"那天我去了北庭城内办事，第二日才回月宫。"见越良泽看他，姜俊又补充道："白藏真君昨日到时，已经询问过事情经过，也见过他跟巫山圣女。"

他们走到红雪门前，雪山崖底，森严的铁门两旁站着几名穿着软甲的守卫。

守卫拦下二人："月宫禁地，不可擅闯。"

姜俊递出一块玉牌："奉宫主之命，带圣剑宗丹水真君前来找慕须京问话。"

守卫面无表情地说："没有雪明长老的命令，不可放行。"

姜俊嘲讽地问："你们听雪明长老的还是听月宫宫主的？"

守卫不见丝毫情绪起伏，依旧拦在前边回道："我们只是听令行事。"

姜俊也无所谓，回头看着越良泽说道："丹水真君，你也看见了，咱们月宫——"

话还没说完，他就见越良泽拔出了剑，似乎要硬闯。

姜俊愣住，眼角轻抽。顺义镇那次他可没发现这丹水道君竟是暴脾气。

守卫见状也纷纷拔剑，做出迎战的姿态，依旧死守着不放。

一声冷喝声从铁门里传来："住手，让他们进来。"

守卫闻言齐齐收剑。

越良泽朝里面看去，只见一身月宫门服的青年出来，长剑横挂身后，剑上以黑色粗绳系着难解的结，绳结末尾坠着一颗碧色灵珠。

姜俊悄声跟越良泽说道："这是巫旭，慕景逸的儿子。"

慕景逸的妻子是巫山的人，巫山后代皆随母姓，因此慕景逸的儿子不姓慕。

北庭月宫本有三姓大家：姜家、慕家、柳家。柳家于百年前已绝后，如今只剩姜、慕两家。巫旭看起来与姜俊差不多年纪，虽穿着月宫门服，却自有贵公子高人一等的霸气。他走出铁门打量着越良泽，视线落在那把黑剑上时微顿。"圣剑宗查案，自然是要给几分薄面的。"巫旭客气地说着，神色却显挑衅，侧身说道，"里面请。"

铃萝不由得想笑。圣剑宗的人在这种时候出面真的很不招人待见。

越良泽没理巫旭的挑衅，收剑朝里走去。

慕须京被关在红雪门最深处。那里幽冷黑暗，最是折磨人的心智。前有东岛天极娑婆界，后有北庭月宫红雪门，哪怕关押方式不同，但受的折磨都差不多，人都是被关在狭小黑暗的房间里，到时间就被拖入阵法里受罚，时间到了再被吐出来，一天天地如此反复，直到刑满死亡。

铃萝记得清舜被判在娑婆界受罚三百年才能死。月宫若是将慕须京交给岐山，这杀害掌门的罪名扣上去，他绝对不会好过，崔火乌会用尽一切办法折磨他，让他生不如死。

雪山中的走道长且转角多，人走在上面像是在一颗被打了无数孔洞的球里面转悠，路上还铺满了又厚又滑的雪，完全不知何处才是出口。巫旭走在前边领路说："这千丝路十分复杂，是月宫特有的结合咒律的阵法，若是找不到正确的路线，人就会一辈子被困在这里面，走到死也出不去。曾有一个弟子杀了看守逃出刑屋，却被困在这千丝路上走不出去，到现在也还被困在阵法里。"他用余光往后扫了一下："丹水道君可注意脚下别走错了，万一迷路碰上那投靠魔族又杀人不眨眼的弟子可麻烦。"

白狐从越良泽怀里探出头来，毛茸茸的爪子指着走在前边的巫旭，又转回脖子比了比，无声表达：他很嚣张，要不要帮你杀了？

越良泽默默把一脸杀意的白狐压回去，没理巫旭。

巫旭带着一人一狐走到路尽头，这一长排共有十多间刑屋，慕须京被关在最后一间刑屋中。巫旭上前开门，"咯吱"一声十分刺耳。

屋里漆黑一片，随着开门投进的光亮，让门口的越良泽看见里边四肢被铁链锁着的男人。他微垂着头，因为听见声响而抬头，却又因灼眼的光芒别过头去。

巫旭说："两位只有半个时辰的时间，半个时辰后，他要再次受刑。"

越良泽走进刑屋中。他在外布下音障，隔绝他人偷听谈话，又掐了火诀照亮屋子，慕须京在光亮下才慢吞吞地将目光落在越良泽身上。

慕须京刚要开口，就见一只熟悉的白狐从越良泽怀里探出头来，挥舞着前爪朝自己凶巴巴地说道："区区喑光咒都解不了，咒律都白教了，废物！"

慕须京：重逢暴击。

越良泽会来慕须京已经很惊讶，铃萝也来了他更惊讶。

暴击过后，他看着一人一狐说的第一句话就是："向圣剑宗请愿不是我的意思。"

铃萝他们还真是有点儿没想到。

白狐挥舞的爪子顿住。之前她就觉得以慕须京的性子不可能主动向圣剑宗请愿，现在看来还真是？

越良泽轻挑着眉，又问："那人是不是你杀的？"

慕须京沉默。他别过脸去，本就苍白的脸此时看着毫无血色，熟悉的沉郁眉眼间甚至染上几分戾气。单从外表看，慕须京并没有姜俊说的不死也脱层皮，可一人一狐都闻到了空气里浓浓的血腥味。慕须京的沉默没有维持太久，他垂着眉眼说："是。"这回答完全能让刚到的圣剑宗弟子就此打道回府。

越良泽面不改色道："你想清楚再说。"

慕须京嗓音沙哑地说道："我已经厌倦了当修者的日子。"他将近二十年的人生中，只有两年的修者生活，但其中滋味和经历，比任何人都复杂得多。前十几年被称作孤儿的慕须京长在大山中，自由自在，即使偶尔有村民将他当作作乱的山贼打骂一顿，却也有愿意护着他的慈祥老人。少年没想过大富大贵，也不渴望做人上人，更别提什么拯救苍生除魔卫道。他只是过着宁静舒适的日常生活。

白狐从越良泽怀中跳走，攀着铁链走到慕须京的肩膀上，一爪子朝他脸上拍了过去。

越良泽问："为什么要杀他？"

慕须京说："人是我杀的，要怎么处置都随你们。"

铃萝问："你知道仙首令吧？"

"知道。"慕须京轻扯嘴角，"这灵力我也不需要。"

"不只是被废灵力这么简单。"越良泽说，"左白的样子你见过的，没了灵力后，身体会变得比普通人还虚弱，她连多走两步路都喘，所以才没法保护自己。"

"你若被仙首令除名，哪怕转世也无法洗脱印记。"白狐用爪子戳着慕须京的脸，"你说得能耐，到时候真被仙首令剔骨削灵脉可不得疼得'嗷嗷'叫？仙首令不会让你死，但岐山会让你生不如死，你以为承认人是你杀的就能一死了之？"这爪子毛茸茸、肉乎乎的，白狐又那么小一只，拍人实在是不痛不痒，甚至很舒服。

越良泽不动声色地把白狐拎了回去，开口道："就算人真是你杀的，也得给我一个理由。"

慕须京偏着头不看他，也不说话，显然不想给什么理由。

越良泽没料到会是这种情况，慕须京看上去无所畏惧，也不在乎生死，似乎谁劝都没用。这种状态让越良泽莫名地有些烦躁。

慕须京不答，越良泽也没办法，僵持片刻后一人一狐沉默地离去，出了刑屋门却不见姜俊与巫旭。

越良泽走到路口时怀中白狐就跳下去追着一只灰鼠跑，眨眼间不见影，他都来不及阻止，只察觉这路变了。来时巫旭就说过，这千丝路千变万化，内里地形也是千疮百孔的，地道上满是皑皑白雪，刚才白狐跑过时的脚印瞬间就不见了。

如果不是印记消失得太快，就是这路变了。能控制这千丝路的只能是月宫的人，或者说是在这红雪门的人。越良泽走出路口，不管月宫的人想做什么，都得去把他的小狐狸找回来。

铃萝追那只灰鼠是察觉它偷听，便追上去看看是谁。若是有人把慕须京说是他杀的人的回答说出去可就麻烦了。灰鼠跑得很快，白狐也不差，紧追不放。前者对地形十分了解，在各个孔洞中灵活走位，却还是甩不掉白狐。灰鼠觉得怕是不能靠速度甩掉对方，便在一次钻入孔洞中时急刹停住转身张嘴吐出烈火，然而白狐周身被蓝色灵力包裹根本不怕，直接冲过火障快准狠地咬住了灰鼠的后颈。灰鼠"吱吱呀呀"地挣扎，白狐咬着它回头一看，身后空荡荡的，该跟着它的男人不见踪影。

铃萝刚跟着灰鼠跑了不知道多少个孔洞，早就记不清回去该走哪里。她再看周遭都是白茫茫一片，不见半点儿痕迹。灰鼠不死心地挣扎着，铃萝把它的神识困在画皮灵里，没法退回去，除非画皮灵散，但白狐又不咬死它，神识被困着也没法自己解除，因此憋屈地受人拿捏。

铃萝往回走，试图去找越良泽。月宫的千丝路还是很难搞的，这里面还有不少杀伤力很强的咒律，她若不小心触发了也很麻烦。

灰鼠挣扎无望后，开口说话了："你是哪边的人？！"

这声音听着耳熟，铃萝低头伸爪把它摁进雪地里，冰蓝色的狐狸眼紧紧地盯着灰鼠。

灰鼠对它咬牙切齿，黑亮亮的眼里满是怒意，低沉的男声带着点儿恼意："最好把你的狐狸爪子拿开，否则休想走出这千丝路！"

"千丝路"三个字的语气让铃萝想起来，这不是之前带路的巫旭嘛！这人偷听被抓挣扎不过，恼羞成怒了。铃萝认出画皮灵的身份，又是一爪子挠下去，摁得灰鼠无法动弹。你之前不是很嚣张嘛！白狐把灰鼠按在雪地里戏弄着，灰鼠想跑又被爪子钩回来，被抓得满身血痕。

巫旭怒道："姜妙自己不敢来，就派了你们这些废物？！"

白狐加重力道，糊了它一脸冰冷的雪，听着灰鼠的哼唧声，这才慢条斯理地说道："听闻月宫咒律世间一绝，可你这个月宫弟子就学会了怎么变成老鼠给人当口粮呢？"

这脆甜的女声听得巫旭微愣，意识到如今抓着他将他的神识困在画皮灵中的是个女人后巫旭更恼了。

"你若是想比咒律，就把你的爪子拿开！"

猜出这人是巫旭后，白狐一脸嫌弃的表情，咬都不想咬了。

白狐琢磨片刻，爪子一画一画，很认真地画出术印，将灰鼠困在里边让其出不去了。

白狐姿态优雅地走了。

巫旭："你给我回来！把这阵法解开！"灰鼠在阵法内无能狂怒，气急败坏。

姜妙那边何时有如此强大的帮手了？！对方不仅能将他的神识困在画皮灵中，还能以画皮灵的姿态就使出这般强大坚固的阵法！这女人最好祈祷别被他找到！

抓一个巫旭回去作用不大，铃萝转而去找越良泽。

月宫听楼内。白藏被岐山与月宫的人缠着，双方各执一词，又都脾气火暴，自从他坐下来后吵闹声就没停过。他看似好脾气地坐着听了一晚上，中途在这两方动手打起来时一边劝架还不忘问："我师弟怎么还没过来？"

月宫的人回："丹水真君先去红雪门看少宫主了。"

白藏叹道："那你家宫主呢？"

坐在一旁的慕景逸沉声回道："已经叫人去请了，正在来的路上。"

白藏瞥向这位慕家尊主，对方很沉得住气，眉目不怒自威，在他看来，这慕尊主是跟风云鸿、穆横天一类的人，运筹帷幄，心机深沉，也够狠。与慕景逸的沉稳比起来，对面红了眼睛满身戾气的小辈崔火鸟显然不够看，什么情绪都写在了脸上，又是砸杯子又是踹桌子地怒吼："你们北庭月宫就是铁了心要包庇那个贱货私生子！"

慕景逸没什么情绪地看了他一眼。

月宫大长老怒道："他是我月宫的少宫主，哪能容你这般羞辱！"

岐山的长老也怒道："可不就是你们月宫的少宫主，犯下如此大错，却还妄想全身而退！今日圣剑宗仙首令也在此，定要给我们一个交代！"

"崔掌门身上的伤口与我月宫剑术不符，少宫主也不会此剑术，你们怎么能肯定就是他做的？！"

"你就是在狡辩！"

两边的人又开始了。

白藏看着双方的人说："诸位都静静，既然各执一词不相信对方，便请东岛天极的范堂主以三缄问话辨真假。"这话一出，月宫的人愣住，岐山的人脸色却变了变。

崔火乌因为丧父一事有些失去理智，怒而上前吼道："你什么意思？你不知道我岐山与东岛天极关系交恶，尤其是那三掌门云守息——"

"少主！"岐山长老慌忙把朝白藏走去似要怒踹白藏的椅子的崔火乌拉回去。

"人与人之间会交恶，三缄却不会。"白藏不见动怒，依旧笑眯眯地说着，"可岐山少主若是不同意，也无妨，再换别的法子就是。"

慕景逸却说道："我们问心无愧，以三缄问话也好还他清白。"

说着他抬手，身旁的弟子便去拿了月听来。

慕景逸给东岛天极穆掌门传信告知此事。

崔火乌怒道："你们两家就是要串通好了来保那个贱货！我岐山是不会善罢甘休的！"

月宫听楼里满是岐山少主的打砸骂声，似乎谁也劝不住他。被慕景逸派去叫宫主的侍女紧赶慢赶地到了齐合居，入庭院后遍地湿热雾气，小径两旁的石灯亮着，走到深处时有弟子拦住侍女的去路。

侍女禀道："奉慕尊主的命令，请宫主去听楼商议。"

女弟子垂首道："宫主沐浴中，烦请居外稍等。"

庭院深处是一汪温泉，山石花树造景精美，雾气氤氲，宛如仙境。圆月高悬，可月色似乎透不过这雾气。女人从温泉水中浮出，黑色的长发在水中温柔地散开，一滴又一滴的水珠顺着脸颊滑落脖颈。姜妙抬手轻揉眼睛，等候在旁的女弟子拿着衣服上前为她穿衣。长发湿漉漉的，滴着水滴，女弟子们安安静静地伺候完姜妙更衣后退下。

姜妙手中拿着擦拭头发的长帕，却有一道黑色的劲风掠过，将她发上的水汽散去。

"他们请来了东岛天极的三缄。"

花树石灯旁，雾气氤氲中，一道黑影若隐若现。在月宫内姜妙不戴面纱，素颜依旧带点儿妩媚风情，她抬起右手，皓腕自衣袖中露出，引诱黑影上前咬住从中吸吮血液。

姜妙神色静默中还带点儿乖巧。

黑影说："你若是想救他，我可以带他走。"

"他如今哪里也去不了。"姜妙目视前方，轻声说，"他若现在走了，岐山的人不会放过他，天涯海角也要追着，一辈子隐姓埋名躲躲藏藏的生活有什么意思？"

黑影低声戏谑道："你倒是很为这便宜儿子考虑。"

"慕家将他关在红雪门也好，千丝路难走，岐山想抓人也找不到他。"姜妙收回手，衣袖滑落遮掩，手腕处的伤口愈合得很快，不留丝毫痕迹。

黑影在雾气中变得模糊，说："姜家那些老东西不能理解你想做的事。"

姜妙顺着长发，穿上软底的鞋，慢慢朝外走去："不能理解没关系，可他们若是拦我的去路，就都杀了。"

红雪门内，千丝路。小白狐在孔洞中转来转去也找不到人，很是气恼，维持画皮灵消耗的灵力较多，铃萝现在散形必定能出去，但这就放越良泽一个人在里边了。要是有人趁她不在对越良泽动手动脚她又忍不下这口气。于是找累后白狐就在墙角拿爪子刨雪、画画、堆雪人。千丝路的变化多半是巫旭搞的鬼，想要挑衅一下圣剑宗弟子，结果他自己用画皮灵偷听被抓到，得不偿失。

等越良泽找到铃萝时，白狐正姿态优雅地蹲坐在足有两人高的大雪怪头上。瞧着姗姗来迟的男人，白狐勾着眼尾，神色睥睨。

越良泽打量着白狐的杰作，视线缓缓往上，对白狐说："你堆的？"

白狐："我都堆到这么高了你才找到我。"说完铃萝也奇怪，为什么就认定越良泽一定会来找她？

越良泽见白狐没什么事，便朝白狐伸出手说道："下来吧，上边冷。"

白狐优雅地跃到他的肩上，拿着冰冷的爪子按他的脸。

这一片的雪都被白狐收集了起来，铃萝按着他的脸说："你知道我用狐狸把它们堆这么高花了多少时间吗？"

越良泽将白狐捞进怀里，握着白狐爪子帮其暖和："下次一定早点儿找到。"

他带着铃萝离开，铃萝问："你知道出去的路吗？"

"不知道。"越良泽说，"暂时不出去，回去找慕须京。"

"找他干什么？他想死就死呗。"铃萝哼道，"了他的心愿。"

越良泽说："他若真心想死，为什么不直接告诉三山和月宫的人说是他杀的崔狩，却只跟我讲？"

神识在画皮灵里时是共感的，白狐的爪子因为堆雪而冷冰冰的，铃萝便往越良泽怀里扒拉暖爪，一边往上爬一边说："麻烦。他简直跟你一样。"

心思要人猜，自己死活不说。

越良泽摸着白狐一身冰冷之意，闻言低声问："跟我一样什么？麻烦？"

白狐爬上去抱着他的脖子蹭他的体温，越良泽被蹭得心里发痒。

铃萝没答他，而是高深莫测地说道："那你知道回去的路吗？"

越良泽："做了记号。"他用另一只手拿出飞云听说："千丝路虽然屏蔽了听筒，却对飞云听不管用，我还是收到了师哥发来的消息。"

铃萝哼笑道："这里怕是没关过圣剑宗的人，也没几个人有过飞云听，所以没能针对到。"

白狐探头去看飞云听:"你师哥说什么?"

越良泽:"月宫传信天极范堂主,以三缄审问真假。"

白狐没说话,只眨了眨眼,又是三缄。

可天极的人来,云守息也该上场了。

"如果人真是他杀的,以三缄审问就能直接定罪。"越良泽说,"可还是要知道那天晚上都发生了什么事才好,他总不会无缘无故地杀人。"

铃萝:"他不肯说你能怎么办?"

越良泽:"你之前不是说过吗?想知道一个人的记忆有的是办法,光是咒律就有上百条。"

他们回去又花了点儿时间,但总算顺利地没走错路。

越良泽重新推开刑屋门,却不见慕须京。

"他应该是被拉进阵法里受刑了。"白狐把爪子焐热乎后站在他的肩头巡视屋子,"慕须京是生是死,对你来说很重要吗?"

白狐静静地看着他。

越良泽站在门前淡淡地说:"有些看他不爽。"

白狐一脸惊呆的表情:"不……不爽?"

越良泽"嗯"了一声,补充道:"他这种状态,让我很不爽。"

铃萝难得秒懂。慕须京决定走一条自我毁灭的路,如此偏执,谁也没法劝他回头。

尽管有人想要施以援手,他却不愿理会。越良泽不是一个喜欢多管闲事的人,但一开始在慕须京身上看见了过去的自己,产生了共鸣,这才多留意几分。

白狐眨了眨眼,心想难道他把水天镜倒流时间前对自己的怨气带过来了?这话把小白狐嚣张的气焰灭了些,接下来白狐安安静静地趴在他的肩头不说话了。

半晌后,越良泽说道:"若是维持画皮灵累了,你先散形吧。"

小白狐奓毛,起身拿爪子拍他的脸:"你看不起谁呢?!"

越良泽抓着白狐的爪子解释:"我看你不说话,以为你累了。"

白狐愤愤地说道:"我不说话,你就不知道跟我说?"

越良泽问:"你想听什么?"

铃萝:"你为什么会在天极当弟子?"

"为什么从来只吃自己做的食物?

"在天极那会儿为什么灵力那么微弱?

"为什么要闯天极禁地半仙冢?穆掌门跟你说了什么?

"你跟清舜是什么关系?"

越良泽沉默。

白狐从他怀里挣扎着回到他的肩上,哼道:"算了,指望你跟我说这些,简直比现在就让慕须京回来更难!"话音刚落,刑屋内铁链"叮当"响,阵法转瞬即逝,却将慕须京送了回来。

越良泽摸了摸白狐的头顺毛。

白狐指着慕须京气急败坏地说道："你给我回去！谁让你出来了？！"

出来喘口气的慕须京："……"

他外表好好的，不见血迹，但铃萝与越良泽都瞧见了他脖颈间流动的黑血线条，月宫血咒酷刑也算是闻名天下。他看了看这一人一狐，哑着声音问道："为什么又回来了？"

"有人转动千丝路，暂时出不去。"越良泽淡淡地说，"月宫传信东岛天极范堂主要以三缄审问辨真假。"

铃萝问他："你知道三缄吗？"

慕须京沉默。

铃萝便说道："他不知道。"

越良泽解释道："神武三缄有能辨真假话的力量，说真话者安然无恙，说谎话者则被三缄夺去身体的一部分。"

慕须京垂着眉眼，漠然道："那又怎么样？"

"你会先被三缄夺去身体的一部分，再被交给岐山，任由暴怒上头的崔火乌百般折磨。他为人卑劣，什么手段都使得出来。"铃萝说，"他要你痛苦，不会让你死，而跟你有关联的人都会被岐山迁怒，谁都不会好过。你不会得到解脱，反而会越陷越深。"

这绝不是慕须京想要的结果。他缓缓抬眼朝白狐看去，那双眼里一直以来都充满沉沉的郁色，就像下了雪后的天空。

铃萝说："我帮你躲过三缄的审问，你告诉我发生了什么事。"

越良泽扭头看了白狐一眼。当年铃萝也被三缄审问过，用什么办法逃过的他至今不知。

慕须京沉默片刻，哑声说："的确是我杀了他，这样你们还要帮我？"他问话时看的是越良泽。因为越良泽是圣剑宗弟子，是受请愿来审判此事的。

越良泽还没回答，白狐就嚣张地说道："你管他干什么？我想帮就帮，圣剑宗的人也管不着。他们以三缄来审判，到时候三缄审问的结果就是真相。"铃萝说道，"我说人不是你杀的，那就不是你杀的。"

慕须京对铃萝的印象很特别。

金鸾池宴一战，他感受到了这人的强大，樱林比剑那一晚，他又发现这人跟别的仙门弟子不同，看似乖巧，实则嚣张狂妄，甚至非常叛逆。越良泽在慕须京眼里有几分酷，是那种神秘的隐世高手。可越良泽跟铃萝在一起时，慕须京就觉得越良泽身上那股隐世的仙气没了，转而成了跟着大小姐嚣张闯天涯的叛逆剑客。

似乎天塌下来这两个人也不会害怕。

慕须京垂着头，收敛眼中暗光，低声说道："慕景逸要他死，我就杀了他。"慕景逸是慕家的尊主，也是上任宫主，慕须京的父亲慕乔的二弟，是慕须京名义与血缘上的二叔父。慕须京却怕这位二叔父。他所有的不服输与少年棱角，都是被慕景逸磨掉的。他说道："岐山有一样秘宝，搭配月宫的禁咒使用，能起死回生。"各大仙门都有秘宝，且不少，但搭配月宫禁咒就能起死回生的东西铃萝和越良泽还是第一次听说。

越良泽带着点儿惊讶的表情看着慕须京，身侧的白狐却优雅端坐着不见丝毫讶色。

岐山秘宝飞霆珠，珠内藏着一艘能通黄泉九幽的渡船。但它的作用并非起死回生，而是续命，有将死之人，以飞霆珠内的渡船困住三魂七魄任意其一，就能让此人吊着一口气存活许久。水天镜倒流时间前楚异去岐山偷飞霆珠被抓才有后来那些事。

越良泽问："慕景逸要夺宝？"

慕须京说："慕景逸是最近才发现岐山的飞霆珠对他有用的，又不知从何处听说崔狩随身携带飞霆珠，花宴那日约了崔狩喝酒谈话，为了讨好对方，送了三个童女去崔狩的屋里。"

白狐冷哼一声，表情不屑又鄙夷。

慕须京没什么表情地继续说："但崔狩言谈间猜出了慕景逸要飞霆珠去做什么，慕景逸便要崔狩死。"

铃萝问："慕景逸做事滴水不漏，杀崔狩的事不会马虎，怎么会让巫山圣女瞧见？"

"我去早了。"慕须京漠然道，"慕景逸的计划是让崔狩中咒而死，我没让童女去。"他这两年被慕景逸带在身边，是慕景逸教会他该怎么残酷地活下去，又该如何做一个残酷的人。慕须京学会了。那天晚上他路过屋外时，看见被关在屋里的女孩悄悄搬来凳子，踩上去踮着脚攀上窗沿，努力推开窗户朝外张望漂亮的星空。那双干净的眼里满是初见璀璨星河的惊艳与保存这美好景象的珍惜之意。慕须京上一次见这种目光时，是在难得外出的姜妙身上。她看见了西海太初的樱林。那时她赏樱的每一眼都认真而珍惜。于是当晚他做了一个决定。他要在童女被送过去之前杀了崔狩。慕须京第一次违抗了慕景逸的命令，知道背叛慕景逸的下场是死，却还是这么做了。

第三十八章

月下鹰

　　慕须京进北庭月宫前活在大山中。大山巍峨，森林广阔，林中飞禽走兽众多，他还小且无依无靠时，常跟山中兽类抢食打架，活得不像个人。他后来听人说过这样的传闻：被遗弃在大山里的婴儿，让母狼叼回去当狼崽子养，受狼群保护和教导，那狼孩子长得聪明健康，不仅在山中活得逍遥自在，被人点化带走后还在人世间有一番作为被称赞传颂。旁人说得津津有味连连称奇，慕须京却听得面无表情。也许是他命不好，他遇上的母狼没把他叼回去当崽子养，倒是差点儿把他当口粮咬断手脚。有的人天生运气不好。他不知为何被抛弃，独自一人在山中长大。数次救他于危难中的，是当时让他难以理解的灵脉力量。慕须京不知道如何运用这股力量，只能靠灵脉自我保护，饿了就去找吃的东西，闲时就蹲坐在树上沉默地看日月星辰。

　　许多时候他的大脑都是放空状态。他只是在安静地等待时间过去。在灵脉力量几次爆发后，兽类对他有了惧意，见他就跑，他因此日子好过许多。慕须京六岁时，遇上进山打猎的村民，因为生吃兽类的肉和惨不忍睹的造型吓得人屁滚尿流，连滚带爬地逃走。

　　他也不是第一次见人。只不过以前他在暗处，安安静静地观察进山的人类，这次双方打了个照面，他被当作会吃小孩的怪物打骂，因此退去山中更深处。他不见踪影，村民却不安心，恰巧那段时间有妖兽作怪，人们无知，把过错算在他身上，于是组织十多人拿着武器进山围剿这人形怪物。村民们为以后能睡个好觉，是铁了心要杀这怪物，因此不惜进深山，最后成功找到蹲坐在树上看星星的男孩。

　　那时慕须京完全不知为何要被人们追着跑。他虽然学着兽类凶人的方式反抗，却还是被抓住，被绑着手脚套在长杆上抬着下山。他倒霉的人生出现了第一个转折点：下山时，人们遇上了与作乱妖兽战斗的修者。那道君身着云金绣纹长袍，上刻繁复咒文，姿容俊美，身手霸气。他杀完妖兽后，持剑拦住村民问："一帮大人这么绑着个小孩是要做什么？"

　　"小……小孩？"村民们蒙了。

　　道君随手使了一个剑诀切断绳子，让小怪物狼狈落地。慕须京起身就要跑，又被咒律定住动弹不得。男人以剑挑开他蓬松杂乱的发，嫌弃道："脏死了。"

男人又去看一脸蒙的村民们,威胁地问:"人贩子?从哪里拐的孩子?"

村民们吓得跪地求饶,连连喊冤。

一个怀中抱着只狸猫的少女气喘吁吁地跑来朝那道君喊道:"清舜!你好好说话呀!"

那道君听了这话表情无语:"你会说,你来。"说罢他收剑站去一旁,看好戏似的看着少女朝那被定住的小怪物走去。

少女似乎有点儿怕,小心翼翼地拿着狸猫的爪子去掀开小怪物的长发,瞧见杂乱黑发下那苍白的脸后松了一口气,笑道:"什么嘛,长得还挺可爱呀。"

村民与道君双方解除了误会。小怪物却还是小怪物。村民们嫌弃他又惧怕,不与他亲近,有的人见则躲之,强势些的人则见他就骂。因此慕须京对山外世界的好奇心消失得很快,在他决定回山里的那天下了暴雨,山体崩塌,泥石流"哗哗"地往下灌,山间的道路因此被毁坏,一名走夜路回去的老人被大石压住了脚。

慕须京听见了呼救声,但其实并不知道是什么意思,人类的大喊声对此时的小怪物来说其实是斥责,意思是喝退他,让他滚。

小怪物第一次有了逆反心,有点儿生气地朝发声处跑去。

你凭什么凶我?!

信不信我咬死你!

小怪物是这么想的。

可他过去后,看见老人浑身是血还被石头压着的狼狈模样,跟村子里凶他那些人完全不一样。

于是小怪物蒙了。似有一种本能,他上前把石头推开了。有灵力的人比普通人的力量强大许多,哪怕是个孩子。

老人一直在跟他说:"谢谢,谢谢啊。"这语气温柔而充满善意。

老人独居,住在山下,远离村镇。他收养了小怪物。老人教他说话,教他人类的常识,让他学会生火,吃熟的食物,带他清洗身体,梳理头发,给他买衣裳和鞋袜。五岁的小怪物逐渐变成了七八岁的小男孩。从那之后慕须京有了不一样。老人会带他去镇子上赶集,与外界接触。一开始慕须京不愿意去,老人说"死了,你又是一个人,同以前一样孤独寂寞,那我该多心疼啊?"在老人京渐渐地不觉得人类可怕。他似乎过上了正常人的生活,偶尔也

山中日子清静,但随着季节   慕须京很喜欢这样的日子。温暖的暮色落在   阶下的地里种了红薯,此时已开了   滚,逗得一旁择菜的老人哈哈大笑。

某天入夜时,一帮与   剑气浩荡,将躺椅上的毛

老人将毛丝鼠和他护在身后。

少年不肯走,被暴揍一顿。老人   子锃亮,纤尘不染,踩

第三十八章 月下鹰

在少年眼前，低头与少年凶红了的双眼对视。男人气势冷峻，目光淡然。

慕景逸将手中长剑横在老人的咽喉处，对少年说："你没得选。你是我慕家的人，是北庭月宫的少主，有必须履行的责任，不该在这种破烂之地庸碌无闻。"

慕须京被带回了月宫，先被养在慕家，一年后才公开私生子的身份。平静的日常生活被打碎，他又一次活在他人的议论纷纷和怪异打量的目光中。

慕景逸告诉他："在你没强大时，不要让自己有任何弱点，也最好不要在乎除自己以外的命。"

于是他学会了半日劫。若是他不听从慕景逸的安排，老人就会没命。

慕景逸教会了他许多东西，杀人是其一。

"这世界是不公平的。"慕景逸说，"修者与普通人，自出生起就被划分了等级。修者世界强者为尊，而普通人的世界，身份地位便注定谁的命值钱，谁的命一文不值。"

明亮月色下，慕须京紧握长剑，面无表情地看着倒在血泊中的男人，旁边的女人则被吓晕了过去。

慕景逸站在月色阴影中，淡淡地说："你父亲是仙门世家之子，又是大仙门之主，地位高高在上。而你的母亲是一个教坊女子，善舞乐，以色事人，是不入流的下等人。这世上不是每个教坊女子都能有南山雪河那位一样的运气，但她们都有同样的目的与心机。你母亲买通下人没有喝药，故而怀上了你，并以身孕威胁慕家。然而这教坊的主人最讨厌她这样擅作主张、罔顾规矩的女人，怀孕的消息没能被传出去，教坊主人假意让你母亲以为自己即将成为北庭月宫的掌门夫人，看着她作威作福一段时间后，乐趣已尽，便告诉她真相。"

"你母亲被割舌取眼，断双耳，削鼻。"慕景逸看着晕倒的女人，淡漠地说着，"教坊主人知道她真生下慕家的孩子更是麻烦，却又实在恼恨她的所作所为，因此等着你被生下来后，要她亲自杀了你来解恨。你出生那天，你母亲为活下去，答应杀了你。但你命好，那天南山雪河的人将这家教坊司毁去，计划是不留一个活口，却难免有漏网之鱼。"

慕须京听到这里竟有些想笑。他不关心什么爹娘，这对此时的他来说毫无意义，只是对第一次听人说他命好而感到荒唐可笑。什么命好，什么不入流的下等人，你高高在上，又为何非要屈尊去睡一个下等人？这不都是自己作的？可慕须京已经学会不跟慕景逸抬杠，否则吃亏的只会是自己。他只是沉默地听着。

"教坊有小厮于心不忍，在混乱中将你带走了，却也没活多久，我们也因此断了找你的线索。"慕景逸继续说道，"你父亲若是没死，还会有别的子嗣诞生，比你的血脉更加高贵，但一切都因为那个贱人而变得复杂。"慕须京第一次从慕景逸嘴里听说姜妙的事，也是第一次见沉稳冷峻的慕景逸如此厌恶又痛恨一个人。

"她杀了你父亲。"慕景逸说。

也许他想要慕须京跟自己一样痛恨姜妙，但慕须京对犯下如此罪行的姜妙无甚感觉。

慕须京觉得自己不为姜妙的行为拍手叫好，已算是很给这位父亲面子了。

"姜家出了这么个疯子，他们都该死。你是慕家的人，就注定要与姜家势不两立。"慕景逸看向地上的女人说，"你必须杀了姜家的人为他报仇，不是一个，而是所有人。"

慕须京没得选，杀了这个女人。此时的慕须京并未将自己带入参与北庭月宫世家争斗的角色中，只是想要早点儿做完慕景逸要求的事，好早点儿回去照顾老人和他的毛丝鼠。如果他不听话，那么受折磨的将会是自己。

慕景逸没把他当人看，他只是一个工具，一个血脉不纯，不得已才被捡回来，还得花时间打磨的工具。

慕须京也把自己当工具，只需要听慕景逸的话去做事就行，什么妖魔，什么恩怨，都与他无关。

慕景逸有必须留着他的理由。他耐心告知慕须京北庭月宫上千年的历史。北庭月宫以咒律闻名，世上许多咒律已成为本门绝学，无论是对抗妖魔还是维护人间日常秩序都需要他们。

月宫实际上由三大世家掌管：慕家、姜家、柳家。

三姓世家归属月宫又独立。慕家与柳家继承初代宫主的力量与咒律，因此宫主之位由两家人争夺，不管哪家的人当宫主，都必须娶姜家的女人。

慕须京听到这里时无法理解，甚至久违地认为人类复杂又有病。

慕景逸提起姜家时脸上满是鄙夷与厌恶之色："月宫的弟子或是其他仙门的人，只觉得姜家人身负极品灵骨，认为历代宫主娶姜家人是为了修为，那都是些低劣的猜测与看法。"

慕须京心说："怎么看都是你们慕家与柳家比较低劣吧，想想他爹跟那位继母的年纪差，就这他爹都敢娶，不是为了获得对方的力量还能是为什么？"

"只有慕家与柳家的人继承了初代宫主的力量与咒律，而姜家人，是被我们监管的存在。"慕景逸看着他沉声说道，"你应当知道初代宫主是如何死的。"

慕须京面无表情地说："中咒自裁。"

"外界所知如此，然而这断白头就是姜家人下给初代宫主的。"慕景逸沉声说着惊天大秘密，"那时初代宫主已经娶妻，妻子是姜家人，也是个怪物。

"初代宫主咒律之术无人能敌，当世一绝，可一些妖魔是杀不尽的，比如火魔，杀之过段时间又能卷土重来。"

它们被称为"不死"的魔。

"针对这样的妖魔，初代宫主以咒律将其封印，彻底断绝其危害性。可有一只魔，被封印在自己的妻子体内。"

慕须京听到这里总算有了点儿反应，动了动眼珠。

"初代宫主夫妻二人感情很深，这魔因被封印而怨恨，杀了他的妻子，又借妻子之手下了断白头的咒术。

"初代宫主力战此魔，可对方实力强悍，是魔王级别，它死前放言将存活在每一个姜家人的血脉里，与北庭月宫不死不休。"

"自此之后，姜家女子才有所谓的极品灵骨。"慕景逸厌恶地说道，"这代表她们有魔王的血脉，能将其复活。"

慕须京承认自己被震惊到了，但还是不能理解为什么要双修。

慕景逸则像是会读心术，冷笑道："你们以为那是双修，真相却是在封印魔王的力量。"

月宫的咒律有独特性，而慕家与柳家人则直接继承了初代宫主的秘术。

"初代宫主仁慈，念及姜家是他妻子的家族，不忍杀灭全族人，又太过思念妻子，死前已安排好了后事。

"姜家人能活下来，但绝不能被允许修行。曾有人被魔蛊惑，偷学咒律妄图复活魔王，因此遭到当时两家人的围剿。这是几百年前的事，那时慕家与柳家人决意杀光所有姜家人。"

慕景逸眼中闪过冷光："可他们失败了。姜家人早就怕被灭族，因此一直偷偷将子嗣送往月宫外边，几百年的时间，姜家血脉早已遍布人间。"

慕须京莫名地觉得姜家人还挺聪明的。三家因此事约定，绝不将姜家灭族，但姜家人必须生活在月宫里，一生活在监管之下。若有姜家人偷学咒律，必须被处死。可一千年下来，慕家与柳家人丁逐渐衰败，柳家更是在百年前绝后，慕家人也越来越少。

反观姜家却活得好好的。其中有一个原因，是姜家人不学咒律，不用去斩妖除魔遭遇危险之事。而慕家与柳家人因为这千年来各种人、妖、魔大战常有折损。

慕景逸指着慕须京说："初代宫主在世时，封印众多作恶多端、为祸世间的妖魔，上千年的时间到现在，封印都由他的力量压制着，而你我，我们慕家，继承了他的力量，也继承了这份守护封印的职责。"

慕须京面无表情地听着，显然对此职责不感兴趣。

"历代宫主都要去封印前结下血契，为封印供应力量。可你的父亲，来不及解除血契就死去，如今这天下，只有继承了他的血脉的你去延续这份血契，直到慕家再有人学会结契的秘术。"

血契要以血为引，这才是他能活到现在的原因。

慕须京抬眼看着他："若是他一个血脉也没有，你们该如何？"

慕景逸对他话里的"你们"二字蹙眉，冷冷地说道："你到现在还没认清自己的身份吗？"

慕须京不言。

慕景逸目光冰冷地说道："这封印绝不能被破，那些妖魔每一个被放出来都是让人头痛的祸害，更别提里面关着的可是成千上万妖魔！

"千百年来，我们慕家与柳家斩妖除魔维护世间，死了多少人？甚至柳家绝后也要守住这份安稳！可姜家那个贱人做了什么？她杀了你父亲！杀了月宫之主！她只为了自己，丝毫不考虑若是没有血契维稳供应力量，那封印被破除，万妖出来为祸世间有多么严重！"

相比略显激动的慕景逸，慕须京则是面无表情，他问："那你们为什么不杀了她？"

慕景逸神色微微扭曲。

慕须京又说道："她不学咒律，只有极品灵骨，杀她对你们来说易如反掌。为什么不杀她？"

慕景逸冷眼看着他。

"极品灵骨是最好的修炼辅助,就这样杀了她未免太可惜。"若要说这么多年来,慕家与柳家人从没从姜家人身上获利是不可能的。他们之所以能有如此强大的力量,一半靠这极品灵骨。但后来慕须京发现,慕家人不杀姜妙还有一个原因。慕家不敢对外宣布这些秘密,因此姜妙继承月宫宫主的身份顺理成章,而这么多年来,监管者越来越少,姜家人却越来越多。

监管者向来不参与月宫管理,姜家人却因为必须生活在月宫里,而与历代月宫弟子交好,关系复杂。慕家人想杀姜妙,月宫的人却不允许。

千百年来风水轮流转,被压制的姜家竟莫名变得比监管者更强大了。

慕景逸跟他说,姜家人一直很老实,大家相安无事,但如今出了个姜妙,把事情搞砸了。

姜妙是个疯子,不顾世人性命想要报复慕家,试图破开封印。

于是,在慕景逸的影响下,慕须京对新的月宫之主,他的继母姜妙的印象是威严冷漠、充满野心、高高在上的霸气女子。直到某天夜里他在河边练剑时,忽然回首发现有人在树下看了他许久。

月光明亮,光芒似乎都落在她一个人身上。女人身姿纤细柔美,看着他的目光明亮,给他一种水中月影的恬静感。不可否认她长得很漂亮。当年北庭月宫那场婚礼十分盛大,人们都见到了第二任宫主夫人的绝世容貌。可她漂亮是漂亮,他对着这么一个年轻漂亮的姑娘叫娘亲又太过诡异。

慕须京叫不出口。两个人无声对视片刻,都猜出了对方的身份,却又什么都没说。

直到后方传来侍女的呼喊声,姜妙才转身离去。

没过多久,慕景逸带着慕须京在月宫众人面前宣布慕须京是上任宫主流落在外的血脉,更对外声称,是姜妙将他接回月宫,以此打消外界的猜忌。慕景逸将他派去姜妙身边,明面说是跟着宫主修行,实则要他监视姜妙的一举一动。

慕须京照做。

姜妙对这个多出来的便宜儿子也没有什么过激行为。她喜欢用手语与人交流,不怎么说话。于是月宫的人常见到宫主比画手语,少宫主面无表情地不予理会,抑或是少宫主如背书般传达消息,宫主比画手语反问,两个人鸡同鸭讲。侍女们常常因看不下去二人如此难堪的交流方式而掩面。无论慕须京说过多少次看不懂手语,姜妙都不与他说话。他无法做到慕景逸那般对姜妙憎恶嫌弃,也对这美色没有好感。诚如之前所说,他只把自己当作工具,一切只为了尽早回大山去。于是他将姜妙的一举一动都如实汇报给了慕景逸,比如姜妙偷学咒律。

夜里慕须京看见慕景逸怒气冲冲地朝姜妙走来,抬手就是一巴掌把人扇倒在地。慕景逸一边掐着女人的脖子对她冷嘲热讽,一边将清洗咒律之术的汤药硬灌给她。若不是姜家长老来得快,姜妙就在这夜被慕景逸掐死了。姜家人把慕景逸拉走了,慕须京却看见狼狈地倒在地上的姜妙抬手擦着嘴角的血迹,抬首朝他望来。那双眼黑亮亮的,里面没有怒意,也没有憎恨之色,她只是平静地看着他,却让慕须京明白,她知道是谁告的密。

这天晚上被关起来的姜妙第一次对他开口:"听说你以前住在一座很漂亮的山里。"

慕须京回头看着她，姜妙又说："能跟我说说山里的事吗？"

他不知为何停下离去的脚步。也许他太怀念大山中清净舒适的日子，也想要告知他人大山之美。这事过后，姜妙每天都得喝清洗咒律之术的汤药。

慕须京继续跟在姜妙身边。姜妙仍旧拿手语对付他，偶尔却也会说几句话。慕须京却学不会手语。但姜妙颠覆了他固有的印象，什么霸气冷漠，都是不切实际的想法。她本质上是个会耍小脾气又倔强的普通女孩子。慕须京也不认为姜妙是想要破除封印放魔出来报复慕家人。她当宫主的时候还挺认真。

弟子中欺压霸凌他人的她抓一个罚一个，北庭城区周边有妖魔作乱，她也尽力解决保人平安。

慕须京认为，姜妙喜欢这人间，不会想要将其毁掉。他也觉得姜妙喜欢咒律。就算每天都要喝清洗咒律之术的汤药，她还是不死心地偷学，每次都被慕景逸羞辱怒骂。慕家人对她的杀心越来越重。姜家长老也保不住她。

去往西海太初的路上，慕家人要杀她，姜妙却意外地避开了刺杀。那天姜妙罕见地跟他说起这些事："如果有一天慕家人要你来杀我，那你可要认真些。"

慕须京站在屋檐下无言地看着庭院中的女人。他说："你跟以前的姜家人一样不搞乱，就能平平安安地度过这一生。"

姜妙似乎也意外他会这么说，不由得朝他笑了笑。她虽看上去安静乖巧，却很少笑。

"一生被困在一个地方，受制于人，又因为这极品灵骨，到死都被索取，这样过一生有什么意思？何况你以为上一任宫主夫人为何死得那么早？"姜妙笑着说，"是个慕家人都能从她那里获得力量，比如你的二叔父、三叔父——姜家人不是人，这是他们延续数百年的认知。若是你从小就生活在慕家，被慕家人养大，你也是这样的想法。"这是姜妙第一次跟他说这么多的话。慕须京愣住了。

姜妙却说得很平静，甚至带着点儿认真地复述："修界的人又是怎么形容我的？他们说我是月宫的明珠，是照亮北庭的天上月。"姜妙笑着抬首看向夜空："我不想当天上月，只想做月下鹰。"

月下鹰飞，翱翔于空中，自由自在。

慕须京久违地又被月宫的人震撼到了。那天晚上姜妙说的最后一句话是："你们都怕这魔重生，我却想看看它是不是真的能活过来。"

慕须京认为慕景逸猜错了，但也不知道姜妙究竟想做什么。就如他不知道在西海太初崔火鸟辱骂他时姜妙会出手。

这世上会护着他的人实在是屈指可数。也没什么好数的，他数来数去也就老人一个。慕须京怎么也想不到姜妙会是第二个。黑漆漆的刑屋中阵法一闪而过，将受刑的人吐出，铁链晃荡发出声响。慕须京看着还在屋里的一人一狐，如今有了第三个和第四个。慕须京哑着声音问道："我已经说完了，你们怎么还没走？"

铃萝懒懒地说："那个蠢货调动了千丝路，我们出不去。"

越良泽问："你不是把人抓到了吗？"

"我哪里知道他被我困在千丝路哪里。"铃萝哼道，"区区困阵都破不了的废物也配我回去找？"

越良泽神色无奈，他的飞云听在这里面只能收传信不能发。

一人一狐无聊之下，只好趁慕须京受刑休息时教他咒律打发时间。

突然被迫修行的慕须京："我双手被困，你们教了我也没法学。"

白狐用爪子指他，趾高气扬地说道："又不是所有咒律都要掐诀，还有不少只需要记住咒文就可以，学会一个是一个。当世两大剑修教你呢，你敢说不学？不学你也得给我学！"

越良泽总算体验了一把当年三位师哥加师尊轮流盯着他默写并背诵咒文的爽感。

难怪几位师哥玩得不亦乐乎。

慕须京面容微微扭曲："你俩剑道最强，为什么不教我剑术？"

越良泽："我的咒律也很强。"

铃萝盯着慕须京问："什么叫我俩剑道最强？谁比谁更强你倒是说来听听？"

白狐挥着爪子凶他："说！"

慕须京立马说道："你最强。"

白狐瞬间恢复笑容。

越良泽摸了摸白狐的头。

许久之后月宫的人才发现不对劲，调动千丝路找到被困在画皮灵里的倒霉的巫旭。巫旭气得发飙，出来后就吩咐人去找那白狐画皮灵，势必把整个月宫翻个底朝天也要找出来。

同时那只白狐却被越良泽光明正大地带着从他的眼皮子底下离去。

回月宫听楼的路上，越良泽问："你要用什么办法帮他躲开三缄？"

铃萝："秘密，以后告诉你。"

越良泽抿了抿唇，别开眼说道："天极来的人可能会有三掌门。"

铃萝抬眼看着他，故意问："你该不会怕我师父吧？"

"不是。"越良泽答得很快。

铃萝："那他来就来了。"

越良泽沉思。他该如何委婉地提示铃萝自己写的信都被云守息看去？他再见到云守息只有一个想法，用无生的话来说，那就是直接将人斩碎。越良泽觉得自己堕落了。他竟然开始赞同无生的想法。越良泽进听楼去见白藏等人后铃萝将画皮灵散形，找了处河边捧水洗脸，赶了一天的路整个人都灰扑扑的。

铃萝掺和北庭月宫的事是为了改变楚异的命运。可她也说不准能否改变。毕竟水天镜倒流的时间点就很不巧，当年她虽然逃过了三缄的审问，却还是没逃过水刑。有的事情是改变不了的，尤其是他人的看法与心态。铃萝低头看着水面，水波荡漾，将她的脸映照得模糊。

别说什么改变别人，明明她连自己都改变不了。水面平静下来，天光乍现，光芒洒满人间。

铃萝看着水中的倒影，抬手拉了拉衣领，神色漠然地打量了一番锁骨下的苦业花。

花瓣还有不少，越良泽的记忆她还有的看。可她看完又如何？她会为了越良泽改变吗？

铃萝松开衣领，垂眸看向环绕在指尖上的那一丝丝黑雾，那是存在于她的体内，刻印在她的灵魂中的魔息。入魔是她转世也改变不了的结果。她将这一丝魔息散去，躺倒在河边看着发亮的天空片刻后，干脆坐起身召唤出几只灵魔。黑色的小圆球从虚空中落下，在她身边叽叽喳喳地吵闹着：

"主人，主人！天照山被四只怪兽喷火烧起来了！"

"主人没有死！嗷呜呜！"

"主人！月亮在山下跟四只怪兽打起来了！"

"月亮死了以后就再也吸不到他做的灵食了！嗷呜！"

"可恶！这帮怪兽竟然敢对主人的御用道厨下手！"

"月亮死了主人以后的三餐可怎么办？嗷！"

铃萝被一帮黑圆球灵魔围着哭喊得瞬间傻眼。傻眼过后她又很是恼怒："闭嘴！不用一个个都提醒我他死了！他明明好好地活在我眼前！这辈子还能让他死我就让你们都陪葬！"

为什么她的灵魔们也有记忆，还知道天照山的事？！搞得全世界只有她不知道越良泽战四方禁兽死了似的。

灵魔们安静一瞬后，齐齐哽咽道："主人息怒，再给我们一次机会我们一定会保护好月亮！"

人与魔的语言各有不同，越良泽的名字在魔的语言里更像是月亮的意思，每次铃萝喊越良泽时，灵魔们都记成了月亮。这些小灵魔是铃萝以前召唤出来打发时间的，她练了一种禁术，能召唤数不尽的灵魔，可大可小。

铃萝喜欢这些还浑浑噩噩没有练出神智的小灵魔。她入魔后有段时间曾把自己关在暗无天日的地方，只有她一个人，里面寂静又黑暗，全靠叽叽喳喳的小灵魔来感受自己还活着。

铃萝没想到这些小灵魔也有记忆。它们天天守着越良泽下厨，从他做的食物中吸收灵气修炼，因此对越良泽记忆深刻。铃萝问小灵魔们，她不在天照山时越良泽都干了些什么，小灵魔们叽叽喳喳地描述着，绘声绘色，几乎让场景重现。

许久后她的玉听响起。在小灵魔描述中死去的月亮正给她发来传信问："你在哪儿？"

铃萝把玉听给小灵魔看："瞧见没？你们不许再说他死了！"

小黑球们齐齐点头。

铃萝想了想，把被自己屏蔽的岁雾也放出来说道："还有你也不准再跟我念叨他死在天照山的事！"

岁雾："好好好，你说什么都行！求求你不要屏蔽我了！一把剑的世界好寂寞！我跟你说了好多话你都听不见，我真是——"

铃萝又把它屏蔽了。她起身拍了拍衣袖，对小灵魔们说："去找找那只魔在哪里。"

灵魔四散："遵命！"

铃萝回着传信，去月宫门口见越良泽。这会儿天色已经大亮，月宫山门前也有不少弟子出入，越良泽站在偏僻位置，特意避开了大部分人。等铃萝时，他却发现一批身着金衣的少年朝月宫山门走去。

领头的那人一身金饰和灵器咒纹都很耀眼又眼熟。风天耀走得很快，面上略有怒意，身边的玉沧拿着扇子扇着风劝道："大少爷你慢点儿走，月宫就在眼前跑不了。"

风天耀骂道："他们简直卑鄙！"

玉沧比了个"嘘"的手势："还没有定论的事，其中怕是有什么误会，咱们先冷静冷静。"

风天耀说："我很冷静！"

来者气势汹汹，跟回来的铃萝狭路相逢。

风天耀见到她，立马刹住脚步。劝他的玉沧倒是没顿住往前走了两步，神色讶然地回头看着他。

铃萝轻挑着眉看了他一眼，没理他，直接绕过。

风天耀憋着一口气提不上来，指着玉沧说："她竟然无视本少爷！"

玉沧说："你不也没跟人家打招呼嘛！"

风天耀爹毛道："我已经要说了！我都想好该怎么问了，她就走了好吗？！"

玉沧这次主动拉着他朝山门走去："那你下次快点儿，麻溜点儿，别犹豫啊。"

风天耀气道："还有下次？没有下次！凭什么要我先打招呼？！老子就不！"

说着他没走两步眼神却往铃萝那边瞟，见她走到越良泽身边停下，又对上越良泽看过来的目光。风天耀立马转头当作自己什么都没看。

转头后他又奇怪：我没做亏心事，跟圣剑宗也没有交集，凭啥是我转头啊？

越良泽收回看向南山雪河等人的视线，跟铃萝说："出来的时候我遇上子修师兄了。"

铃萝惊讶地问道："子修师兄怎么也在这里？"

"子修师兄说他朋友遍天下，各个仙门都有他的酒友、饭友，这次是受月宫二长老的首席弟子的邀约来参加朝花宴的。"越良泽解释道，"他喜欢热闹跟宴会。"

铃萝朝月宫看了一眼："喜欢是喜欢，但这朝花宴有三山的人参加，他还能玩得开心？"

她这位子修师兄是穆横天的亲传徒弟之一，当年也是闻名修界的天之骄子，只是后来灵脉被重创造成不可逆的伤害，如今别说拿剑，就是掐个最普通的咒诀都困难。人们以为他会一蹶不振，却不想子修很是洒脱，养了几个月就又活蹦乱跳的，不修行他就给自己找别的事做，沉迷游山玩水和参加各种宴会凑热闹，广交好友陪他一起玩闹。虽然以前斩妖除魔得罪过不少人，而且现在还成了个废人，但是他终究还是东岛天极掌门的徒弟，出行在外又有挚友楚异护着，因此至今也没人敢动他。铃萝对这个同门师兄的印象只有"吃喝玩乐"四个字。

越良泽说："不用担心，刚才岐山的人找他的麻烦，被路过的师哥化解，这两个人已经约着去北庭城内玩了。"

白藏跟子修倒是玩得开。

铃萝听他继续说着："光是躲开三缄的审问并不能解决问题，岐山可以选择不相信三缄，换别的方式审问，你不可能每一种方式都帮得了。要让岐山彻底放弃慕须京就是凶手的想法。"

铃萝眨着眼看他:"你想怎么做?"

"找到崔狩喜欢童女的证据,把重点转移到岐山自己身上去。"越良泽说得不急不缓,"巫山与云山都各有缺点,当有比崔狩被杀更引人注意的事后,人们就不会在意凶手到底是谁。"

铃萝看着他,忽然想起那年天极外门入考的事。

越良泽算计排名,刚好把原本会考第三十名的弟子刷下去,这不是件容易的事,他却不声不响地就完成了。

这男人看着安安静静清心寡欲的,却很有心计啊。铃萝再次想起越良泽当年说:"你不是要练美人尖吗?我陪你练。"铃萝挑着眉,表情鄙夷地看着他。

越良泽有些茫然:"怎么了?"

铃萝哼了一声:"没问题,但是你跟你三师哥商量过吗?"

"说了,师哥让我自己看着办。"越良泽说,"阿福的产业遍布人间各处,童女一事它那边能帮忙查到,我得离开月宫一会儿。"

铃萝:"那你去吧,我到北庭城内逛逛。"

越良泽刚走没多久她的玉听就响起,是楚异发来的传信。

楚异问:"你在北庭月宫干什么?"

铃萝:"我怎么暴露的?"她问楚异怎么知道,楚异不告诉她,许久之后铃萝才知原来是因为当时在北庭城内玩的两个人——

子修:"怎么不叫上师弟一起来啊?!"

白藏:"他要跟你师妹玩,不跟我们玩。"

子修大惊:"我的哪个师妹这么荣幸?"

白藏:"就上次夺得魁首那位。"

子修拍桌:"师弟胆子不小竟然敢觊觎我们铃萝!不行,我必须告诉楚异让他体会一下自家白菜被猪拱的心情!"

白藏摸着下巴说道:"我师弟也没那么不堪吧?"

楚异又"噼里啪啦"地发了一大堆传信给她:

"你死了。"

"师父已经带着三缄去月宫,今晚就到,这下看你往哪里躲!"

"你还跟圣剑宗的那小子鬼混呢?!"

"师父要是生气了,我看谁救你!你自求多福吧!"

"你现在滚回来自裁谢罪还来得及。"

"回去干吗?跟师父狭路相逢吗?"铃萝神色郁郁地回他,"你没一起跟着来吧?"

楚异:"你说呢?!"

铃萝:"你快点儿说!"

"我为什么不能去?"楚异神色冷艳地回着玉听传信,"好不容易能出山门,我不去才奇怪。

铃萝心想："我这不争气的师兄！"

云守息见楚异一直回玉听，笑道："不是说把你师妹删了吗？"

楚异正色道："是子修，他在跟我说北庭城内有哪些好玩的地方。"

云守息漫不经心地问道："子修也在北庭？"

"他这人就喜欢到处瞎跑玩闹，北庭有朝花宴他肯定会去凑热闹。"楚异面不改色地说着。

云守息说道："只是凑热闹也就罢，你们二人关系好，你稍微提醒他注意分寸，最近一些风言风语传到了大掌门耳里，不少人对他有意见。"

楚异听得眉头微蹙，点着头说："知道了。"

天色还早，铃萝却对着玉听神色郁郁。

东岛天极来人，南山雪河也来人，就差一个西海太初到北庭月宫落座搓麻将了。在其他人内有山门祸乱、外有妖魔牵扯忙得不可开交时，西海太初上至掌教下至弟子都还在惦记如何把镇仙玉弄回来。

今夜开始最终审判。听楼里，三山与北庭月宫的人都早早到齐，就等着东岛天极的人带来三缄。

姜妙与慕景逸等人坐在一起，迎着对面岐山众人的怨恨目光。

白藏坐在中间，像是一道墙隔开两边，却隔不断彼此的怨恨眼神。

巫山圣女抬手按压着眉心，神色憔悴，还有几分不安。

南山雪河的小辈们坐在角落里看着这诡异的气氛。

玉沧悄声跟风天耀说："咱们来的时机不巧。"

风天耀轻哼了一声。

屋外传来铁链撞击的清脆声，将屋里众人的目光都吸引了去。

巫旭押着慕须京赶来，越良泽陪同。

铃萝虽进了月宫，却没有出现在这听楼里。等会儿天极的人到场使用三缄，铃萝若是也在场使用共生灵怕引起怀疑。她倒是不怕云守息来，他横竖要出场的，倒是她这不争气的大师兄也瞎跑来凑热闹实在是可恶。他是被子修师兄附体了吗？！

此时进听楼的慕须京已经与铃萝的共生灵连接。她这是在水天镜倒流时间后第一次在活人身上用共生灵，还好慕须京完全没有排斥她。眼瞧着慕须京进来，岐山少主崔火鸟就坐不住了，双手紧握成拳，赤红着眼盯着他，恨不得现在拔剑上前砍他个百八十次。

慕须京被押着跪下。

越良泽朝白藏身边走去。

岐山等人坐不住，指着慕须京的鼻子开骂。

"我岐山几百年来一直守护人间秩序与安危，每次人间大乱，妖魔肆虐横行时，我岐山当仁不让，哪一次不是倾尽全力救世？为此不论弟子还是山主，都身负重伤甚至因此而死！"

岐山长老激动地说道："可为了世间大义的山主，遭人残忍杀害！我岐山自认与你北庭月宫没有交恶，彼此扶持，但你们月宫是怎么对我们的？！"

铃萝暂时退出了慕须京的神识控制，怕自己再听下去会忍不住笑出声来。

岐山等人激情宣扬着自家山主做了多少好事，救过多少人，杀过多少魔，其他人神色各异地听着。说到崔狩力战大山群妖杀雪魔王时，白藏打断发言道："雪魔王不是天极弟子子修杀的吗？"

岐山长老一时噎住。对面的姜妙轻笑出声，岐山长老红了脸，崔火乌怒而拍桌起身吼道："杀父之仇不共戴天！今日你月宫必须给我一个交代！若是你们再拖延下去，今日就是他的死期！"

白藏又开口道："这会儿人都在，不如我再问一遍，慕须京，岐山之主崔狩是你杀的吗？"

所有人都看向跪在下方的慕须京。

慕须京垂首，神色淡漠，听见问话时缓缓抬头，淡淡地回道："不是。"

"你还有脸说不是！"崔火乌拔剑欲上前，被越良泽一指剑光拦下。

姜妙说："崔少主，等三缄审问过后你再拔剑也不迟。"

崔火乌咬牙，重重地把剑收回剑鞘。

在月色高悬时，东岛天极的人到了。天极三掌门与范堂主同行。

云守息亲临让不少人感到震惊，他们进听楼时在场诸位都起身相迎。

"三掌门。"

"参息真君。"

云守息神色淡然，朝姜妙与白藏略一颔首。

楚异跟在他身旁，面不改色地睨了一眼白藏身边的越良泽，又环视屋内一圈，不见铃萝的身影，心中暗骂这丫头还知道躲着不敢来见人。

云守息落座后沉声说："来时已将事情来龙去脉了解过，岐山遭此难事，我天极也深表遗憾。"

崔火乌额角狠狠一抽，他看着云守息说这话时眼里的笑意：你那是遗憾吗？！你分明是在幸灾乐祸！

岐山长老按着自家少主不让他冲动起身，开口应承："还请天极范堂主的三缄给我们一个交代。"

云守息朝范堂主看去。范堂主仍旧端坐在他的毛毯之上，宋圆圆在旁边恭恭敬敬地立着，全然没了跟铃萝等人在一起时大咧咧的欢脱样子。

"便直入正题吧。"范堂主使用掠影到慕须京身前，朝他摊开手时，那黑线竟直接缠上了慕须京的脖颈。

三缄想要夺取此人的身体的哪部分完全是看三缄的意思，就连范堂主也没法操控。

如今三缄表现出的意思很明显，如果慕须京说谎，它就会收下这个男人的脑袋。不少人暗暗感叹这慕须京真是倒霉，但凡他有一句谎话，今日便会命丧三缄线下。此时在场的人比当年逍遥宗来问罪时更多，十二大仙门就占了六门，外加一个圣剑宗，还大多是破生死境以上的修者。

铃萝如今实力不比当初入魔之时，又是时间倒流后第一次操控活人，顶着这么多人的注视倒是不怯场也不担心。

越良泽却在心里为她捏了一把汗。

慕须京一副万年不变的冷漠表情，却是个外表看起来阴沉，内心话超多的人。

因为共生灵，铃萝难免能感应到几分他的心理活动。

慕须京："真的能行？慕景逸真看不出来？就算他看不出来，云守息还看不出来？话说回来，云守息还是铃萝的师父，铃萝教了我咒律是不是云守息也算我的师尊？"

铃萝："你想什么呢？给我专注点儿！我教你的咒律跟他半毛钱关系都没有！要喊师尊你也该喊我！"

慕须京收敛心神。

范堂主问道："你们可有什么要问？"

崔火乌起身道："我来问！"

慕景逸开口道："怕是不合适吧。"

"有什么不合适的？都到这个时候了，难道你们还想包庇他不成？"崔火乌冷笑着上前去，"今日你们谁也拦不了我！我就是要亲自审问他！"

慕景逸就嘴上说了一句，见崔火乌上前也没有动作，只是冷眼看着。

白藏笑道："当事人审问也没什么不行。"

崔火乌来到慕须京身前，站着居高临下地看着慕须京，一手提着出鞘的长剑，问慕须京："我爹被害当天，你是否去了他的房间？"

慕须京抬首，不卑不亢地与他对视，答道："是。"

崔火乌听红了眼，握着长剑的手背暴起青筋："我就知道是你，根本不需要什么圣剑宗三缄审判！你说，你去我爹的房间是不是为了杀他？！是不是你杀了他？！"

范堂主提醒道："崔少主，莫激动，问话要简单明确才行。"

崔火乌又问："是不是你杀了我爹崔狞？"

慕须京面色不改，眼中不见丝毫波澜，但只有他自己知道，此时他的身体和神识都被铃萝接管了。

"不是我。"他说得坚决，而三缄在众目睽睽之下没有半点儿反应。

崔火乌举起的长剑顿住，其他人神色各异，大多数人有几分惊讶。

范堂主轻挑了一下眉，又听慕须京说道："你爹不是我杀的。"

崔火乌先是愣了愣，随即暴怒："你撒谎！"

白藏出声提醒："他若是撒谎，此刻已经被三缄摘掉了脑袋。"

"不可能！一定是你杀的我爹！你用了什么办法躲过三缄的询问？！"崔火乌怒而转身看向云守息，"又或是你们月宫跟天极合伙包庇他？！"

"崔少主，祸从口出。"云守息笑看着他。

"你说不是你杀的，却承认你去了山主的房间，巫山圣女也看见了！"岐山长老起身质问。

慕须京面无表情地回道:"我的确去了他的房间,那是因为想要阻止他。"

岐山长老被这回答惊得愣住了:"阻止?阻止什么?!"

慕须京神色阴沉,扫视了一圈在座的人,沉声道:"岐山之主崔狩,身为大仙门之主却喜好女童,当夜我得知他看上月宫的一位女童,欲将人带回屋去——"

三山与其他仙门的人听了这话后脸色十分精彩。

"你胡说!我怎么能容你如此侮辱我爹,侮辱我岐山!"崔火乌拔剑就朝慕须京斩去,这次却被月宫的人拦下。

巫旭的长剑与崔火乌的剑相撞,发出刺耳的声响,星火飞溅。

"崔少主可别急,你看看这三缄没有半点儿反应,证明他说的可不是谎话。"巫旭冷嘲道,"只是没想到堂堂岐山之主竟是这种人。"

岐山的人纷纷惊怒地起身:"说话要讲证据!山主已逝,我等岂容你们侮辱已逝之人?!"

"你们月宫欺人太甚!"

"这三缄根本一点儿用都没有!完全是你们两家商量好的!"崔火乌怒道。

铃萝透过慕须京的眼睛看着这一切画面恶劣地笑着。

共生灵死克三缄辨别真假的能力。三缄缠上慕须京时,它的问话对象就指定了这人,当所有问题都是另一个人回答,且谎话连篇时,三缄也会因为针对的不是此人而毫无动静。

"你们要证据?也不是没有。"巫旭朝慕景逸看去,见对方微一抬首后,便招手道,"把常年跟岐山做肮脏交易的人都带上来。"

巫旭朝崔火乌挑衅道:"崔少主,接下来也让三缄审一审这些人试试?"

崔火乌只觉得荒唐,可当看见月宫带上来的人一个个都很眼熟后,不由得沉了脸色。

慕景逸虽然恼慕须京坏事,却又必须救他。因为慕景逸重视家族,也看重家族的荣誉,何况如今慕家人丁本就稀少,任何一个慕家人都不能轻易被放弃。他们本是要花大代价救人的,却在下午收到神秘信件,告知三山的弱点,甚至把证人也绑了扔进了月宫。

慕景逸不知道是什么人在帮慕家,却不得不为此赌一把。

越良泽要帮慕须京,但这事绝不能跟圣剑宗扯上关系。

"范堂主,还请三缄再审问一遍。"巫旭看向被带上来的三个人。

范堂主正要收回三缄换人,却听云守息说道:"慢着。"

云守息起身走近慕须京,眉眼温和,气势却带有压迫感。

慕景逸眉头微蹙。

已经气疯的崔火乌问道:"云守息!你也想来插一脚?!"

云守息看都没看他,只走到慕须京身前,垂首看着他轻声说道:"你再回答一遍,有没有杀崔狩?"

屋内再次陷入寂静状态,所有人都诡异地等待着这次的回答。

铃萝透过慕须京的眼望着云守息,冷冷淡淡地答:"没有。"

云守息微眯着眼，最终轻笑一声，转身回去坐下："放了他吧，这人没什么好审的。"他看向怒火冲天的崔火乌笑道："倒是岐山之主喜好女童这事可一定要审问清楚才好。"

　　姜妙抬手，身旁的姜俊上前去给慕须京解锁。众人听到姜妙说："诸位亲眼见证三缄审问真假，岐山之主崔狩之死与我月宫慕须京毫无关系。"

　　三缄转而缠上跪在一旁的八字胡男人，此人穿着打扮都透着一股富商味，此时却满头大汗惊慌不已。黑线缠绕在他的右手腕上。巫旭挥手朝各仙门的人分发玉牌，说道："上刻有此人的生平事迹，他名叫宋汴，是人牙子的中间商，在岐山城南巷坊做胭脂生意，也是当地最大的胭脂商。他不仅为人间权贵贩卖童女，也常年为岐山之主崔狩供奉，而崔狩以咒律助他贩卖胭脂，帮他开展货源，钱财对分。"

　　白藏看着手中的玉牌眼角轻抽。这般排列记事的癖好，不是他那只狸猫徒弟所有的吗？此事最大赢家莫过于躺在家里数钱就能少一个商业竞争对手的大狸猫。

　　巫旭看向脸色越发难看的岐山众人继续说道："岐山夫人可是他家胭脂铺的常客，崔少主应该也认识，毕竟玉牌上记录，你也是这里的常客。崔少主与姑娘风流时，可喜欢买这家的胭脂送人？崔少主想必能做证此人与岐山的关系不假吧？"

　　崔火乌忍无可忍，又是一剑斩过去："你闭嘴！你少在这里胡说八道！"

　　巫旭挡着剑，却侧头问那宋汴："岐山之主崔狩是否常年欺辱女童？！"

　　宋汴吓得肩膀一缩。

　　巫旭："说！"

　　崔火乌怒喝："宋汴！"

　　宋汴颤巍巍地回道："不是——啊！"他话音刚落，三缄便断了他的一只手。宋汴痛苦的惨叫声却让岐山的人心凉了半截。另外两山的人朝岐山投去异样的眼神，一些窃窃私语声已响起。三缄再次缠上宋汴，这次缠的是脖子。

　　巫旭在与崔火乌的打斗中又问道："崔狩是否长期要你供奉他？！"

　　宋汴这才知道怕，知道这缠绕自己的黑线是什么意思，也顾不得得罪崔火乌，急忙张口什么都招了："是！是！那是山主的爱好……他……他就是喜欢童女，又要我瞒着夫人和少主，这些年我几乎每月都会给岐山送去一名童女！"

　　巫旭将因为愤怒而攻击得毫无章法的崔火乌打退，冷笑道："堂堂岐山之主，竟是个如此卑鄙无耻的小人，以他的所作所为，世上想杀他的人只多不少，却与我月宫无关。他不在朝花宴上死，也会在此刻腌臜事被戳穿后死！"

　　此时已经没人在意慕须京是否真杀了崔狩。如今他们都忙着唾弃崔狩。

　　岐山的人护着崔火乌，对这样的转变也有些蒙。姜妙起身道："崔山主的尸首就在隔壁，还请岐山诸位尽快带回去。"她的声音不大不小，却传遍全场，让所有人都听得清楚。

　　岐山长老们叹着气将还在大吼大叫的崔火乌带走了。这次他们是真的丢脸丢大发了。

　　听楼大门被打开，屋内众人都出来看岐山的人领走尸首。越良泽落在人群后，看见了优雅地蹲坐在庭中花枝上的小白狐。他趁其他人不注意时走过去，伸手将白狐捞进了怀里。

　　岐山出丑，云山与巫山的人也不想过多掺和，这两家人还算是有脑子。

姜妙向云守息等人道谢："如此闹剧害得天极与圣剑宗诸位走这一趟，给诸位添麻烦了。"

一场有关生死的事，被她轻描淡写地说为闹剧。

楚异不动声色地看了她一眼。时隔几月不见，她倒是变了不少。

白藏笑道："这可惭愧，我来此也没帮什么忙，就请了范堂主而已，是吧师弟？"他回头去看越良泽，发现越良泽抱着只张牙舞爪的白狐，顿感纳闷。他哪里弄来的狐狸？

越良泽摁着怀里的狐狸的头"嗯"了一声。他抬首时对上云守息看来的目光，于是淡淡地说："此事能解决，还是靠天极三掌门云守息与范堂主来得及时。"

云守息笑道："没有圣剑宗的调遣，哪里来的现在的局面？"他瞥了一眼越良泽怀里的狐狸，觉得只要这只狐狸不开口说话，旁人就难以辨出这其实是只画皮灵。

铃萝感觉到云守息的打量，便扭头往越良泽怀里钻。白狐主动投怀送抱，越良泽不会拒绝，不仅不拒绝，反而托着白狐往上带，让白狐不得已攀上他的脖颈，将毛茸茸的脑袋埋在他的颈间。

云守息神色莫测，让人猜不透喜怒，似随意地发问："丹水真君养狐狸？"

越良泽垂首，不经意地吻了吻颈间的狐狸的耳朵，才抬首看过去答："养。"

风天耀带着南山雪河的人过来找月宫的麻烦："月宫审判一事结束，宫主是否该跟我们谈谈那白骨魔的事了？"打发走岐山的人回来的巫旭正要上前再打发南山雪河的人，却瞧见越良泽怀里的白狐，不由得眼角抽搐，怒意上头，立马就问："这狐狸是谁的？！"因为巫旭的反应太大，所有人的目光都被吸引过来朝着越良泽和狐狸看去。

越良泽眼都没眨一下就说道："我的。"

第三十九章
画皮灵

白狐感觉耳朵痒,又挨着他的脖子蹭了蹭。

越良泽不动声色地把白狐往怀里压下,看向巫旭问:"有什么问题吗?"

巫旭心头憋着一口气,到底没法当着这么多人的面说自己被白狐困在千丝路里的事,被越良泽问后,脸色变了变,勉强开口道:"没,挺可爱的。"

铃萝听着笑倒在床上。

"诸位若是为白骨魔一事而来,怕是要让诸位失望了。"姜妙面对隐有怒意的风天耀几人不见情绪起伏,转而又对圣剑宗与东岛天极的人说道,"今日多有麻烦,故设宴招待,还请几位多在月宫待上几日,以表感谢。

"风少主且随我来。"

铃萝本想去偷听,但见慕须京跟去后便不着急了。

月宫安排东岛天极的人住下时,越良泽听见云守息问铃萝的去向。铃萝今日是随子修师兄一起进的月宫,月宫的人也为她安排了住处。不得不说云守息对他的三位徒弟算是了如指掌,这一路楚异虽然面不改色地说什么是跟子修发玉听,但作为师父的云守息早就看穿了徒弟的谎言。

云守息确定铃萝就在月宫里,当下直接问人在何处。

越良泽边走边轻声跟铃萝说:"你师父去找你了。"

小狐狸挨着他的脖子笑:"可我是在你的屋里用的画皮灵,他找不到。"

楚异趁云守息不注意,又拿子修当借口来堵越良泽,压低了声音威胁着问道:"我师妹在哪儿?"

越良泽心想她在我屋里,但他若说出这话怕是要被楚异当场砍杀。于是越良泽折中后答:"应当在屋里。"

楚异信了,转身叫子修带他去铃萝住的地方。可走了没两步,楚异忽然回味着刚才那狐狸睥睨的神色、那态度、那眼神——跟他的师妹简直一模一样!

画皮灵!楚异立马回头去找越良泽,对方却有先见之明地早已使用瞬影离去不见踪影。

这师妹胆子简直越来越大，也越发会作死！他都看出白狐是她了，难道师父会看不出来吗？！

　　越良泽带着小白狐回了屋，路上听见铃萝"哎呀"叫了一声，问她怎么了。

　　铃萝说："被我大师兄气得从床上摔下去了！"

　　越良泽沉默。

　　你不仅在我的屋里，还在我的床上。

　　这实在是很容易让人浮想联翩。

　　"你气他什么？"越良泽问。

　　铃萝抱怨道："我千方百计地不让他来月宫蹚浑水，他却偏要过来。"

　　越良泽："为什么不让他来？"

　　"我之前不是说过吗？怕他教人咒律的事被发现，我都截和转而自己教姜妙咒律，他还凑上来，简直可恶。"铃萝碎碎念地批评着楚异。

　　越良泽听得神色淡然。她可真是为楚异考虑，都不惜冒险自己教姜妙咒律。

　　越良泽心里那点儿酸意被他努力压制着。他到住处后画皮灵才散形，越良泽推开门，绕过屏风去后边寝屋，就见铃萝在床上并着双膝坐姿乖巧地看着他。

　　越良泽看得心头悸动。

　　铃萝伸手掩面打了个哈欠，转而趴倒在床上跟他说："我太累了，你要睡的话我可以分你一半床。"

　　这话似曾相识。他要是上去一起睡还能规规矩矩的？越良泽不动声色地说道："铃萝，你是不是对我有什么误会？"

　　"什么误会？"铃萝看都没看他一眼，趴下后反手轻捶着肩膀和腰背。

　　越良泽走过去在床边坐下，伸手替她揉肩舒缓疲惫。铃萝三天没睡，又是共生灵又是画皮灵的，灵力消耗大，这会儿是有些累。有人帮忙捏肩捶背按摩，她舒服地眯着眼享受。在铃萝以为自己能舒服地闭上眼睛好好睡一觉时，却听越良泽不轻不重地说道："我不是什么卑鄙小人，也不会自诩正人君子。"

　　嗯？他怎么忽然说这些？铃萝刚睁开眼，就被越良泽捞着肩膀翻过身来彼此面对面。

　　越良泽俯身，一手撑在她肩上的位置，这是一个看似把人圈在怀里的强硬姿态。

　　铃萝微微睁大了眼，有些惊讶和无措，记忆中越良泽对她所有出格的行为都是在南江城那夜后才有的。这会儿他应当还是安安分分清心寡欲的丹水真君啊！

　　越良泽是想安安分分，可铃萝也不想想自己都对他做了什么。她肆意亲近袒护着他，嘴上凶巴巴的，实际上却容不得除自己以外的任何人欺负越良泽。少时水下一吻让人心生悸动，几年后他们再见彼此都已经长大，梦里梦外再续一吻都带了成年后的欲望。前不久的雨夜中，女人眼睛湿漉漉地看着他，漂亮的眼眸中满是认真说着想见他的神色。这些都足够让越良泽不再安分。明明都是你先撩的，为什么却要用这样惊讶的眼神看我？

　　越良泽低下头靠近她："铃萝，你该明白自己都在说什么、做什么。"

　　铃萝眨眼看着他。越良泽这辈子胆子大了啊。

"我哪里不明白？"她问，眼里还带着笑，有着一点点深意，一点点挑衅。

越良泽与她对视一瞬，在铃萝以为他又会无奈宠溺地自己退开时低头吻了上来。

铃萝虽有点儿意外，却没躲，也没推开他，与越良泽对视着，看他姿态似高高在上主导一切，眼神却臣服于她。

窗外是浓浓的夜色，屋内点着灯，明亮温暖，床帏这方却过于火热。两个人暗自较劲博弈时，却也清楚地听见外边传来脚步声，来的还不止一个人。铃萝眨眼欲朝外看去，却被越良泽搂着脖颈转回头看他。门外传来师哥白藏的声音："阿泽！月宫设宴去玩吗？参息真君也有事找你。"

云守息不见铃萝，便找到越良泽这里来。路上他与白藏狭路相逢，白藏本是要跟子修去月宫宴会的，这下转而笑眯眯地随云守息一起来找人。

铃萝倒是没想到云守息会找到这里来。看来这次她晾他太久，把人惹急了。

可越良泽听了这话还是没放开铃萝。他一手托着铃萝的后脑，五指插入冰凉柔软的发中。门外传来敲门声，白藏喊道："阿泽！"

屋外的人除了子修，个个都是生死境的高手，能听声息辨别屋里有几个人。

一旁的楚异偷瞄了一眼神色淡淡的师父，觉得铃萝这次真的没救了。

铃萝被吻得呼吸渐沉，双手搂着越良泽的脖颈起身，眼神朝门口飘去示意他别乱来了。

越良泽这才停下。他朝门口看去，眼含三分嘲弄之色。"你要是明白，知道出去该怎么说吗？"越良泽指腹轻擦过她红艳的唇，将自己眼中的欲色压下。

铃萝倒回床上，伸腿踹了他一下，轻哼了一声。

越良泽这才起身去开门。他神色沉静，与白藏对视一眼便看向台阶下站着的云守息，说："刚才与铃萝讨论咒律，没听清师哥你说了什么。"

白藏觉得自家师弟突然就很叛逆。

子修"唰"地打开折扇遮脸惊道："铃萝也在这里？三掌门可是找了她好一会儿。"

大概全场就他一个人没发现铃萝在这里。

云守息双手笼于袖中，眉目温和带着淡淡笑意，但只有他知道自己此时心中有杀意在疯涨。

看见铃萝慢吞吞地从屋内出来时，云守息袖中双手紧握，眉头微蹙着，眼神也冷了。

"师父。"铃萝将视线落在他的身上，露出熟悉的乖巧笑容。

云守息压着心底的怒意，柔声开口："过来。"

铃萝神色坦荡地走过去，站位巧妙地躲在楚异身侧。

楚异无声看着她：滚！这时候知道过来了？！

"人也找到了，这下大家能去月宫宴会了吧？"白藏无视诡异的气氛，揽着自家师弟的肩膀笑着问。

子修也毫无所觉，立马响应号召道："走，走，走！"

楚异一边训铃萝一边赶她走："你看看你出了山门就忘了师门，不知道师父多担心你寻剑出事走丢。"

第三十九章 画皮灵

铃萝装作听训蔫蔫地往外走，结果刚出庭院到路上就被云守息叫住。

云守息："听说你新寻了剑？"

"是，它叫岁雾。"铃萝答。

前边的子修回头夸道："好名字啊，哪里寻的？"

铃萝："上无涧。"

子修瞪大了眼："等会儿，哪里？你再说一遍？"

"既然是上无涧的剑，为师倒是想对剑一番。"云守息温和地说道，"小异，宴会就由你去吧，我跟你师妹先去试剑。"

楚异："师父，试剑随时都行，这月宫设宴不去怕是——"他本想帮铃萝拦一会儿，却在云守息看过来的冰冷眼神中沉默。在他的印象里师父很少会这样，这次看来师父是真生气了。

楚异本想再劝一下，却听铃萝说："师兄，你就先去吧，刚好我得了剑，也想久违地与师父比试，让师父看看我这段时间在外历练有没有长进。"

你是真的不怕死。楚异听得在心里翻白眼，就见铃萝招手间，一柄散着白色雾气的长剑已握在手里。

云守息见这剑时眼中也掠过一丝讶色。她寻到的还真是那把世间最美的神武剑。

白藏笑着点评："岁雾与她倒是绝配，美人与美剑。"

"上无涧拿的剑就算了，你还拿了最漂亮的那一把！"子修颤声道，"上无涧啊！最美神武剑啊！"

白藏安慰道："上无涧也没什么特别的，大家拿的都是上无涧里的剑。"

子修："你再说一遍？！"

楚异黑着脸说道："谁跟你大家？！"

白藏摸了摸鼻子。

铃萝笑眯着眼看着云守息："师父，不拔剑吗？"

云守息见她竟是认真地想与自己比试，便成全她，也打算让她长点儿教训。

云守息拔剑时，却听越良泽喊道："铃萝。"

铃萝愣住，回头看去。越良泽面不改色地走到她身前，将手中的折扇递过去："之前你的樱喜掉了。"

铃萝瞪大了眼睛。你刚才到底都干了些什么？！樱喜是我掉的吗？分明是你偷偷拿走的！

越良泽送完樱喜就走了。

子修这会儿总算反应过来察觉了点儿什么，跟楚异一起目光严苛地看着越良泽，无声谴责：你为什么要拱我家白菜？！

白藏拉着自家师弟走远，怕天极那两位师兄把自家"猪"砍了炖汤喝。

铃萝愤愤地收起樱喜，转而看回云守息，却发现这男人已经褪去常年温和的伪装，神色冰冷得让人感到战栗。以她对云守息的了解，这人是真的生气了。

可他不生气才奇怪。他精心培养、小心翼翼地呵护着的替身，竟然当着自己的面跟别的男人搞暧昧，更别提铃萝前几年对他百依百顺，十分听话。如今她突然叛逆就直接点燃了炸药桶的导火线。铃萝倒是一点儿不慌，云守息现在又不敢把她关起来。她单手掐着剑诀说道："师父，你可要认真些。"

云守息觉得他这小徒弟出去一段时间后性子变野许多，不仅没有梳着他要求的发饰，也没有穿着他要求的衣裙，甚至连运行的剑气都变了，实在是不可饶恕。云守息神色冷淡地挽着剑，淡金色的灵力与剑气看似轻柔却满是肃杀之意，两方剑气相撞时碰出小股灵力星火。

修界皆知参息真君的神武渡神剑有多强，号称一剑可斩上仙，令鬼神俱灭，且自带剑阵，看似只斩出一剑，却有万千剑意在其中。

岁雾久违地再次与渡神对战有点儿兴奋。它语速飞快地跟铃萝说着话："又能杀他一次，阿萝开不开心？！这次我一定比樱喜先把他斩给你看！听我的，樱喜没用！真的没用！它就一把破扇子，懂什么剑术？！平时扇扇风还不分冬暖夏凉的家伙！"

它也就欺负樱喜没有觉醒器灵，所以随便它怎么嫌弃都不敢吭声。嫌弃完樱喜它又嫌弃对面的渡神剑："它真的很没有眼光，以前在上无涧那会儿喊着不要打打杀杀要和平相处，结果每次挑的主人都是些杀人不眨眼的变态！你师父也是难得一见的变态！阿萝以后看见谁拿着渡神剑就知道这家伙是个变态，不要怀疑直接打！不过虽然樱喜很废物，但你也没必要直接把它扔给丹水真君吧！丹水真君有无生，怎么可能要樱喜呢？！何况樱喜也配不上他啊！"

铃萝对这些话左耳进右耳出，要不是为了盯着渡神的剑阵早就把岁雾屏蔽了。

从进入天极后，她的剑道、咒律、术诀等都是云守息教的。

云守息的确用心教她修行，看着她越变越强，也看着她长成自己心中的模样。

白色的雾拂面，有些冰凉，像是被冰霜冻住让身体有短暂停顿，云守息抬剑斩开眼前的雾，却与看不见的长剑相撞，两剑发出刺耳的声响。

岁雾此时已接近透明水色，云守息透过岁雾看见了铃萝。

他神色晦暗地说道："不见多日，你就这点儿长进？"

铃萝笑道："师父还真是严苛。"她眼里笑着，手上动作却狠。剑诀、咒律同出，两个人交战的速度极快，残影晃花人眼，没点儿道行的人根本看不清，只觉得道道凌厉剑风扫过，周边花树枝丫乱晃，甚至被剑意扫到"咔嚓"断裂。庭中水池也在晃动，随着声声剑鸣和四溅星火，池中水也受到剑气激荡飞洒出去。

铃萝被强悍的剑气击退靠墙顿住，眨眼间那白衣人已到身前，长剑斩下，她抬手横剑抵挡，岁雾迎着这强大的一击微微颤抖着。两个人交战的距离拉得很近，云守息的剑气再次压迫过来，长剑往下压，他隔着双剑看向抵挡自己的铃萝。

云守息问："你这一路都跟他在一起？"

铃萝故作不知地答："师父，我是与琴鸢一起寻的剑。"

云守息又问："得剑之后为何不回？"

"因为我谨遵师父教诲,得神武剑守护人间,一路斩妖除魔救人,劈山开路造世。"铃萝笑着问云守息,"师父,难道我做得不对吗?你看起来有些生气。"

云守息目光微黯,剑气再度压迫过来,铃萝持剑往下一坠,省略吟唱,指尖一道咒律释放,被云守息同样以咒律化解,未给她半点儿逃脱的机会。

铃萝:"师父还真与我认真了呀?"

云守息将她逼退得背靠墙壁,头上是院内出墙的花枝轻轻颤抖着,粉红的花瓣在夜里飘落在两个人之间。

铃萝持剑上挑,却被云守息一指咒律困住。

地支,四十九道,缚灵,金色细长的灵线似蛛网将她整个人绑在墙上。勒在脖颈间的灵线迫使铃萝抬首,显得她颈线优美,被束缚着的她本该是弱势的,那双漂亮的眼里却满是不服输的神色,高傲的野性更挑起人的欲望,让人想要低头咬去。

暴躁的岁雾开始朝敌方投以粗鄙之语。渡神剑难得被岁雾主动搭话,却遭受如此暴击,都听蒙了。

云守息看着如此受制于他的铃萝,终于恢复温柔的模样,低声唤道:"铃萝。我不是警告过你,别跟圣剑宗的人走太近吗?"

铃萝心说:"就算我不跟圣剑宗的人玩,越良泽也会自己跑过来找我玩啊。"

"圣剑宗并没有传说中那么吓人。"她不怕死地戳云守息的痛处,"何况我们只是正常讨论剑道和咒律——"这话她说得可真是脸不红心不跳。

"是吗?"云守息盯着她问,"只是讨论咒律?"

铃萝想点头,却因为缚灵而没法动弹,便答道:"是。"

"用画皮灵讨论吗?"云守息问。他神色不见变化,语气却是冷的。

铃萝笑着问:"师父,为什么不能用画皮灵?"

云守息一想到之前瞥见越良泽不经意间吻过那狐狸的耳朵,就难以控制手下的力道,剑气下压,让岁雾再次发出剑鸣声。

"用画皮灵既能正常讨论咒律,又不会让别的有心之人想歪了乱嚼舌根,不是挺好的吗?"她笑盈盈地看着云守息,望进他那双深不可测的眼,看见了以前从未注意过,也未能分辨清的妒火。铃萝以前是很喜欢云守息的,是亲近的喜欢,包含了崇拜与敬爱,因为云守息对她很好,非常好。经历过颠沛流离,什么肮脏事都遇到过,也见识了人心冷暖,突然有一个人对她千般万般好,她总会感动,更别提这人还是东岛天极的三掌门。他高高在上,无比强大,对弱小的她能给予教导,为她指引方向,给她留下高不可攀的印象,温柔强大又美好,她没道理不喜欢。这种温柔与强大让铃萝忽视了某些细节。那时她失去妹妹,终于重新拿起剑,决心要变强,是云守息一步步教导她。云守息一直想从铃萝望着自己的眼里看见爱欲,可铃萝对他自始至终只有师徒之间的敬爱。

某天他忽然发现铃萝看着别的男人的眼中有了他最渴望的感情。于是他将自己最喜欢的小徒弟毁了。

此时铃萝的解释让云守息听得十分刺耳,他的剑气压下了岁雾,冰冷的剑刃斜切着贴在铃萝的脖颈上，迫使她再度仰首。

岁雾再次对渡神剑发动精神攻击，把渡神剑给喷自闭了。

"你就为了与他谈咒律不回天极？"云守息低喝，"怎么，有什么咒律只有他越良泽解得出，你师父我解不出的？"

"师父，这咒律是我与他的比试，我不想靠别人来赢。"铃萝微屈指尖，笑道，"倒是师父与我比剑的时候可别为了这种事分心啊。"

两个人脚下突然升腾起四根巨大的光柱，光柱碎裂化作万剑朝云守息飞去。

天干，八十一道，碎星，剑诀凶猛，碎星飞射逼迫云守息退开，岁雾散形化作白雾将缚灵的金线熔化，铃萝运用瞬影到云守息身前持剑主动攻击。

云守息有点儿惊讶。这般大型的咒律她不需要吟唱就直接使用了？可更让他惊讶的事还在后面。之前铃萝使用的所有剑招云守息都清楚，他甚至知晓她下一剑会落在哪里，因为这都是他教的。可现在他从未见过铃萝所用的剑招。

岁雾不止是世间最美的神武剑，尽管这个名声更广为人知。它的化雾散形与透明的剑身有着太多可操作性，在它的攻击范围内它什么时候出剑、剑从哪里来都让对手防不胜防。也许你以为自己在它的攻击范围外，那剑尖却已悄无声息地落在你的头顶。铃萝每一次挥舞岁雾都能让云守息看见他心中所憧憬的美丽景象，诱人心神也是与岁雾对战时需要注意的致命点。岁雾挑起的不是人类心中的恐惧，而是对美丽的向往，是无比渴望，可为之奉献生命，沉溺其中不愿醒来的美好向往。这不比对抗自己的恐惧容易。铃萝为什么用樱喜杀云守息而不用岁雾？因为她不想让云守息沉溺在美感中死去，也因为樱喜是云守息给她的。

"师父，这剑散雾时，我也多少能察觉与我对战之人所见景象。"铃萝持剑朝云守息斩下，逼退了他一步，"我其实很好奇师父你会看见什么。"她故意的。

时间倒流前她压根不敢对云守息用这招，因为觉得对师父不尊重。现在铃萝这么说，云守息反倒要越发小心，因为他不敢让铃萝看见。

这边打斗引起的灵力碰撞激烈，几个大型咒律发出的耀眼光芒更是惹人注意，但他们察觉到这是东岛天极三掌门的灵力波动后就都悻悻然地走开了，没敢去凑热闹。只有压根就没跟师哥他们去赴宴的越良泽隔着不远不近的距离打量着这边的情景。他倒不是怕铃萝打不过云守息，但就这样跟师哥走了又有点儿不放心。因为铃萝出来时云守息的眼神始终让越良泽难以释怀，轻而易举地激起了他心底的占有欲。

因为云守息对岁雾的错误估计和没见铃萝使用过的剑招，他被铃萝抓到一瞬的空隙，在咒律的辅助下以其人之道还治其人之身，被压退在花树下，长剑斜切着贴在他的咽喉处。

铃萝轻扬着眉："师父，你大意了啊。"却不想这样两个人之间的距离也拉得太近。

云守息抬眼看着她，无视喉间冰冷的剑刃直接伸手绕到她的脑后想将人拉进怀里，却被铃萝使用瞬影退开拉远距离。她在老远的地方嬉笑道："师父别生气啊，就输了这一招而已，我就是向师父证明我这段时间还是有所长进的。"

云守息开口道："过来。"

第三十九章　画皮灵

铃萝却摇着头慢慢朝后退:"师父你看上去很生气,我不敢过去。"

云守息站直身子,又说道:"我没生气。"

铃萝笑着将岁雾散形,借乘风咒上到空中掠影而去:"师父没生气的话我们就去赴宴吧,我怕大师兄把好吃的东西都吃完了。"能溜她就溜。

云守息目光明灭一瞬,平复好心绪才去月宫赴宴。他到了宴会上却不见铃萝的身影。

因为铃萝在空中时看见了守在下方的越良泽,本以为越良泽被楚异他们带去了晚宴上。

越良泽抬首看着上方的铃萝,神色沉静。

铃萝想也没想地转了方向朝他落去。

越良泽站在水上长廊中,铃萝落地后拉着他朝布满帷幔的亭台走去,边走边比了个"嘘"的手势:"可别让我师父瞧见了。"

"为什么不能让他看见?"越良泽走进帷幔后就反拽着她的手把人拉过来抵在亭台柱上,一手揽过她的肩膀把人圈在怀里低声问,"有什么不能看的?"

铃萝闻言睁大了眼:"你还敢问?刚才在屋里是谁先乱来的?"

男人宽厚温暖的手掌轻抚上她的脸颊,铃萝听到他低声说:"放心,我不会在外边乱来。"

铃萝看着他,眼里写满"你骗人"三个字。

越良泽不说还好,一说她就想起许多事来。

铃萝曾将越良泽丢在南江城自己离去。她想越良泽一个圣剑宗弟子,被人发现跟她鬼混在一起成何体统?仙门的人肯定会疯狂攻击这一点,人的话语杀伤力很强,会让他不死也脱层皮。那时铃萝已经无所谓别人如何说自己,但就是不愿让他们也如此对待越良泽。那些废物凭什么这么说他呢?再加上自己数次想杀他又都莫名地放弃,如此让铃萝对自己也有几分恼,于是她走了。因为越良泽会在她睡着后偷偷过来挨着她睡下,于是临走的那天晚上,铃萝又假装睡着,听着耳边窸窸窣窣的声响。熟悉的气息靠近,男人熟练地伸手将她捞入怀里让彼此紧靠着。

铃萝在他的胸前抬首,眨着眼看去:"要不要脸?"

越良泽将头埋在她的肩窝处没答话,却将她抱紧了些。

铃萝往后缩,发现根本没空间退开,便说道:"我都不跟你练美人尖,你还凑上来干什么?"

越良泽闷声答:"我练。"

铃萝凶道:"你不准练!"

越良泽:"为何?"

"不准就是不准!"铃萝说,"魔修的法术你一个仙门修者练什么?"

越良泽耐心地说道:"世上很多法术并不分是人还是魔。"

铃萝:"美人尖分人。"

越良泽:"不分。"

"我说分就分！"

越良泽在她的肩窝处闷声笑了。

铃萝气恼，"嗷呜"一口咬住他："你还笑，笑什么？有什么好笑的？！"

那力道对越良泽来说不轻不重，却痒在他的心上。

越良泽静静地看着她。

铃萝双手撑起身也在看他。

在短暂的安静气氛中，那双漂亮的丹凤眼轻眨了两下。

越良泽说："我没有任性。"

铃萝："那你下去。"

越良泽淡淡地拒绝："不下。"

铃萝指着他说道："你这就是任性。"

越良泽神色略显无奈。

他抬手轻扣着铃萝的后颈把人往怀里带，问她："怎么突然说这事？"

"这是最后一次，我以后可不会再纵容你。"铃萝自顾自地说着，从他的胸膛上滚下，侧过身，"你跟一只魔同床共枕好意思吗？"

越良泽瞥着她："你是你。"

铃萝哼道："我就是魔。"

越良泽没立即接话，铃萝又说道："你该不会有跟魔修鬼混的癖好吧？"

她仔细想想也不是没可能，本来越良泽的脾气就很怪。

越良泽听得无言，又有些忍无可忍地答："没有。"

铃萝说："还好你遇上的是我，换了别的魔肯定会把你吃得骨头都不剩。它们对你圣剑宗可是恨之入骨，你要是跟别的女魔修鬼混——那我就杀了你。"

越良泽歪头看着她。

铃萝认真地说道："你若死在她们手里还不如我来，我还能给你个痛快。"

越良泽受不了了，揽着她的脖子把人重新抱在怀里说道："我没想死，也不会跟别的魔修鬼混。"我不想死，也不喜欢别的魔。我只是喜欢你。可她甚至以为他是喜欢与魔修鬼混，也不会想到那份心意。越良泽有时候也会唾弃自己卑鄙。铃萝对他半点儿意思都没有，他却如此不择手段地留在铃萝身边。可他还是放不下，绝不可能放下。

铃萝这夜絮絮叨叨地教训着越良泽，可是后面越说越离谱，越良泽也懒得再听，低头亲她道："明天再说，先睡吧。"

他们睡是睡了，但没有明天。

铃萝想走有太多办法。她不守南江城后，翌日南江城就被大仙门攻破，他们说是进来解救百姓，却发现城里的百姓个个都好端端的，全然不见被魔修折磨的凄惨样子。

人间还是那个人间。街上卖菜的地摊婆婆们还奇怪讨论着平时常见来买食材的年轻夫妻今日怎么不见踪影了。

铃萝抛下越良泽，跟二十六魔中其他的魔厮杀去了。

第三十九章 画皮灵

修界与魔界再起冲突，两方打得火热，魔界想方设法地要占据人间领地，修界则拼死也要把他们都赶出人间。那时人间大乱，人人自危。每天都有要杀铃萝的修者，她来者不拒。

不论他们是为了大义，为了人间，还是为了私仇，铃萝无所谓人们的杀意。

一个月后，铃萝受人所托去一座神庙解封某位魔王。这山神庙虽偏僻，景色却很不错，依山傍水，温泉、花海皆有。她独自一人入后山，与守山人大战时咒律破坏了一道道围墙，一名从温泉里冒出头来的男人看着变为废墟的外界傻眼道："等会儿，这是哪里？"

铃萝踩着昏死过去的守山人朝雾气氤氲中的男人看去，感觉还挺眼熟。

这是上次在南江城因为跑不动而躺下自愿陪她练美人尖又被越良泽放走的男人。

赵兄实在想不到自己会有与铃萝重逢的一天。他傻眼道："不是吧，仙子姐姐你现在还追着我不放吗？那位道君呢？！"

铃萝嫌弃道："谁是你姐姐？"

赵兄犹豫片刻改口道："妹……妹妹？"

铃萝朝温泉走去："你想怎么死？"

赵兄忙说道："慢着！仙子妹妹，我那日说愿意是真心的，真心愿意！"

铃萝："你不是头也不回地跑了吗？还敢说是真心的？"她朝温泉里的男人抬起手，指尖的咒律闪着光芒。

赵兄招手喊道："道君救命！"

铃萝冷笑："他可不在这里。"指尖咒律飞射出，被另一道咒律拦下。

铃萝这才惊讶地回头看去，满山雾气，星月高悬。

越良泽一身黑色劲装，提剑在皎皎月色中朝她走来。

似曾相识的一幕，他救的还是同一个倒霉蛋。只不过这一次越良泽来时神色不比当初沉静，他神色莫测，视线掠过躲在温泉里不敢出来的倒霉鬼时似有几分漠然的倨傲之意。

越良泽走过脚下的废墟，问铃萝："玩够了吗？"

铃萝被他问得莫名有点儿心虚，下意识地避开他的眼，又气恼地转过来问："你来这里干什么？你又坏我的事！"

越良泽声音平静地问："我坏你的什么事？你要抓他练美人尖？"

这气氛莫名有些诡异，赵兄只敢朝越良泽疯狂摇头摆手示意与他无关，不敢搭话。

铃萝刚才的咒律并非杀招，只是一个困阵，把这男人困在温泉里出不来而已，却让越良泽误以为铃萝是要把这人带走。有越良泽在她还能解封魔王才怪！

铃萝指的是这事，偏偏此情此景着实容易让人想歪。

越良泽朝她走去，铃萝气得以攻击咒律相迎，他却不躲不避，任由那光刃划过脸颊擦出血痕。铃萝停手气道："你不会躲吗？"

"不躲。"越良泽来到她身前，垂着眼眸伸手扣着她的后脑把人往怀里带时低头吻去。

铃萝睁大了眼。他怎么敢？！若是越良泽想，他完全能设下结界断了赵兄的五感，让赵兄看不见、听不到，可他没这么做，只因为那该死的占有欲和一点儿不堪的妒意。那股偏执的冲动让全身血液都狂怒嚣张地叫喊着，告诉天地万物：她、是、我、的。

铃萝不想承认自己当时有点儿蒙，没有第一时间推开他，反而被他难得一见的强势又带着点儿冷意的样子吓到。

越良泽离开时，指腹擦过她的唇，哑着声音说："你可以随心所欲地丢下我，没关系，我总会去找你的，但你不能跟除我以外的人在一起。"

铃萝蹙眉："我没跟别人在一起。"

越良泽还没来得及松口气，就又听到她说："也不需要你来找我。"

他目光沉沉地看着铃萝。铃萝入魔后还难得保持了点儿好心为他考虑，不让他被修界知道他与自己鬼混过，不让他被人谩骂，偏偏他不识好歹，非要凑上来。

她气道："你是非要杀了我才肯走吗？"如今修界的人都想杀她，非杀她不可。

越良泽不也是一样吗？

越良泽哑声说："我不想杀你。"

铃萝冷笑道："你骗谁呢？当年在南山雪河，我入魔时你敢说你不想杀我？"

越良泽抬眼看着她，目光晦暗，清冷的月色在他眼底渐渐被融入暗色。他对铃萝曾有过许多绮丽又荒唐的想法。那日如果无生真杀了铃萝，那很快它下一个要杀的就是自己的主人。

铃萝却越说越生气，五指微张，岁雾显形，她持剑指着越良泽说道："今日我给你一次机会，能不能杀我看你的本事。"她剑气凶猛，越良泽却只守不攻。

赵兄在两个人打起来后飞速离开现场逃命去了。

雾气弥漫整座后山，吞噬了他人的眼睛，只有铃萝看得清清楚楚。她看着越良泽脸上的伤，是她刚才的咒律所致，越看越生气，手下使出狠招，不躲的越良泽被一剑斩倒在地。长发散入温泉水中，岁雾在最后偏了几度，刺入他的肩膀上方的温泉石壁上，铃萝咬牙切齿道："你又不躲！"

"那是我最后悔的一次。"越良泽说，"也是我永远无法原谅自己的事。"

铃萝听得顿住，将到嘴边的冷嘲热讽话语吞回肚子里。

越良泽伸手轻抚着她脸上沾染的水珠："铃萝，你若是不喜欢，知道该怎么阻止我。"

最简单的办法：杀了他。可她总是下不去手。那日她没解开封印，因为被越良泽拐进温泉里折腾了一番。他还不会在外面乱来？

铃萝鄙夷地看着越良泽说："你能忍住才怪。"

越良泽："你说得没错。"他轻挑着眉，低头在她的唇边落下蜻蜓点水的一吻，"忍不住。"

铃萝目光清明地看着他，这总是让越良泽想要捂住这双眼，因为此时此刻这眼里只有他一个人。

"铃萝。"越良泽低哑着声音说，"你这次没法再不清不楚地定义我们之间的关系了，我也不会再任由你像以前一样胡来。"

第三十九章　画皮灵

第四十章

明 心 意

前几次铃萝撩完他就当无事发生,明明很多举动应该两个人认真谈谈是怎么回事,偏偏一个纵容另一个顽劣又无知,谁都没有挑明了说。今天这次越良泽不打算继续纵容铃萝。万一他总纵容着,让铃萝不当回事地对别的人做同样的事呢?他要铃萝把话说清楚,要铃萝意识到自己的所作所为表达的是何心意。

换作时间倒流前铃萝听到这话肯定神色睥睨地反问:"你是仙门修者,我是二十六魔之一,你我之间能有什么关系?"可她现在有所长进,也多少明白自己当年为什么对越良泽下不去死手了。如果说她入魔前有很多人对她好,那么入魔后就只有越良泽一个人对她好。

哪怕是死也要守着铃萝的越良泽,最不需要的就是铃萝叫他走。无论铃萝对他如何冷嘲热讽,越良泽都无所谓。何况铃萝总是刀子嘴豆腐心,越良泽偶尔耍心机表露出一副黯然神伤的模样后,刚刚还盛气凌人的铃萝就开始结结巴巴、恼羞成怒地喊着要去把那些说他胡话害他风评的废物杀了。现在想来,她当时真的说了很多嘲讽越良泽的话,尤其是魔性还不稳定,常常失控那会儿。一想到自己逼迫越良泽吃烤包子后他背对着自己时的狼狈模样,还有后来他悄悄抱着她轻声说不想再也见不到她的话,铃萝一瞬间竟有些鼻酸。

"你想要什么关系?"铃萝问越良泽。

这反问让越良泽的心沉了沉。他紧盯着铃萝,淡淡地答:"我要什么关系你就会给吗?"

铃萝:"说来听听。"她要的是越良泽亲口说出的话,是一个明确的信息,让她能为之努力且给予。

"我想要你。"越良泽声音沉沉地说着,轻抚她的脸颊的手落在她的胸膛上,点了点她的心脏位置,"我要你这里只有我一个人。"

铃萝笑盈盈地看着他。

"别笑。"越良泽闷声道,"我不是在跟你开玩笑。"

"你想要的东西真多,胃口可真大。"铃萝踮着脚抬首亲他,"这次是我主动的。"

她要退开时被越良泽长手长脚地困在他与凉亭柱子之间,无法与他拉开距离。

凉亭四周都挂了透明的纱幔,若有其他人从外看去只觉得里面的人姿态十分暧昧。

夜里月色皎皎，越良泽却在暗处低头看着她："你不能总是这样，主动招惹撩火后又丢弃我当作无事发生。"

铃萝眨着眼，神色傲娇地说："我允许你喜欢我，也努力学着喜欢你，哪有当作无事发生？"

越良泽被她说得沉默。

两个人目光相对，他看见铃萝眼睛明亮，忽地双臂一揽强势霸道地抱住她，鼻间满是她的气味。

两个人的剑灵此时都很炸。

无生一直在问："什么意思？什么意思？什么意思？！"

岁雾也在问："谁喜欢谁？谁喜欢谁？谁？！"

无生号道："主人看上这个女人岂不是很危险？！"

岁雾："丹水真君为什么危险？"

无生："我！是我！我很危险！她一直诱惑我的主人换把剑！"

岁雾安慰道："没关系，哪怕丹水真君后面真的换了剑用，但他还是最喜欢你的。"

无生听了一个惊天大秘密："你再说一遍！谁换了剑？！"

岁雾把无生屏蔽了。

越良泽抱得有点儿久。

铃萝嘲笑他："刚才是谁跟我说不会在外面乱来的？你放开，万一有人路过看见——"

"你这次也说对了。"越良泽打断她的话，声音哑哑的，有点儿压抑，"我的确喜欢你，你怎么样我都喜欢，想克制一些却没法克制，因为太喜欢了。"

铃萝听得微怔，心脏莫名地被什么东西填满，软得一塌糊涂，连眼角眉梢都染上了致命的温柔之色。

前世越良泽到死都没说出的话，终于在对的时间说出。那时铃萝的心态和时局已经让他的喜欢变得不值一提，也无一用处。现在一切都刚好，至少他们相处的时间能比以前长得多。

这份心意铃萝知道得太晚，让越良泽一个人度过了漫长的时间，如今铃萝总算愿意回头看看他，再等一等他。哪怕这辈子仍旧是一样的结局，铃萝也愿意多给他一些时间。

"算了，你要乱来就乱来。"铃萝伸手环住他的腰，埋首在他怀里哼道，"要是有人看见我就说是你先动手的。"

越良泽被她说得闷笑出声，铃萝听着他胸膛轻颤的声响仰首："笑？"

她把人推开，没推动。两个人正你推我抓地闹着，冷不防听见不远处有人谈话的声音，铃萝直接把越良泽推开了。

这次真被推开的越良泽："……"

铃萝朝他眨眼，又指了指帘外。

越良泽不动声色地朝外看去。

晚宴时慕须京被叫着一起去，但身上有伤，被关在红雪门受罚几天，消耗不小，姜妙便让他先回去休息，却不巧他在外跟回宴会的巫旭撞上。

巫旭皮笑肉不笑地嘲讽道："你挺能耐啊，当着这么多人的面还能躲过三缄的问话，看不出来你还有不为人知的靠山呢？"

慕须京对他的嘲讽无动于衷，迈步错开身影欲离去，却被巫旭伸手拦住。

"走什么？"巫旭瞬间变脸，阴沉沉地说道，"你还没回答我的问题。"

慕须京微垂着脑袋，神色阴郁，懒懒地答："不知道。"

"你躲过了三缄，却说不知道？"巫旭冷笑着说，"旁人信就算了，慕须京，我们之间你还装什么？那崔狩是不是你杀的，你心里有数。"

慕须京抬了抬眼皮："那又怎么样？"

巫旭沉着脸色说道："我就是警告你，事后慕尊长肯定会找你问清楚，到时候你若回答不知道，我看你是想永远待在红雪门里不出来。"

慕须京一副要死不活的样子不理他。

巫旭见他要走，又说道："姜妙那边已经不需要你再盯着了。"

慕须京脚步顿住，回头看向他。

巫旭挑眉："怎么，碍着你们的母子情了？"

慕须京又神色漠然地走开。

巫旭就看不惯他这种态度，反手去抓他。慕须京躲开，却见对方指尖射出咒律，只好拔剑拦下。

"跟我拔剑？"巫旭昂首，神色傲慢地说道，"行，我就陪你打一场。"

他刚把手放在剑柄上，就听脆脆的女声响起："你对一个被血咒折磨几天才出来的人拔剑，要不要脸？"

巫旭听到这声音脸色几经变幻，十分难看。这声音跟那只狐狸一模一样！他绝不会听错。

来人又是画皮灵？！可这次巫旭看见的是一名身着绯裙的妙龄女子，她款款而来时手中长剑显形，神色倨傲："跟一个连咒律都不会的废物拔剑有什么意思？不如你拔剑跟我打一场，若是赢了，我就忘记是谁被困在千丝路快一个时辰也出不去。"

巫旭额角狠狠一抽，目光在铃萝与慕须京之间来回转了一圈，最后他将出鞘一半的剑又插回去，重重地哼声威胁道："你最好现在就忘掉。"

铃萝："你还没赢呢。"

巫旭一听就要重新拔剑，却被来找人的姜俊叫住："巫旭！慕尊主正找你呢！"

姜俊朝这边看来，有些惊讶："你怎么也在这里？参启真君也在找你。"

铃萝面不改色地说道："我等会儿就过去，你不用跟他说。"

姜俊也没多问，把不悦的巫旭带走。

铃萝收剑，瞥了一眼旁边乖乖站着的慕须京。

等人都走后越良泽才慢慢走出来。

慕须京看着这两个人，绞尽脑汁才问出一句："你们没去赴宴？"

铃萝："这不是明摆着的事吗？你还问？"

慕须京自闭了。

越良泽过来问他："你的身体还撑得住吗？"

慕须京听了这话竟觉得有点儿感动，果然没有对比就没有伤害。

他低垂着眼，不敢让这两个人看出他眼中的动摇之色，只低声答："撑得住。"

铃萝问他："南山雪河那位大少爷来月宫谈什么？"

慕须京说："顺义镇里赵家有月宫的月咒，南山雪河发现这事来询问。"

铃萝哼道："他那态度完全是来兴师问罪的吧。"

月咒是月宫独有的咒律，又被用在进入赵家的活人身上，明显是之前那只白骨魔留下的，可这白骨魔为何会月咒就很耐人寻味。

慕须京又说道："风天耀会在月宫待上几天，明天月宫上下都会配合他们进行彻查。"

铃萝听了这消息后微眯着眼。

这倒是跟当年一样，可就在几天中，楚异去岐山偷了秘宝飞霆珠。

想起楚异铃萝眉心一抽，欲去宴会上看看，又瞧见身边的越良泽，着实不愿离开，便拿着玉听给宋圆圆发传信。

越良泽见她拿玉听，问："找谁？"

铃萝顺嘴就答："你的便宜儿子。"

她跟宋圆圆几个人已经习惯开这种玩笑。

越良泽："……"

慕须京猛地抬头看向越良泽，目光诡异。

越良泽面不改色道："不是你想的那样。"

铃萝捣乱不嫌事大，又慢悠悠地说："难怪你总是帮他，原来是因为这个便宜儿子所以了解他的处境。"

慕须京欲言又止。

越良泽神色平静地说道："别听她的。"

铃萝拿着玉听给慕须京看宋圆圆对越良泽的称呼："小阿爹，是吧？"

慕须京看了玉听后沉默了一瞬，转而对越良泽说："你儿子几岁？"

"比你大几岁。"铃萝要宋圆圆帮她盯一会儿楚异，同时顺嘴说道，"跟他差不多——嗯？"

越良泽捂着她的嘴把人扣在怀里，跟慕须京说："你早点儿回去休养吧。"

慕须京心情复杂地走了。

越良泽有儿子。

慕须京感觉今天一整天的经历都没有这件事刺激。

眼看慕须京走远，越良泽才无奈地松开铃萝，任由她转而将头埋在自己的怀里笑得双肩颤抖不止。

铃萝最终还是去了晚宴。她掐着点儿去的，到场时大家都起身准备散了。

楚异等人看过来时，铃萝佯装惊讶地问道："怎么我刚到你们就要走？"

楚异冷笑："你再迟些来天都亮了。"

铃萝面不改色地撒谎："月宫太大，我第一次来，找不到地点迷路了。"

楚异又抬眼看她身边的越良泽："这么巧，两个人一起迷路？"

白藏拎着个小酒坛过来揽着越良泽的肩膀，笑眯着眼看回楚异说："楚兄哪里的话？我们阿泽认路本领一流，从来不会迷路。"

铃萝说："这不是多亏遇上丹水真君才找过来吗？"

楚异冷笑着看他俩演。

铃萝对大师兄看过来的鄙夷目光不以为意，催促他回去休息不要在月宫里乱跑，楚异听得额角狠抽："到底谁不该乱跑？"

"你。"铃萝拉着他要走，迎面撞上从另一边出来的风天耀等人，被楚异反拽去后边才避免撞上。

风天耀也被玉沧拉了一下，正烦着呢，下意识地就发脾气："走路不带眼睛吗？撞什么撞？！"

说完他抬眼一看，就对上从楚异身后抬头看过来的铃萝。

风天耀："……"

铃萝皮笑肉不笑地说："又没撞到，你凶什么呢？"

一点儿小事，偏这两个人态度都很冲。

楚异瞥了铃萝一眼，平时这师妹可不会这么计较又冲，这会儿倒像是被风天耀的大少爷脾气传染了。

风天耀发现碰上的是铃萝时面色就有点儿不自然，心中也觉得尴尬，正想着该说什么话挽救一下，就听铃萝这么说，顿时一口气憋在胸口——十多年的大少爷脾性占据上风，他气冲冲地说道："谁凶了？！不是你先撞上来的吗？！"

铃萝神色傲慢地说："你出门没带眼睛吗？我撞到你了？"

子修打着哈哈上来劝架，楚异嫌丢脸地把铃萝给带走了，玉沧也拉着风天耀劝着。

风天耀："撒手！放开我！她刚才骂我没带眼睛！"

玉沧说："算了，算了，少爷算了，毕竟是你先骂人家没带眼睛的。"

被楚异拉走的铃萝还回头说道："你再骂？"

楚异哭笑不得："行了，趁师父被月宫的长老和堂主们缠住的时候赶紧回去吧你。"

铃萝这才冷哼一声，瞥见还站在台阶上看着自己的越良泽，便朝他招了招手才转过身去跟楚异走了。

白藏带着越良泽下台阶回去，跟其他人拉开距离后压低声音说："大仙门每家都不干净，不管往上数还是往下数，总有几只阴沟里的老鼠干些龌龊事让人诟病。你要搞岐山我没意见，这崔狩做的事的确该死，但避开三缄的办法数来数去就那么几个，不管你用的哪一个，都适可而止。"

越良泽垂眸听着。以他三师哥的玲珑心以及对他的了解，三师哥并不是在说他，而是让他转告自己的"同伙"。

"被称作禁术的东西都有一定的道理，只看道理大小，像什么共生灵，那就是三界都欲诛之的存在。"白藏眯着眼，懒洋洋地跟师弟闲聊，"因为不管妖魔还是人都害怕这个法术，虽然这法术很强，但不管多么强大的法术或是咒律，与所有人作对都没有好下场。"

"你要是学了就赶紧回去找大师哥给你洗髓洗掉，免得让师尊发现后打得你十几年出不了宗门。"白藏叹道，"这样你还怎么去抢天极的'白菜'？"

越良泽说："去找大师哥会比被师尊发现更惨吧。"

白藏："你真学了？"

越良泽："没有。"

白藏摸了摸他的头。

两个人回了庭院，白藏打量着附近的咒律与剑道战斗的痕迹，"啧啧"感叹着，刚进门就听到越良泽问："师哥，月宫世家的事你知道吗？"

"嗯？"白藏回头，"知道些，怎么？"

越良泽迎着明亮月光，看向最高处的月塔说："总觉得会有很不好的事情发生。"

白藏拎着酒坛子笑："月宫世家可比其他两个大仙门温柔得多，他们不会拉上别人，千百年来一直自己玩自己的。

"几百年前圣剑宗想跟他们玩还被严词拒绝了，拒绝的还是当时的姜家尊主，后来圣剑宗就彻底不理他们了。"

"师弟你就别担心了。"白藏拉着他进去，"月宫的事各有造化因果，每个人都要为自己的选择付出代价。"

夜已经深了，整个月宫的月塔还亮着灯。

月塔是月宫宫主的住所，塔顶平台上有一个巨大的圆形星盘，还有挂满帷幔的金丝木床，地毯宽阔，几乎布满整个平台，只穿着一件单衣的姜妙赤脚走在毯子上。

她看了一眼那星盘，走到床边的桌案边跪坐下来。

楼梯入口处传来侍女的通报声："宫主，人到了。"

姜妙背对着她径自斟茶不答。

没一会儿侍女退下，一个高大的身影从入口的阴影中走出。

他腰间还别着一把坠着坠子的剑。

姜妙闻到空气里传来的酒味，端着茶杯放至唇边轻抿，以茶香将那味道压下。

她侧首朝身后的人看去，神色平静地说："这次来的人是你啊。"

巫旭神色阴沉地站在毯外的边界线上。

"你穿成这样干什么？"巫旭嫌弃地看着她，以剑挑起旁边衣架上的大衣扔过去盖住她。

姜妙将盖在头上的衣服拿下，神色依旧平静地说："我今日不想玩什么花样。"

巫旭像是被侮辱般怒道："我死也不会碰你。"

姜妙慢条斯理地披着外衣："那你去死试试。"

巫旭额角狠抽，他深吸一口气，转过头去不再看她："太恶心了，不管别人如何，我是无论如何也下不去手的。"

姜妙垂眸看空了的茶杯。

恶心？

姜妙："你有个外堂兄也这么说过。"

巫旭神色漠然。

姜妙又给自己倒茶："他说是死也不会碰我，当时我还信了，后来的某天，慕景逸又让他来了。然后他说是为了力量，为了慕家，为了许多东西，突然就不恶心了。"

巫旭听得脸色难看起来，转身就走，一瞬都难待下。

姜妙对他的离去轻挑了一下眉，却没太在意。这人走了也好，她今日也有些累。姜妙将衣服脱下，看见床幔后一闪一闪的蓝色光芒，走过去伸出手，一只小巧精致的蓝色灵鸟拖着长长的尾羽停在她的手背上。

灵鸟像是在跟她撒娇。姜妙眼里难得有笑意。她不知道这是谁给她的灵鸟，里面不仅记录了许多咒律，还避开了许多人的目光，似乎只有她一个人能看见。这样的咒律灵鸟委实难见。姜妙坐在床边认认真真地跟灵鸟汇报今日她记起了哪些咒律。灵鸟那边的铃萝听着听着就睡着了，睡前只觉得这姜妙也太老实了，区区小火诀都要记四五种不同的咒文，跟喜欢偷懒的慕须京完全不同。到了半夜，姜妙发现巫旭真的不来后，才换了身衣服离开月塔，带着些伤药去了慕须京的院子。

姜妙抬手，本想敲院门叫醒他，却又顿住，最终将伤药放在门口。她转身要走，却跟同是来送药的越良泽撞上。

诡异地沉默片刻后，越良泽略一垂首跟她打了招呼。

姜妙道了声"谢谢"。

两个人没有过多交流，越良泽也没有叫醒慕须京，同样把伤药放在门口后走了。

月亮沉没，太阳高升。慕须京醒来出门时冷不防瞧见门口摆放整齐的药瓶子。他沉默地看了许久，最终蹲下身，小心翼翼地将它们抱入怀里。

岐山的事很快就传遍整个修界，上至大仙门，下至散修，无人不知。如今人们关注的重点都放在岐山之主崔狩干的龌龊事上，早已忽略此前白骨魔的风波。今早有一位姜家长老死去，也无人知晓，月宫众人在宫主的命令下配合着南山雪河排查顺义镇月咒一事。

待在月宫里的客人们多数去了北庭城玩乐，其中当然包括子修与白藏，两个人大有要将北庭城玩遍的意思。如此好事子修当然忘不了自己最好的酒友之一楚异。楚异本是不想去的，又打算跟子修说说有人嘴碎议论他跟圣剑宗的关系，却不想自家师妹比他还积极，一口答应下去玩。

铃萝去了，越良泽肯定也去。楚异最后只好答应一起去，放任这两个人跟圣剑宗的人玩他还不盯着点儿，到时候出事就晚了。一行人刚出月宫大门就遇上了从外回来的慕须京。

慕须京礼貌地问好，被子修拉着一起走："来得好！我们正缺个北庭城向导。"

铃萝神色郁郁地确认道:"你确定要让他当向导?"

子修没觉得有什么问题:"月宫的少宫主当向导够有排面了吧?"

铃萝轻挑着眉,问慕须京:"知道北庭城哪家酒楼的酒最好喝吗?"

慕须京日常被铃萝问自闭。他一个才来北庭三年不到又基本都在月宫里的人怎么可能知道北庭城有哪些好玩的地方和好喝的酒。

见他沉默,铃萝抬手指着他义正词严地说道:"你看他不知道吧!"

"大白天的喝什么酒?"楚异让她退下别为难这小可怜。

子修也附和道:"对、对,不喝酒,不喝酒,带着铃萝喝酒也没意思。"

铃萝闻言细眉一挑就要说话,被越良泽拉去后边。

铃萝翻着白眼说道:"你们喝你们的,我又没意见。"

越良泽说:"酒馆里有太多男人,喝酒不是问题,是那些人总会看你。"

以前有大胆的人越过酒桌试图调戏铃萝,被几个师兄连人带酒摔走。

慕须京被子修拐着去了北庭城,北庭城热闹非凡,比起西海城有过之而无不及。

这里的玉器、丝绸、首饰最为出名,子修就问慕须京哪里的衣楼最好。

慕须京沉默片刻,艰难地答:"我问问。"

问就问吧,可惜这位少宫主在月宫并没有什么朋友,月听里的修者除了慕家人就是姜妙。

他去问姜妙?不可能。

慕须京捣鼓半天,最终认输似的给越良泽发了传信,问他北庭城最大的衣楼在哪里。

走在后边收到传信的越良泽:"……"

这个问题问得好。他又去问自己的便宜儿子宋圆圆。

宋圆圆:"我知道啊!我现在就在这里给我师尊买衣服!小阿爹快带着铃萝一起来,花的常霏的钱!"

铃萝面无表情地看着越良泽把地址发给慕须京,说:"慕须京才是你儿子吧。"

越良泽蹙眉:"不是。"末了他又补充,"是半个徒弟。"他看着铃萝说:"你一半我一半,他就是我们两个的徒弟。"

铃萝朝他勾勾手指,越良泽低头凑过去。熙攘大街上人来人往,师兄们都在前边看着慕须京指的方向,而铃萝踮着脚在低下头的越良泽的唇上亲了一下。

第四十章 明心意

第四十一章
善与恶

玩闹的时间总是过得很快。这三日里铃萝都盯着楚异,楚异去哪儿她几乎都跟着,隔绝一切可能让楚异去岐山的机会,甚至在子修师兄谈起岐山那边的美食美景时铃萝都会强行转移话题。

周围敏感的人多少察觉到不对劲了,就连云守息也问铃萝:"这几天你怎么总爱缠着你大师兄?"

铃萝盯着饭桌对面的楚异说:"怕他出去玩不带我。"

楚异:"就这?你以为师父会信?"

云守息信了,至少表面信了,然后晚上带着两个徒弟一起出去玩。

一行人回来时遇上准备离开月宫的风天耀等人。那天在晚宴上争吵后两个人就没再见过,此时遇见又碍于云守息在,风天耀低头打了招呼。

云守息温和地问:"风少主查完白骨魔一事了吗?"

风天耀的脸色不太好看,他却还是恭敬地回答:"按照宫主所说,月宫上上下下都已经自查过,没找到是谁在顺义镇下的月咒。"

云守息又问道:"与你父亲说了吗?"

风天耀点头:"我爹知道消息后,说既然已经彻查过,那就不要再多纠缠。"

云守息笑道:"谨慎些总是没错的,现在就要走了?"

风天耀应声答着"是",目光却看向后边的铃萝,从一开始她的目光就没在南山雪河的几个人身上。

作为长辈的云守息叮嘱道:"回去的路上小心。"

眼见着云守息带着两位徒弟朝月宫的山门走去,大少爷还是没忍住,转身朝三人喊道:"等等!铃……铃萝,我有几句话想单独与你说说。"

云守息跟楚异都惊讶地回首看去,只见这素来高傲的大少爷像是鼓足了勇气才喊出这话的。

铃萝却没停下,一步一级台阶地往上走:"我今天玩累了,不想跟你谈。"她真是一点儿面子都不给。风天耀微微睁大眼，没想到自己会被拒绝，还被这般不留情面地拒绝！

他心情复杂，又羞又恼，若不是碍于云守息在场，怕是当即就要撩起衣袖霸气十足地硬把人拦下。可云守息在场，楚异也在，玉沧也拼命给他使眼色，风天耀额角狠狠抽着，气得眼睛都红了些。他是风云鸿唯一的儿子，是大仙门南山雪河的少主，身份尊贵，打小被所有人宠着长大，但并非普通纨绔子弟般只会吃喝玩乐，也不像崔火鸟那样品行不佳，因此哪怕他有大少爷脾气，周围人也都会惯着、顺着他。

他是真正的天之骄子，受万千宠爱。这样的大少爷在剑道上也有着自己的骄傲。

风天耀紧握着双拳，咬牙切齿地说道："你站住！听我说完！"

夜里风声飒飒，山门前的挂灯坠着淡蓝色风铃的尾羽发出清脆的声响，山下的花海也随风起舞，走在上方的铃萝还能闻到夜风带来的馥郁花香。

她脚步未停。

风天耀看着月色下渐行渐远的背影，决定破罐子破摔，大声说道："铃萝！我总有一天会打败你的！"

大风扬起少年的发，那双眼中映着女子坚决的背影。

"输给你我很不甘心！我从未以神术剑意输过，你是第一个战胜我的！但我会继续努力，努力修炼，努力变强，到时候我会再次找你挑战！我绝对会赢过你的！"风天耀说到最后又恢复平日里的自信样子，抬起手握拳放在胸前，那是约定的姿势，那张干净俊朗的脸上没了憋屈与羞恼之色，而是堂堂正正要赢过铃萝的神采。玉沧仰首，一巴掌拍在额头上，南山雪河的几个人皆不忍直视地转过头去。这真是有自信的宣言啊。

铃萝停下脚步回头看去，站在高处，神色睥睨，风扬着她的衣裙和发，漂亮的黑眸望向下边的风天耀，眼神有些轻蔑。

少年的眼里却充满倔强与不服输，以及未被残忍抹去的骄傲神色。

铃萝透过这双眼看见了未来。

他朝自己愤怒地呐喊质问，或是跪地哭喊崩溃，躺倒在血色与火海中不堪一击。都是如冬夜大雪般让人心寒的画面，却也有几幅快速闪过、如夏季繁盛山景般充满活力又耀眼的画面。那是少年提着剑从山上下来大喊着说"我是来救你的啊"，夜雪里他站在屋外认真地说："我是从你这里学会的，是你教会我——"

山门前的风铃响起。能轻易将她拉回过去的，除了越良泽，就是风天耀。

铃萝只轻蔑地看他一眼便走了。

风天耀呆滞片刻后，浑身上下如火烧般的燥意直往脑门冲，一股气憋在心口闷得疼。

大少爷炸了："站住！你回来！你这是什么态度？——"

玉沧上前抓着人往后退走，一边使眼色让旁边的师弟捂着大少爷的嘴别让他再丢人，一边跟云守息打哈哈挥手告别，甚至用了疾风术，一溜烟就离去老远。

云守息摇头笑了笑，去追铃萝。

楚异朝前边的铃萝喊："走那么快干什么？还怕那大少爷冲回来跟你再打一架？"

铃萝这才停下脚步等他俩。

第四十一章 善与恶

楚异眯着眼看她:"就你刚才那态度,他非得记恨一辈子。"

"随他恨,再学一辈子他也赢不了我。"铃萝冷笑。

云守息柔声道:"怎么对风天耀态度这么差?"

铃萝说:"他看不起女人,我就看不起他。"

云守息轻挑了一下眉,楚异纳闷地问道:"你这是从哪里听说的?"

"这还用听说吗?瞧他之前在太初一口一个女的没意思,跟女人打没意思。"铃萝扭头看向他俩,"从修炼上他就看不起女孩子。"

楚异也还记得这事,此时听后便觉得是风天耀自作自受。

当时他喊得欢,事后却被女孩子捶得剑都拿不起。

云守息说:"若是因为此事,想必他今后会有所改变。"

风天耀这事算是个小插曲,铃萝也并未往心里去。

那些记忆深刻的事已经过去一遍,对她来说,其实很多事在时间倒流前结束,仅有那么一两件事是她无论重来多少次都不会原谅的。

云守息打算再过两日就回天极去,但铃萝知道他回不了。

今夜她在房里等着灵鸟那边的姜妙,想听听看姜妙今天又想起了什么。

另一边的越良泽却在等她的玉听传信。今日铃萝一直与师门的人在一起,而且这几天她都盯着楚异,身边的人都看出来了。越良泽本来不觉得什么,但夜深人静时那点点酸意又非要来找不自在,刚巧宋圆圆拿着衣盒来找他。

"小阿爹,你那天在衣楼买了衣服啊?"宋圆圆将东西交给他,有些疑惑地问,"当时你不是说不买吗?"

那天他们在北庭城最大的衣楼玩,听说常霏付钱,两个师兄就都无所顾忌。当时他让越良泽也选衣服,越良泽摇着头没说话,走时也没有拿东西。

结果他今天回来时,月宫的人说衣楼送了东西来,盒子上的客牌写了越良泽的名字。

常霏收到巨额账单时在玉听里把宋圆圆骂了个狗血淋头,问他干了什么事这么败家!

宋圆圆淡定地把楚异、铃萝和越良泽几个人搬了出来。

常霏:"那没事了。"

此时宋圆圆瞅了一眼衣盒里面,看见的是漂亮的淡蓝色纱裙,这一看就是给女孩子的。

他惊讶地睁大眼问:"小阿爹,你这是给谁买的?"

越良泽将纱裙检查一番,确定没问题后才说:"给别人。"

"女的?"宋圆圆瞬间警惕起来,"谁?哪门哪派的?我见过吗?你喜欢人家?"

越良泽面不改色地折叠好裙子放回衣盒,因为没收到铃萝的传信消息,有点儿彷徨,迟疑片刻,对自己的便宜儿子说道:"喜欢,她也喜欢我。"

宋圆圆没想到他跳过前几个问题直接答最后一个,还如此肯定,顿时惊呆了。

"什么时候开始的?!"

"前两天。"越良泽垂着眉眼折衣服,"但她最近不怎么理我——"

宋圆圆捂着胸口:"前两天?月宫的人?!"

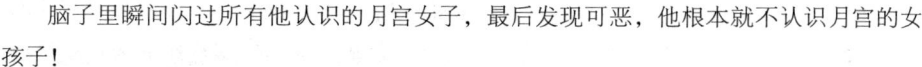

脑子里瞬间闪过所有他认识的月宫女子,最后发现可恶,他根本就不认识月宫的女孩子!

于是他悄悄拿出玉听,在天极四人小组里传信问:"我父危,速救!快想想你们有认识的月宫女弟子吗?还认识小阿爹的!"

常霏问他干吗,徐慎报了几个名字后问他怎么了。

只有铃萝看着这条传信眯着眼神色高深莫测。

宋圆圆一边听越良泽说话一边给小伙伴们复述:

"小妖女欲擒故纵!刚答应就不理会小阿爹!她还撩完就翻脸!一看就不是认真的!小阿爹完全就是纯情小子,根本敌不过这经验丰富的小妖女啊!"

经验丰富的小妖女看着传信冷冷地笑了一声。

常霏:"不能让师兄这么堕落下去!铃萝快去劝劝他!要是师兄就这样被骗财骗色怎么办?"

徐慎也说道:"师兄最听你的话,阿娘你快救救他。"

铃萝轻哼一声,发了条传信:"你让他过来,就现在,我保证让他不会再去想那个小妖女。"

宋圆圆很相信她,于是打断越良泽的碎碎念,挤眉弄眼地说道:"小阿爹,铃萝刚才跟我发传信说有急事找你,要你过去一趟。"

在越良泽略显惊讶地看过来时宋圆圆还补充道:"她说就现在。"

"那我过去看看。"越良泽拿着衣盒起身。

宋圆圆喊道:"哎,衣服就放下吧。"

越良泽头也没回地说:"我给她买的。"

宋圆圆:"……"

你再说一遍?谁给谁买的?!夜空中传来一阵雷鸣,"噼里啪啦",刺眼的雷芒闪烁,宋圆圆觉得这道突然而至的雷就劈在他的头上。他颤抖地拿起玉听又看了看铃萝的话。

小阿爹刚才说的那小妖女也喜欢他啊?这突然出现的惊雷引来许多人的注意。

铃萝站在门前朝夜空中看去,狰狞又刺眼的光线在云层后闪烁着,闷雷阵阵,似愤怒的猛兽蓄势待发。

月塔在最高处,人站在星盘旁边朝那雷鸣闪烁处看去,似触手可及。姜妙在星盘前坐着,仰首看着黑沉的夜。慕须京抱剑站在后方也在看这突然变幻的天色。姜妙看了没两眼就回头问他:"监视我的人已不再是你,你怎么又来了?"

慕须京听得沉默,脑子里第一个想法是她终于不用手语了。他没回答这个问题,只静静地站在那里。

姜妙也没有催促,等了等,又问:"你在可怜我?"她问得很认真。

慕须京这才看她。两个人视线相对片刻,姜妙转过身来面对他坐着,认真等待回答。

慕须京跟她年纪相仿,也不过二十出头,人生才刚开始,许多美好绮丽的事情等待着他们慢慢享受。可短短二十年，两个人却都觉得人生已活到头。

姜妙生着一张柔美娇媚的脸，却没有媚态不显火辣。慕须京长着张阴沉坏人脸，却只喜欢安静地坐在院中花架下看星星。

慕须京问她："那你也是可怜我？"

姜妙怔住，老实地说道："在我眼里你没我可怜。"

慕须京便说道："我也是这么想的。"

两个人又恢复沉默，姜妙转过身去看这诡异的天色，没一会儿有侍女来报，姜家请她去长老院议事。

姜妙起身应道："知道了。"

侍女退下后，慕须京说："慕景逸可没放弃杀你。"

"我知道。"姜妙朝衣架处走去，"听说他想要岐山的秘宝飞霆珠。"

慕须京背对着她。

姜妙站在衣架前褪下外衣，语速不快不慢地说："朝花宴那日他收到消息，认为崔狩随身携带飞霆珠，想要讨好对方，却又动了杀心。"

慕须京不蠢，听她主动说起这事便已经明白："是你放出的消息？"

这虽是问话，但他心里已经有了答案。

姜妙："你留在我身边学会的东西可比在他那里多。"

慕须京又问道："崔狩能猜出他用飞霆珠做什么，也是你让人指点的？"

姜妙换着衣服，轻声笑道："你去告诉他吧，没关系，我想让他知道，也想让他更恨我一些，能让他难堪，我也很高兴。"

慕须京面色不见变化："让他杀崔狩对你有什么好处？"

"因为岐山之主有一个愚笨的儿子。"姜妙说着拉着衣肩，长袖垂下，素手从袖口伸出，"从蠢货手中更容易拿到我想要的东西。"

慕须京顿了顿，问："你也要飞霆珠？"

"本来我能轻松得到这飞霆珠，你却挡了我的路。"姜妙穿戴好衣服，转身看向慕须京，"真不愧是我的好儿子。"这话里带着几分轻松的调笑之意。如果慕须京没被巫山圣女撞见，岐山之主的死是悄无声息的，那么她可以引导崔火乌将怒火对准慕景逸，跟崔火乌做一场交易，以飞霆珠换慕景逸的命让他为他爹报仇。这本是一石二鸟的计谋，却因为慕须京而付诸东流。

慕须京说："你也可以杀了我。"

姜妙听得有点儿惊讶："我为什么要杀你？"

慕须京："你不是说我挡了你的路？"

"那也不需要杀你。"姜妙系着斗篷朝入口处走去，笑着说，"虎毒还不食子呢。"

慕须京听得面色阴郁。这话从她嘴里说出来充满了嘲讽意味。

"你猜慕景逸拿飞霆珠是想要复活谁呢？"姜妙扶着门框穿着鞋，"是我死去的丈夫，你未曾谋面的父亲吗？"

"不是他。"慕须京听见声响转头看去，"那你又想复活谁？"

"我吗？太多了。"姜妙朝外走去，只留给他一个背影，"一颗飞霆珠可不够。"

慕须京："你一个人去姜家长老院？"

"哪里是一个人，还有慕家的监管者陪着我。"姜妙说，"只不过那监管者不再是你，今夜天气突变，你还是早些回去休息吧，太平日子可没几天了。"

姜妙说着停下脚步，没有回头，静默片刻后问："如果慕景逸放你走，你是想要回大山里吗？"

慕须京沉默片刻后答："是。"他的想法一直没变过。

姜妙笑了一声："你可真是没长进，慕景逸会对你很失望的。"话是这么说，可她眼里的笑意是真的，只是谁也看不见。姜妙走在下月塔的旋转阶梯上，月塔里是封闭的，只有昏黄的灯光照耀着冰冷的石壁。她走得不快，在看见下方等待的慕家人时神色依旧平静无波，右手轻抚上左臂，做出柔弱的姿态。

灵鸟的尾羽缠在她衣下的手臂上。在第一道惊雷落下后，灵鸟告诉她今夜有危险，如果在回月宫的路上被拦杀，就折断灵鸟的尾羽，能保她一命。姜妙的生长环境让她不会再对他人有所期待，也不会轻易相信什么人，偏偏从一只来路不明的灵鸟身上获得了安全感。

一个强大且神秘的咒律获取了她的信任。

姜家长老院坐落在雪山线上，那一片黑云压顶，云浪翻滚着，其中也有雷鸣闪烁，月宫上方的天似乎被它们吞噬了。长老院背后就是雪山群，此时因为那黑云正亮着灯火，高高的檐角上还挂着驱魔的风铃，风吹动着铃铛碰撞，却没有发出一点儿声响。姜妙进入约有三层高的大楼，里面灯光昏黄，类似斗兽场的观众席一层一层堆高。长桌后坐着的都是些早该腐朽烂进地里的老古董，他们穿着黑色的法袍，隐在黑暗中，面容枯槁，神色冷漠又沉思着看向进来的姜妙。年轻貌美的姜妙进入长老院，就像是一朵盛开的艳丽樱花落在不堪入目的泥泞中。她站在一楼，神色平静地面对姜家长老们的注视。

"姜妙。"长老威严而低沉的声音在上空响起，"你是否已经忘记当年让你坐上宫主之位时，你答应过我们的事？"

姜妙说："不与慕家起冲突，不做出损害月宫的利益的事。"

另一个更加威严的声音问道："你做到了吗？"

姜妙淡然答道："我自认为做到了。"

对方冷哼一声，语气带着点儿恼怒说道："你以为你背地里做的那些事我们不知道吗？你与慕家的冲突已经危害到了月宫的利益。"

"我与慕家的冲突？"姜妙微微笑道，"难道不是诸位姜家人与慕家人的冲突吗？"

"我们都是为了月宫而活。"低沉沙哑的女声说道，"姜家为魔所困，这天下只有月宫才会留下我们。如今柳家绝后，慕家式微，月宫的传承需要我们为之努力。"

姜妙很少将心中的厌恶情绪表露出来让人知晓，但尤其讨厌这位长老，因此面露几分鄙夷之色："姜音长老竟然有此觉悟，那当初为何不愿意把自己的女儿嫁给慕家？"

姜音长老神色阴沉地说道："姜妙，我们并不是在讨论这件事。"

第四十一章 善与恶

姜妙微笑道："现在的结果便是因为这些你不愿意讨论的事形成的。"她抬首看向三面坐台桌后的几十个人，今日姜家所有的长老都到了。如今的姜家是一个真正的大世家。几百年前姜家人为了活命将子嗣送出月宫，因此渗透进入人间界的血脉疯长，纵横修界与人界。

后来与另外两家的人达成共识，和平相处之下，又借着月宫的威望发展，在另外两家的人除魔卫道时，姜家人则迅速掌握修界与人界的经济命脉。

姜家人虽是笼中困兽，却坐在高高的金山银山上怀捧玉石金器，哪怕是在笼中，依旧能睥睨笼外人。姜家的每一个血脉都在月宫的监管下，甚至在柳家伤亡惨重时，姜家人自发监视彼此，于是有了内部分级。有的姜家人是没有灵脉，无法修炼的，极品灵骨多出自女子，因此被重点监视，到时间就被送往慕家与柳家。谁也不想自家女眷成为一个修炼工具。

姜家人有太多，却并不是每一个都位于高处。于是身在高位的姜家人想出一个办法，那就是将被监视着的低等、无法为月宫做出奉献、活着或是死去都无关紧要的姜家人送入月宫应付那延续千年之久的可怕规矩。眼前身居高位的腐朽者们，并没有强大的灵脉，也不会半点儿咒律，有的甚至连剑都拿不住，但他们的一两句话便能决定一个人的生死。

人生来就是不平等的。

姜妙说："据我所知，在座的诸位不少人有女儿，有的还不止一个，其中身负极品灵骨的就有三十二人——"

"姜妙！"有人怒声呵斥不让她继续说下去。

姜妙视若无睹，继续说道："也就是说这三十二人都有可能让那只魔复活，按照三家的规矩，她们都应该被慕家人定期封印，否则就会引出祸端，坏了月宫的利益。可她们都在月宫外活得好好的。"

姜妙看向姜音长老所在的方向笑道："听说你的小女儿前几日产下一子，姜音长老是否松了一口气？"

姜音长老沉声道："姜妙，当初可是你先杀了慕宸坏了规矩，那时我们就该处死你，但看在我们的血脉上饶你不死，还让你当上月宫宫主，你却反而恨起我们来？"

"让姜家人当月宫的宫主，你们早已肖想许久，只是没人敢这么做，也没人好意思先提出来而已。"姜妙不卑不亢地说道，"你们让我当宫主，不也是因为把我看作一颗好掌控的棋子，认为自己可以居于幕后掌控整个月宫的权力，却不想养了条恶狼，这颗棋子根本不听自己的呢？"

姜音长老叹息道："你真是冥顽不灵。"

"看来你心中积怨已久，根本不愿意听我们的。"最初的低沉声音再次响起，也带着叹息，"从今以后，慕家再对你出手，我们不便多管了，但我们也不会再放任你报复慕家，做出危害月宫利益的事。"

姜妙笑道："我从未想过做危害月宫的事。"

长老说道："你走吧。"

姜妙收敛笑意转身离去。

长老院里一盏盏昏黄小灯，映照着桌后的人们眼中的杀意。

"她不能留了。"

"就今夜吧。"

"一只失控咬伤主人的恶犬没必要再活着。"

"同意的人熄灯。"

不过一瞬，长老院内的光芒彻底熄灭，一束光也没有。

长老院背对月宫，正面雪山群。姜妙透过树木看见位于天极的雪山群峰顶，慕家人送她来，又接她回去。姜家长老们会以什么方式杀她呢？姜妙边走边想着，最终在听见铃声响起时确定：用魔杀她，以不死的火魔将她焚烧殆尽。

黑暗的林道中火线忽然之间在地面疯狂蔓延升腾，瞬间将环绕她四周的慕家人吞噬，引发刺耳的尖叫声。烈烈火墙冲天而起，一只巨火魔从地上现身，扑面而来的高温让姜妙感到了皮肤被灼伤的疼痛感。她仰首看着与参天大树一样高的火魔，在它巨大的身影对比下人类渺小如蝼蚁。巨火魔没有迟疑，杀意腾腾，咆哮时地面蹿起数十根火柱化作火蛇朝姜妙咬去。

姜妙没有迟疑地掐断了袖中藏着的灵鸟尾羽。灵鸟破碎时迸发一股强大的力量化作蓝色的结界挡在她身前，将攻击而来的火蛇全数抵消。姜妙却眉头微蹙，因为知道这结界并不能结束这场危机。火蛇遵从巨火魔的召唤，再次从地面升腾而起，随巨火魔一起攻向姜妙。

飞溅的星火落在姜妙的衣裙上，将那精致的上乘衣料灼烧出小小的孔洞，渗入她的肌肤烫出一块丑陋的疤痕。只是这一点点灼伤就让她痛苦不已，她难以想象整个人被这火焰吞噬会是何等感受。

姜妙抬眼看向巨火魔，黑沉的乌云后雷电闪烁，她看见一道金色的光在巨火魔上方闪烁，越来越多，只听见一声："天干，九十八道，火凤临。"

金色的火凤从空中降临，有着长长的尾羽，啼鸣着飞去将火蛇们卷碎。火焰相撞爆裂，星火四溅，无月的星空似乎正下着一场绚丽的星火大雨。白色的薄雾占领此方天地，姜妙看见那位天极的弟子持剑拦在她身前，将朝她攻来的巨火魔斩成两半。

天极的弟子站在漫天飞溅的星火中回头看向她说："这咒律名叫火凤临，等你学会以后，别说一只巨火魔，十只也让它们尽管上。"

铃萝本是在等越良泽来找她，却从灵鸟那边得知姜妙要去长老院，这一趟姜妙怕是有去无回，便悄悄跟了过去。就算是慕家也想不到姜家人会对姜妙下杀手。姜家人擅长在外扮猪吃老虎，慕家人已经完全不了解他们。星火乱洒，姜妙被眼前的人凌厉的剑招与绚烂的咒律怔住，火光照得她的黑眸熠熠生辉，里面映着铃萝的模样。

铃萝甩了下手中长剑上的星火，望向姜妙说："想学吗？"

姜妙心底此时有种非常微妙的情绪，眼前这张明艳漂亮的脸竟跟陪伴她数月的灵鸟重合了。

"你……"她喉头滚动，一时竟忘记自己身处何处，只盯着铃萝问，"你是……灵鸟？"

"说什么呢？我是谁你应该知道的。"铃萝轻挑着眉，"至于那只灵鸟，我送你的。"她说这话时微抬着下巴，咒律之术带起的旋风撩着她的衣裙与发，明媚张扬得像是照亮这方天地的小太阳。

姜妙望着铃萝，一瞬竟有些鼻酸。她忽然"扑哧"笑了一声，不再掩饰腿软地瘫坐在地，黑发垂下滑过脸颊，冰冰凉凉的，眼中模糊一片。

铃萝抬眼看向天空，依旧黑沉压抑，闷雷阵阵。长老院在重叠的树木后熄着灯，那边有结界，姜妙所在的这一片区域都被结界圈起来了，不让月宫发现，也不让慕家人知晓。姜家长老们应该知道巨火魔失败了，但做出要杀姜妙的决定就不会轻易放弃。

姜妙今夜必死。

铃萝朝姜妙伸出手："走吧，他们还会来人的，去月宫那边的路被下了禁制，六个时辰内都没法进出。"

姜妙牵着她的手起身，眼里恢复清明："月宫到处都是封印之地，尤其是靠近雪山这边，长老院能知道我的位置，我去哪里他们就会把距离我最近的封印解开。"

"怎么知道的？"铃萝问。

姜妙轻声答："月宫的咒律，我出生就被下了咒，所以哪里也去不了。"

铃萝带着她背对月宫的方向，朝雪山群走去，闻言嗤笑道："月宫咒律也就那样，一代不如一代。雪山下才是月宫最大的封印之地吧？这里面有你们初代宫主封印的许多魔，有上千年的时间，还有不少魔王、魔尊什么的。"

铃萝指着前方的雪山说："他们能解开雪山那边的封印吗？"

姜妙微怔，摇头说道："不能。"

前方再次燃起耀眼的火焰，又一只火魔从地下冒出。

铃萝持剑道："那我们就杀过去。"

从森林到雪山的线说长不长，说短不短，两个人却在这段时间内连续遭到七八只魔的攻击。除了第一只魔，剩下的那些连姜妙的头发丝都没碰到便被铃萝斩灭了。

姜妙从没走过如此有安全感的路。她只需要往前走就行，无论是魔还是人，那些攻击都将在碰到她之前被人化解。丛林出口就在前方，铃萝双手结印在路口画下长长的火线，将后方追赶而来的小凶魔们拦下。姜妙看着前方昏暗的天地，雪山顶上的皑皑白雪都暗淡了。

她提醒道："前边可能更危险。"

"怎么说？"铃萝眼也没眨地直接走进去。

姜妙跟上铃萝，边走边解释："这里边的封印之地分布我不清楚，可能会误触，而且魔更厉害……"

"等到时候触发了再说。"铃萝给她掐了束火诀照亮脚下的路，漫不经心地说，"我倒是想看看被封印在月宫里的最厉害的魔长什么样。"

姜妙沉默。她不喜欢魔，也对魔没有期待与好奇心，恨不得这世上一只魔也没有。

雪山之地有寒风呼啸着，这里面万物都带着灵息，将铃萝手中的焰火吹得明明灭灭，让她有些恼。山脊光秃秃的，只有碎石子，方圆几里也没有活物，连只鸟都瞧不见，山下有河流，铃萝顺着河流找到了一片巨大湖泊。

风声呼啸，雷鸣不断，今夜天气十分糟糕。还好这里面并非寸草不生，湖泊周遭有树林，铃萝选了个既能观察周围又能躲寒风的地方让姜妙休息。她不是修者的体质，又经常喝洗髓的药，柔弱也是真柔弱。

铃萝又用了个火咒给她驱寒。

姜妙靠坐在树木旁，感受着火光传来的暖意低声说："跟刚才天干地支的火咒不同，这次是二十四象里的火术吧？"

铃萝折着树枝说道："没白教你。"

姜妙抬眼看向她，借着火咒的光芒认真打量铃萝："为什么教我咒律？"

"你不是想学吗？"铃萝反问。

姜妙眉头微蹙，她的记忆很好的，此刻却有几分踌躇，犹犹豫豫着，最终还是问道："是你师兄楚异告诉你的吗？"

铃萝看了她一眼，姜妙也没有躲闪。

树枝被折断的"咔嗒"声响起，铃萝收回视线慢悠悠地答："不是，但我好奇你当初为什么找我师兄教你？"

姜妙想告诉她，可解释起来有些复杂。她那会儿已彻底惹恼慕景逸等人，偷学咒律也被打过、骂过，可她依然不放弃。想要获得力量并不可耻，她除了想要熟悉亲近咒律之术，也是为了能每日都喝洗髓的药。她要让身体熟悉洗髓药的存在。

楚异认出自己在樱林揍的人是月宫宫主后，心中思量一番最终还是在第二日去找姜妙道歉。他下手不轻，姜妙见到他下腹就疼。楚异道歉时的脸色也十分精彩，他看出姜妙当晚是在刻印咒律之术，以为自己打扰她修行，于是在姜妙提出教她不会的咒律要求后三思之下并未拒绝。反正最后搞砸了他还有云守息撑腰。

姜妙所接触的男人都是表里不一的，对她讳莫如深，或是不屑一顾。

楚异却觉得这宫主还是个没长大的小女孩，没有自家师妹那么调皮捣蛋，说几个咒律给她听就能乖乖在那里坐上一整天。这哪里是什么高高在上的仙门宫主，根本就是求学若渴的乖徒弟。

姜妙知道这次外出是很短暂的旅行，但很乐意去接触月宫之外的人与事，"我认为我与你师兄只是短暂的、认识过的关系。"姜妙说，"他很好，颠覆了我对这世间男子的认知。"

铃萝心说："你认为的短暂是因为我强行断掉了你俩的缘分。"

水天镜倒流时间前，楚异被她从岐山救下后昏迷了好几天，铃萝守到第三天晚上才见他醒来。那时他们就在北庭城内，正值夜里闹市繁华的时间，窗外满是喧哗声。

铃萝关了窗，隔绝外人的欢笑声，回头问他："你拿飞霆珠干什么？"她从楚异这里断断续续地得知了月宫世家的纠葛。床上的楚异脸色苍白，说话也没了往日神采飞扬的样子，只轻声说："我想让她能自己选择活成什么样。"

铃萝说："师兄，我觉得我有必要再提醒你一次，她不喜欢你。"

"我做这些事并非全因为那份喜欢。"楚异说，"我像是长期看着一只漂亮的金丝雀被关在笼子里被人亵玩折磨，人们残忍地折断它的羽翼，长出又折断，强硬地掰开它的嘴塞给它食物，用长线和钉子捆绑着它的足翼，让它做出丑陋的表演以引来众人的欢笑声。"旁观者到最后要么视若无睹，要么难以忍受。

"这种畸形又压抑的束缚，让人喘不过气的窒息感，也驱使着我想办法去拯救被困者。"楚异嗓音沙哑地说，"老子就是看不惯有人被绝望困死。"他会想尽办法去救人，哪怕这人不是姜妙。

铃萝将折断的树枝堆起来，以火咒点燃，让这份寒夜里的暖意扩大。"你说得没错，我师兄很好，特别善良，见不得别人受难，宁愿自己受伤也想要拯救他人。"铃萝低声说道，"我师兄这样善良的人一定能长命百岁。"

姜妙坐姿乖巧地看着她："你可能误会我跟你师兄有什么了。"她太会看人的眼色揣摩人心了。

铃萝连连摇头："你们两个之间当然是清清白白，什么也不会有的。"

姜妙安静片刻后低声说道："他人的爱慕对我来说是最没用的东西。"

铃萝听得微怔，冷不防想到自己。

姜妙跟她一样，走在自我毁灭的路上不会回头，也不会为谁停下，别人的爱慕是需要她们为之付出回应的，可在如此时局下谁也没有精力去应付。

情爱在此时变得如此渺小不值一提。比起爱慕，姜妙更容易被理解她的友情打动。

她看着铃萝说："谢谢。"

"不客气。"铃萝拿着树枝拨火堆，"我知道你在跟白骨魔合作，但你也不要全信他，他眼里只有那死去的师尊，为了复活左白，他也会不择手段地欺骗别人。"

姜妙第一次觉得自己看不透某人。她目光怔怔地望着铃萝，火光明灭下，映照得铃萝的侧脸恬静又温柔。姜妙声音有点儿哑地问："为什么帮我？"

铃萝听得懒懒地笑了一下。因为你与我有某些相似之处，还因为以前有个人拼命想救你却没救到。"你就当……这世上还是有好人的。"铃萝神色莫测地说。

善与恶从来只在一瞬，在你做出选择的那一瞬间。于是铃萝又补充道："但我不是，我只是替这个好人来帮你的。"

姜妙听得想笑，事实上也的确笑了："我第一次见有人这么说自己。"

铃萝却没笑，看着在黑色风雪夜里燃烧的火光，如此不稳定地摇晃着明明灭灭。

"当一个好人很难。"铃萝轻声说，"也许有人觉得不难，因为他们只做了一次选择，但当他们每天都在做善与恶的抉择时，会发现做好人真的很难。"她做不到每一次都选择从善。她曾经努力过，但有的时候，刀子不落在自己身上，是难以感受那痛苦的。这世间并不存在感同身受。

姜妙低头看了看自己的手，之前在火魔那里受的伤已经恢复如初。她带着几分玩笑的意味说："我从没想过要做一个好人还是坏人，在他们眼中我根本就不是人，所以我连选择都没得选。"

铃萝拿着树枝指着她，眯着眼说道："干吗？要跟我比惨吗？"

姜妙被她说笑了，摇着头说："我不是这个意思。"

铃萝又说道："但你真的很惨。"

姜妙点头："是啊。"

两个人对视一眼，姜妙没忍住又笑了。

铃萝没好气地说道："你还笑！"

姜妙从出生到现在，第一次笑得这么开心。

铃萝说："虽然他们下了禁制，但会有人来找我们的，那禁制他应该能破掉。"

姜妙："谁？"

铃萝："你的便宜儿子。"

姜妙有点儿惊讶："他不会咒律。"

"破禁制的不是他。"铃萝说，"但破禁制的人会带着你的便宜儿子一起来，毕竟你俩母慈子孝嘛。"

虽然姜妙常开慕须京的玩笑，但这次在铃萝这里翻了车，倒是体会了一把平日慕须京被她开玩笑的心情。

"帮他躲过三缄审问的人也是你？"姜妙问。

铃萝漫不经心地回道："怎么说他也是我的半个徒弟，能救还是救一下。"

"半个徒弟？"

"我教过他咒律。"

姜妙："你还教过多少人咒律？"

铃萝哼道："我就只教过你们母子俩，你们都是我的徒弟，你先他后，现在这辈分怎么算？"

姜妙在听铃萝的话去算这辈分时，却见金色的剑芒破开黑沉的夜幕，呼啸的风带来剑鸣声，在黑色的夜幕夹杂着细碎的雪中，两个高挑的身影缓缓走来。

越良泽在瞧见火光处的铃萝时才收剑，眨眼间用了几个瞬影就到了铃萝身前。

被远远甩在后边的慕须京：你跑得也太快了吧！

姜妙看见来人很是惊讶："丹水真君？"

慕须京知道越良泽与铃萝交好，但更多的人是不知道的。

铃萝问："你破禁制来的吗？"

越良泽"嗯"了一声，伸手将她牵起来，不见她受伤后才说道："没惊动其他人。"

慕须京用瞬影赶来，跟扶着大树起身的姜妙视线相撞。

姜妙扭头跟铃萝说："我跟他先出去吧，这样不会暴露是你帮了我。"

姜家长老们会以为是慕须京救了她。

慕须京有些诡异地看了她一眼。我蛇蝎心肠的继母什么时候这么善解人意了？

雷声轰隆，狰狞的闪电将黑沉的风雪夜点亮一瞬后又熄灭。

慕须京跟姜妙走远，没多久就消失在黑夜中。

火堆还在燃烧，铃萝拉了一下越良泽的衣袖又坐下烤火。

越良泽低头看着她问："冷？"

铃萝指着火堆说:"这里边到处都是活跃的灵息,这种程度的咒律不太管用,是有些冷。"

越良泽站着说道:"你跟圆圆说有事找我,我过去时给你带了东西。"

那衣盒还在他的灵囊里,他等着铃萝好奇地问自己是什么东西时再拿出来,却见铃萝神色莫测地说道:"我知道啊,宋圆圆跟我说了。他说你给一个小妖女买了很漂亮的衣服。"

越良泽面上没什么表情,却盯着铃萝。

铃萝慢悠悠地继续说道:"圆圆很怕自家小阿爹被一个手段高明、经验丰富的小妖女迷惑后被骗财骗色,特地叫我来感化感化你,让你迷途知返。"

迷途知返?越良泽神色平静,忍了忍,还是开口说道:"他懂什么?"

铃萝托着下巴朝他笑。

越良泽又说道:"那你打算怎么感化我?"他那双沉静的眼里带着点儿打量之色。

"你知道狐妖吧,因为长得漂亮,又喜欢在人间乱来,与凡人发生了很多风流故事。"铃萝说,"什么进京赶考的书生、初入江湖的侠客,还是外出游玩的富家公子,都会被化形的狐妖迷得神魂颠倒,不顾一切地要跟人家在一起。刚刚化形不知世间烦恼苦乐的狐妖也跟人类爱得死去活来,但人妖殊途,他们每一对都能撞上来除妖的修者。修者苦口婆心地劝人类,说那是狐妖,专修魅惑之术,最爱蛊惑人,吸食男子的精气修炼。修者苦苦相劝,试图感化人类迷途知返,偏偏人类就是不听他的,最后跟狐妖生死相别或是隐居山林共度一生,反正就是不会回头。"

铃萝仰首看着安静听着的越良泽说:"所以说,宋圆圆真的什么都不懂,你别理他,要真是喜欢那小妖女就喜欢好了,哪需要被感化回头?妖女怎么啦?这小妖女还没兴风作浪地祸乱人间呢!好端端的仙门正派一个,这时候还不准人在一起——"

越良泽俯首弯腰,一手轻捏着她的下巴,将她剩下的话都湮灭在这一吻中。

风里夹杂细雪一并吹来,铃萝看见它们落在男人的肩头与发上。

越良泽垂眸看着她,神色认真地说:"不管你是什么样的我都喜欢。铃萝,人不是只有一面的,你是,我也是。"

此刻向她而来的风雪都被越良泽挡住了,铃萝的心脏再次因这个男人而快速跳动,她忽然哼了一声,双手抱着越良泽的腰埋头靠过去嘀咕道:"你最近胆子是越来越大了,动不动就乱来。"

越良泽摸了摸她的头:"这不算乱来。"

铃萝:"那丹水真君觉得什么才算是乱来?"

越良泽没答,而是将她整个人捞起来再背着,迎着风雪往外走去。

铃萝双手搂着他的脖子努力亲近这温暖。

越良泽问她:"你想保护姜妙吗?"

"说保护不准确,她被困在一个笼子里,我想把她从笼子里捞出来。"铃萝解释完又问,"倒是你们圣剑宗不打算管月宫的事吗?"

"三师哥说不管。"越良泽转述白藏的话,"这是月宫自己的事,曾经姜家也拒绝了圣剑宗插手。"

铃萝听后笑道："圣剑宗也是有脾气的，被拒绝了就懒得再管别人的死活。"

越良泽被她说得有些无奈。他走得很慢，每一步却又很稳，时间过快，他却想留住片刻。

"姜妙一意孤行，同时惹恼了姜家与慕家人，日子会越来越难过。"铃萝歪头看着他，"你知道姜妙想干吗吗？"

越良泽没什么表情地答："杀了所有监管者和姜家人。"

"慕家只是困住她的第一道枷锁，姜家是第二道。"铃萝弯着嘴角笑得神秘，"但她想不到还有第三道枷锁等着她，就算杀了两大世家的人也不会自由。"

"因为她血脉里始终有一只可能会被复活的魔，她被困在月宫太久，只跟月宫的人钩心斗角，却不知道对整个修界来说，只要与魔有关，她就是异类。"

姜妙不会因此获得自由，反而会被关在更大的笼子里，监视她的人会越来越多，越来越强。这也是慕家式微后，姜家依然遵守约定规规矩矩地生活的原因。因为姜家长老们清楚，在这偌大的天地，只有月宫才是能收留他们苟活的地方。

越良泽沉声说道："她继续下去，只会死得更快。"

"反正我们也拦不住。"铃萝没有继续姜妙的话题，转而看向在夜里沉默的湖泊说，"我敢打赌，这水下边一定是封印之地。"

越良泽："这世上封印魔最多的地方就是月宫，水里有封印也不奇怪。"

"哪里不奇怪？你看这湖这么大，什么样的魔才能有如此排面被关在这里？"铃萝指着湖水方向说，"你知道二十六魔吗？"

越良泽想了想，不急不缓地说："因为是被死雾门选中的魔，又只有二十六道死雾门，所以被称为二十六魔。"

"死雾门很厉害。"铃萝高深莫测地说道，"非常厉害。"

越良泽难得听她夸什么东西厉害，但又不得不承认她说的是事实。

死雾门无法被修炼，也不能被获取和抢夺，只有它自主选择主人的份，它能轻易撕裂空间传送，还有世间最强的防御力，闭门时任何法术和咒律还是剑意都无法对其攻击打断。这只是修界已知的相关情报，世上活跃的二十六魔不多，人们见到死雾门的次数因此也很少。

白骨魔能让十二大仙门都戒备，也因为他是二十六魔之一。

铃萝说："所以这水下封印的可能也不是什么魔王、魔君，二十六魔也能有这样的排面。"

越良泽："跟魔王相比，二十六魔似乎还差一些。"

铃萝不动声色地说道："死雾门慕强，选择的魔都很厉害，有的甚至在魔王之上。"

越良泽耐心说道："魔王是纯正的灵魔进化而成，又自有领地，二十六魔大多是魔修，魔修则多是普通人转道，血脉上就低了些。"

铃萝气得咬了他一口："你看不起二十六魔是不是？！"

他还真是看不起。别说二十六魔，他连魔王和魔尊都看不起。但越良泽看不起不代表这些魔不强。有的魔很强，甚至强得离谱，当今修界都没几个人敢跟对方单打独斗。

铃萝这点儿力道咬得不疼，却让人心痒。

越良泽不动声色地暗夸二十六魔："没有看不起，一个白骨魔就能让十二大仙门戒备数月，就算是魔王也未必能有如此影响力。"

铃萝这才满意。她眯眼打量着附近，雪山之下的湖泊，要是天气好一些，周围多长些花花草草，环境再漂亮些，被封印在这里死去也不错啊。铃萝浑然不知自己打量这一片湖泊时是看墓地的心情。风吹着雪在她抬头时糊了她一脸，铃萝瞬间就不高兴了，想着将此地贬入尘埃里。还是她的天照山好，有满山花果，春时花烂漫，夏至山色翠如绿海，秋有遍地瓜果，冬天落雪纷纷，万物寂静却是绝美画卷。

铃萝对天照山很满意。她的计划里，自己死在这里就好，哪怕被挫骨扬灰，灵识消散，不管看见的是哪个季节的哪种景色，她都是满意的。

越良泽在天照山待了这么久，不管山中的灵魔还是小神灵们都熟悉喜欢他。

铃萝想，这辈子得提前跟天照山里的灵们说，等她死后，这座山就是越良泽一个人的，什么妖啊、魔啊还是人来抢通通赶走。不过她又想起围绕天照山的黑火，有无生守着好像别人也抢不了。再说天照山也被四方禁兽搞得乱七八糟的，花花树树倒了一地。而且越良泽死了。他再也没法继续搭自己的小院子和照顾那些脆弱娇气的花藤。

铃萝愈想愈气。那四方禁兽算什么东西？它们竟然敢毁了越良泽给她搭的院子和花藤！铃萝气呼呼地歪头在越良泽的脸颊上亲了一下。

越良泽微怔，停下脚步侧过头去。

铃萝："之前姜妙说我师兄是个很好的人。"

越良泽问："楚异？"

"我师兄的确很好、很善良，善良的人都该长命百岁一生无忧。"铃萝在他耳边轻声说着，"你也是，你不仅要长命百岁，还要健健康康，无病无痛。"

修者也会生病，还有的病只修者才有。

"我要你活得好好的，谁也不准欺负你，更不准别人说你的坏话泼你脏水，你比那些人好一千倍一万倍。"

越良泽站在风雪中，前方是重叠的雪山，身后是偌大的湖泊，黑云压顶，糟糕的夜晚与天气，雷声轰鸣，但铃萝在他耳边说的每一个字都被他牢牢记在心里。不知是这风雪太大，还是女人的话太温柔，越良泽站在夜色下眨眼时，眼尾微微泛红。

第四十二章

燃业火

铃萝浑然不觉越良泽的变化，在他背上念叨着，最后没注意苦业花的闪烁而睡着了。她看见月宫黑气冲天，雪山下的封印被解除，万魔出世，修者们绝望地看着天空闪烁的雷鸣与诸魔尊睥睨人间的神色。许多事是从月宫的封印被解除开始的。

姜妙与白骨魔合作解开封印这天，铃萝还在北庭城里，远远地就看见月宫的方向黑云压顶，雷鸣闪烁，魔息恐怖又快速蔓延着。时隔千年被放出来的魔兴奋地到处作乱，铃萝一路杀到月宫，看见越良泽提剑立在月宫山门处拦着里边的几位魔尊不让其离去。那夜她与越良泽拦下了大部分魔，但逃走的魔依旧很多，于是才有后来的人间大乱，两界之战。

铃萝并未亲眼见到封印被解除时的场景，此时苦业花的记忆里，她却看见越良泽站在雪山下，地上是覆盖整个雪山群的巨大封印。

慕须京站在封印中心，手腕正不断流着血，血落入封印纹路上漫延开去。他脸色苍白，转头看向持剑走来的越良泽却平静地说道："我守不住了。"

越良泽："这不是你的错。"

慕须京握紧双拳，让血流得快些。他低头看着逐渐破碎的封印纹路说："我从没想过有一天会自愿站在这里，什么天下苍生，说实话我并不是很在乎。

"封印被破就被破了，魔出来捣乱也有像你这样厉害的修者去解决，关我什么事？"

越良泽将无生插在封印上，阻止它们碎裂蔓延，一边双手结印以咒律修复封印一边说道："那你出来。"

慕须京却没动。他的灵脉力量正源源不断地往封印里输入，却拦不住下方汹涌的魔息。万魔正咆哮着冲破封印回到人间。

"我小时候差点儿被人类当作怪物烧死时，是一位名叫清舜的修者路过救了我。"慕须京将手按在地面上，低声说着，"不是他的话我应该早就死了。

"在西海太初金鸾池宴大会时，我偶然听见有人谈论这位修者，才知道他投靠魔族残杀同门，被宗门抓回去关了起来。"

越良泽问："东岛天极的清舜？"

慕须京点头："你认识吗？"

"认识，原来他救的是你，以前他跟我说过这事。"越良泽压制封印有些艰难，眉头微蹙，注意着封印力量走势，并未看见慕须京眼中的笑意。

他第一次笑了，笑得有些生涩难看，像是情不自禁地表达喜悦，却又惯性地克制着。

慕须京："如果可以，能替我向他转述一声谢谢吗？"

越良泽："你自己去说。"

慕须京非常笨拙地开了个玩笑："那就下辈子了。"

越良泽朝他看去时，黑气冲天而起，将慕须京整个吞噬。

越良泽拿起无生斩去黑气，想将慕须京救出，却被慕须京拒绝。

"我出不去的，即使我想走，这缺失力量的封印也拦着我，它们需要力量支撑。"慕须京在黑雾后缓缓抬首微微张嘴，似要再说什么，却来不及了。

月宫的封印全盘崩溃，万魔出世，第一个吞噬的就是他。黑雾化作晃动的黑色火焰，人类身影逐渐模糊散去，在这天地间，灵息一丝不剩。

越良泽握剑的手紧了紧，神色阴郁地皱着眉。后方赶来的修者们看见这冲天而起的黑色魔息都陷入绝望情绪之中。

月宫的少宫主死在雪山之下。而月宫的宫主死在高高的月塔上。死前她满身血污，跪地咳血，却在看见冲天而起的魔息时笑了。

白骨魔说："你让我以死雾门过去将封印里的魔唤醒，再与万魔结契，即使封印被解开后魔想出月宫，也必须杀光在场的慕家与姜家人？"

姜妙："魔不守信用，但咒律可以让它们必须照做，这才是我拼命想要获得力量的原因，哪怕只让我学会这一个咒律也可以。"

白骨魔低头看着她："那你也活不了。"

"还活什么呢？"姜妙笑道，"都一起下地狱吧。"

白骨魔摇了摇头，当姜妙知道只要自己体内有魔的血脉，会有唤醒魔的危险，永远不会被修界接纳后就已经放弃生的希望。

"飞霆珠给你。"姜妙杀了慕景逸，从他那里抢过来的，"你最后帮我一个忙。"

白骨魔接过飞霆珠，心情很好，乐意再施舍这个人类一点儿善意，于是耐心地问道："什么忙？"

姜妙咳着血，有些艰难地将身旁柜子里的东西拿出来："给他的。"

白骨魔看着她递来的东西，神色高深莫测，半响后，将东西接了过去。

月塔平台上满是尸首，在白骨魔离去后，姜妙艰难地越过那些人走到星盘边靠坐下来。她看着月宫接连亮起灯盏，身上仅存的灵力都从指尖流泻而去。很快，女人闭上了眼。

这夜月宫损失惨重。三大世家几乎全军覆没。恩怨纠纠缠缠，没有终结的那天。

此时越良泽眼前雷鸣闪烁的天气与铃萝梦中的天重叠。他走着走着，忽然发现脚下黑压压的石子路闪烁着一道咒纹。越良泽停下脚步，垂眸打量着咒纹。咒纹一道接一道地浮现、蔓延，指引着他看向身后黑云下的连绵雪山。有人正试图撼动雪山下初代宫主留下的禁制封印。

他背上的铃萝醒过来,刚好看见地面咒纹浮现的场景。

铃萝揉了揉眼睛,听到越良泽说道:"我以为你睡着了。"

"是睡了一会儿。"铃萝说,"就一小会儿。"

苦业花是有关越良泽一生的记忆,这些记忆里不一定都有她。

铃萝觉得自己能看到越良泽从死去到出世。

越良泽看着地面的咒纹说:"有人在解开封印。"

铃萝轻拍他的肩膀,示意他放自己下去:"是白骨魔,他跟姜妙合作,姜妙出事本该是他来救的,但今夜他被叫去解除封印,所以才没来得及赶去姜妙那边。"

越良泽将她放下,转身目光沉沉地看着她。

铃萝眨眼道:"这么看着我干什么?"

越良泽问:"你怎么知道这些事的?"

"因为我比你厉害。"铃萝笑得顽劣。

越良泽对此没脾气,拿出飞云听给白藏传信告知月宫的变动。

铃萝在旁边说风凉话:"来不及的,咒纹都出来了,他以死雾门入结界内,告诉那些魔'初代宫主早就死了,你们还怕什么?赶紧团结点儿一起冲破封印出来,我跟月宫的宫主在外边接应你们,给你们力量,初代宫主的力量早就弱得不堪一击,这还出不来你们丢不丢魔脸?',然后其他魔觉得这脸肯定不能丢,纷纷团结起来一起冲破封印。"她说得绘声绘色,像是亲眼所见,亲耳听到似的。

越良泽无奈地摇了摇头。"我过去看看。"越良泽收起飞云听,转身朝雪山的方向走去。

铃萝拉住他:"你去干什么?"

越良泽回道:"不能真让那些魔冲破封印出来。"

铃萝缓缓放手。她不是当年的铃萝,没有救世的心,甚至这次月宫之行也没有要救谁的心,只是为了不让楚异重蹈覆辙,除此外对其他人的命运都无所谓。

姜妙会死。她救姜妙只为了让姜妙按照自己的心愿去死。慕须京会死。这事铃萝真不知道。曾经她对慕须京的印象只停留在阴沉、不喜说话上,他长了张坏人脸,没开口就拒绝了他人主动靠近,却不想这样一个人,竟然在最后主动去做封印的事。

有的人学会作恶后一发不可收拾,可有的人学会行善后就再也没法不心软。

"雪山这边的异动一定会惊动月宫的人,你先回去看看,我跟师哥说了,他会过来的。"越良泽摸了摸铃萝的头。

铃萝撇嘴说道:"你为什么叫你师哥来却不让我跟你一起去?我比你师哥差吗?"

"可能会有危险。"越良泽解释道,"而且你不是要帮姜妙吗?"

铃萝:"她又不能跟你比。"

越良泽听得嘴角微弯。

铃萝的玉听响起,是楚异发的传信。月宫这般异象,楚异总觉得不对劲,起来夜巡时发现自家师妹的屋子的门开着,人不在,顿感头痛,遂发传信问她又跑哪儿去了。楚异怕铃萝乱跑，铃萝也怕楚异乱跑。

她最终还是先回了月宫。月宫此时灯火半明半暗，这已是深夜，哪怕天气不好，雷鸣闪烁，不少人也没当回事，该睡就睡。

姜妙在回去的路上跟慕须京说："姜俊去北庭城为我拿一样东西，但拿回来会被其他人发现，不如你帮我去接应一下。"

慕须京回头看着她。

姜妙微笑着说："不愿意吗？"

慕须京低声问："在哪里拿？"

姜妙告诉他地址，静静地看着慕须京朝山门的方向走去。

夜里有巡逻的弟子路过遇见她低声行礼，这才将姜妙的思绪唤回。她慢慢朝月塔走着，在那高高的塔端，慕景逸正带着人等着她。今夜要杀姜妙的不止姜家人。

铃萝回月宫的路上给慕须京发了传信，问他在哪里。

慕须京乖乖告知姜妙要他去北庭城拿东西的事。

铃萝看了传信后噎住。

姜妙对他倒是善良，竟然在行动前先把这个慕家人支出月宫。

她真把他当儿子照顾？于是铃萝又跟慕须京说："那你顺便再给我买点儿吃的东西回来。"

她发给慕须京一长串小吃名单，让他在北庭城多待些时间，别那么快回来。

走在下山路上的慕须京看傻了，又不能拒绝，边走边清算要买的东西。

铃萝刚进月宫范围，就看见最高处的月塔上闪着咒律的光芒，不由得眯了一下眼。

月塔咒律的光芒引得不少人注意。

楚异跟出门的白藏撞上，见白藏这么晚了还出来，立马明白自家师妹是跟对方师弟鬼混去了。

"楚兄也没睡呢？"白藏打着哈欠，邀请道，"要不要一起去雪山看看？我师弟说那边的封印正被人破坏，到时候万魔出来可就糟糕了。"

楚异："月宫的封印出事，月宫的人怎么都没反应？"他一边回话一边给铃萝发传信："你是不是跟圣剑宗那小子一起在雪山那边？"

"破坏封印的似乎就是月宫的人。"白藏笑道，"这种事应该叫上参息真君一起。"

楚异："我师父晚上去了北庭城，不在月宫里。"

白藏："好吧，那我先去看看。"

"一起去。"楚异说道。

铃萝站在月塔下抬头看去，这一片都被结界笼罩着，断绝了结界内外的声息。

守在月塔下的是巫旭。

巫旭正沉思，见到铃萝时愣了一下，戒备道："你来这里干什么？"

"原来你在下边。"铃萝说，"我以为你会跟他们一起上去杀姜妙。"

巫旭被她这话说得脸色很难看，低声警告道："你休要在这里胡言乱语。"

铃萝朝他摊手，面上笑意带着些挑衅意味："你慌什么呢？知道你们月宫世家那些纠葛的人其实不少，大家只是给你们初代宫主留点儿脸面，没放到明面上说。瞧瞧你们都做了些什么？你们完全违背他老人家的用意，把好端端的人变得猪狗不如。"

巫旭手摸上别在腰后的剑柄，话里已有怒意："你都知道些什么？"

铃萝也握住了岁雾，白色的雾气散开。"知道的不多，刚好而已。"铃萝漫不经心地说道，"姜家人好歹是你们初代宫主夫人的后人，初代宫主把妻子放在心尖上，甚至能为了让亡妻看一眼太初的樱花不惜自裁，他老人家也只是放话不准姜家人修炼而已，可没说让你们对姜家人百般折辱虐待。"

巫旭忍无可忍，拔剑向她攻去，怒道："你一个外人知道什么？！不让修炼根本不能阻止那只魔复活！那只魔当年残害数万人，数万人！初代宫主花了极大代价才将它封印，甚至因此失去了妻子，这样的魔谁敢又有谁愿意让它有机会复活？！"

两个人剑势相撞，掀起的烈风横扫范围极大。巫旭的攻势极快，铃萝却每一招都能接住，嘴上还嘲讽着："就这么害怕魔吗？近千年的时光，你们就一点儿长进都没有吗？修炼都修到狗身上去了？不算你们月宫，上千年来修界也不是当年的修界！那么多咒律和万象法术不比当年初代宫主在的时候更强？那只魔有强大到让你们害怕得完全没想过打败它的方法吗？！"

铃萝剑势横扫击退近身的巫旭，他闷声退后稳住身形刹住脚，却见铃萝使用瞬影又到眼前斩下一剑，慌忙持剑拦下。

"初代宫主的强大至今无人能比，那只魔让他付出如此大的代价，你以为谁能有信心杀那只魔？！"巫旭咬着牙反驳。

岁雾散形，白雾占据此方天地，这雾如她的声音般带着点儿冷意："看来你们月宫真的是废物窝，月宫长老众多，弟子有几千，怎么，难道你们非要某一个人去杀这魔吗？

"如果这魔真的复活了，月宫搞不定它，还有东岛天极、西海太初、南山雪河、圣剑宗，有整个修界！这魔有什么杀不了的？！"

铃萝将剑刃下压，明亮的黑眸里满是冷嘲之意，让巫旭感觉无比憋屈又难堪。

"你们从没想过要如何杀了这只魔，反而一直在压制姜家人。"她冷笑道，"就因为那极品灵骨，这些年来，你们慕家人超强的灵力不都是靠这极品灵骨得来的？这才是你们千年来依旧不肯去真正解决问题的根本原因！"

"你……"巫旭想骂却不知如何反驳，因为被铃萝说得动摇了。剑鸣声刺耳，却被岁雾压制，铃萝盯着他说："月宫咒律并非天下第一，但继承初代宫主的力量的你们，没有继承初代宫主的半点儿风骨，都是些为了私欲的废物、懦夫。"

巫旭听得脑子轰然炸响，这几年来他一直回避深思的问题被铃萝毫不留情地点了出来，手中剑招乱了，被岁雾强势斩下，长剑脱手飞出，他则重重地倒在地上，白雾弥漫的长剑点在他的咽喉上。

铃萝居高临下地看着他，眉眼间满是鄙夷与厌恶之色。

巫旭喉间干涩，竟没了将剑召唤回来继续战斗的力气。

"慕景逸想拿飞霆珠复活初代宫主，因为你们一代不如一代，已经没有足够强大的力量守护雪山的封印，他又不敢真让封印崩溃，让被封印的万魔出世，因为丢不起这个脸。"

　　铃萝倨傲道："只看重脸面行事，愚蠢。"

　　巫旭握紧双拳，深吸一口气，努力去面对铃萝那双看穿他的眼："你连我们要复活初代宫主都知道，那知道为什么今晚杀姜妙，却带这么多人来吗？"

　　他们杀一个半点儿法术都不会的姜妙根本不需要如此大的阵势。

　　铃萝没问，等着他继续说下去。

　　"因为以飞霆珠复活初代宫主失败了。"巫旭接下来说的每一个字都很艰难，"飞霆珠里映的是姜妙的脸，也就是说，姜妙不死，初代宫主不活。"

　　巫旭缓缓抬眼看向她："你知道这代表什么吗？"初代宫主中了一个恶咒，名叫断白头，中咒者与心爱之人永世不可相见。君生我死，我死君生，至今无解。如果姜妙不死就无法复活初代宫主，她就是初代宫主深爱着的妻子的转世。飞霆珠呈现的结果对慕景逸等人来说实在是太讽刺了。可慕家人依旧下定决心要复活初代宫主。

　　铃萝也看着他，闻言笑道："这样还想着复活初代宫主，慕景逸可真是不怕死。"

　　"因为雪山的封印力量逐渐衰弱，他已经没办法了。"巫旭见铃萝半点儿震惊的表情都没有，已然自暴自弃，"雪山下的万魔让他害怕，就算是初代宫主的妻子转世，他也不会放弃。"

　　铃萝再次鄙夷道："真的是废物。"

　　"我承认……你之前说得……没错，但雪山下封印着数万只魔，封印被破对整个月宫，不，整个修界来说都是灾难！"巫旭沉声说道，"万魔出世，你让人间怎么办？那些没有灵脉，无法修炼的人才是妖魔最喜欢招惹的！"

　　铃萝正欲开口，却听慕须京的声音从后边传来："你们在这里干什么？"

　　巫旭的脸色又黑了几分，谁都好，他就是不要慕须京这小子看见他如此狼狈的模样！

　　于是巫旭麻溜地避开剑刃翻身起来站好。

　　铃萝当下也没管他，回头冲毛道："你回来干什么？我要你回来了吗？！"

　　慕须京被凶得脚步一顿，在那里乖乖站好，有些迟疑地答："你让我买东西……"

　　铃萝："你买好了吗就敢回来？"

　　慕须京确实没买好，老实地说："我算了一下，要买的东西太多，我没带够钱，回来拿。"

　　铃萝阴森森地说道："赊账会不会？你少宫主的名声说出去谁还敢不让你买不成？北庭城又不全是你这样的蠢货，月宫就在这里又跑不了，今晚赊账明早还有什么不行的？再不济你会不会去找当铺？你身上就没点儿玉石金器？就你这把剑都能当上不少钱，回头你再赎回来不会吗？你缺钱吗？啊？"

　　慕须京日常自闭。他面无表情地转身说道："我去买。"

　　他刚走没两步，月塔的结界就破了。

　　结界外的三个人齐齐抬首朝上方看去，却在抬首的瞬间撞见远处突然冲天而起的黑气。

　　浓浓的魔息自雪山的方向蔓延而来。封印正在崩溃的边缘。

巫旭立马看向慕须京:"慕须京你……"

他还没说完就见铃萝抓着慕须京御剑去了月塔上方。

巫旭紧皱着眉头也跟了上去。

月塔上满是血腥味,躺倒在地的人皆惨不忍睹。姜妙背对着到月塔上的三个人,受了伤,衣上满是血迹,正低头看着慕景逸死不瞑目的脸。听见声响时她回过头来,却踉跄得站不稳,伸手扶住星盘才站好,瞧见铃萝与慕须京时微怔,体力不支地靠着星盘滑倒。

慕须京因眼前的景象愣住。

姜妙看着自己五指间流转的灵力低笑道:"原来拥有力量的感觉是这样的,的确很美好,让人不想失去。"

铃萝站在原地没动,只神色淡淡地看了她一眼。后赶上来的巫旭看着满是血迹的平台额角狠抽,握剑的手都在颤抖,又在看见浑身充满灵力的姜妙后怔住,一时都忘记要慕须京去封印之地,而是问姜妙:"你怎么会用咒律?!"

姜妙擦了擦脸上的血,心情很好,不介意多跟他解释两句:"我把力量的记忆刻在血液里,再将这血液给魔,又因为天天喝洗髓药,身体有所抗拒,我也不需要太长时间,只需要这一夜,让魔将刻印力量的血液还我就好。"

巫旭听得呆住,真没想到姜妙会如此费尽心思。

慕须京低声说道:"你竟然……与魔合作?"

"到这个地步,跟谁合作已经无所谓。"姜妙笑着朝雪山的方向看去,已经接连好几股黑气冲天而起,"封印要被破了,万魔出世,你们说,留在这月宫内的姜家人与慕家人够不够它们杀呢?"

巫旭神色阴沉地问:"你到底做了什么?"

姜妙却看回慕须京:"你怎么非要回来送死?"

铃萝听得哑然。

慕须京回来的原因实在是让人难以接受。眼前的姜妙太过陌生,慕须京一时不知该怎么面对,只沉默着。

姜妙又说道:"趁还有点儿时间,你赶紧走吧。我与万魔结契,除非他们杀光在场的所有姜家人与慕家人,否则出不去这月宫。"

铃萝说:"那只魔骗你的,你与万魔结契约束的是你的灵力,只要你死了,没杀光姜家人与慕家人它们也能离开。"

姜妙听得微怔。

铃萝看着她又说:"我跟你说过的,不要太相信白骨魔的话。"

一抹黑气自姜妙身后显形,男人低声笑着:"小丫头倒是机灵,可这又有什么关系?万魔出世,即使没有这结契约束,也会大开杀戒。"

"是吗?"姜妙咳着血,脸色苍白,灵力消逝得很快。

铃萝看着终于出现的白骨魔微眯着眼,身边的巫旭与慕须京倒是戒备起来。

白骨魔身着黑色斗篷,弯腰将姜妙手中的飞霆珠拿走,慢条斯理地说道:"人性之恶不比魔差。你马上就要解脱了，曾经欺负你的人，一个都逃不掉。"

姜妙咳着血笑着。

巫旭对一只魔的妄言忍无可忍，挥剑斩去，白骨魔轻松应对。

慕须京说："那封印……"

"封印全盘崩溃的情况下就算再让十个你去也没用，你别想那些有的没的。"铃萝面无表情地说道，"做人也现实一点儿。"

慕须京不敢反驳。

姜妙又笑了一声，艰难地看着慕须京说："你过来。"

慕须京沉默地走过去。

"打开。"姜妙又示意他看身侧的抽屉，"里面的东西是给你的。"

慕须京照做地将抽屉打开，里面放着的是一纸地契和一把钥匙。

姜妙声音很轻地说："记得你第一次将我学咒律的事告诉慕景逸时，我问过你，那座山漂亮吗？

"第二天，我让人去了那座山，本想抓了那位老人威胁你，却发现慕景逸先我一步。

"那时他还在教你不要有弱点又要你听话，可他看不起普通人，因此疏于看守，让我的人把老人救走了。"

姜妙捂着嘴，血顺着衣袖落下，她的灵力所剩无几了。

慕须京拿起地契，明明薄薄的一张纸，他却感觉如山一般重。

姜妙继续说道："他被安置在一处热闹的镇子里，房子也不错，钥匙是大门的，老人有在大门落锁的习惯。我本来不打算给你的，但没想到你会因为那几个童女而坏了慕景逸的计划。我觉得很开心，所以奖励你的。"

前边与白骨魔缠斗的巫旭听得咬牙切齿，却沉默地停下身影没有回头。

今晚的天变了，月宫也变了。慕须京拿着钥匙的手背青筋突显，他低头看着姜妙。

姜妙说："你还是回山里住吧，人多的地方不适合你。"她说完，又看向雪山的方向。

封印崩溃瓦解，黑气冲天，甚至遮掩了云层后的雷鸣电闪。

万魔出世已成定局。看见这一幕场景的姜妙满足了，看着铃萝说："我刚才用的许多咒律是灵鸟教的。"

铃萝："那就是我教的。"

姜妙笑道："要是能早点儿认识你就好了。"

说完她又轻摇了一下头："不，下辈子只要能认识你就好了。"

铃萝弯腰，替她擦了一下脸上的血迹。

姜妙闭上眼，灵力枯竭。从很小的时候开始，姜妙的梦里就有一个男人的背影。这个背影时而模糊时而清晰，会让她感觉到被阳光照耀的温暖，也会有沉入水下的冰冷感觉。出嫁前她还会思考梦中的男人，出嫁后，所有的心思都被仇恨占据，连梦也很少做了。如今灵识消散人间之际，姜妙终于看见梦中的男人转过身来。那却是一张哭泣、悲伤的脸。

铃萝又经历了一次月宫的劫难。万魔出世，压抑又浓厚的黑云朝着北庭城的方向蔓延。

月宫弟子们震惊又绝望，慕家人还没死绝，姜家人也没有，但出世的魔直攻长老院，很快地就血流成河。哪怕没有姜妙结契约束，万魔也会在月宫大开杀戒，它们恨透了初代宫主，也恨透了这人间的修者们。

巫旭追着白骨魔到雪山万魔出世处，看见了下方的越良泽与楚异，还有陆陆续续赶来的月宫弟子以及长老们。

上方黑云弥漫处，一双双红色的眼睛里满是兴奋与邪恶之色。白骨魔立于虚空之上，手中拿着飞霆珠朝下方众人摊手笑道："这是给你们的第一个惊喜。自诩正义的伪善者，该你们戴上面具继续表演了。"

下方的楚异冷笑道："就你话多。"

越良泽回头看向月宫的方向，白藏则叹道："接下来有的忙了。"

铃萝守在月宫山门前，白色的雾气将出路拦住，手中剑已经斩下不少试图飞出去的魔。

因为她的阻拦而出不去的魔十分恼怒，数次之后不再戏弄旁的人，团结起来先对付铃萝。

白色雾气升腾，泛着冷意，将朝铃萝飞射而来的冰箭折断后又将升起的火墙冻住后碎裂。

铃萝双手飞速结印，一道道咒律配合着岁雾把魔拦下。巨火魔被雾气环绕后冻住双脚，发出怒吼声，召唤依附它而生的灵魔："杀了她！"

铃萝神色漠然，六只金凤在她身后展翅飞起。空中满是飞舞的红色星火与金色的流萤。天干的攻击咒律中，铃萝最喜欢的就是这第九十八道的火凤临。她第一次见火凤临是在六岁那年。也是如眼前这般黑沉的夜，雷鸣闪烁着，独自一人走在深崖底的女孩提着一盏烛灯朝伸手不见五指的黑暗处走去。

女孩遇上从林道中飞出的妖魔，巨大的黑色翅膀将她扇飞摔倒，黑色的利爪掐着她的喉咙提起她时，耀眼的金色光芒从天而降，凤鸣声带着尖锐的怒意，一只咬断了黑色的利爪，另一只吞噬黑色的翅膀，瞬间将这魔撕碎。身着淡紫色纱裙的女人背对着女孩站在前方，裙摆和衣袖都被烈风扬起，拖着绮丽长尾的金色凤凰围绕着她，耀眼的光芒照亮此方天地。

女孩扑到娘亲怀里伤心地哭着。女人轻抚着她的背，眼里满是怜惜与心疼之色。

娘亲说："不要学剑了，这世上法术万千，大道无极，你若想修炼，不用非要坚持剑修。"

女孩闷声说："可我明明会的呀。"她抬头看去，刚哭过的眼微红，奶声奶气中带着些委屈说着："我明明会的，为什么比试的时候父亲却打断我的剑意，不让我比？……阿娘，我喜欢剑术。"

娘亲为她擦拭眼睫上垂挂的泪珠，神色温柔："不喜欢咒律吗？"

女孩摇头："都喜欢，但我最喜欢剑术。"

"你是我的女儿，这世上的所有咒律都不会拒绝你，只要你想，就能轻易学会其他修者穷其一生也无法掌握的咒律。"娘亲目光复杂，嗓音依旧温柔，"我们以后不修剑道，转学咒律好不好？"

"可是……"女孩伸出手，指尖流转的剑光与金凤们融为一体，"这剑术也没有拒绝我呀。"

娘亲因此沉默许久，放在她肩膀上的手微微颤抖着。

金凤们展翅盘旋在二人身旁时，带着温暖的光芒，驱散悬崖底下的寒冷。娘亲伸手将她抱入怀中，低声说道："你有一个姑姑，也学会了这剑术，但我从未想过她最后会因这剑术而死……"那天晚上娘亲哭着跟她说了很多话，但她懵懵懂懂，并未全部理解，时间久远，如今记忆也变得模糊。

只是那天晚上在山崖底，她似乎还见到了父亲。她的父亲腰间佩剑，在这天晚上牵着她的手，没用法术，一路往山崖上走，走了很久很久，久到后来她累得走不动了，男人便背着她继续走。阿娘与父亲沉默着，一个字也没有说。

可铃萝始终记得阿娘说过的：你是我的女儿，这世上的所有咒律都不会拒绝你。

厮杀声中传来不少月宫弟子的惨叫声，被初代宫主封印在雪山下的魔都不是泛泛之辈，这些学艺不精的弟子根本不是对手。但是岁雾剑意横扫，强势地把人从魔手中救下，强大的攻击咒律根本不需要吟唱咒文就能瞬发，还顺势布下各种阵法，一心三用，让魔恼怒。

空中的一名魔王姿态高傲地俯视着下方的女人。他赤着脚，手脚上都挂着断开的铁链锁环，黑色的魔息环绕四周，一头长长的银发十分惹眼。

魔王卷着手上的粗重铁链，一双妖冶的红眸紧盯着下方的铃萝，舌尖轻舔獠牙说道："你们这帮废物，就被一个女人拦在这里这么久？"

下方被火凤临缠着的另一个头上长着四对黑色鹿角的魔王恼怒道："你别站着说话不腰疼，看看这女人都做了些什么！若是有能耐，你倒是从她手下突围出去试试！"

银发魔冷哼一声，单手握拳卷着那铁链就朝铃萝甩去。正与鹿角魔交战的铃萝召回岁雾持剑接下这一击，抬眼与银发魔对视，肩后飞起一只金凤朝他射去。如此近距离，金凤必百发百中，却被另一只从此魔身后突然唤出的金凤两相抵消。

银发魔勾着嘴角念道："天干，火凤临。"能用出修者的咒律法术，说明他也曾是名修者。

"女人，还有什么招数？"银发魔挑衅地问道。

铃萝却不惊讶，在其他月宫弟子看得心惊胆战时，只是屈指轻弹，一束金色剑意朝银发魔飞去，化作万千剑刃散开。

天干，一百零八道，万剑。

剑刃将银发魔召唤的金凤打碎成流萤散去，将他从铃萝身前逼退。他刚挑眉要说话，剩余剑刃又在他周围定型阵法，咒纹自他脚下现形，从阵法中飞出数道铁链再次将他的四肢捆住。

银发魔眉头微蹙，转眼看向铃萝时脸上却挂着一丝邪笑："看你年纪轻轻，灵力修为倒是深厚，还破了生死境，如此佳骨，不如与我双修，我送你更上一层楼如何？"

铃萝散漫地撩了一下肩发："就你这点儿能耐也配与我双修？"

银发魔笑道："本尊今日出世，心情尚好，再给你一次机会，小美人可别不识趣，双修这种事若是用强的，我也——"话说一半他脸色突变，魔息化作黑蛇咬断铁链的同时回身接下从远处飞来的黑色剑光。

无生的煞气破开他的护身魔力，在银发魔扭头避开时脸上也被划出一道长长的口子。越良泽手持无生使用瞬影而至斩出第二剑，银发魔抓紧手中的铁链甩出抵挡这一剑，另一只手却在空中画出黑线唤出了死雾门。

银发魔退至死雾门内，目光阴沉地看着越良泽："无生？"

越良泽沉默不言，看他的眼神漠然。

银发魔冷呵一声："还真是被关久了，不知这世间如今变成何种模样了，竟然连无生都被人驯服，却不是魔修也不是什么怪物，偏偏是个修者，实在是让人生厌。"

铃萝冷笑道："你又不是人。"

银发魔不死心地又说道："让魔生厌！"

那些没有受制于铃萝的咒律阵法的魔纷纷往死雾门里跑。

银发魔看着越良泽冷笑道："你可要看好手中这把剑，等我熟悉熟悉这人间，便来找你取。"

无生："哎哟好嚣张啊！主人不要怕，我跟他一点儿关系都没有！这家伙完全就是爱而不得忌妒你！"

断意："我可以做证我们是清白的！"

银发魔说完又指着铃萝说道："还有你，小美人也照顾好自己，与本尊双修，有百利而无一害，到时候人与剑都是本尊的。"

岁雾："又来了，又来了，他怎么一点儿记性都不长？时间倒流前差点儿被无生砍死以后明明见到阿萝就躲！阿萝在的方圆五百里内你都不敢靠近还双修？！你怎么……哦，我忘记了，这家伙现在半点儿记忆都没有，活该！"

无生："他敢跟我们抢人！他死定了！砍他！"

银发魔是二十六魔之一，死雾门一开，无人能拦住万魔离去。

眼看着死雾门被关上，合成一条黑线消失不见，月宫的弟子们竟不知道是该恼怒还是庆幸。今夜的噩梦终于结束了吗？或许噩梦才刚开始。大部分的魔是靠死雾门消失的，月宫一直清理到天明，所有人都紧绷着神经，本以为雪山封印被破了，万魔出世已经是最让人崩溃的，没想到紧接着巫旭宣布了姜妙和慕景逸等人的死讯，这无疑又是雪上加霜。

月宫昨夜损失惨重。但还好有圣剑宗弟子和东岛天极的三掌门与范堂主携手帮忙，很快稳定局势，处理各项事宜。

昨晚刚走的风天耀，又因为月宫万魔出世而火速折返，只见离去时还优雅繁华的月宫如今却死气沉沉，空气中浓浓的血腥味让人作呕。消息很快传遍十二大仙门，再转至整个修界，之前放松警惕的修者们都开始慌了。这一整天所有人都在忙里忙外，云守息也没工夫管铃萝，他身为东岛天极的三掌门，此时必须安排好许多事，也要为巫旭稳住月宫。为此他叫来了自己的二徒弟，于休才是师门里最擅长处理这些事的人。

白藏因为是圣剑宗的人，又带着仙首令，这时候也很需要他帮忙稳住局势。于是再没人管铃萝跟越良泽在山门外的花海溪边休息。

铃萝提着裙摆赤着脚踩入溪水里，抬头朝花海看去："昨晚是人是魔都在月宫里乱来，山门外的这片花海反而没遭殃。"

越良泽在深水区。身上染了不少魔息和一些魔物的血迹，他很是嫌弃，正脱着上衣，闻言也回头看了一眼花海的方向。

铃萝看完花又去看越良泽，见他脱了上衣，问："你干吗？"

"洗一洗。"越良泽走入水里去。

铃萝踩着浅浅的溪水等他出来，时不时地就能看见月宫里飞出各种传信灵鸟，或是听见传递消息的钟声等等。

里面的人都忙着应付死去的人们留下的烂摊子。

"哗啦"一声，越良泽浮上水面。

铃萝看着月宫的方向说："你知道断白头吗？"

越良泽："我跟你说过的。"

"真是个可怕的恶咒啊。"铃萝低声感叹。

越良泽侧身看去，水珠顺着下颌线滑落，他将湿漉漉的衣服穿上，散了味道后总算是勉强能接受。他察觉铃萝所想，于是说："我不会让你有机会中这种恶咒的。"

铃萝没回头，语气傲娇地说："我又不怕。"

"我以前也不怕，"越良泽说，"但现在会怕。"

铃萝回头看着他，他湿漉漉的衣服紧贴着肌肤显出劲瘦的腰线，衣襟还没整理好，露出精壮的胸膛，从下颌线滑落的水珠正顺着脖颈往下流。

越良泽不动声色地将衣服合拢，收拾得规规矩矩的。

铃萝眨了眨眼，问他："你不是给我买了衣服吗？"因为昨晚一系列的事，他哪有时机送她衣服？此时被铃萝提起，越良泽才将衣盒从灵囊里拿出来给她。

越良泽喜欢送铃萝东西。只要看见漂亮合心意的东西，他都想送给铃萝看她喜不喜欢，不喜欢也没事，他就是想给而已。那十四封信里，每一封都有他送的礼物。但这似乎是他第一次成功地将东西送到铃萝手上，还看着她亲自打开掂量，越良泽的目光显得有些小心翼翼。

铃萝翻来翻去地看着手中衣物："摸起来又软又凉，手感很好。"她似随意地问："怎么选了这个颜色？"

越良泽："其实有两个色，我问徐慎时，他说你平时都穿蓝色衣服。"顿了顿他又轻声说道，"不喜欢吗？"

"你送的我就喜欢，衣服也很漂亮，像海水一样，温温柔柔的。"铃萝笑眯着眼，将衣服搭在腕上朝越良泽站着的深水区走去。

越良泽还在思考她这话的意思，就见铃萝单手解着外衣，衣裳滑落露出半边白皙的肩背。

他低垂着眼转过身去，又觉得不安全，抬手在附近开了结界隔绝视野。这会儿天色已至黄昏，昨夜黑沉的天此时却色彩绚丽，柔软的云被染成大片橘红色，变得奇形怪状，往人间水面投下的光影慵懒又温柔。背对着铃萝的越良泽能听见衣料摩擦的窸窸窣窣声响，他静心守着结界，神色有几分认真，似乎不准任何生物踏入此地一步。

"旧的就不要了。"他听见铃萝碎碎念着，接着是火咒的细微声响，将她原本的衣物烧毁。

铃萝将手从衣袖中穿出，在她抬手时衣袖往后滑落，露出纤细的手臂。

"你觉得我穿蓝色的衣服好看吗？"铃萝问他。

越良泽回道："好看。"

铃萝又问："那别的颜色呢？"

越良泽说："都好看。"

"不行，你必须给我说一个最喜欢的颜色。"铃萝转身看向他，"都好看就是在敷衍我。"

越良泽抿着唇笑，想起第一次见铃萝的场景，低声说道："蓝色。"

铃萝伸手越过他的肩膀轻戳他的脸，神色莫测地说："换一个。"

越良泽："不喜欢蓝色？"

铃萝面不改色地说道："最喜欢的不是这个。"

于是越良泽换了一个："墨绿色。"

铃萝微怔，听到这个颜色，第一反应就是东岛天极的外门弟子服。

"丹水真君该不会喜欢我穿天极外门弟子服吧？"她话里带着几分戏弄之意。

铃萝的手还在戳他的脸，越良泽略显无奈地捉住那只乱戳的手说："你穿着很漂亮，即使跟其他弟子穿得一模一样，我还是觉得你最漂亮。"

"你真的比以前会说话。"铃萝笑他。

越良泽问："穿好了？"越良泽还没说完，就听见入水声。

铃萝沉入水下，从水里看上方，是映照在水面的绚丽云彩，冰冷的水环绕着她，世界很安静。再往下去水是淡蓝色的，不像海水那样湿咸，也没有束缚她的手脚的卷神锁，逐渐黑暗的深水中也不见发出柔光的明珠。被卷神锁带出水面时，她看见的会是她早就等待着、目光温柔又狂热地注视着她的师父。

师父会伸出手温柔地替她擦去脸上的水渍，俯身在她耳边呢喃着爱意。

她会颤抖着声音问："师父，为什么非要这样？"

师父会温柔又虔诚地告诉她："因为我爱你，我是这世上最爱你的人。如今你变成了我最爱的模样……再等等，最后再等一等，我们就能永远在一起，再不分开。"

她试图拯救或纠正疯魔的师父，却被男人每天灌输的爱意和困在水下的日子先折磨疯了。云守息是这世上最好的师父，但这个将她困在水下的男人不是。

铃萝浮出水面时，天光又暗淡了许多。

越良泽以强大的修为灵力站在水面上低头看着她。黑色的长发与蓝色的衣裙在水中飘散，这衣料特殊，在水里时会闪着同色的荧光，天上云彩的光芒倒映在水面上，而越良泽看着身在其中的铃萝微仰着头望向自己。她很漂亮，比他想象中的还要漂亮。同样漂亮的双眼中却只映着他一个人。

铃萝朝他伸出手，越良泽便弯腰将人抱起。铃萝下巴搁在他的肩上，搂着他的脖子说："万魔出世，被困了上千年再放出来，肯定会疯狂报复修界，到时候可忙了。"

越良泽抱着她朝岸上走去："会解决的。"

"比如昨晚要跟我双修的那只魔，"铃萝说，"他还惦记你的剑。"

越良泽平静地说道："他若是敢来我就让他死。"

铃萝："他有死雾门，打不过还能跑。"说完她又歪头去看越良泽："白骨魔拿走了飞霆珠。"

越良泽低声说道："他想复活左白。"

"已死之人哪有那么容易被复活？若真能复活人，这飞霆珠早被我抢了。"铃萝以火咒将他俩身上的湿气散去，漫不经心地说着。

越良泽抱着她的手更紧。铃萝想复活的人肯定是她的妹妹玉芝。

"你有想复活的人吗？"铃萝有些好奇地看着他。她对越良泽的过去知道得很少，这个人从未提过，世间也未有半点儿消息流传，以至她连越良泽曾是东岛天极的弟子都不知道。

铃萝想得有些恍惚。她有时会觉得越良泽离自己很远。

越良泽似沉默地思考了半响，最终答："没有。"

这是一个意料之外的回答。铃萝问："父母亲朋呢？就算是假设的也可以想一想。"

她说得很有耐心，还有一点儿蛊惑之意。

越良泽摇着头说："只有一颗飞霆珠不够。"

铃萝朝他比了个数："给你两颗。"

越良泽神色平静。

铃萝又说道："三颗！"

越良泽眨了眨眼。

铃萝又竖起一根手指头，语气幽幽地说："四颗，丹水真君，做人要学会知足。"

越良泽听得失笑，一会儿后才低声说道："真的没有。"他不能复活，若是知晓他变成现在这样，那两个人会伤心难过的。

铃萝听得微怔，侧首从越良泽的肩膀上看去，直接问道："你不想复活你爹娘吗？"

越良泽抱着她上岸，岸边排排花树茂盛，枝丫伸展遮掩光芒投下阴影。他慢慢朝月宫的方向走着，天光消失得很快。

越良泽声音淡淡地说道："没必要再让他们回到这人间受苦。"

铃萝直觉就算自己问了越良泽也不会告诉她。他们都有一些绝不会说出口的秘密。

铃萝也不想再回这人间吃苦，可偏偏遇见了越良泽，又早早地发现了他。明明一切都该在那天结束。铃萝并不惧怕死亡，但又不能接受越良泽死亡的结果。过了许久之后，铃萝才迟钝地发现，越良泽的死让她难过。

铃萝弓着身子将头埋在越良泽怀里，越良泽紧抱着她，低声问："累了？"

"饿了。"铃萝闷声说，"想吃点儿甜的东西。"

两个人回到月宫时天色已整个暗下，月宫的膳堂有许多，越良泽挑了个偏僻的地方找些食材给铃萝做吃的东西。膳堂在崖顶上，往前延伸出去的平台往下看去有流云掠过，景色壮美。铃萝去崖边溜达了一圈，顺手抱了捧开得鲜艳的野花回来。

月宫天上到处都是飞来飞去的传信灵鸟，有的不只是传达信息，还要运送药品等等。

铃萝站在院里看了一会儿，又扭头去问越良泽："你今天见到慕须京了吗？"

"见到了。"越良泽说，"他可能需要自己待一会儿。"

"慕景逸死了，他不再被人威胁，以后想去哪儿就去哪儿。"铃萝坐在桌边，从厨房里拿了些瓶瓶罐罐捣鼓她刚摘的花。

越良泽说："他大概会回山里去。"

"他在山里待着也挺好，没事赶赶集、买买东西就能活。"铃萝拿樱喜扇骨修剪花枝，岁雾在旁边笑得十分夸张。铃萝把岁雾屏蔽掉。她做这些事的时候脑子里想的全是越良泽。

越良泽拿着花枝在窗边摆放着。越良泽在园子里搬动花盆躲雨。越良泽给脆弱难伺候的花藤修剪枝叶。铃萝能记起他当时的一举一动，于是自己也不自觉地做出了相同的动作，跟他学会一样的花枝分类摆放习惯。当她看着罐子里摆放整齐的花枝时沉默了。铃萝单手撑着下巴打量这几盆野花许久后，缓缓道："如果，我是说如果——"说到一半她又猛然想起许多非做不可的事，后话因此没了声息。

屋里的越良泽抬头朝窗外的铃萝看去："如果什么？"

铃萝背对着他，伸出的手指尖轻轻触碰着冰凉柔软的花叶。如果没有那些烦心事，我也想带你回天照山去，偶尔入世救一救可爱的人，杀一杀作乱的妖魔，等花开果熟时又回山中，做些甜点瓜饼送给三两个好友，日子就这样慢悠悠地过去。"如果……我以后入魔了，你会怎么做？"铃萝侧身朝越良泽看去，问话时浅浅笑着，眼里却无甚笑意。

第四十三章

万魔出世

越良泽觉得她问这话是认真的,沉默片刻后也认真地问道:"一定要入魔吗?"

铃萝却怔了一下,板着脸说道:"我不是说了如果吗?"

"只是如果的话,我会拼命拦着。"越良泽说,"由人入魔的原因只有两种,要么迫不得已,要么本性如此。"

显然铃萝不属于后者。人与魔势不两立,就算是宠爱他的师哥们,最终也只是未出手,却也不能在天照山救他。因为他们的师弟选择了与魔为伍。

铃萝也不喜欢魔。行走世间那些年她杀过很多很多魔,那充满邪恶与暴戾的魔息,藏在阴暗的角落里偷窥人间,眼里满是贪婪与杀戮之色,为人间带来无数灾难,让一个又一个人陷入绝望与死亡之中。两者之间不是善与恶的对立,而是生与死。那暴戾的魔息也曾让她失控,也许她曾经并不在意的事,都会因为肆虐的魔息而突然生出杀意并付诸行动。

铃萝并不想被魔息影响和控制,成为一个真正肆虐人间的魔,至少她杀人与否必须由自己决定。为此她曾被二十六魔中的另一位嘲笑是个怪物,人不人魔不魔。

"在南江城时,以为你真的抛弃过往,站在修界的对立面成为他们的敌人,成为一只真正的魔,却不想你还是人间的走狗。"嘲讽一时爽,混战火葬场,这位魔修刚跟铃萝见面就被岁雾斩灭于天地间。此战飞速传遍整个魔界,那些蠢蠢欲动想向铃萝动手的魔都沉默了。

她是人间惧怕的魔,修界憎恨的魔,魔界不承认的魔,天下真的没有她的容身之处了。

铃萝转过身去,漫不经心地伸手点着瓶罐里的花枝。

那你就试试吧,试着阻止我。

越良泽问:"汤圆吃红豆馅吗?"

铃萝:"有什么馅?"

"还有紫薯、芝麻。"

"我要红豆。"

越良泽说:"那就多做些红豆。"

铃萝的玉听响起,她扣着没看。

越良泽包馅的时候声音平淡地问:"铃萝,你练了共生灵吗?"

铃萝有点儿心虚地眨了一下眼说道:"共生灵不是几百年前就被毁了吗?"

越良泽也不打算跟她摊牌,委婉地说道:"你和徐慎都喜欢咒律,或者说他比你更喜欢,也常偷学一些禁术,但徐慎至今没太出格。"

铃萝冷漠地说道:"他今年学会了几个魔咒。"

越良泽瞬间被打脸。

铃萝不动声色地转移话题:"你说他不出格,我看他才危险。他对咒律太执着,遇上瓶颈很容易把自己堵死,又什么都敢学敢试,若是有更多吸引他的魔咒,你猜他会不会想尽办法地去学?"

越良泽沉默。

铃萝哼道:"月宫万魔出世,他关心的却是那断白头恶咒怎么学或者解呢。"

"徐慎到现在也没放弃寻找将常霏和石玉人分离出来的办法,常霏每天小心翼翼地活着,不敢让自己有生命危险暴露秘密。别的人私下里嘲笑他怂,爱偷懒,贪财成性,明明修为很强,却总是不愿意全力以赴,觉得他看不起普通人,有偏见,自视甚高。连他师父都对他很失望,常常责骂他,这两年新收了徒弟,重心都在小徒弟的事上,越来越不爱搭理常霏。"

铃萝越说想起的记忆越多:"常霏不是喜欢赚钱吗?虽然手段有点儿不走寻常路,但他也不是那种会偷会抢,会吃人血馒头的人,平时也有宋圆圆监督着他。有一次他靠卖我给的丹药大赚一笔,回山门时却被其他弟子暗中检举说他帮忙除魔时收了富商两倍的钱,坏了规矩。"

那天晚上常霏一头雾水地被带去戒律堂问话,对方说得振振有词,言谈间就是认定常霏这次带着一大笔钱回来是因为威胁富商拿了两倍的钱。

常霏爱财不是秘密。他还没说辩解的话,戒律堂的人就问他灵囊里的钱是哪里来的,其中又为何混杂了富商给的银票。

常霏气笑道:"这银票就是此次除魔的报酬,它在我的灵囊里有什么奇怪的?"

戒律堂的人又问道:"你是承认自己威胁对方要了双倍的报酬?"

恰逢他师父赶来,常霏也没想到师父会不听自己的解释,开口就是一句孽徒。

常霏平时性子活泼,不是只会受人欺负不反抗的,这天却因为师父眼中的失望和愤怒之色沉默着什么话都说不出,心中早就准备好的反驳打脸骂他们个狗血淋头的话一时都没心情说出口。常霏解释另一笔钱是卖丹药赚的,可那天铃萝不在天极,又因为此事与铃萝有关,戒律堂的人呈报上去后,接管天极事务的大小姐穆雅看后直接定了常霏的罪。

穆雅与铃萝在天极的关系可谓十分紧张,彼此看不顺眼,又暂且都拿对方没办法,穆雅只能借由铃萝的身边人给铃萝找不痛快。

铃萝虽然不在,二师兄于休却常在山门打点事务。他出面做证,告知戒律堂的人铃萝给常霏丹药确有此事,又查了常霏贩卖丹药的记录,一笔一笔钱都对上了,这才免了常霏受刑。

常霏爱财，但没赚过不义之财。而他赚的钱大多是给小伙伴们拿去花的，像铃萝拒绝了云守息给予的东西，就靠常霏和两个师兄给的零花钱在东岛城买东西。好在这事过后，常霏依旧跟几位小伙伴嘻嘻哈哈，似乎没受太大影响。

铃萝望着给自己端来汤圆的越良泽说："他看起来虽然没受影响，但其实很难过，因为他最敬重的师父彻底对他失望了，而他没法解释。"哪怕常霏哭着跪在师父面前忏悔坦白自己体内有石玉人的存在，也不一定会得到师父的理解与宽恕。

并不是所有人都会接受石玉人的存在。

常霏很清楚，那天他能活下来，是因为越良泽。如果越良泽没拦铃萝，他早被铃萝割头杀死。因此有段时间常霏拼了命地对铃萝好，这种好带了几分讨好的意味。后来铃萝约他谈话，神色睥睨道："你怕我？"

常霏脸色微白。

"如果你是为了那天的事怕我，我也无所谓，但我既然答应了不说出此事，就不会说，可你若是为此害怕而讨好我，那从明天开始，你最好别再出现在我面前。"

第二天常霏固执地站在她眼前。从那之后，常霏对铃萝的信任绝不动摇。

越良泽端着煮好的汤圆出来给她，问："诬陷常霏的人是谁？"

铃萝微微睁大眼打量着碗中的汤圆说："一个无关紧要的人，已经被赶出天极了。"

越良泽问："你做的？"

"不是我，你儿子做的。"铃萝拿着汤勺说，"怎么说他也是戒律堂堂主的亲传徒弟，管这种事也是应该的，我只是给咱们天极的大小姐找了点儿不痛快。"

越良泽站着，伸手摸了摸她的头："在天极过得开心吗？"

铃萝头也没抬地说："有开心的事也有不开心的。"

越良泽继续问："开心的事多吗？"

铃萝闻言抬头看向他。

越良泽低垂着眉眼，神色认真，似乎这个问题的答案对他很重要。

铃萝笑道："你该不会觉得没你在天极我就过得很不开心吧？"

越良泽面不改色地说道："当然不是，我希望你每天都能开心，但既然你这么问了，那我没在天极的日子，你很开心吗？"

铃萝一口将勺子里的汤圆咬进嘴里，软糯的皮破碎后，尝到了里面香甜的味道，是她要的红豆。

越良泽屈指轻滑过她的脸，低声问道："嗯？"

铃萝没好气地回道："不开心。"顿了顿她又问他："你开心吗？"

越良泽弯着嘴角笑。

铃萝受不了他笑，哪怕只是眼里流露的浅浅笑意，都让她悸动。她故作镇静地转移话题说道："再说说你的便宜儿子，跟其他两个人一样不让人省心。"

越良泽问："他能惹什么祸？"在他看来，宋圆圆是最老实正直的那个人。

铃萝咬着汤勺声音含混地说："他骂我小妖女。"

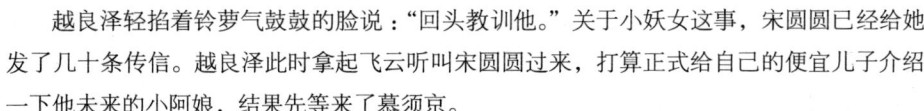

越良泽轻掐着铃萝气鼓鼓的脸说："回头教训他。"关于小妖女这事，宋圆圆已经给她发了几十条传信。越良泽此时拿起飞云听叫宋圆圆过来，打算正式给自己的便宜儿子介绍一下他未来的小阿娘，结果先等来了慕须京。

慕须京身上挂着大袋小袋，抱了满怀的东西，吃的、玩的皆有。他神色木讷地站在院门口，看着院里的两个人犹豫着是该进去还是不进去。

铃萝看见他拿着这么多东西都傻了。

越良泽问："你拿的什么？"

慕须京看着铃萝说："昨晚她叫我买的东西，现在买好了。"

越良泽看了她一眼，走上前去帮慕须京拿东西。

铃萝目光怪异地看着慕须京："你去买东西了？"这家伙不该是一个人待着自闭去了吗？

慕须京"嗯"了一声应着，低垂着眉眼回道："不知道该做什么。"他一直在等待结束的那天，可真到这天后又很茫然。

铃萝吃着汤圆，偷瞄了一眼越良泽，心说："太好了，你一来他肯定不会再问共生灵的事。"

可最后她发现来的不止慕须京一个。宋圆圆带着身后的两位师兄朝铃萝招手，热情表示："来的路上得知我小阿爹下厨，师兄们都表示累了一天想吃口热乎的东西。"

铃萝面无表情地看着来的楚异与子修。两位师兄则审视着越良泽，彼此生出共识：保护我家"白菜"。

越良泽倒没什么意见，只说："还有些馅没包完，人多就一起吃吧。"

铃萝眼巴巴地看着他又回厨房里去。

越良泽把宋圆圆带进了厨房。

宋圆圆拿着擀面棍递过去求饶道："小阿爹，我真不知道是铃萝！知道是铃萝我肯定双手双脚赞同，绝对不会有半点儿意见的！"

越良泽低声问："她这些年都学了些什么禁咒？"

宋圆圆愣了愣，掰着手指头将自己知道的说给他听。

越良泽抬首朝窗外看了一眼。

铃萝当着两位师兄的面教慕须京咒律，纠正他的指诀，慕须京被她嫌弃得生无可恋，又乖乖地听话继续改正。最后楚异看不下去加入指点，师兄妹一人一句毒舌，听得慕须京朝厨房看去发出求救的目光。

越良泽低头忍不住想，如果铃萝真的入魔了该怎么办？有什么事是让她不惜放弃人间的一切也要成为魔的？她必须做到这种程度吗？师门与好友她可以不要，连他也可以放弃吗？那他能阻止她入魔吗？不能阻止他该怎么办？铃萝入魔后就不要他他又该怎么办？越良泽久违地感受到了无助的恐惧。可心中越是无助茫然，他表现得越是冷静，手中动作一丝不苟，汤圆包馅合拢都做到堪称完美，让人以为他无比专注认真，其实他内心崩溃恨不得用瞬影出去抱着铃萝将头埋在她的肩颈反复确认这人心里到底有没有他。

反观铃萝，她吃着汤圆透过窗户望着越良泽的侧脸心中感叹："真好看，看不腻。"

子修觉得这师兄妹教人太过刻薄，一点儿也不体谅这位少宫主刚成了没爹没娘的孤儿，因此父爱爆棚，拉着小可怜温声细语地教导。

慕须京觉得自己总算是活下来了。

楚异剥着慕须京买来的橘子看铃萝，上下打量了一番，冷笑道："买衣服了？"

铃萝仰着下巴，一副骄傲表情。

楚异咬着橘子瓣说："适可而止啊。"

铃萝："我都没怕，你怕什么？"

楚异眯着眼说道："我怕师父。"

铃萝低头拿着汤勺在碗里晃了晃："怕师父做什么？我又没做什么大逆不道的事。"

楚异却欲言又止，最终只是瞪了她一眼没说话。

月宫牺牲者的葬礼都在同一天举行。白色的招魂幡挂满山门，从高处看去一片惨淡，所有乐器都在弹奏安魂咒，温柔安抚又满是悲伤感。被魔杀死，沾染魔息的尸体需要被火化。

姜妙也在其中。巫旭与慕须京站在最前方。老一辈的人死后，他们将是月宫的顶梁柱。

慕须京对此觉得荒唐，并强烈表示拒绝。他在葬礼过后找到巫旭说："我会离开这里，从此以后，我跟月宫没有半点儿关系。"

巫旭面无表情地看着他："离开月宫你能去哪儿？"

慕须京："回我该去的地方。"

"如今万魔出世，天下大乱，你却要躲回山里去？！"巫旭忍着怒意说道，"你以为你……"

话说一半他忽然顿住，因为看见走到门边停下的铃萝。

铃萝笑眯着眼说："你先聊。"话是这么说，但她站在那里不走，无形中给了巫旭难言的压力。

巫旭憋着一个字都说不出来。

慕须京问他："还有什么要说的？"

巫旭怒道："爱走不走！"

慕须京漠然，转身跟铃萝说："谈完了。"

"那走吧。"靠着门框的铃萝站直身子，"他已经在北庭城等着。"

他指的是越良泽。

慕须京决定带着老人回大山去。如今人少的地方反而比较安全，因为从月宫出去的妖魔们只想着对人间大规模地进行报复。

这是万魔出世的第三天。慕须京头也不回地走出月宫山门，铃萝给了他一只灵鸟。

"里面记录了天干地支和万象各上百种咒律，你无聊没事做的时候就学一学。"铃萝边走边说，"你虽然有半日劫剑术，但在练至一息不存时最好不要与过生死境的修者交手，防止被察觉其中的邪气，到时候太平日子又没了。"

慕须京小心翼翼地将灵鸟收好，抬头去看走在前边的铃萝。

铃萝说："剑术虽厉害，但对咒律一窍不通，一个也不会，不说遇上找你这个少宫主挑事的人，运气不好被魔修找到你就哭吧。"

慕须京说："我不想做月宫的人。"

铃萝："那你就当个散修。"

慕须京："也不想当修者。"

铃萝吊儿郎当地说道："那就把灵脉废了。"

慕须京想了想，又委婉地说道："也不想成为左白那样。"

铃萝弯着嘴角笑："你想什么呢？你的实力还没有强到被人忌妒让人疯狂，我保证，你不会变成她那样。"

慕须京直觉这话有哪里不对劲，却又找不出那微妙的答案。

铃萝："丹水真君会送你们回去，我要跟大师兄他们去巡山，如今十二大仙门的弟子都对自家山门管辖领地加强防护，不时还要去别的大洲或是城镇，忙起来了，你先自己玩吧。"

慕须京点着头，低声应答，又听铃萝问："你家的山叫什么名字？"

她先记下来，免得以后入魔大杀四方时把这方世外桃源也给踏平了。

慕须京说："天照山。"

"你再说一遍？"铃萝转身看着他，"什么山？"

慕须京也停下脚步，老实回答："天照山，在云山之后，过百里渡河，离城镇很远很远，到处都是丛林河流，百里渡河的尽头就是天照山。"

铃萝问："你住天照山里边？"

慕须京摇头："它太大了，有三道分界线，最外围的那一道就让人望而却步，山中深不可测，人们入山太深根本找不到路回去，我也只能到分界线附近，后来因为里面的猛兽太多，就跟阿叔在最外围的山脚住着。"

铃萝问什么他答什么，绝不会多嘴去问为什么，但其实心里已经列出无数条疑问。她怎么对天照山这么大反应，难道她以前去过吗？

铃萝神色高深莫测，打量了慕须京一番。

慕须京对打量的目光很是敏感，下意识地站直身体绷紧神经，十分专注。

"原来你住这里啊。"铃萝漫不经心地转过身去，"天照山挺好，适合养老。"这小可怜曾经死在雪山封印里，根本回不去，如今命运被改写，能提前回山里种田养老。可惜的是他待不了几年，天照山就会被四方禁兽给踏平。

正值白天，北庭城街道上多了许多穿着黑红长袍巡逻的三司教人，人们都在热议出了什么事，府兵们则挨家挨户地分发符咒，张贴告示从今日起实行宵禁。慕须京是坐船走水路离开的，去往渡口的时候，铃萝带着他去了花坊，买了许多花种或是树苗。等在渡口的越良泽看见两个人时，慕须京怀里抱了四五盆大小不一的盆栽。

面对慕须京那熟悉的求救眼神，越良泽不动声色地问道："你买的？"

"让他帮我提前种一些。"铃萝理直气壮地说道，"反正他回去也没事做。"

慕须京："我有，真的有，每天干农活能从天亮干到天黑。"

越良泽伸手接过两盆盆栽，示意他先上船。

周围来往的人很多，两个人站在相对僻静的角落，抬头就能看见石桥上来往的人们，以及等在不远处的楚异跟宋圆圆。

楚异双手抱胸站在石桥上，居高临下地朝渡口看去，觉得这事就很离谱。他怎么就放任那两个人单独在一起？

宋圆圆正拿着玉听跟小伙伴发传信，抬头朝下边看去时冷不防撞见铃萝踮脚在越良泽的脸颊上亲了一下，吓得连忙捂住眼睛后手指张开一条缝。

楚异咬牙切齿地说道："岂有此理！"

楚异拿出玉听正要让铃萝矜持点儿，打字时却见越良泽长臂一伸把人捞进怀里低头吻去。

宋圆圆还在暧昧地笑时，就见楚异"咻"地拔出腰间的佩剑，连忙把人按住道："大师兄冷静！"

越良泽低声说："那个叫须鳅的魔王也被放出来了，他跟圣剑宗有些恩怨，我会先回山门一趟，再从东南边一路巡视。"

铃萝仰着下巴说道："没关系，又不是没分开过。"

越良泽听得静默。这是什么很值得骄傲的事吗？他又开始怀疑这女人心里到底有没有他。

越良泽不动声色地说道："如果我从东南往下，可能很久都到不了天极管辖地。"

铃萝依旧一张骄傲脸："那也没事，管辖地这边的魔我肯定能杀得干干净净，来一个死一个。"

重点不是这个。越良泽继续说："天极不在那个方向。"

铃萝眨巴着眼看着他："你要去天极吗？"

"不去。"他迎着铃萝那双明亮澄澈的眼轻声说，"我要去的方向遇不见你，你得保护好自己。"

铃萝扬眉笑道："看不起我啊丹水真君。"

越良泽："我知道你很厉害，但这是不一样的，铃萝，只要不在你身边，我就会担心你过得好不好。"因为他觉得人间很苦，有万般劫难，也万恶不息。他只相信自己的力量。

铃萝眨着眼，朝他笑得明艳："那你就早点儿来见我，或者我早点儿去找你。"

渡船上传来号角声，提醒他时间不多了。

越良泽说："我会早点儿去见你的。"

铃萝却说道："我们还有很长的时间，你别急。"

越良泽目光柔和了一瞬，转身上了船。

铃萝目送船只远去。船只在水面上划拉出长长的痕迹，临近冬季的风变得很凉。她恍惚记起自己也曾站在这里目送某人离去。时间倒流前离开月宫时，她因为忘拿东西而回去一趟，出来时遇见同下山门的越良泽，对方神色沉静，将黑剑别在腰后，漫步走在花海道上。

铃萝心中想着怎么偏巧遇上他，因为被师父告诫过不要与圣剑宗的人走太近，再加上这人抢她的风头，也没有主动跟她打招呼，铃萝便闭口不言，当没看见他。

哼，凭什么要我先跟他打招呼？两个人一前一后地走着，安安静静片刻后，她因裙摆被花枝钩住而停下脚步低头看去。走在前边的越良泽也停下侧首。

铃萝注意到他回首的目光，心中暗恼，弯腰去将钩住裙摆的花枝拨开，却见一束剑光掠过眼前，牢牢地钉在那花枝上，土褐色的花枝化作黑色的魔气散开。

越良泽说："那是石花魔留下的小陷阱，它喜欢对女孩子下手。"

铃萝心里气得嗷嗷叫，觉得丢脸，直起身后却看他凶回去："我会不知道吗？"

越良泽沉默。他只是借此跟铃萝搭话而已，却不知道对方会这么凶。无奈的丹水真君想了想又说道："山道还长，路上可能还有更多这样的事。"

铃萝："我会不知道吗？！"

越良泽实在不知道自己说错了什么才让对方如此气鼓鼓地对待，只能默默地闭嘴走路，余光却不自觉地关注走在后边的人。

两个人进北庭城时，铃萝才问："你去哪儿？"

越良泽："渡口。"

铃萝问："坐船？"

越良泽应声点头。

铃萝"哦"了一声，跟他擦肩而过。她去闹市买了盆小橘树，盆栽的橘树上结满了金色的小果子。铃萝买好盆栽后赶去渡口，没瞧见越良泽，便召唤了一只灵鸟飞去船上找人。

当越良泽被灵鸟吸引，一路走到甲板上往下看时，就见少女抱着盆小橘树，隔着来往热闹的人群看着自己，那漂亮的眼微勾着，整个人娇美又倨傲。铃萝将小橘树递给越良泽，轻哼着说："刚才……谢谢你，渡船上味道难闻，给你盆橘树，能醒神又好闻。"

越良泽接过小橘树，眉间淡淡的阴郁之色化解，嘴角微弯。

铃萝："不许笑！"

越良泽"嗯"了一声，抱着小橘树盆栽："我没笑。"

铃萝摆摆手示意他赶紧走，听着船上的号角声，转身离去。

渡船出行，渡口传来许多人告别的喊声。往外走着的铃萝忍不住回头看了一眼。甲板船栏边站了不少人，他们朝岸上的人们挥手告别，而铃萝一眼就看见了那个抱着小橘树的男人。

妖魔肆意祸乱人间，尽管各大仙门有所戒备，第一时间派出人手，却还是免不了与狡猾的妖魔们交手而伤亡。铃萝回东岛天极管辖地一个月内，每天都能收到各方传来的消息，哪边死了许多人，哪边遇上魔王，谁家厉害的修者也入世，又或是哪边某某散修表现出超强的实力，等等。东岛天极有不少沿海村寨，弟子们平时就负责对付袭击村寨的海妖，如今加强巡逻人手后，连海妖都消停不少。入了冬季，天气转冷，日暮也显得早了。海水温柔地抚过岩石，将远行归来的船只平安送到，渔民们麻溜地收拾好工具下来。

铃萝跟着其他弟子从船上下来，却感觉脸上冰凉，抬头看去，初冬的第一场雪到了。

身旁的徐慎伸出手说道:"哦,下雪了。"

"下什么雪?冷死了。"常霏翻了个白眼,双手抱臂搓着。

身旁有几位师妹因为下雪而一扫出海巡逻的疲惫样子,兴奋地叽叽喳喳讨论起来,还时不时偷偷朝几位师兄看去。

于休腰间别着玉笛,正跟铃萝边走边说着话:"妖魔袭击人的次数变多了,师父入山布阵已经七天没出来,看样子还要在里边待上一段时间。"

铃萝把玩着手中的樱喜说道:"二师兄你去看看师父吧,我联络一下大师兄问问他那边的情况如何。"

于休点头,走时又说道:"今晚守夜小心些,我之前感受到海妖的气息,它们也被众魔影响着蠢蠢欲动。"

新月已升上海面,半弯着静看掠过的云海与人间。铃萝站在海边微眯着眼看远方天际,细雪纷纷扬扬,落在她发间时很快又悄然融化。接受山门命令行事时,在外的弟子们都穿着门服。从村子里出来的几位师弟朝海边看去,就见一抹月下倩影静立雪中,白色衣裙绣着金纹,优雅精美,衬得此人高不可攀。

铃萝正低头发着玉听传信。

越良泽:"今晚到钿花州,路上遇见了南山雪河的人。"

"你可别倒霉地遇上他们家大少爷。"

越良泽:"……"

看来他是遇上了。铃萝:"你真倒霉。"

越良泽跟她说:"他修为有所长进,神术剑意又上一层楼。"

铃萝不以为意,却想起越良泽曾独自去往南山雪河挑战风云鸿一事。不可一世、被称作世间最强剑术第一的风云鸿,在使用神术剑意与越良泽对战时却输了。

从那天起,剑圣的称呼被越良泽夺走了。可这人好端端地去挑战风云鸿干什么?他还指名要跟神术剑意打。他不是很淡泊名利,对剑术这种事似乎也不见得有多么在意的吗?

铃萝走神时听见脚步声,有人朝她走来,耳边传来清朗干净的声音:"师姐,下雪天冷,这个给你。"她回头看去,不远处的常霏也朝这边喊道:"定澜师弟!你的亲师兄在这儿呢!你怎么不先给你师兄递伞?!"

身为定澜的亲师兄的徐慎点了点头。被叫作定澜师弟的少年跟铃萝搭话时似乎已用尽了所有勇气,被常霏这么一喊,白皙的脸瞬间红了一片,迎着铃萝明亮的眼结结巴巴地说道:"我……我这就给师兄拿伞去。"

"不用了。"铃萝握着伞柄朝常霏跟徐慎走去。

徐慎接过伞,罩着另外两个人后跟定澜说:"谢谢。"

定澜呆住。

常霏笑嘻嘻地揽着徐慎的肩膀转过身去,一手拿出玉听说道:"这种事一定要告诉师兄才行,让他有点儿危机感,咱们铃师姐可是很受欢迎的。"

铃萝收到了慕须京的例行汇报。

慕须京:"一共十六盆,有八盆发芽了。"

铃萝:"另外八盆呢?"

慕须京:"这两天连续下大雨,应该是被淹死了。"

铃萝:"你就是这么种花的吗!"

慕须京:"发芽的花给你发了传画。"

铃萝目光深沉地看着这句话,还没来得及回复,就又收到对方说:"忘了天极的玉听收不到传画。"

铃萝:"哈。你是打算只活到今天吗?"

慕须京发完传信,心情舒畅,因为搬动花盆避雨而出了汗,抬手擦了擦,在老人的呼喊中进屋吃晚饭。果然距离会淡化恐惧感。

铃萝听见常霏发着传信时嘀咕:"为什么咱们的玉听不能发传画?万象阵法是不是该改进改进了?"

铃萝哼道:"天极的废物。"

另外两个人听得头皮发麻。

铃萝正想着怎么收拾慕须京,越良泽给她传信:"下雪了吗?"

"不大,挺漂亮。"说完她就想给越良泽看海上的雪景,拿着玉听对准海面才发现发不了传画,再次骂道,"长老这帮废物!"

徐慎怕她再骂第三次,抬手在周围施了个静音咒。

"雪季很长,缺伞吗?"越良泽问她,"我去的时候买。"

铃萝不由得瞥了常霏一眼,常霏笑容灿烂地朝她比了个拇指。

"我缺你。"铃萝脸不红心不跳地发过去。

越良泽看后抿唇。也不知这女人是不是真的想他,反正每次看见类似的传信他都想直接御剑去找铃萝。但他最终发出去的传信是:"我去买伞了。"

铃萝去找于休:"二师兄,有不少魔是师弟妹们都没见过的,快让师父去催一催长老们赶紧给玉听升级发传画的功能吧,最好明天就能发!"

于休有些为难:"师父忙着看守阵法,应该不会分心去管万象阵法的事。"

铃萝:"那你跟师父撒个娇啊!"

于休:这招只有你使才管用吧!

铃萝一脸"二师兄你一定能做到"的信任表情看着他。

于休叹气。翌日,天极玉听升级,可传音传画,众弟子狂喜不已。雪落了一夜,铃萝从常霏那里得知后,用玉听存了两幅雪景给越良泽发去。

越良泽:"玉听能传画了?"

铃萝眯着眼,立马给慕须京连发数十条传画。

"玉听不能收传画?"

"今天能收了你知道该怎么做吧?"

"你那么想给我发花盆传画,我就勉为其难地每天都看看你是怎么照顾那脆弱的花苗的。"

"漏了一天或者养死了我就杀到天照山去。"

刚起床的慕须京觉得他可能没睡醒，转身又倒回了床上。

铃萝站在屋前跟越良泽发传画，听见定澜师弟喊她："师姐！吃早膳吗？"

在风雪中笑容干净腼腆的少年让铃萝一瞬间有些恍惚。她终于想起来这位师弟了，曾经因为对她告白被云守息看见后遭灭口的倒霉蛋。

定澜捧着碗说："都是从山门斋堂里带出来的食物，还有村民送来的鳕鱼汤，师姐一起来吃吗？"

铃萝："你先吃，我去叫师兄一起。"

"好，我去给师姐你留着点儿。"定澜笑着转身。

铃萝以前不觉得喜欢有什么，喜欢她的人那么多，这些人得不到回应又不是她的错，但喜欢这份心意不该被肆意践踏侮辱。铃萝跟常霏和徐慎一起去吃早膳，融不进三人组的定澜沉默，但师兄们对他很照顾，调笑间嘘寒问暖。

第二天晚上云守息从山中回来，妖魔已被除去，护普通人安全的阵法也被布置好了，因精力消耗太大，他看起来有几分疲惫。夜雪簌簌，铃萝在海边巡夜，明月高悬，湛蓝的海面映着月影，身处此方天地时让她有种诡异的违和感。她迈步朝浅海走去时，听见云守息在身后叫她："铃萝。"

铃萝回头："师父？"见云守息过来，她乖乖站好："师父近日消耗大量灵力，怎么不去休息？"

云守息柔声说道："过来看看你。"

"那要吃点儿东西吗？"铃萝又问。

云守息摇头，铃萝说："我去给你拿伞。"刚走了没两步她就被云守息捉住手腕，他带着她朝海面走去。

"师父？"铃萝故作不解地问。

"陪为师看看今晚的月色吧。"云守息轻声说着。他释放灵力化作点点飞舞的萤火虫环绕在两个人身旁，带着铃萝稳稳地走在海面上，后方看见这一幕场景的村民们震惊地睁大了眼。

云守息漫步走着，似没有目的，却又越行越远。他垂眸打量着脚下的深海，问铃萝："漂亮吗？"

铃萝："漂亮。"

云守息说："灵力存于天地，普通人看不见也感知不了，只有身怀灵脉者才能窥见其中一二，在这偌大的天地间，灵力随处可见，生生不息，可纵观修界上千年，所有人都只窥得那一点点。"

天地只用那微不足道的一点点灵力，便供养了整个修界。

铃萝的玉听响起，但因为一只手被云守息捉着，他又在说与修行有关的话题，她便没有拿玉听。

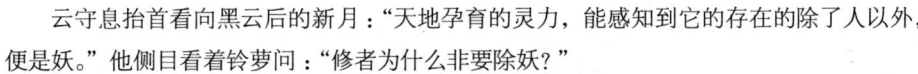

云守息抬首看向黑云后的新月:"天地孕育的灵力,能感知到它的存在的除了人以外,便是妖。"他侧目看着铃萝问:"修者为什么非要除妖?"

铃萝的玉听嗡嗡作响,她面不改色地答:"为了守护人间秩序。"

云守息轻挑起眉:"就只是这样吗?"

铃萝知道他要的答案,却装作不知,神色茫然地看回去。

云守息:"你二师兄可是一点就知。"

"那是二师兄厉害。"铃萝理直气壮地回道。

云守息宠溺地笑道:"因为彼此都怕对方将属于自己的天地灵力夺走,尤其是在同一范围内修炼,若是一方修为久不见长进,便会怀疑是否他人夺取了更多的天地灵力,导致自己无法获取。万妖修炼方法不同,但最基础,也是必要的天地灵力,跟我们是一样的。"

铃萝想缩回手去拿一直响的玉听,却见云守息没有要放手的意思,便换了另一只手去拿。

云守息漫不经心地瞥了她一眼。

"所以我们杀妖也会增强修为,反之妖也是?"铃萝一边应付云守息的教学,一边低头看玉听。好家伙,慕须京给她发了几十张传画来,难怪玉听响个不停。

云守息笑道:"人与妖的灵脉所需都是一样的。"

铃萝听到这话时眨了一下眼,以前没觉得有什么,可现在听着感觉很诡异。她抬首朝云守息看去,对上了那双温柔的眼。因为人与妖共同需要天地灵力,所以云守息才将她的灵脉与妖换得如此顺利吗?铃萝弯着嘴角,瞥见越良泽发的传信时将玉听收起,笑着问云守息:"师父,若是把修者的灵脉与妖换了,那这人会怎么样?"

第四十三章 万魔出世

第四十四章

玉灵珠

云守息一瞬间有些惊讶,别过头去,柔声道:"怎么会问这种事?"

"好奇。"铃萝一脸老实样。

云守息说道:"两者互换灵脉是禁止的。"他给了模棱两可的回答。

这个话题被云守息避过,铃萝也没有死追着不放,因为他们都收到了天极发来的讣告:六堂主在钿花州与二十六魔力战而竭,日暮时灵散天地。

云守息蹙眉看着传信的灵鸟,将它捏碎。

目前已知并冒头的二十六魔都在钿花州,一个要复活自己的师尊,一个追着人抢剑。

"看来在钿花州的二十六魔才是源头。"云守息说着,牵着她往回走,"过些日子就是静神节,六堂主走得有些早了。"

静神节会为死者扫墓祭魂,到时安魂咒会响彻整个山门一整天。

天极弟子们需要去祭拜牺牲的宗门前辈们,如今这些前辈中又多了一个六堂主。

铃萝低声说道:"师父节哀。"这次死的人不少,各大仙门都有损失。两个人漫步走在海面上,每踩下一步都会有一圈圈波纹荡开。

云守息说:"静神节后,我再教你一个咒律。"

铃萝神色微怔:"什么咒律?"

云守息微微笑着:"一个失传很久的咒律。"

时间倒流前师父说这话后教了她禁术共生灵。可这不是在她守城之后才有的事吗?如今却提前了?铃萝蹙了下眉头,云守息瞥见后问:"不想学吗?"

"没有,师父肯教我就学。"铃萝嘴上说着鬼话,明白云守息有些心急后,低声说道,"师父,你还记得当初逍遥宗找来天极,说我是杀害大长老的女儿的凶手的事吗?"

云守息余光扫去,不动声色地说道:"记得。"

铃萝说这话的时候低着头看着脚下的波纹,海水深蓝:"师父你觉得,锦苑是不是我杀的?"

"这件事不是已经结束了吗?"云守息问,"逍遥宗的人又找你了?"

"没有。"铃萝说，"师父你还没回答我的问题。"

云守息回道："你有杀她的理由，人是不是你杀的并不重要，就算真是你杀的，逍遥宗也不可能在我手里伤害你。"

"那年过后，师父你应该调查过我。"铃萝说，"凭师父的手段，你早就查出来我的所有事，知道我从逍遥宗逃出来，也知道我进逍遥宗前都去过哪里，遇见了些什么事是吗？"

"铃萝。"云守息停下脚步侧身看着她，"你觉得我知道些什么？"

铃萝仍旧低着头，没看他，却笑着说："师父这么厉害，当然是什么事都知道。"

云守息轻声叹息，伸手摸着她的头，温柔地安抚着她。

"逝者已逝，恩怨也了，不要再去想那些事，仇恨并不能让你快乐，你已经有了新的人生。"云守息柔声说着，注视着她的目光映着月色，不经意地反射出眼底深处藏匿着的爱意，"有我在，我会保护你。那些困扰着你，给你留下不好印象的存在，我都会替你挡着，它们再也无法伤害你。"

可痛苦是难忘的，比快乐更难忘。铃萝缓缓抬首朝他看去，云守息以为自己会看见一双感动或是充满柔弱神色的眼，却不想那双漂亮的黑瞳里满是倨傲与审视之色。即使两者身高相比她略矮几分，此时她仰首看来的目光却让她显得高高在上。

"早在遇见师父之前，人间就教会了我一个道理。若是想要别人对你永久难忘，你只需要粉碎这人的自尊和骄傲，将他踩在脚下的泥泞中尽情践踏侮辱，这难以消除的痛苦与怨恨，会让他将你牢牢地记在心里，永世难忘。"铃萝不卑不亢地说着，抓住云守息牵着她的手的手腕拿开，面上带着笑意，"这些年来，师父一直教导我放下恩怨，不要被那些往事牵绊，应该去过更好的人生。其实师父说得也对，人不能一直活在过去，但我也不打算忘记过去。师父，你不想我报仇，到底是担心我会变得不再像我，还是从一开始就跟那人约定好，你只需要看住我就行？"

云守息眼中的柔意渐渐退去，他反抓着她想甩开他的手，力道之大，将铃萝往身前拽去，那素手却翻腕拿出樱喜"唰"地一下打开，红色的灵力光芒自两个人之间直冲天际。

铃萝没动，云守息也没放手。

男人看着她的目光变得幽深晦涩："你是这么想的？"

"我如何想的一点儿都不重要，重要的是师父你是怎么想的。"铃萝微微笑着，此时此刻她最像是云守息的徒弟，一个将温柔与微笑的伪装挂在脸上的参息真君，"我的咒律和法术都是你教的，樱喜也是你给的，身份地位亦然，入内门到现在这些年，师父你是对我最好的人，你也应该是最了解我的人。"

我当然是最了解你的，也是这世上唯一了解你的人，可为什么眼前的你让我如此陌生？这些年我已将你驯化，让你退去野性，变得乖巧柔顺，我可以给予你锋芒与利刃，但在我身前时这一切都将被收敛，是什么让你竟敢站去我的对立面？云守息目光幽沉地看着她。

这张脸年轻又漂亮，与他记忆中的模样重叠，本该妩媚柔和的眼神，此刻却带着野性与倨傲之意，犹似高高在上的神正审判着低贱的魔。从什么时候开始她又恢复了难以控制

第四十四章 玉灵珠

的野性？是在北庭月宫，还是在西海太初，又或是更早之前？

"我是这世上最了解你的人，你也只有我。"云守息抓着她的手不放，态度强势又霸道。

铃萝却微抬下巴，樱喜种灵，海面生出花枝，吸取了云守息的灵力的花树变得庞大无比，短暂地在两个人之间盛放后凋谢。

"师父，你再好好看看我。"铃萝说，"你真的了解我吗？"铃萝直视着云守息，表情前所未有地认真。她在给云守息最后的机会。细雪不知何时停了，在月下飞舞的樱花飘过两个人眼前，铃萝以樱喜种灵逼得云守息松了手，而云守息也划出结界拦了她的退路。

云守息朝她伸出手，灵力强势地压迫着樱喜，将飞舞徘徊在两个人之间的花瓣震碎："铃萝。你不该变成那样。"他沉声说着，好听的嗓音有些沙哑，因此显得气势十足，透露出的威慑感让人心生退意。"不必留恋过去，我会给你更好的。"云守息朝她伸出手。

铃萝却摇头："师父，你还是没回答我的问题。"

两方灵力相撞，一攻一守，脚下海水翻涌，似要掀起大浪。

又一只天极的传信灵鸟飞来，也是讣告：药斋斋主红月，于钿花州灵散天地。

于休御剑在上方朝两个人说道："师父，大掌门用玉听找你没有回应，便叫我来问问。"

他目光有些迟疑地看着两个人："你们这是吵架了吗？"

铃萝收起樱喜，侧身退开道："师父先去忙吧。"她又恢复了乖顺徒弟的模样。

云守息神色略显冷淡，接过于休递来的玉听离去。

等他走远后，于休才落在铃萝身旁叹息一声，铃萝却笑道："二师兄来得正好。"

于休陪着她往回走，又问："师父很在意你，又都是为我们好，吵架你也别生气太久，过了今晚就和好吧。"

"是师父生我的气。"铃萝漫不经心地说着，一边拿玉听一边问，"红月斋主也死在钿花州了，那边都还有谁？"

"南山雪河找到了白骨魔在钿花州的巢穴，今日他又抓了数十名年轻女子入魔巢，风掌门认为他复活左白真君的地方就在魔巢内，几家堂主入魔巢却不幸身亡。"于休说道，"大师兄今夜也到了钿花州，六堂主身死，但还有部分天极弟子被困在魔巢里，南山雪河的大少爷也被困在里边，南山雪河上下都很着急。"

铃萝低头看之前越良泽发的传信，上面写着："圆圆被困在魔巢里，我先去救他。"

钿花州魔巢。

铃萝愣愣地看着这条消息。越良泽比她先到魔巢吗？她犹记得当初她在魔巢受伤昏迷前，隐约看见一个身影掠过，跟越良泽很像，后来得知他比自己晚了两天入魔巢，所以他不可能出现在那里。但在魔巢的迷魂洞时，越良泽突然主动与她比了一场剑术。那是他们在迷魂洞前狭路相逢时，露天的洞穴上方有漫天星光，地面栽满红白色的小花，细长的绿藤攀着墙壁一路往上，香味馥郁，可迷人心智。

山壁上有许多洞口，她从不同的洞口出来，还没下台阶，就看见站在对面洞口的越良泽。这人一身黑衣，彼此目光相撞时，他拔出了别在腰后的无生。越良泽一步步走下台阶，跟她说："铃萝，我们比一场。"

铃萝微怔，狐疑地看着他："现在？丹水真君，区区迷魂花而已，你不会中招了吧？"

越良泽神色平静地朝她走来："你与我比一场，赢了我就让你走。"

铃萝微眯着眼，被他的话说得有点儿不悦："赢了就让我走？你可真是傲慢。"

越良泽走完台阶，下至花地里，甚至拨开了一卷断意，看起来十分认真。

铃萝："你真要与我比？"话刚说完，无生的剑势已横扫过来，她不得不拔剑。

铃萝也许会疑惑，但不会退缩，淡白色的雾气悄然散开，点缀了此方天地。她仔细想想，这似乎是她第一次与越良泽对剑，从开始的戏弄，到后来变得认真。

越良泽的每一剑都干脆利落，没有太多花招，却无比强势。

铃萝比试时也有几分好奇，试图从岁雾中窥得他所见景象，奈何越良泽十分小心，一直抗拒着岁雾映照他心中的景象。可岁雾并非如此好对抗的，尽管越良泽已经很小心，铃萝还是从岁雾中窥见一角。但铃萝能确定，岁雾映照的景象，绝对不是越良泽所渴望的美。那是充满世间每一处的黑色魔息，浓浓黑气中，一张张线条夸张狰狞的脸和身影被扭曲着，所见让人恐惧、绝望，无半点儿美感。

岁雾会引诱并映照出对方内心最真实的渴望以及对这尘世间的美好幻想，越良泽却对这世间没有半点儿期待。铃萝被这景象惊了一瞬，无生与岁雾相撞，发出清脆的剑击声，越良泽快速变招，让人看得眼花，她认真应对，每一招都接得恰到好处。

越良泽剑势逼近她，狭长的凤目低垂着看去，清冷的声音落在她的耳边："你的剑术只有这些吗？"

铃萝气得横剑将他斩退："丹水真君，你这种不管不问直接冲上来的行为叫比剑吗？我没对你用杀招就算好的了。"

越良泽回道："我问了，你也可以用杀招。"

你有病呀！铃萝在心里骂着，剑势却也变得更加凌厉。

两个人实力本是旗鼓相当的，但论剑术，越良泽始终比她厉害一点点。岁雾散形被无生斩开，剑势击退铃萝，越良泽却又使用瞬影欺身而上，近战交手时将无生别去腰后没用剑。

铃萝没跟他客气，近战交手以剑势压制越良泽，把人逼退倒在花地上，屈膝抵着他的下腹，单手撑在他的肩上，长剑横切贴着他的咽喉。越良泽抬眼看着她，铃萝骂道："越良泽！"话音刚落，她却见她的玉灵珠落在了越良泽的衣上。铃萝神色阴沉了一瞬，将玉灵珠拿起。

越良泽说："你赢了。"

"你是什么意思？"铃萝却没收剑，盯着他问，"突然找我比剑又放水，你看不起谁？"她的话里带着点儿恼意。

越良泽偏了一下头，冷静地说道："我没有放水，你不是用杀招了吗？我不想死。"

铃萝："谁用杀招了！"她气得将剑刃往前一递，"信不信我真杀了你！"

"我信。"越良泽眨着眼看她，黑长的眼睫轻颤，一睁一闭时眼睫下那双幽深沉静的黑瞳始终只映着女人的脸，"我的确认真了，你应该能感觉到，如此结果是我技不如人。"

铃萝盯着他没回话。

越良泽起初任由她看，最后却别过脸去，样子有些狼狈。

"比剑结束了。"他淡淡地提醒。

"想起来？"铃萝俯首靠近，低声问道，"那你告诉我，你身上的魔息哪里来的？"

越良泽垂眸不答。

铃萝耐心地等了一会儿，听他说："我身上有魔息吗？"

越良泽又抬眼看她，沉静的眉眼间不见半点儿慌乱恼怒之色："这是魔巢，到处都是妖魔，我与之交手不可避免地会沾染上魔息。"

"我指的不是外在的——"铃萝撑在他肩上的左手轻按在他的心脏处，"而是这里。"

越良泽的心跳快了。在铃萝出言嘲讽前，他先动手抓过按在心脏上的手腕把人拉开，铃萝却没想到他会突然动手，又怕岁雾真伤了他，收剑时没了支撑点，身子往下趴，反被人扶住肩膀，却没稳住。

铃萝倒下时碰到了越良泽的嘴角。两个人都怔住。

铃萝眨了一下眼，内心"嗷嗷"叫，自己有一天竟然会栽在这种烂俗的套路里！她半直起身，一手轻擦过唇，神色看似镇静却低头咬牙切齿地问越良泽："你故意的吧？！"

越良泽："不是。"

铃萝："你就是！"

越良泽沉默。

铃萝气道："你反驳啊！"

越良泽抿着唇别过脸去，不反驳了。

她那时觉得越良泽这人还挺倔，后来还说，我不跟性格倔的人玩。

越良泽听了这话后看了她一眼又别过脸去。

于休的声音唤回了她的思绪："六堂主的亲传徒弟们已经准备动身去钿花州。"

铃萝上岸后看见了整理好东西出来的徐慎等人。他微皱着眉头，常霏披着大衣站在一旁，显然是要跟他一起走。

六堂主是徐慎的亲传师父。

定澜师弟在旁边红着眼睛跟徐慎说："师兄，我也一起去。"

徐慎说："你修为尚浅，去钿花州太危险，就在天极等消息吧。"

定澜握紧双拳说道："师兄，我已经悟到生死境，能保护好自己的。"

这师弟其实天赋很好。

徐慎看着他，伸手拍了拍少年的肩膀，动作带着安抚意味。

铃萝跟于休说："我跟他们一起去钿花州。"

于休迟疑道："那边已经有大师兄……"

铃萝悄声说道："二师兄，我说认真的，是师父生我的气，我最近若是在他眼前乱晃反而惹他烦。"

于休心说师父可能会烦大师兄，但绝不会烦你。

云守息对铃萝的宠溺程度，身边的两个徒弟最清楚不过。

于休最终还是放任她跟徐慎等人先走了。

等云守息商谈完事后，得知铃萝已经出发去了钿花州后没说话。

于休有点儿担心，犹豫地唤道："师父……"

云守息却说道："她总会回来的。"

一个多月过去，各大仙门与三司教联手保护人间，多处动乱已被平息，捣乱的魔也日益减少，发号施令布局的是白骨魔，如今修者只需要将源头斩去就能结束这动乱。

铃萝在去钿花州的路上想了许多事。水天镜倒流时间前她并未对迷魂洞那一战多想，思绪都被别的事占据，也从未告知过别人她在岁雾中所见景象。现在她想想，当初苦业花记忆里越良泽跪在圣剑宗前时，他的师哥说过以为越良泽会入魔。这人到底都经历了些什么事？铃萝越想越闷。御剑飞行到钿花州已是天亮，铃萝落地找了留在这边的天极弟子，看见了死去的两位堂主的遗体。

钿花州已由南山雪河的人接手，他们就驻扎在魔巢山下。但南山雪河的长老们并不打算让这些年轻人进魔巢，因为太过危险。

铃萝问："那我大师兄为什么能进去？"

南山雪河长老答："他是被抓进去的。"

铃萝面不改色地说道："我要去救我师兄。"

南山雪河长老伸手拦道："此地危险，你在外面等候就好，救人的事有你那些前辈去做。"

铃萝环视周围一圈，挑眉道："我救我师兄，关你们南山雪河的人什么事？"这话虽说得不客气，但她的表情还算不卑不亢。

南山雪河的长老皱眉，面带怒意，旁边听见这话的南山雪河弟子都惊讶地朝铃萝看去。此时此刻铃萝不像是来救援的，更像是来挑衅找事的。

"年轻人不要仗着有点儿实力就以为自己天下无敌。"南山雪河长老收敛怒意，眼神轻蔑地说道，"就凭你也想跟二十六魔斗？我可不想到时候参息真君来找他的徒弟却只带回去一具尸体。"

铃萝眨眼道："就凭二十六魔也想跟我斗？"

南山雪河长老冷哼着沉声道："好生嚣张，就是你这样目无尊长、不懂谦卑礼数的人夺得金鸾池宴魁首？这金鸾池宴可真是一年不如一年！"

铃萝笑道："长老谬赞，往上再数几百年，也没见哪年的魁首是踩着神术剑意夺下的，今年确实没什么看头。"

南山雪河的弟子们听得哗然。这人太狂妄了！

"你简直放肆！"南山雪河长老神色阴沉，动怒之意十分明显。他最是偏心风天耀，认为自家少主才是当代年轻一辈中的翘楚，别家的人都比不上。如今却有个女娃在这里暗讽嘲笑神术剑意不说，还如此嚣张狂妄，简直岂有此理！眼瞧两边气氛越来越僵，就快要打起来似的，常霏在其他师弟的求助下终于赶到，上前笑着打哈哈地把铃萝拉走。

"长老莫生气，她这是太担心大师兄，一时心急说话多有得罪，我替她向您道歉。"

铃萝面不改色地被他拉走，常霏招着手，示意那些看热闹的人都散了，拉着铃萝走远确定周围没有南山雪河的人后才拍着胸脯呼气。

常霏抓狂道："祖宗，你这不是当面挑衅南山雪河的人打他们的脸吗？这是人家的地盘，风掌门正千里迢迢地赶过来救子，你现在提起金鸾池宴那事他老人家知道后不给你点儿颜色看看？"

听他提起风掌门，铃萝神色莫测。

"魔巢的入口并不好找，它在这山里千变万化，似乎是按照某种阵法来的，大师兄跟圆圆他们都是猝不及防地被拉进去的。"常霏将自己问来的情报告知她，"听说那风大少爷就是不服气往山里跑去想找二十六魔，结果把自己给送进去了。"

铃萝："蠢货。"

常霏无奈地说道："咱们暂时小心些准没错，有越师兄在里边，圆圆应该死不了。"

铃萝看向山巅之处说："我知道魔巢入口的阵法，今晚子时在坎水之位就会开门。"

常霏："你怎么知道？"

"算的。"铃萝朝天极弟子扎营的地方走去，"到时候我去就行，你在外边看着徐慎，防止他因为六堂主的死情绪生变，暴露自己会禁术的事。"

常霏已经习惯铃萝会常人不会之术，对她说的时间与地点毫不怀疑。

两个人往天极扎营的方向走去，走着走着，常霏却发现铃萝停下了，问："怎么了？"

铃萝看着多名南山雪河弟子的方向说："你看。"

常霏："看什么？"

铃萝静了片刻，说："没一个女弟子。"

常霏汗颜道："碰巧，碰巧，这南山雪河人这么多，我们就看见这么几个，不能说他们真的一个女弟子都没有。"

铃萝边走边说："当然不是一个都没有，只是特别少。"

常霏一脸无奈加头痛的表情，却又忍不住朝南山雪河等人的方向看去，无意识地去数男女弟子的数量。

铃萝一整天都在帮忙治疗受伤的弟子们，也看见来此的人越来越多，都是各大仙门的长辈或是之前在金鸾池宴上碰过面的宗门佼佼者，其中就有逍遥宗的大长老。

好几年过去，大长老再见到铃萝时，眼中怨恨之色越来越深。

当年能任他宰割的小女孩却变得越来越强大，面色无惧，甚至带着三分玩味与嘲笑之意。

"铃萝。"一道熟悉又陌生的温和声音让铃萝转身看去，入眼的是身着西海太初门服的男人。

"詹容师兄？"铃萝上前问道，"你也来这里了？"

詹容点头，瞥了一眼她腰间的樱喜，蹙眉道："得知楚兄被抓进魔巢中，我放心不下，便随琮秀一起过来。"他一边说着，一边自然地带着铃萝与逍遥宗的人拉开距离。

詹容与楚异是好友，铃萝跟他交情不深，印象中对方是很谦卑温和的人。

因楚异的话题聊了片刻，詹容便被西海太初的人叫走了。

铃萝在原地站了一会儿，转身时余光朝后方扫了一下。从她到钿花州时就被人盯着，对方将气息隐藏得很好，一丝不露，是个高手。被人监视，这点倒是跟之前一样。

十二大仙门都聚在一起商讨对付白骨魔一事。入夜后，铃萝跟常霏交代完事后悄无声息地进山去了。曾经她以独特的咒律算出魔门开在哪里，刚赶过去就遇上一只正在吞噬大妖的魔，彼此都想要进魔门，缠斗中被藏在暗处的监视者斩来致命一击。铃萝虽杀了监视者，却也受了伤，跌落魔门时用最后的力气召唤阵法将她送走与剩下的妖魔拉开距离。

也是那次铃萝隐约记得自己昏迷前见过越良泽，却又不确定，后来问他他也说不是，铃萝便觉得是自己记错了。

如今她却觉得是越良泽在撒谎。铃萝边走边回想以前的细节，入了山林深处，感受到脚下传来的细微震动，月色暗淡，前方灌木丛传来窸窸窣窣的声响。她看见地面被撕裂出一道口子沿着山壁蔓延，魔门开启，碎裂声惊动了在山壁上方吞噬大妖的魔。

巨大的黑色羽翼张开，遮蔽新月的光芒，投下大片阴影，铃萝抬首看去，撞见的是一双血红的眼，名叫神辉的魔人面兽身，整体似马，背生有双翼，却是独脚独臂。神辉魔单手挖出大妖的心脏囫囵吞下，满身血迹，似笑非笑地望着下方的铃萝："人类？修者？"

铃萝将岁雾握在手中，山中顿时起雾。

"想入魔门？"神辉魔怪笑着，巨大的翅膀扇动，眨眼间便到了铃萝身前。

铃萝看了一眼魔门，打算赌一把，重复之前的路数，看看到底有没有遇见过越良泽。

神辉魔是心魔化形，狡猾残忍，实力堪比魔王级别，难杀。又或许是心魔所化，它最爱玩弄人心，折磨人的手段是出了名的肮脏邪恶。

铃萝斩出剑气，神辉魔盯着她的剑说道："岁雾，世间最美的神武剑……啊，真是恶心，越美的东西越恶心！"

岁雾："你再骂！"

铃萝淡淡地安抚道："别管它，魔是不懂艺术的。"

神辉魔尖啸一声，此方魔息翻涌，它多了一圈黑色的护盾，在铃萝持剑斩来时"咻"地爆开，魔息似泥浆洒了满地。

铃萝不可避免地沾染些许魔息，那似泥浆似的魔息恶臭又腐蚀着她的衣物，哪怕是一点点溅到她的手背上，都让她感到似有千万魔蚁疯狂啃噬她的身体。

"让我看看，一个拥有岁雾的人类内心深处有多黑暗。"神辉魔怪笑着朝她飞来，巨大的翅膀合拢将铃萝遮掩住。

铃萝用另一只手按着拿剑的手腕，手背上有金色的咒纹一闪而过，被困在她体内，被迫沉睡的剑意正呼唤着她，只要她愿意就能使出强大力量，却被铃萝无视。

"师姐！"突然出现的身影闪到她身后，另一股剑气斩在试图合拢的黑羽上。偷偷跟了铃萝一路的定澜师弟终于没忍住出手了。

铃萝蹙着眉头，回身剑气迸发斩退神辉魔，冷冷地看了定澜一眼。

定澜自知理亏，立马乖巧地说道："师姐我错了，但我也想去魔巢找二十六魔给师父

第四十四章 玉灵珠

报仇。"

神辉魔不甘心地朝铃萝怒吼道:"恶心的神武剑!恶心的人类修者!"

铃萝冷眼道:"你再骂?"她的手背上满是黑斑,被魔息腐蚀渗出的血滴落,神辉魔闻到她血液中香甜的味道,兴致越发高了。

魔门开始关闭,铃萝使用瞬影朝着魔门赶去。神辉魔展翅飞去,单手指着铃萝:"给我拿下她!"散落的羽翼如化作千军万马朝铃萝奔去。

定澜挥剑:"师姐!"

"别过来!"铃萝对战此招时,盯了她一天的监视者终于出手,一出手就是杀招,要置她于死地。

定澜看得心跳都快停了,想也没想地飞身掠去试图挡下这一击:"师姐小心!"

岁雾散形,无处不在、无法被捕捉的浓雾化作千万剑刃散去,对方却绕开了所有剑刃,甚至不管来阻挡的定澜,眼中只有铃萝。再次经历这暗杀,铃萝还是会感叹对方的速度。暗杀的剑尖是要穿透她的心脏,却被铃萝避开只刺穿肩膀,对方看不见的岁雾剑却斩断了他的头颅。铃萝摔进魔门里时看见定澜在叫她,这少年完全慌了,却被神辉魔一扇掀飞,没能进魔门。

神辉魔的怪笑声充斥着整个黑暗的空间,只那双血红的眼睛与她对视着,蛊惑她的心神:"让我看看,你内心深处最黑暗的地方——"

铃萝在下坠,能感受到意识涣散,那杀招的剑上有毒。她落在松软的花草地上,火凤临的光芒照亮天地,她却看见地面上的花都是黑色且病恹恹的,了无生机,枯树残花,到处是流淌的血水与堆积的森然人骨。

神辉魔站立在骨堆上哈哈大笑着。

铃萝这次没有用阵法将自己传走,反而用了咒律火凤临点亮天地。她就是想赌一把。而她赌对了。在合上眼前,铃萝清楚地看见越良泽握着剑掠来。

越良泽为什么说谎?他看见了她与神辉魔交手并没有什么不能说的。

铃萝难以理解,直到她从苦业花中看见了这段记忆场景。

曾经的越良泽拦住了欲去追她的神辉魔。

黑色的巨大羽翼足以遮天蔽日,神辉魔盯着越良泽说道:"又来一个!"

越良泽单手施咒,将神辉魔困在结界中,防止它去追人。

神辉魔看着修者架起的结界怪笑出声,朝越良泽伸出唯一的手,掌心中是一颗充满裂痕的玉灵珠。

"那个女人内心最黑暗的记忆被我拿到了。"神辉魔愉悦又挑衅地对越良泽发出邀请,"你要跟我一起看看吗?"

越良泽不答,使用瞬影到神辉魔身前,无生释放的煞气斩破了神辉魔的护盾,它故技重施,飞溅的泥浆又沾染在他的剑上。

这修者却没有停下。神辉魔巨大的翅膀能够护住它最重要的身体,与修者交战的同时,它也催动了玉灵珠里保存的记忆。越良泽不可避免地得知了这段往事。被关在铁笼中、被恶犬追逐撕咬的女孩，漂亮的眼中满是恐惧之色，张嘴却发不出丝毫声响。站在笼外的高傲少女对旁边的少年说："让她多受点儿苦，最好把脸给我划花了，虽然她不会说话，却长了张漂亮的脸，看着就晦气。"

这是家花楼，来往的人鱼龙混杂，旁门左道者最多，老板喜欢结交各方修者，也为他们提供各种生意。花楼里多的是漂亮姑娘。锦苑或许只是想送玉芝来这里受折磨，不想玉芝死，是要这人生不如死。可偏巧这日花楼有大人物到访，老板亲自出面迎接，吩咐下去要好生招待对方。下边的人也想趁机做点儿事讨好老板。上头要漂亮姑娘去端茶倒水伺候，得知有位大人物喜欢年纪小的姑娘，而花楼里正缺这样的人，上边要得急，下边的人便将主意打到了被关在狗笼里的女孩身上。于是人们急忙进去将玉芝带出狗笼："谢天谢地这脸还没被伤到，她不会说话，到时候去了也没法说什么，你带她下去梳洗一番，让她懂点儿规矩。"

可玉芝将事情搞砸了。她不想守这些规矩，害怕，想去找阿姐。在被带去房间的路上玉芝跑了，撞倒了今日接待的大人物之一，被老板瞧见后狠狠地扇了一巴掌摔倒在地。

老板急忙讨好对方："新来的人不懂规矩，冲撞了爷，我这就让人将人带下去。"

"哎，鑫老板，你跟一个小丫头计较什么？"男人笑眯眯地掐着玉芝的下巴迫使她抬头，夸赞道，"长得还挺精致，细皮嫩肉的，叫什么名字？"

玉芝说不出话。

旁边的人小心翼翼地回道："她不会说话。"

"哑的？"男人眼中欲望幽深，他牵着玉芝起身，"这倒是新鲜，不过没关系，就算不会说话，我也能让你叫。"

这世上多的是衣冠禽兽。

玉芝拼命想逃，却被人抓进了屋里，进去就再也没出来。

神辉魔看着屋中景象放肆大笑着："肮脏！恶心！这才是人间！如此美景，应该让更多人看见！"黑羽振翅，再次召唤万千灵魔，无数双邪恶的红色眼睛看着玉灵珠释放出的景象。

越良泽眉头微蹙，咒律与剑术齐出，将万千灵魔斩灭。

他的攻势强劲霸道，皆是杀招。

神辉魔略显恼怒："人类！你在急什么？那女人心底最黑暗的记忆如此肮脏恶心，我还想要细细品味，你如此紧追不放，我这就让你也看看你内心深处最黑暗的地方！"

剑刃立在黑色的翼骨上，带起的厉风与庞大的灵力甚至将下方堆积的枯骨也斩飞。

越良泽持剑立于空中垂眸往下看去，对上神辉魔血红的眼，语气带着藐视与讥讽之意："你想看？"

剑鸣声刺耳，神辉魔窥探男人内心的那一瞬间，血色黄昏占据天空，风里满是让人作呕的血腥味。

神辉魔看见的是无边的黑暗，黑暗中有扭曲的身影和狰狞的脸，线条夸张声音尖啸，它们在谩骂或诅咒，一双双不重样的眼里满是恐惧与憎恨之色，全都是肮脏、恶心、令人作呕的。

神辉魔震惊地睁大了眼，窥探黑暗的世界却被此黑暗反噬，无生斩断了巨大的黑色羽翼，越良泽听着神辉魔凄厉的尖叫声，神色漠然地抹了把脸上沾染的黑血。

"不！不可能！你比这玉灵珠里的记忆更加恶心！"神辉魔对他谩骂着，"人类知道他们的世界混进了你这样一只恶心的怪物吗？如此肮脏的家伙，三界不容！"

越良泽将另一半羽翼踩在脚下，从天而降的剑刃将神辉魔钉在地上无法动弹，结界上空的血色黄昏退去，面对神辉魔眼中的愤怒与憎恨神色，他只是漠然地挥剑斩下。

神辉魔化作残影散去。

玉灵珠落在地上，依旧满身裂痕。

最后一幕场景是玉芝临死前发现玉灵珠被启动，挣扎着，很小声、很小声地说："阿姐……"

越良泽目光黯下，拿起玉灵珠时，一丝黑气却自玉灵珠中转入他的体内。神辉魔最后留了一招。它潜进越良泽心底最深处的黑暗里藏了起来。

越良泽抹去嘴角的血迹，将玉灵珠收起。他找了铃萝许久，最终在迷魂洞里见到她。

越良泽不想铃萝知道她的玉灵珠丢了，更不愿让她知晓玉灵珠的记忆被旁人看过，于是跟铃萝说要与她比一场。越良泽趁比剑的机会不动声色地将玉灵珠还给了铃萝。这次他不必再如此小心翼翼。越良泽转身看向昏迷中的铃萝，将玉灵珠还给她后，俯身把人抱起离去。

魔巢里的天始终是阴沉的。铃萝在越良泽的怀中醒来。在越良泽低头看她时她侧身躲开他的视线，将头埋在他的胸膛前，五指紧揪着他的衣服。在魔巢里走了许久的越良泽，不知不觉间走到了迷魂洞前。他站在洞穴口，馥郁的花香袭来，台阶下是红白色的花地。

越良泽低声问："毒已经被清掉了，伤口还疼吗？"

铃萝紧咬着唇，鼻子有点儿酸。原来她丢过玉灵珠，而越良泽看见了里面的画面。

第四十五章

忆往昔

铃萝没想到会有这样的事，一时心绪难平，缩在他怀里许久没说话。

越良泽俯首碰了碰她的头问："疼？"

铃萝双手环着他的腰把人抱紧。

越良泽靠墙静站着等她回复。

迷魂花的香味浓郁，能迷人心智，但对这两个人来说算是低级手段，他们不会被影响，只觉得这花香过于好闻。

铃萝抓着他的衣服的手松了松，越良泽低头看去，听她闷声说道："你要在这里跟我比剑吗？"

越良泽怔住："现在？"

这次总算换他迟疑不解。

铃萝从他怀里抬头："你看见那只神辉魔了吗？"

"嗯。"越良泽不动声色地回道，"已经死了。"

铃萝又问道："那你看见我师弟了吗？"

"他没来得及进魔门，不会有事。"越良泽轻挑了一下眉，"你怎么在我怀里担心别的男人？"

铃萝又扭头倒回他的怀里，声音闷闷地说："魔是不是很讨厌？"

"嗯？"越良泽没听清。

铃萝又重复了一遍。

越良泽以为她是在说那只神辉魔，便顺着话答："很讨厌。"

铃萝感觉心脏中了一刀。她咬了咬牙，又问："你有没有什么想跟我说的话？"

越良泽不自觉地挺直腰背，开始怀疑铃萝是不是看出了什么。他想了想才说："我给你买了伞。"

铃萝听了这话后哭笑不得，问："那伞呢？"

"出去再给你看。"越良泽抱着她走下台阶，朝花地里走去，"我们先去找圆圆。"

铃萝问："你之前没找到他吗？"

"没有，魔巢太大，道路一直在变，就算我原路返回也可能不知道去了哪儿。"越良泽打量着周围，越过花地去对面的洞穴口，"遇见你之前我看见了其他仙门弟子，但他们都已经死了，这阵法我还没研究透。"

铃萝安静片刻，将头埋在他的怀里说道："看来一时半会儿是找不到的，那我们聊聊天吧。"

越良泽："好。"

"我爹娘都是修者，一个剑术非凡，一个精通咒律法术。"铃萝语气不轻不重地说着，听不出喜怒，就是日常闲聊的语气，"两个人很般配，我长这么漂亮全因为我娘长得好看。"

越良泽笑道："看出来了。"

铃萝仰脸看着他："你也长得好看，是随了父亲还是母亲？"

"母亲。"越良泽答，"我爹说的。"

"那你母亲肯定也是位大美人。"铃萝低声笑着，"我娘长得漂亮，脾气也好，又是名门之后，咒律法术高深，嫁给我爹这种一心只有剑术的人很可惜，所以在我六岁那年他们和离了。"

越良泽听得沉默。他本以为那是会白头到老的两个人。

铃萝回想着往事，轻声说着："小时候我爹会跟我讲他外出游历的趣闻，教我怎么感知天地灵力，也给我讲剑术和咒律。"她微微仰首继续说道："我学什么都很快。"

越良泽俯首碰了碰她的额头。

"你怎么不问他俩为什么和离？"铃萝纳闷地看着他。

越良泽顺着她的话问道："为什么？"

"因为修行比什么都重要。"铃萝神色认真地说道，"得道飞升成仙，这就是绝大多数修者追求的，参悟大道与天地，是一辈子都能做的事。不管是人还是妖魔，都会遵从本能与欲望，因此许多旁人看来很重要的东西对他们来说并不是非要不可。"

越良泽目视前方走着，说："你比修行重要。"

铃萝眨着眼看着他，心情忽然好了。她小时候面对和离的阿娘总是很愧疚，认为错在自己，如果不是她，阿娘就不用跟爹爹决裂又和离，放弃深爱的男人带着两个孩子独自离去。

所有人都看得出来阿娘很难过。在阿娘外出除魔，将阿娘抚养长大的玉婆婆照看她跟玉芝时，玉婆婆总爱唠叨大人们的往事。

玉婆婆说她阿娘年少时曾化名偷偷去参加十二大仙门的金鸾池宴大会，结交了许多修者好友，后来那些人都成了修界数一数二的大人物，但不少人在除魔中死去。阿娘曾与一个非常厉害的女剑修行走世间除魔，这位女剑修有一个弟弟，也是非常出色的剑修。那时年少轻狂，少年人们都觉得自己才是这天下的主宰。

阿娘家变，是女剑修的弟弟伸出援手救下阿娘。那天晚上是修者与普通人间的厮杀，她视线所及之处全是剑光与烈火，当她耗尽灵力，被踩倒在地即将任人宰割时，那青年持剑杀出一条血路来到她身前。

"起来。"青年背对着她，耀眼的剑光将所有攻击都拦下了，"你今晚不会死，有我在一天，你都不会死。"

女人抬首时，只能看见青年的背影，却让她永生难忘。

玉婆婆跟小铃萝说，缘分是很奇妙的东西，有的缘分时好时坏。那天晚上，阿娘觉得她找到了命中注定的人，能让她为之付出一切，生死相随。也许对方也这么想过，却敌不过后来的变数。男人心中有天下，有大道，有无上追求，女人的心里却只有他。

铃萝跟越良泽说："阿娘不让我修剑，封了我的大部分灵力，就连上无涧的提示都给我抹去了。"

越良泽蹙眉："为什么？"

"因为阿娘说，剑只会带给我灾厄。"铃萝说这话的时候在笑，"她想让我跟玉芝平平安安地长大。"

"玉芝修行的天赋很高，但她不想当修者，平时让她修行她总不愿意去，老想着玩。"铃萝轻声说着，"后来她因为阿娘的死受了刺激，无法感知到灵力，还变得不会说话。"

越良泽问："你阿娘是怎么……？"他话还没说完就被铃萝打断："我说了这么多，总该你说说了吧？"

铃萝仰首看着他，越良泽瞥了一眼，知晓她在回避那个问题，便不再追问。

越良泽耐心地说道："你想听什么？"

铃萝问："你爹娘也是修者吗？"

越良泽轻点着头："嗯，我父亲是散修，母亲应该也是散修，关于母亲的事我知道得不多，都是小时候父亲说过的话。"他从出生到现在都没见过母亲。

"散修吗？那应该是位很厉害的散修前辈。"铃萝有点儿好奇，"从古至今，大多数散修不是高手就是废物。"

越良泽听得无声地笑了笑。"他是很厉害。"他说，"像之前遇见的那只神辉魔敌不过他的一剑。"

铃萝缩进他的怀里笑："你可不能因为是你父亲就夸张。"

越良泽认真地说道："是真的，我小时候见过。"自越良泽记事起，男人就背着那把黑色的重剑。剑身有些长，看起来重如千斤，表面显得陈旧，更有斑驳锈迹。这把剑如沉默的大山，陪伴着男人从生到死。

那天是静神节，三岁的越良泽还小小的一个，睡醒后迷迷糊糊地从房间里出来，屋外面朝日落的方向，大片的橘红色光芒映照进他的眼里。男人在庭院里用竹条编着背篓，那把黑色的重剑放在长廊上，依着栏杆。小越良挨着重剑坐下，歪头打量，好奇地伸手在剑上摸着。

"小心些。"男人说，"它看起来钝，其实很锋利。"话音刚落，小越良的手就被划出了血口。他闷闷不乐地扭头，朝男人晃了晃流血的手。

男人叹气，无奈地走上前来："受伤了不会哭，也不会叫，这点真是跟你娘一模一样。"

第四十五章 忆往昔

小越良被他捉住受伤的手，又换另一只手去摸那把剑，奶声奶气地问："它叫什么名字？"

男人说："越良锈。"

小越良抬眼看向他。男人挨着孩子坐下，从衣袖里摸出药布："它以前不叫这个名字，这是你娘起的，你娘说我是她的，我的剑也是她的。"

小越良仰着脸问："那阿娘呢？"

男人摸了摸他的头，目光温柔又充满歉意。

他不动声色地转移了话题："饿不饿？厨房里还有些吃的东西。"

可小孩有时候没那么好糊弄。

小越良看着他又问："我想要阿娘。"

男人说："阿娘在很远的地方，等你再长大一些我们就去找她。"

"为什么不现在就去？"

"因为你还没长大。"男人决定结束这个话题，"晚上我们去镇上看祭典玩好不好？"

小越良便被祭典吸引了注意力，点着头被男人抱起朝厨房走去。

静神节这天的祭典游街很热闹，也很漂亮。妖魔们也很喜欢人间的热闹。

男人牵着小越良的手走在河边，对岸是嬉笑热闹的人群，他们走向僻静的黑暗深处。

小越良第一次看见危险又邪恶的魔，不过短短一个照面，男人宽阔高大的背影便挡在他身前，只拔剑瞬间便将那有着黑色巨翼的魔斩杀。

男人转过身，弯腰捏了捏他的脸："吓着没？"

小越良摇头。

男人叹气，"是不是爹爹惹你生气，你才不肯跟爹爹说话？"

小越良继续摇头："没有。"

"那多说说话吧。"男人眉眼间都是温柔的笑意，"毕竟爹爹就只有你了。"

"好。"小越良认真点头答应，又说道，"爹爹，我还想吃冰糖葫芦。"

男人说："你已经吃三串了，不能再吃了。"

小越良摇晃着他的手，眼巴巴地看着他："我还想吃。"

男人："不行。"

"你就是到家都不再跟我说一个字也不行。"

父亲真是温柔又无情。

铃萝听到这里后问："他给你买了吗？"

越良泽："没买。"

铃萝一边笑一边伸手摸他的下巴："不生气，不生气，我给你买，给你买三十串、三百串都行。"

越良泽任由她胡作非为，见她笑了后眼里也有点点笑意。

铃萝靠着他微微起身问道："这位不给你买糖葫芦的前辈最后怎么了？"

越良泽平静地回道："除魔时死了。"

铃萝："那你见到母亲了吗？"

越良泽摇头。人间处处是遗憾。

铃萝搂着他的脖子歪头亲了他一下，低声说："至少你遇见我了，总不算亏。"

魔巢很大，山道阴森，魔巢里有某种阵法支撑着，道路千变万化，跟月宫的千丝路颇为相似，人走着走着方位就变了，有时会走出洞穴到外边看见昏黄的天空，有时又会进入黑漆漆的洞穴走一条长长的、似乎没有尽头的暗道，或是刚过转角就进了下雨的庭院。

铃萝看着眼前下雨的庭院说："跟赵家很像。"

越良泽站在院中看着亮灯的房屋，犹记得当初左白在屋檐下被赵郎挖去左眼时的场景。

铃萝屈指敲了敲廊柱，以前她没到过这里，不知道魔巢里还有一模一样的庭院。

越良泽说："距离白骨魔拿到飞霆珠已经一个多月，若是飞霆珠真的有用，左白此时应该被复活了。"

"左白若是真的被复活，他早迫不及待地带着人出来挑衅，哪里还会藏着掖着？"铃萝最后看了一眼庭院，跟越良泽一起往外走，"我就说这飞霆珠没用，就算配合月宫的禁咒也没用，它只能保护伤者的三魂七魄……"

话还没说完，她刚出庭院门就撞上飞来的剑刃，隐约还听见有人喊少主。

无生斩灭飞来的剑刃，铃萝透过那黑色的剑看见了耀眼的金色光芒。这地势又变了，从黑漆漆的山洞口变成露天的悬崖木制长桥，一伙年轻人正从长桥上越过悬崖过来，为首的两个人都是眼熟的。

风天耀看见长桥尽头处的庭院大门愣了一下："你俩怎么在这里？"问完他又暴躁地说道："又是幻觉？"

被楚异拎着，灰头土脸地给自己扇风的子修瞪大了眼说道："别训我了，快看铃萝！师妹，你总算是来救我了！"

铃萝表情高深莫测地看着长桥上的人们。

楚异要过去，被风天耀拦住，风天耀谨慎地说道："小心又跟之前一样是幻觉。"

"通常他俩一起出现的时候我都想说服自己是幻觉。"楚异冷笑道，"可惜每次都不是。"

铃萝扬眉，笑容灿烂："让师兄失望了，这次也不是。"

风天耀呆住。什么意思？为什么这两个人一起出现就不是幻觉了？他看了看越良泽，目光不自觉地带了几分打量。

片刻后，风天耀收回视线。这家伙他打不过，先忍。

楚异过桥后问铃萝："就你一个人？"

铃萝点头，看着一副快死掉的样子的子修问："子修师兄怎么也在这里？"

他不是该躲在天极里不出来的吗？

"别问了，问就是倒霉，倒八辈子的霉。"子修有气无力地挥了挥手，一屁股坐在地上喘气，"老子就是路过，遇见有魔强抢民女，虽然我灵脉被废了，但也不能看着不救是吧，结果那魔把我给一块儿绑来了！"

子修抓狂："善事可真不是每个人都能做的。"

铃萝想起自己也曾召唤魔抢人，不由得眨了眨眼。

"他是倒霉被抓进来的，我是因为有天极弟子被困才进来的，你又是怎么回事？"楚异眯着眼看她，还瞥了一下越良泽。

铃萝答得理直气壮："救你。"

"那你呢？"楚异转而问越良泽，"我可没看见白兄也在这里边。"

越良泽回道："救人。"

楚异咄咄逼人地问："救谁？"

越良泽面不改色地说："儿子。"

铃萝说："师兄，别人的家事，你问这么多干什么？"

楚异狠狠地瞪了她一眼，旁边听着的两个南山雪河弟子却惊悚地看着越良泽。

救谁？

儿子！

风天耀倒吸一口凉气，眼神示意身侧的玉沧听见了没？

玉沧摸着眉毛震惊地说道："这就是圣剑宗吗？"

"你们别开玩笑了，赶紧商量商量怎么出去吧。"子修没好气地说道。

几个人这才开始交换情报。楚异与风天耀也是在路上遇见的，魔巢千变万化，他们一直在通道里乱窜找不到出口，也没见到白骨魔，倒是遇见不少其他仙门的弟子，可惜中途也因为遇上魔物和山道变化而分开。

"外边的情况怎么样？"楚异问。

铃萝看着风天耀答："十二大仙门的人都在联手进魔巢，风掌门也在赶过来救他儿子。"

风天耀被盯得一脸莫名其妙的表情，不由自主地抬手摸了摸脸："我爹当然担心我了。"

铃萝笑了一下。

"太好了，风掌门来了那就什么事都没了。"子修倒在地上松了一口气，"赶紧让我从这个鬼地方出去吧，这二十四象阵法转来转去都把我的脑子转晕了，比鬼打墙还鬼打墙！"

"这院子倒是眼熟啊。"玉沧往庭院里走了两步，探头看了看后说，"是不是顺义镇里那个赵家的院子？"

风天耀听了这话后满眼嫌弃神色："这二十六魔是个变态吗？怎么好意思在这里建一座赵家？！难不成又想坑害左白？"

铃萝走到长桥边轻哼了一声："谁坑害谁啊？"

风天耀听到她话里的讥讽之意有些憋屈："我哪里说错了！"

铃萝头也不回地朝长桥上走去："每个字都错了。"

风天耀忍无可忍，追上去说道："你站住！你说清楚！我哪里招惹你了你对我态度这么差？！"

"哎！大少爷你少说几句吧！"玉沧朝两个人追去，想拦下风天耀，但刚走到桥头还没踏上去就被冲天而起的光柱拦下。

悬桥下是看不见的深渊，连云雾都被踩在脚下，厚重的光柱从空中与深渊处射来，将几个人隔开。

铃萝与风天耀同时回头看去。

场景整个变了，两个人看见的是没有尽头的悬桥，刚才的庭院与师兄们都不见了。

风天耀脸色微变："玉沧？"没有人回应。风天耀拔出神武朔方朝那光柱斩去，却没能撼动其分毫，连点儿声响都不见。"这又是什么？"大少爷暴躁地问道。

二十四象阵法里所见之景皆是施术者所造，若是铃萝他们找不到对的出路，就会被困在里边走到死。

铃萝问他："你见过几个景了？"

一共有二十四景。

风天耀愤愤地回道："十六个，都是些乱七八糟的景象，这魔就是个变态！"

铃萝转身朝悬桥的另一端走去："那你就从这乱七八糟的景象里找到出口。"

"你去哪儿？！"风天耀立马跟上去。

铃萝说："我去找人，你别跟着我。"

风天耀气笑道："这里就一条道！我不跟着你跟着谁？"

铃萝回头，指着悬桥的另一端。

风天耀满头黑线："那里不是被挡住了过不去吗？！"

铃萝神色恹恹地收回手。

风天耀被她嫌弃得整个人都不好了，跟着她边走边问："你是什么意思？"

铃萝懒得跟他说话。

风天耀却一路碎碎念，像只鹦鹉叽叽喳喳不停，声音时不时还带点儿火气，表情却充满憋屈，仿佛被欺负得很惨。

铃萝半个字都不说，风天耀号道："你说话啊！"

铃萝冷漠地说道："你再说一个字我就把你扔下去。"

风天耀哼了一声："你不跟我交流怎么破这二十四象阵法？"

白色的雾气自脚下升起蔓延，从四周飞射而来的剑刃朝风天耀攻去，风天耀拔剑拦住："干什么？！你讲点儿道理啊！"她还真要把自己扔下去！在光柱的另一端，玉沧看着空无一人的悬桥呆住："完了，这两个人单独在一起还得了？阿耀他死定了啊。"

子修被楚异从地上拎起来，抹了把脸说："别怕，别怕，铃萝有分寸的。"

楚异："这可是你说的。"他才不觉得铃萝有分寸，这风天耀到时候不缺胳膊断腿都算运气好的。只有越良泽默默掐算阵法，试图把铃萝找回来。

悬桥很长，风天耀跟铃萝打打闹闹才走到中心，木制的藤桥有时受不住攻击，被斩出数道痕迹"噼啪"碎开。

风天耀持剑道："要断了！再打就断了！要打去岸上打！"

铃萝神色不变，漠然地朝悬桥尽头走去，攻势却不减。此时此刻，她内心正在两个选择间犹豫。

杀。不杀。

哪怕她已经回到过去，本质却还是水天镜倒流时光前的魔，内心残暴、凶戾，喜爱折磨人、杀戮、摧残美好事物。铃萝余光瞥了一眼后方的风天耀，曾经她也思考过这个问题：杀还是不杀？她正沉思时，又有光柱从悬桥下的深渊中破出，直冲铃萝，风天耀看后急速飞掠而去试图将铃萝带走避开，却被岁雾猛然爆发的剑势推开，而铃萝自己避开了那道光柱。光柱一道接一道射来，来得快速，似乎看不下去这两个人在桥上打打杀杀，催促他们赶紧上岸。

"你非要跟我打是吧？！"大少爷打出火气，开始不管不顾，握剑的姿势变换，金色的剑意流转在他周身，"好！我也正有此意！不出手你还真以为我怕你不成？！"

两个人掠至空中躲着光柱时风天耀剑意汹涌，脚下云雾缭绕，衬着他每一剑挥斩出的龙威，仿佛真有神龙盘旋在上空作战。

铃萝嘲笑道："你不是说对付女人不需要用神术剑意吗？"

风天耀有点儿恼羞成怒："你又不是普通女人！你可别大意了！今时不同往日！"他神色认真地提醒道。

铃萝终于转身拔剑。越良泽说得没错，南山雪河的大少爷有所长进，金鸾池宴大会后至今，他修为大涨，当初不过学会三成的神术剑意，如今已有五成，至少能逼得她稍微认真些去接招。

自从以神术剑意与铃萝一战败后，风天耀的少年心气被折，很是受挫，他内心咬牙不甘，反思着自己到底哪里做得不够。哪怕父亲告诉他无须在意，他还在成长，一时的失败并不算什么，可每天每夜，大少爷都在回想那日的对战情形。铃萝持剑指着自己的身影总是在他的梦里挥之不去。变幻多端的剑术，高深莫测的剑意，凶如海啸的剑气，每一招都让他困惑不解，他却也心生臣服。在这世间，风天耀只认父亲的剑术是第一，也只崇拜父亲。可此时此刻，风天耀看着铃萝挥剑斩灭他的剑气，完全不被朔方影响，剑意依旧带着无尽压迫感，将他的神术剑意死死地踩在脚下。风天耀不得不承认铃萝是个强者。强者如他父亲，让人畏惧，也如铃萝，让人臣服，想要追随。

"不打了，不打了！"风天耀艰难地从悬桥上岸，落地就喊道，"我认输行了吧？"

铃萝收剑，倒也没为难他，视线越过风天耀朝他身后的洞穴看去，这是通往下一景的路。

风天耀揉着被剑气劈疼的手腕，表情憋屈又不服气，却又乖乖地跟着铃萝走去。

他狐疑地问道："你的剑术真是参息真君教的？"

"不然呢？"铃萝漫不经心地答。

"我看你对神术剑意很熟。"风天耀盯着她的背影说，"参息真君对神术剑意有如此研究吗？"

铃萝嘲笑道："不是他有研究，而是你自己不争气，让人看出了破绽。"

风天耀深吸一口气，心说先忍了。忍了忍，还是没忍住，大少爷又怒又傲地说："我也许会输，但神术剑意绝对不会输！"

"是吗？"铃萝回首看他，"你哪里来的自信？"

"神术剑意是天下最强剑术，这不是公认的吗？"风天耀反问，"输都是用剑的人还不够强，不代表神术剑意不强。"

铃萝莞尔一笑。

风天耀被这笑意呆住。

铃萝对他从一开始就是傲慢的，偶尔眼中表露的嘲讽深处还带着几分难以察觉的厌恶之意，哪怕是笑也都是讥笑带着恶意。她越是这样，风天耀越是想要证明自己给她看，以为一切嘲讽看低都是因为自己还不够强。此时铃萝笑起来却没有任何针对与恶意，也不见嘲讽之意，只是简简单单的一个笑容。

风天耀第一次见她笑得纯粹，竟感到手足无措。大少爷不自在地别过脸去，余光却又还看着她，试图强势却结结巴巴地说道："你……你笑什么？！有……有什么好笑的？！"

铃萝转过身去，背对着他朝前探路。

风天耀这才松了一口气，麻溜地跟上。

铃萝问："你几岁开始学神术剑意？"

风天耀下意识地答："十二岁。"

铃萝嗤笑了一声："学了这么多年才会五成？"

风天耀瞪大了眼："你以为这剑意这么好学的吗？！换了别的人兴许一辈子都入了门！"

铃萝："这是你们风家特有的传承剑意，别的人怎么会？"

风天耀被她说得噎住，轻咳一声又说道："总之我爹都说我已经学得很快了，就算是传承那也不是一看就会的东西。"

铃萝嘴角微弯，懒懒地说道："神术剑意是你爹教的吗？"

风天耀觉得她这话有些奇怪："不然还能是谁？我家就我爹一个人会。"

他听见铃萝笑道："那你可要认真学，若是你爹不在了，你这个半吊子怕是难能服众。"

风天耀只当这话是铃萝嘲笑自己学艺不精，虽然有些恼，嘴上又倔强地说道："我警告你别小看本少爷，我今年定会全部掌握神术剑意！到时候我再找你一战！"

今年已经快结束了。

铃萝："可你若是掌握全部神术剑意还是输了呢？"

风天耀想也没想地否定道："不可能。"

铃萝无声笑着，没说话。

两个人静默地在漆黑的山洞中走了片刻，风天耀又问道："你是不是对我有什么意见？"

铃萝不客气地回道："可别告诉我你才发现。"

风天耀要自己忍，抬手捏了捏眉心，很是苦恼又憋屈："你有什么意见，你说，本少爷乐意的话或许会改一改。"

铃萝漠然道："你改不了的。"

风天耀奓毛道："你都没说怎么知道老子改不了？！"

铃萝忽然停下脚步，让走在后边的风天耀警觉，下意识地握住剑柄以为铃萝要出手，却见她掐了束火诀朝山洞上方去。风天耀跟着她一起抬头，看见山壁上竟坠着满满的蛇魔朝他俩张开血盆大口吐着猩红的芯子。

第四十五章　忆往昔

铃萝说："我记得你怕蛇是吧？"

风天耀整个呆住："走，快走！"他拉着铃萝就跑。

铃萝没好气地拒绝道："要跑自己跑，你拉我干什么？"

风天耀头也不回地吼道："那么多蛇魔！"

铃萝冷笑："我又不怕。"黏糊糊的蛇魔们从上空掉下来追着两个人跑，山壁或是地上满满都是蛇魔，大小长短不一，什么颜色都有，山洞里窸窸窣窣的声响越来越响亮。

风天耀听得头皮发麻。那么多魔里，他最怕蛇魔。在他模糊的幼年记忆里，有一幕场景最为深刻：缠绕在他的脖颈上的蛇魔，红色的眼里充满恶意，站在蛇魔身后的，是身着淡蓝色长裙，看不清面容的女人。自那时起，对蛇魔的恐惧就深深地烙印在他心底，无论如何也抹不去。

铃萝抬眼，风天耀拉着她跑在前边，他的另一只手压在剑柄上，却没有勇气拔剑。他的勇气被恐惧死死压制着，他能跑已经算有所长进了。以前都是好兄弟玉沧扶着或背着他走的，偏偏此时玉沧不在。但是等等，她怎么知道我怕蛇魔？！这不是我跟玉沧两个人之间的秘密吗？！风天耀猛地回头，却撞上飞来的巨大蛇魔，整个人被吓蒙住，下一瞬剑光闪烁，将蛇魔粉碎。

铃萝转身挡下追来的蛇魔们，剑光横扫，强势地将一切蛇魔斩碎。等她完事后，发现某个不可一世的大少爷被吓得腿软地跌下去抱着她的腰颤抖着。铃萝眼角轻抽，语气阴森地喊道："风天耀，起来。"

风天耀："蛇……蛇魔……玉……玉沧救……救命……"

铃萝低头，深呼吸，正要拿剑削他，却瞥见出口有庭院光景，玉沧正朝他俩跑来："阿耀！"

玉沧到洞口前又顿住，神色诡异地看着像撒娇的小孩般抱着铃萝的腰的风天耀，心里倒吸一口凉气。完了，少主真的死定了。跟上来的楚异轻挑着眉，子修喝道："你小子干吗呢？还不赶紧放开！"

子修一边说一边跟玉沧使眼色，无声示意"快救救你家少主，再不拉开我师妹就要一剑把人斩成两半了"！

"少主……阿耀！"玉沧麻溜地上前把人拉开，看见后方稀碎一地的蛇魔尸体顿时明白是怎么回事，赶紧安抚道，"没了，都没了。"

风天耀恍恍惚惚地被玉沧拉起来，意识到自己做了什么后，白皙的一张脸爆红。面对后方两位天极师兄阴森森的注视眼神，大少爷蒙道："误会！"

子修哼道："就算你是南山雪河的少主，也不能放任你对我天极的师妹有非分之想！"

风天耀举手发誓自证："我发誓我要是对她有半点儿非分之想就被天打雷劈！"

子修指着风天耀吼道："劈他！"

楚异抬手间，雷光闪烁。

玉沧挡在风天耀前面打圆场："两位师兄冷静，我家少主绝对不会做出那种事的，这一定是有什么误会。"

风天耀眼巴巴地去看铃萝，铃萝嫌弃地越过他离去，不见越良泽，问楚异："丹水真君呢？"

楚异指着后方庭院说："魔界的七情石障在这里，应该就是二十四象阵的出口。"

子修补充道："他进七情石障破阵了。"

魔界的七情石障会无限放大本人的七情六欲，若是人不被动摇便可破阵。他们等在外边，庭院景色是夜晚，灯火摇曳，房屋门被关着，铃萝站在门前试图推开却无果。她回头瞪楚异："你们就让他一个人去闯阵？"

子修摊手道："师妹，这七情石障，闯阵最有优势、最有可能破阵的人不就是他吗？舍他其谁？"

玉沧点着头说："怎么看丹水真君都不会是被七情诱惑的人，心志坚定可在我们每人之上。"

这阵铃萝曾经闯过。爱欲这关她看见的是在迷魂洞里跌到越良泽身上的一幕场景，觉得七情石障用越良泽来迷惑自己很生气，过得还算顺利，唯一差点儿把她卡住的是憎恨情绪。

七情石障将她心中所有的憎恨情绪分离出再无限扩大，让她险些被另一个自我吞噬。铃萝站在门前蹙眉沉思，越良泽内心深处有那无尽扭曲的黑暗，他真能顺利出来吗？

在风天耀试图跟她说刚才蛇魔的事时，明亮的屋门后一个高大的身影现形，他推开门，长臂绕在铃萝身前抓着她的肩膀把人扣在怀里。

"嘭"的一声，门又被关上了。

子修愣住。

玉沧结巴地问道："丹……丹水真君？"

楚异不客气地拔剑朝屋门斩去，剑气却被七情石障的结界吞噬。

子修呆住："不是，七情石障还在，他刚才怎么出来的？"

烛火点亮庭院，屋内两个人的影子映在门窗上，两个人是在暧昧轻吻。屋外的人看着都炸了。楚异眼角轻抽，若那人不是越良泽，屋里的师妹反应肯定比他还快。

风天耀瞪大了眼，指着屋门喊道："卑鄙无耻下流！你给本少爷开门！"他拔剑斩去，剑气依旧被七情石障吞噬。

玉沧劝道："丹……丹水真君不是那种人！真不是！"

子修也结结巴巴地说道："对，对，对，这是光线问题，借位所以看起来像而已，他俩清清白白……"

只有楚异抱剑而立，朝南山雪河的两个人说："看什么看？你们两个不准看！"

火光摇曳，铃萝进屋后被转了个身，背抵着屋门，熟悉的气息与身影压下，铃萝别过头轻笑道："堂堂圣剑宗弟子，闯个七情石障怎么还被情欲反噬了？"

越良泽闻言低笑一声，在她的嘴角又轻又柔地吻了一下："难道你半点儿反应都没有吗？"

铃萝指尖点在他的胸膛上，灵光闪烁着："你可别逼我跟你动手。"

越良泽垂首看她。一模一样的脸,气息与声音都是一样的,但眼前的人只是被分离出、由欲望掌控的一面。

"你跟我动手也不是一两次了。"越良泽嗓音低哑,温热的手指轻抬着她的下巴,"口是心非不是你最擅长的事吗?"

外边的几个人号得凶,铃萝歪头试图看一眼,却被他拦腰抱起。

"别看那些不相干的人。"越良泽说,"你眼里只有我就够了。"他抱着人放至榻上,帷幔徐徐落下遮掩住光芒。越良泽凝视着她的眼,太漂亮,她眼里只有他一个人时,便能勾起他心中所有的欲望,爱慕的,独占的,好的或坏的。

"我过得了怨憎那关,却被卡在爱欲这一关,你知道为什么吗?"越良泽低声说着,手指轻轻摩擦她的脖颈,"在宗门里修行时,师尊要求我最基础的就是控制自己的欲望,这一关并不能拦住我,如今我却被欲望占领这具身体,你说,我败在哪里?"

铃萝眨眼看着他,傲娇地回道:"这难道还是我的错?"

铃萝笑道:"你败在不该出来找我,因为你知道被欲望掌控后,只有找我才能停下来。"

越良泽看着她傲慢又娇憨的笑容,深吸一口气,略略咬牙,颇为气急败坏。

铃萝眨眼道:"破了阵再陪你出去玩,爱欲有什么了不起的?能拦住你?"

越良泽被一棒子一颗糖的方式哄得没法。

换了怨憎这关他来找铃萝反而没那么容易被说服,偏偏是爱欲,由铃萝起,她三言两语就能解决。

越良泽在铃萝肩上发泄似的咬了一口,起身离去重回七情石障中。

铃萝瞥了一眼肩上的牙印,没动,躺在榻上耐心地等着,等着越良泽再出来。

片刻后,帷幔被人撩起。破了七情石障出来的越良泽走进帷幔中,看见榻上躺着的人,沉静的目光微黯。

铃萝伸手朝他递去衣带说:"你解开的,你得再给我系上。"

第四十六章

白骨魔

越良泽喉间微动,在床沿坐下,伸手接过衣带,俯身慢条斯理地给她系回去。

铃萝配合地抬手穿衣,衣料摩擦的窸窸窣窣声响掩盖了呼吸。

越良泽看见她肩膀上的牙印,温热的指腹轻抚着那处,低声问:"疼不疼?"

"你说呢?"铃萝笑盈盈地看着他,"你咬的时候有点儿轻重没?"

越良泽抿唇,把人捞起身低头在她的肩膀上落下温柔的吻。

铃萝缩了一下脖子:"痒。"

越良泽抱着她没放,手掌轻抚着她的背脊。

铃萝微仰着脖子说:"师兄他们还在外边,你破了七情石障,他们可是随时能冲进来的。"

越良泽替她穿好衣服,听铃萝在旁边笑他:"区区爱欲,你怎么还真的败在这上面了?丹水真君有这么喜欢我吗?"

"嗯。"他认认真真地系着衣带。

铃萝故作叹息:"看看你这一副离不开我的样子,以后我要是不在了你可怎么办呀?"

越良泽抓着她的手腕把人拉进怀里,铃萝双手抵着他的胸膛抬眼看去。

"铃萝。"越良泽迎着她带笑的眼,正要说什么,房门却被人破开。

风天耀握着剑怒道:"放开她!"

飞来的剑气被越良泽抬手指去的剑诀拦下。

"哎!都冷静点儿,别动手,别动手!"子修拦在中间打圆场,"大少爷,人家拉的是我家师妹,我们都没着急你着什么急?你不是说了没有非分之想的吗?你要是有就遭天打雷劈的!楚异劈他!"

楚异翻了个白眼,狠狠地瞪了一眼帷幔后的铃萝:"还不赶紧出来?"

风天耀气道:"我没有!他刚才做了什么事大家都看见了!明明是他……"

"他怎么?"铃萝下榻起身,一手撩着耳边的发,不紧不慢地说道,"我都没说什么,你动什么手?"

风天耀差点儿没被铃萝气得原地去世。我这是为了谁?!他气呼呼地瞪着铃萝,见她衣衫整齐，气氛又莫名地暧昧，却找不出半点儿证据。风天耀转而去瞪越良泽，这登徒浪子！

玉沧轻咳一声，拉着风天耀劝道："人没事就好，人没事就好，这七情石障一被破，二十四象阵法也困不住我们，多亏了丹水真君啊。"

铃萝边说边拉着越良泽往外走："阵法都被破了，还不快点儿去找那白骨魔？除魔卫道不是你们来此的目的吗？"

风天耀瞪大了眼，他们还当着这么多人的面牵手！越良泽一副任她为所欲为的安静模样。

风天耀心里那个气：你是个男人！你倒是拒绝啊！

风天耀说："你不也是为了白骨魔来的？要走一起走。"

"我不是。"铃萝头也不回地说，"我是为了救我师兄才来的。"

越良泽轻挑着眉，瞥了她一眼。

子修一脸感动的样子，楚异却面无表情。自从遇见铃萝，他就总因这位师妹而背锅。几个人刚出屋门走到庭院里，就见大门上倒挂着一只红眼乌鸦。

白骨魔阴沉的低笑声落入几个人耳中："我道是谁这么有能耐，竟能在如此短的时间内破七情石障和二十四象阵法，原来是你们几个。"

越良泽反手将铃萝拉到自己身后，楚异跟玉沧立马拔剑戒备。

"南山雪河的少主，参息真君的徒弟，还有圣剑宗弟子，来得可真是齐全。"红眼乌鸦展翅飞至虚空中，视线掠过在场的每一个人。

风天耀冷冷地说道："少废话，快把你绑走的那些人放了！"

"风天耀的儿子。"红眼乌鸦语气耐人寻味，他低呵一声，森然说道，"本想晚些时候再跟你玩，既然你如此迫不及待，那我就成全你。"

一时间魔息翻涌，红眼乌鸦身体暴涨，伸展挥动着巨大的翅膀朝风天耀飞去。风天耀冷笑一声，沉稳应付着，朔方斩出神术剑意，红眼乌鸦化作无数黑羽散去的瞬间，一只阴森的白骨爪从张开的黑线中伸出，穿过神术剑意的屏障掐住风天耀的脖子将他往死雾门里带去。

除了铃萝，谁也没想到黑羽中会有死雾门。铃萝也经历过这遭，因为水天镜倒流时光前是她破的阵，阵被破后白骨魔就出现了，将她跟风天耀都抓走了。后来的事，间接改变了她的一生。此时每人发现白骨魔欲借死雾门带走风天耀后的反应和速度都是极快的。

楚异将子修推去一旁避免被误伤，同时朝那白色的魔爪斩去，距离风天耀最近的玉沧也做出同样的反应。越良泽出剑的瞬间，却见铃萝比他还快，直接使用瞬影到风天耀身前，岁雾的剑鸣声让白骨魔忌惮。电光石火间，白骨魔借着最强防御不可阻挡的死雾门带走了风天耀和铃萝。死雾门悄无声息地合上，只留下一丝逐渐消散的黑气。

越良泽将手放在剑柄上用力地握了一下。

楚异暴躁开骂自家师妹："她跑这么快挡在那么前面干什么？！"

子修抹了把脸说道："找人吧！赶紧的！"

二十四象阵法被除去，他们眼前的怪异山石都散去了，一条穿越山谷河流的道路出现在前方，那些被困在阵法中的弟子也在。

越良泽看见宋圆圆边朝自己招手边跑过来。便宜儿子找到了，心上人却丢了。

山谷道路蜿蜒往上，在那云雾缭绕的山顶，有一座巨大的庭院。天色停留在黄昏时分，橘色与绯红色的光交织着点燃天际，路边的水洼倒映着天空一角，充满压抑与悲伤的气息。

风天耀被一架白骨扣着双手反制在身后，不情不愿地被押送进花树缭绕的庭院中。在正堂屋里的中央摆放着一张玉石座椅，身着雪白狐裘大衣的女人靠着椅背安静地坐着。她双手捧着一颗蓝色的珠子，珠内是一艘停泊在泛红河面上的小船。

风天耀看见她时愣住。他应该尊称此人一声前辈，一句真君。

白骨魔从顺义镇将左白的尸骨带走，又与月宫的宫主姜妙合作，夺取岐山的秘宝飞霆珠和月宫的绝世咒律，目的只是复活他早已死去的师尊。

铃萝觉得白骨魔跟云守息一样，又疯又变态。左白无比坚定自己的立场与信念，与魔势不两立，哪怕死也不愿意入魔。她会保护身为半妖的徒弟，但绝对不会接受自己的徒弟成了魔。所以眼前这个在左白的尸首面前卑微地单膝跪地的男人才会以那样的方式死去。

"你……你都对左白真君做了什么？！"风天耀愤怒地吼道，"她老人家都死了你还不放过人家！"

左白被带出顺义镇时已是一具白骨，如今却恢复了肉身，除去周身死气沉沉的气息，闭目坐在玉石椅上时似乎真的活过来了。白骨魔将左白的手放回保暖的大衣下，回首冷冷地看着风天耀："是你们这些伪善者不放过她！"

风天耀冷哼一声，从进来时背在身后的双手就蓄力掐了剑诀，此时猛地挣脱白骨的束缚，朔方重回手中，再次斩出一道神术剑意，妖魔碰之皆会灰飞烟灭。

白骨魔觉得他不过是垂死挣扎，飞身过去准备把人再次抓起来，却被炽热凶猛的神术剑意扫退。他看着被斩出裂痕的手背低笑了一声："你的神术剑意还远不及你父亲半分。"

风天耀却仰着下巴，没有半点儿被嘲讽的恼怒之色，反而理所当然地说道："废话！我爹的神术剑意自然是无人能敌的，但就这点儿程度对付你已经足够了！"

白骨魔扶着额角笑，伸出手，魔息翻涌："口出狂言，也罢，等你父亲找过来之前，我先陪你玩玩。"他黑色斗篷帽下的脸上勾着一丝恶劣的笑容："就怕你爹到后，看见自己不成人形的儿子难以承受。"

风天耀挑着眉，神色不屑，完全不将对方的威胁放在眼里。这两个人彼此嘲讽着打起来，动静不小，风天耀除了在父亲和铃萝那里感受到神术剑意被压制，其他时候都是顺风顺水的。

铃萝活动着手腕，将束缚自己的白骨轻易踢开，站直身看向屋内的座椅上的女人。

左白捧着飞霆珠，飞霆珠护着她恢复了肉身，却换不回她的魂魄，留在人间的只是一具空壳。铃萝拔剑，岁雾消散的雾气环绕在庭院内。她朝左白斩去一剑，被飞身回来的白骨魔拦下，两方灵力相撞带起的余波扫射整个山顶。剑势掀飞了白骨魔的兜帽，露出了有一半森然白骨的脸。

白骨魔目光阴狠地看向铃萝："你找死？"

铃萝使用瞬影掠至他身前，再次出手。

后边的风天耀看呆了一瞬，被凶猛的剑气撩起衣发时才猛地回过神来喊道："你跟她打干什么？！要打冲我来！"

白骨魔冷嘲道："就凭你这小子还想英雄救美？你那人面兽心的爹是这么教你的？简直笑话！"

风天耀听得大怒："你闭嘴！我爹也是你能胡言乱语的？"他挽剑上前加入战局，誓要跟白骨魔杀个你死我活！

白骨魔本想给他点儿教训，却瞥见铃萝持剑直直朝左白斩去，也是大怒，黑色的鸦羽散开如剑刃带着破空声朝她飞去欲将她逼退。

铃萝却不避不退，身影灵活，足尖踩着鸦羽逼近白骨魔身后的左白。

白骨魔眼中红光闪烁，翻涌的魔息中传来尖啸声，一只巨大的白色骨架从空中落下，将铃萝牢牢地隔绝在外。

铃萝被巨大的白骨架拦退，持剑指着白骨魔傲慢地说道："她好不容易脱离这肮脏的人世间，你非要把人带回来受苦？"

白骨魔阴沉着脸："你懂什么？"

铃萝嘲笑道："你以为她复活后看见变成魔的你还会开心不成？"她用余光瞥了一眼后边的风天耀，微弯着嘴角，故意说着嘲讽的话："左白最不想看见的就是你了，若不是为了渡你失去灵脉，她怎么会被嫁给赵家任人欺辱，又哪里会有后来那些事？"

白骨魔攥紧双拳，泛着红光的眼盯着铃萝，恨不得将她碎尸万段。

铃萝不客气地戳他的痛处："你有一个好师尊，但不知回报，反而害死了她。"

"闭嘴！"白骨魔忍无可忍，低吼着，视线阴狠地掠过铃萝落在风天耀身上，"我师尊心善，肯收一个半妖为徒，为了渡我成完整的人类给予灵脉！她除魔杀妖，维护人间秩序，救过无数人，可到头来有一个人去救她吗？"白骨魔盯着风天耀说道："她的宗门没有给她半点儿庇护，甚至从出生开始她就是见不得光的存在，因为她的弟弟忌妒她的天赋修为！"

风天耀被他盯得心头一跳，这话听得也是莫名其妙，左白还有弟弟？

"风家神术剑意？呵，世间最强剑术，诛邪魔万妖，是上神界眷顾人间留下的传承，向来被修界的人看作无上荣光的存在。"白骨魔站在左白身前，眼中透露着怨恨之色，"她为了那愚蠢的弟弟，从不使用这剑术，自创方天剑意，只为践行她宗门和家族的信念！"

风天耀发蒙地问道："你什么意思？左白怎么会神术剑意？什么弟弟？你别在这里瞎说！"

铃萝垂眸凝视岁雾透明的剑身，这次决定让某些事提前，比如让风天耀知道，他的父亲那些不为人知的一面。

白骨魔忽然使用瞬影掠到风天耀身前，无数白骨架自地下冒出，翻涌的魔息抵消着他的灵力，风天耀不敌，被白骨魔和骨架押着撑剑跪地。"你给我仔细记住这张脸。"白骨魔指着屋檐下的左白说，"就连你父亲到这里，也得叫她一声阿姐。"

风天耀震惊地抬首，满眼难以置信之色。他恼怒地扭头欲与白骨魔争辩："你胡说！"

铃萝淡淡地说道："你应该叫她姑姑。"

风天耀气道："你别信这魔胡说八道！"

铃萝却朝他笑，带着点儿深意和嘲讽之意。她持剑朝风天耀走去，每走一步，透明剑身上的金色灵息便一丝丝升腾而起。铃萝说："你父亲从小不喜这位阿姐，因为难言的身世，还有她不堪的容貌与身体的残缺，但最重要的，是这位阿姐先他学会了神术剑意。"

风天耀跟白骨魔听着铃萝的话都愣住了。前者震惊不已，后者蹙眉惊讶。

"你……你是什么意思？"风天耀喉头微动，声音低哑，"怎么你也跟这魔一样胡说八道？！我爹根本没有什么姐姐！"

"只是你不知道而已，他是南山雪河的掌门，是修界敬重的强者，想要抹去某些存在易如反掌。"铃萝握剑的手背上浮现金色的咒纹，如今那咒纹正一点点地消散。她饶有趣味地打量着风天耀的神色从动摇到崩溃。此时此刻风天耀已经能感觉出铃萝身上逐渐苏醒的剑意是什么。

白骨魔神色凝重，目光惊讶地看着铃萝："你怎么会……？"

铃萝："你父亲追求最强，唯我独尊，但小时候就活在姐姐的阴影下，只因为姐姐比他更有天赋。"铃萝抬剑朝风天耀指去，剑气迸发横扫，龙吟威严震荡天地。

神术剑意形成时，金色的流光在短时间内凝聚成形。当初在金鸾池宴大会上时，风天耀的剑意凝形仅是一个龙头而已，此时金龙巨爪搭在铃萝的肩头，龙须自上方垂落，龙鳞反射着光芒，长尾盘踞在地压碎在场的所有白骨架后扬着身，居高临下地俯视着人间万物。

风天耀震惊地看着这一幕场景，脸上血色全无。

云雾缭绕，金龙咆哮，威压震慑下，白骨魔闷哼一声，被无形的剑意伤到。

"风掌门来得如此快。"铃萝看着自薄雾中走来的男人嘲笑道，"可真是救子心切啊。"

风天耀艰难地回头看去，泛着血色的眼中映着自小仰望的高大身影慢慢走来。

"爹……"风天耀像是见到救命稻草，眼里有期望和绝望之色，"这是怎么回事？为什么他们都在这里胡说八道？铃萝她为什么……为什么会神术剑意？"他说到后面声音都有了颤音和哭腔。眼前的一幕场景对风天耀来说实在是难以承受。从小到大他视为神明、英勇强大的父亲，和第一次改变他对女孩子的看法、他试图亲近的人，忽然之间因为共同的秘密变了模样。

风云鸿的视线从风天耀身上掠过，最终落在铃萝身上。记忆里那个跟在自己身后迈着小短腿追着他不放的小女孩如今长大了。她的眉眼长得像母亲，却没有母亲那样温柔恬静。

白骨魔捂着胸口低低笑着，笑声越来越大，他笑到快直不起腰来。

"风云鸿，你也有今天哪！"白骨魔笑得眼泪都快出来了，"你毁我师尊不够，竟然连自己的女儿都不放过，不愧是风家尊者，南山雪河的掌门人，够狠！"

风天耀听得红了眼。他心跳得很快，甚至不敢回头去看铃萝，哪怕知道铃萝此时的目光不在自己身上，却也不敢看她分毫。震惊、难堪、无措等等情绪淹没了他。

风云鸿拔剑，使用瞬影掠至白骨魔身前将其击退，斩碎束缚着风天耀的白骨，一切发生在瞬息之间，他的神术剑意带着更加狂妄凶猛的气势接管此方天地。

白骨魔眉头微蹙，退至屋前的左白身边，两道神术剑意倒是让他很难受。

在风云鸿看回铃萝时，她已经拔剑攻去，神术剑意的相撞横扫整个山顶，还在下方的仙门弟子们震惊地抬首看去。

"那是……神术剑意？"子修惊讶道，"这横扫万里的气势，不可能是那大少爷使出来的，风掌门到了吧？！"

玉沧看着上方的灵力暴动松了一口气，掌门到了就好，少主应该不会有事了。

没有人会怀疑南山雪河掌门的实力，有风掌门在，一定会没事的。

绝大部分人是这么想的。

只有越良泽蹙眉，加快步伐朝上赶去。

宋圆圆问道："小阿爹你急什么啊？！"

越良泽说："铃萝在上边。"

宋圆圆抹了把额头的汗，安抚道："这不是有风掌门在吗？他一出手那白骨魔必死，铃萝会没事的。"

越良泽抿唇不答，就是因为有风云鸿在，他才更该担心。

山顶上，铃萝与风云鸿对剑。神术剑意的威压相冲，场面宏大，风天耀看得惊艳又绝望。白骨魔虽幸灾乐祸，却也付出了不小的代价，因为他是魔，所以难免会被伤到。

在这两个人对战时，他始终注视着风云鸿的一举一动，就在等一个时机。

他等到了。在风云鸿专注地与铃萝对战时，白骨魔忽然出手，从空中飞出的白骨架如牢笼般将风云鸿罩住落至地上，而白骨魔的致命偷袭被风云鸿周边的一层金光拦下。

"爹！"风天耀急道。

"不必担心。"风云鸿淡淡地说道，"你在那里看着就好。"说着他并指在风天耀身前结出一道结界。

白骨魔神色阴鸷地说道："风掌门还真是一如既往的自大。"

风云鸿朝他投以轻蔑的一瞥。这个男人如今依旧保养得体，拥有剑修的气魄与身姿，还有强者的威严。风云鸿的目光越过白骨魔，落在他后方的左白身上。

"一具早已腐烂的尸骨，被你带出来再受折磨，这就是你对你师尊的爱？"风云鸿淡淡地嘲讽着。

"你闭嘴！你有什么资格和脸面提我师尊？！"白骨魔气得面目扭曲，魔息爆裂。

风云鸿被捆在白骨牢笼里，却不慌不忙，有着高高在上藐视一切的傲慢与冷漠姿态。

"月宫的咒律不管用，但飞霆珠已经帮忙恢复了肉身，于是你想要以同宗血脉来强行唤回她，这才绑了阿耀诱我来。"他沉声说着，语气带着点儿嘲讽之意，横剑在手掌上划出一道血痕，鲜血飞溅至空中，以灵力送往左白身前，"我如你所愿，让你看看你们魔界的办法到底管不管用。"

"你想耍什么花招？"白骨魔警惕地拦下风云鸿的血。

"怕了？"风云鸿说道，"你怕你师尊活过来，看见入魔的你厌弃不已？"

白骨魔攥紧了双拳，气得只剩一半的脸上额角青筋隐现："当年就是你谴责她收半妖为徒，换了灵脉还不甘心，还要她远离南山雪河嫁给那禽兽不如的东西！"

风云鸿面上露出一抹讥笑之色："她可以不嫁，只要舍弃你这个没用的弟子就行。"

顺义镇一直轮回的过去场景中，那场婚礼来的宾客中，有一位送礼的身穿南山雪河门服的青年。他站在外边看着张灯结彩的府门，看见抱着喜服端着瓜果酒盘笑盈盈地走过的侍女们。青年厌恶又忌妒他的姐姐，因为难看的容貌、瞎了的眼，也因为她的存在让家族蒙羞，更因为她比自己还要强。

白骨魔咬牙切齿地说道："你分明知道姓赵的对师尊怀恨在心，却还要她嫁过去。风云鸿，如你这般心狠手辣、人面兽心的家伙，跟修界人人喊打喊杀的魔有什么分别？"

风云鸿丝毫不在意他的话，目光淡漠地看着左白说："修者除魔，是规矩，不是善恶。"

风天耀听得心头一震，脑子一瞬间有些晕乎，难以置信地看着他的父亲。

铃萝却没忍住笑了一下。这是她第二次听见这话。第一次听到时她难免也有些震撼。除魔无数，维护人间秩序，天下有大乱大祸时，总是拦在最前线，受万人景仰的修界强者，南山雪河的掌门人——只不过是在践行家族的信念与规矩。他是除魔救人没错，却从来不觉得自己是大义大善之人。他那愚蠢的姐姐才是，因此才会落得如此凄惨的下场。曾经铃萝在此时并未暴露自己的身份，而是除魔之后，与风云鸿单独会面摊牌。那时风云鸿神色睥睨道："你以为你这些年是如何活下来的？"她这才恍然大悟。东岛天极与南山雪河交好，两方掌门又是挚友。云守息知道她的身份，风云鸿也知道她在哪里。云守息答应风云鸿，不会让铃萝回到南山雪河，也不会让她用神术剑意。这些年来，云守息带着她教导她忘记仇恨与过去，重新开始新的人生，本来铃萝挺感动，师父对她这么好，也希望她好，可真相总是让人难以接受。于是铃萝回了东岛天极质问云守息，被云守息囚禁在水下，再出来后，只身去往南山雪河杀人入魔。

如今她不打算再按部就班地耗下去。因为一看见风云鸿这张脸，她就控制不住杀意。她劈山开路又如何？除魔救人又如何？这都是伪善，这次她要的不是天下太平，也不是受人敬仰让人称赞。她上南山雪河，在十二大仙门的庆功宴上杀风云鸿。夜里大雪刚停不久，神术剑意横扫南山雪河，大有毁天灭地之势。铃萝将被她伤得浑身血污、连剑都握不住的风天耀扔在地上，看着孤傲冷漠的风云鸿脸上浮现怒意然后笑着拔剑。铃萝清算着她与风云鸿之间的一笔笔账，质问他为何如此，他是除魔卫道的修界尊者，却做出那些妖魔不如的事来。

风云鸿也说了那句话。修者除魔，是规矩，不是善恶。

铃萝斩碎风云鸿的神护之障，再斩断他的神武剑，将他从空中击落在地石板碎裂的凹陷中，让他鲜血四溅，又卸掉他的下颔，让他只能嘴角淌血却说不出话。铃萝每斩出一剑都在问他悔不悔。高高在上的人被她踩进了泥泞里。泛着血污的身子肮脏不已，风云鸿连剑都握不住的模样更是狼狈不堪，令人耻笑。风夫人哭着跪地求饶，一五一十地将当年她怀孕后曾偷偷联系铃萝的娘的事告知。她是教坊司的女子，想要脱离苦海，便抓着南山雪河这根线不放，以命相搏，最终赢了。因为她生的是个儿子。

"同脉血已经给你，就算你复活她也无所谓。"风云鸿淡然说道，"我倒是想看看，她若

第四十六章　白骨魔

真的复活，看见你如今的模样会是何反应。"

白骨魔沉着脸，到底没能忍住复活师尊的诱惑，这是他最后的机会了，必须搏一搏。

他挥手将浮空的鲜血洒落进飞霆珠内。

风云鸿神色漠然地看着眼前的景象。

铃萝却开口道："你怎么还是一样蠢？"

白骨魔看着飞霆珠光芒大绽，烈风扬起师尊黑长的发，女人惨白的脸逐渐恢复光泽与红润颜色，这让他狂喜。"师尊……"白骨魔的喜悦才刚开始，就见金光大绽，熟悉的剑意从左白身上迸发四散，带着不容拒绝的霸道气势穿透了白骨魔的身体。一道又一道凌厉的剑气落在他身上。白骨魔跪倒在地，血红的眼眸里映着左白转瞬腐化的身体。

风天耀怔怔地看着这一幕场景，喉头滚动，艰难地吐出几个字来："方天剑意……"

方天剑意，只诛万魔。

风云鸿给的同脉血要唤醒的不是左白，而是左白留在人间的方天剑意。白骨魔一心只想着复活自己的师尊，却没想到会死在师尊的剑意下。他跪在椅子旁，抬首深情地凝望着女人，最终化作一具白骨。风云鸿看都没看这一人一魔，欲转身去看风天耀，却被一道剑气封住走位，不得已侧首朝铃萝看去。

"风掌门这招可真是让晚辈佩服。"铃萝怪笑道，"多年不见，风掌门不想知道我这神术剑意练得如何吗？"

一只魔死了，但世间远不止这一只魔。

风云鸿神色莫测地看着铃萝，五指再次握紧手中的剑柄。

"爹……不是吧？"风天耀撑着剑起身，努力绽出一丝尴尬的笑容，"铃萝她……不是你的女儿吧？"

第四十七章

夏夜萤

未等风云鸿开口回答，铃萝已满脸嫌弃表情地说道："你闭嘴，少在那里问些有的没的，风掌门可不配有女儿，我也不屑有风云鸿这种父亲。"她慢慢朝风云鸿走去，剑气又快又狠，两个人再次交手。

铃萝说："你这种一辈子活在自己的姐姐的阴影下的懦夫，憎恨又惧怕女人学剑的胆小鬼也配做我的父亲？！"

风云鸿目光微冷，带着无上威压的剑气将白骨牢笼粉碎，不避不退，与铃萝的岁雾相撞，剑气再次横扫整个山顶，山崩地裂。

龙吟咆哮，彼此势不相让。

"看来不让学剑一事让你很愤怒。"风云鸿淡淡地说道，"你既想当我的女儿，就不能学神术剑意，我当年已经告诫过你和你娘亲。"

铃萝眼中浮现杀意。

"女孩子学不得，儿子就可以？哪怕是你最看不起、认为低下卑贱的教坊司妓女所生的儿子？！"铃萝讽刺地笑道，"风掌门，你还不承认自己直到现在都没走出左白的阴影之下吗？"

风云鸿从小就要强。他喜欢修行，喜欢剑术，又被上一代家主要求必须成为所有人中最厉害的那个人。他从小被宠着长大，却没有迷失自我，但因为过度自傲，无法接受挫折。他人生中的第一个挫折，是他同父异母的姐姐给的。在风云鸿勤奋参悟神术剑意时，他看见庭院中的女孩双手掐着剑诀，金色的光芒自她周身泛起，那让他还有些难以理解的剑意，正温柔主动地凑近女孩。这一幕场景在他心中种下了一颗种子，缓慢地发芽生长，深深扎根在他的人生中。

风云鸿二十岁时已是风家的掌权人，强大且工于心计，一生追求的是自己至强，大道飞升。即使知道那女子是姐姐的好友，让他不喜，他却又因为她的家族是这世上最古老的咒律仙一脉而出手救下。他跟女子说："从今以后你跟着我，可保你族血脉，你们与人间的恩怨我也能替你摆平。"

女子这一族只修咒律，女人的哥哥坏了规矩，参与人间内斗，咒杀了一位妃子和一名将军，帝王震怒，誓与该族不死不休。风云鸿一开始只是要她的家族咒律，并没有要娶她的意思，但后来族中催他的婚事，自己又并无意这种事，被催得烦了，便娶了女子。因女子家族与人间帝王有仇，所以两个人的婚事低调进行，哪怕长老们一致反对，他也照娶。

成亲那夜，女子问他："你不后悔吗？万一将来你有喜欢的女子……"

"不会。"没听她说完他便给出回答。

女子微怔，似乎抿唇笑了一下："那你会喜欢我吗？"

风云鸿定定地看着她，伸手轻捏她的下巴让其抬首，再凝望那双漂亮的眼。他没有回答，但觉得可以试试。他与女子之间似乎也曾有过美好的记忆。

风云鸿从不会在女子面前伪装善恶，所有的野心都暴露着。得知夫人生下的是个女孩时，风云鸿抿唇笑了。彼时他还没被扎根心底的阴影整个笼罩，直到他看见一岁的女儿熟睡时，有金色的光芒环绕着女儿，那是他最熟悉不过的神术剑意。

风云鸿站在门口面无表情地看着这幅场景，阴影将他整个人笼罩。他的女儿天赋很强，才一岁就被神术剑意选中，是家族千百年来的第一人。从这天开始，风云鸿心底的黑暗逐渐扩散，越来越大，直到将他整个吞噬。

风云鸿跟女子说："再生一个。"

女子起初以为他是想再要一个孩子，可临近生产时才知道，他要的不只是一个孩子，而是一个男孩。得知二女儿出生时，风云鸿没有笑。他在门外站了片刻，转身离去，一夜未归。

他与女子之间原本越来越好的关系逐渐破裂，变得僵硬诡异。

风云鸿说："封住她的灵脉，她不能学这剑意。"

女人愣在当场。

"你知道我最讨厌那个人。"他眼中流露的厌恶之意让女人心里发颤。

她垂着头低声道了声"好"。

被封住灵脉的女儿一天天长大，当她身上没有神术剑意的气息时，风云鸿还能说服自己面对她，这是他的女儿，不是那个瞎了一只眼的女人。可这女孩最终还是拿起了剑，她小小的身子挥舞着长剑，带起一阵金色的流光，龙吟声浅，却已显形。

女孩朝他笑着喊："爹爹，我学会这剑术啦！"

而他盛怒之下斩断了她手中的剑，透过女儿的眼睛看见的是姐姐，冷冷地说："你只是一个连剑都拿不起的废物。"

风云鸿对孩子的态度让他与女子逐渐疏远。直到有一天，女子红着眼来质问他："是你要左白嫁人的吗？"

风云鸿沉默。

女子罕见地发怒问道："是不是？！"

"是又如何？"风云鸿冷眼看去。

"我知道你因为神术剑意恨她，但她已经没了灵脉，这难道还不够吗？为什么你还要这么对她？！你让她嫁给一个憎恨她的男人，她甚至被人挖眼斩手——"女人说着，看见的却是他漠然的脸，顿感心灰意懒。她说什么都没用的。女人哭着笑道："你也会这么对自己的女儿吗？"

风云鸿皱眉看着她："只要她不学神术剑意。"

女人踉跄着后退一步，捂着眼笑道："我怎么敢……怎么敢对你还有期待？……"

第二天，女人要与他和离。

风云鸿怒极反笑："和离？你离开我能去哪里？这天下哪里还有你的容身之处？"

"从哪里来就回哪里去。"女人平静地说道，"我不再需要你的庇护了。"

风云鸿觉得自己这些年惯着她，让她已经忘记当年走投无路的恐惧感，于是签了和离书。

他倒要看看这女人能撑到什么时候。

女人离开时说："年初时，有人传信约我在南山城见面。"

风云鸿冷眼看着她。

女人继续说道："她是西旧教坊司的女人，说自己生下了风家的孩子。"

他得知二女儿出生那夜，满心阴郁情绪，同好友去厮混了唯一一次。

风云鸿当着女人的面吩咐属下道："去都杀了。"

女人却笑道："那可是个男孩。"

风云鸿微怔，蹙着眉头，属下见此顿住。

女人自己斩了后路，断绝所有期望，带着两个女儿离开了他。她与那教坊司的女人见面那天，险些下狠手，将母子二人一起杀了。

风云鸿认为女人还会回来，只耐心等着，其间却因为见到那个孩子而逐渐遗忘等待这回事。这个孩子在他眼里刚刚好。男孩的存在像极了当年的他与阿姐。

风天耀也有个姐姐，一个天赋强大、一岁就会神术剑意的阿姐。

风云鸿告诉自己，这次他绝对不会输。于是他遗忘了女人的存在。

回了离宫的女人，每天都要应付人间的麻烦，以及与南山雪河结仇的妖魔的报复。在世人都谈论南山雪河掌门爱上一个教坊司女子并娶其为掌门夫人时，离宫被妖魔与修者踏碎，铃萝家破人亡。

铃萝从离宫被大火吞噬那天晚上开始在人间颠沛流离。她想过要去找她的父亲，可每次决定抛下自尊去卑微求人时，都因为听见人们谈论风掌门是如何宠爱妻儿而难以接受。无论如何她都做不到去求父亲。哪怕她因为偷一个包子而被人追着打骂，活得连狗都不如也做不到去求南山雪河的掌门。如今她又一次拿着剑站在风云鸿身前。她不再需要向任何人求助。

山顶的剑气越发汹涌，频率也越发高，爬到半坡的仙门弟子们逐渐觉得不对劲。

"这不像是跟魔在打……更像是两个会神术剑意的人在对打。"子修气喘吁吁地说道，"这魔巢怎么还有这么高的山？简直岂有此理！"

楚异皱眉："除了风掌门跟风天耀，还有谁会神术剑意？"

玉沧连连摇头："总不会是掌门在打少主啊。"

子修擦着汗说道："你家少主的神术剑意怕是也没这么精湛。"他说完左右看了看："咱们中跑得最快的那个人呢？"

宋圆圆喊道："御剑飞了！"

楚异恼道："能御剑你不早说！"

即使他们能御剑，也因为这里魔息太重，速度减缓许多。

铃萝今日就是要让风云鸿有来无回，一出手就用了全力。

风云鸿因她的剑术惊艳时，内心的阴郁情绪也增多一分，更加难以接受铃萝的存在。

"你既然都已派人监视我试图刺杀，又何必在这里假惺惺？"铃萝笑道，"风掌门，不用尽全力，你可是会死的。"

风云鸿面色阴沉："你想杀我？用神术剑意？"

"不管是用神术剑意还是别的剑意，你都得死。"铃萝单手掐诀，咒纹自她脚下浮现并蔓延。她瞥了一眼从之前开始就呆站在那里的风天耀，风云鸿立马掠身而去斩断蔓延的咒纹。

铃萝忍不住笑出声来："你们可真是父子情深哪，风掌门放心，曾经我已经把他狠狠折磨了一番，这次我可没多少耐心。"

"你以为就凭现在的你杀得了我？"风云鸿依旧是不可一世的傲慢与冷漠态度，看着铃萝时，带入的是他的心魔，所见不是他的女儿，而是笼罩着他的阴影——阿姐。

铃萝挥出的每一次致命剑气都被风云鸿身前的神护之障抵消。

"神护之障，世间所有修者的剑意都无法击杀你。"铃萝握剑的手微紧，"这是这天地赠予人类的最强庇护，可冥渊瞎了眼，偏偏给了你这种人。"

风云鸿淡淡地说道："我说过了，你杀不了我。把神术剑意封印，回你师父身边，我可以当作今日什么都没发生。"

"神护之障被破了后，你还能有如此气魄站着跟我说话吗？"铃萝挑眉笑道。

风云鸿根本没有多想，自信也自傲："你做不到。"

铃萝看着他，心底的那一丝丝魔息正在迅速蔓延散去，岁雾散形，白色的薄雾中隐约透露出点点魔息。顷刻间，黑色翻涌的魔息如云浪遮掩此方天地。修者破不了神护之障，但魔可以。在当年决定杀风云鸿时，铃萝就已不可避免地会堕魔。

风天耀不敢相信地看着被黑气包围的铃萝："你……"

风云鸿皱眉，也有几分惊诧地朝铃萝看去，甚至还有点儿茫然。

不对，那个女人就算是死也不可能放任自己入魔！

"我曾经做到过的事，如今只是再来一次而已。"铃萝低笑一声，明亮的眼中却有一丝暗淡的红光隐现，岁雾尖啸，以魔的姿态斩出世间最强的剑意会有何威力？黑龙咆哮，雷鸣闪烁，天崩地裂。那天地赐予人类的最强防御神护之障破了。赶来的仙门弟子看着山顶翻涌的魔息和黑龙都惊呆了。

"神术剑意……怎么是黑色的？"宋圆圆惊道。

子修也怔住："那是魔息？白骨魔还没死？"

越良泽刚落地，就听到风天耀凄惨地喊道："爹！"

风云鸿没想到铃萝这一剑能斩开神护之障，那锐利霸道的剑气斩向他，破开皮肉，削断了骨架，鲜血四溅，沾染血迹的透明长剑却没有停下。

血珠飞洒，一些顺着岁雾剑身流下。风云鸿被挑起至空中，对剑时心智被岁雾影响，铃萝看见剑身映出了一幕幕场景。意气风发的少年行走世间除魔卫道。青年曾于烈火燃烧的夜晚救下女人。

铃萝如记忆中那样，每斩出一剑时便问他："你可后悔？"

风云鸿被剑气伤到，衣下渗血，闷哼一声，下一剑又到他身前："你对她有半点儿悔意吗？"

"住手！"风天耀崩溃地拿剑砍着结界喊道，"你们快住手！"

可风云鸿的结界拦住了他。

越良泽微怔地看着空中被杀戮与暴戾情绪掌控的铃萝，她眼中看不见自己。

铃萝将风云鸿打落坠地，砸出一个大坑，传来清脆的骨头断裂声响。

漂亮的长剑映着男人满身血污、狼狈不堪的模样。

铃萝持剑指着风云鸿说："风掌门，把剑拿起来啊！"

风天耀崩溃地跪地："铃萝！算我求你，我求求你！"

"你看清楚，现在压制你的不是那个被你害死的阿姐，是你因为自己的懦弱而抛弃的女儿。"铃萝却只盯着风云鸿，久违地又一次享受这片刻的愉悦感，"玉婆婆总说我比玉芝更像阿娘，你看着我这张脸，还能记起阿娘的模样吗？"

剑刃定住他的四肢，将试图护住主人的神术剑意斩碎，铃萝将长剑刺入风云鸿的胸口，无视风天耀的哭号声，弯腰凑近风云鸿说："玉芝在花楼里被人从你眼前带走，试图向你求救的时候，你却无视她离去。怎么，是因为玉芝长得不太像阿娘，所以你没认出那是你的女儿吗？风、掌、门。"这是铃萝永远无法饶恕风云鸿的事。

她不敢面对玉灵珠里的记忆。哪怕玉灵珠保存着玉芝的音容笑貌，她也不敢多看一眼。

因为玉芝那天看见了风云鸿。风云鸿也看见了她。可他无动于衷，径直越过玉芝离去。

越来越多的人到了山顶。人们看着眼前的一幕场景皆难以置信。

"铃……铃萝？"宋圆圆看着拿剑刺风云鸿的铃萝感觉心都揪了起来。

"掌门！"

"少主！"

南山雪河的弟子们更是看得肝胆俱裂。

铃萝已经无所谓风云鸿的回答，凝视着这个人逐渐黯淡的目光。

风云鸿没有说话的力气与存活的灵力，只能最后再看一眼人间。她真的长大了，像她母亲。风云鸿在生命最后一刻时，才想起当年那个他以为一定会回来的女子。

铃萝神色淡然地直起身，决绝狠辣地拔出长剑，剑上鲜血甩在了风天耀身前。

"掌门！"

"风掌门！"

弟子们的惊声哀号被她无视，铃萝径直走到左白身前，将她手上的飞霆珠拿起。

死雾门在她身前打开，铃萝头也不回地走了进去。她听见楚异愤怒地叫着她的名字，还有追随而来的熟悉剑意，却还是没有回头。这次许多事提前了，提前到她在东岛天极遇见了越良泽，提前到免受水囚之苦而入魔杀了风云鸿。曾经做过的事，如今再做一遍，铃萝只觉得熟悉又快意，尤其是手刃风云鸿的那一瞬间，压在她心底的所有仇怨都释放了。铃萝听见了楚异和宋圆圆等人的喊声，也感受到了越良泽试图拦下她的剑意，却还是走了。因为入魔和杀风云鸿的快意混杂，她怕控制不住自己，意识如果被魔性完全掌控，说不定会连越良泽都拦不住她。想起曾经她刚入魔时与越良泽一战伤他许多，还说了很多嘲讽他的话，这次她不想重复伤他。她入魔已经是对越良泽最大的伤害。

铃萝抿唇，出死雾门时神色郁郁，冷不防瞧见眼前的山海，渡口停着好几艘大船，头顶还有海鸟鸣咽盘旋着。这里是她再熟悉不过的东岛天极。

铃萝神色微冷。她开死雾门传送的明明是天照山。

"不用担心，天极的人发现不了。"熟悉的声音响起，铃萝回头看去，瞧见的是背对蓝海面朝自己的琴鸢，或者说是操控着琴鸢的冥渊。

冥渊说："只耽误你一小会儿。"

铃萝冷笑道："让你失望了，再来一次我还是会选择同样的路。"

冥渊轻声叹息，摇了摇头。

铃萝抬手在空中一划，再次打开死雾门准备离去，不打算与冥渊多费口舌。

冥渊说："你还记得你曾经在天极的深海下得到了什么吗？"

铃萝身影微顿，侧首看去，神色漠然。

"你被换了灵脉，无法挣脱他的牢笼，却在深海下被人界的深渊灵脉选中，这才能逃出去。"冥渊说，"六界六脉，深渊灵脉掌控着一方之界的所有灵力存在，若非你身负人界灵脉，也无法与我一战。"

铃萝一手放在剑柄上，冷笑道："我如今还未得到人界灵脉，不如就此再杀你一次。"

冥渊却摇头，脸上带着无奈的笑看着她说："它从一开始就在你身上。你重来一次也无法改变这点。"

深渊灵脉藏于何处，世人全然不知。就连天极的人也不知道自家山门地下就是人界的深渊灵脉停留之处。铃萝换回自己的灵脉前，先得到了深渊灵脉的力量。那并不是什么愉快的记忆。

铃萝："人界灵脉还在我这里，你怕了？"

"希望这一次我们不再是对手。"冥渊劝道，"那是人类自己的选择，不是我的选择。你也许觉得解决了我就能颠覆这个世界，但每一个世界都是一样的。"

"你说不是你的选择，那我问你，风云鸿的神护之障哪里来的？"铃萝鄙夷地看着冥渊，"天地赠予之物，他也配？"

冥渊语气平静地说："他除魔守护人间是真，风家千百年来一直恪守此道也是真，就连你不也是一心向善守护人间吗？就算入魔，你心中剑意依旧不变，这神护之障也将是你的。"

"谁稀罕？"铃萝嫌弃地说，"再来一次我还是会做很多事，逍遥宗会被灭，天极也会被灭，人间也会被祸乱，我想做什么、该做什么还轮不到你来指教。"

冥渊已经习惯她的脾气，一点儿也不恼，只是无奈地说："再来一次，你还是要那个人经历同样的结局吗？"

铃萝一听这话就更气了，杀意四溢："我现在就去把四方禁兽杀给你看！"

冥渊又说："那不是我放出来的，我并不想让四方禁兽出来。"

铃萝无言地看着她，脸上是"你看我信吗？"的嘲讽神色。

"放出四方禁兽也不是为了杀你，而是杀我。"冥渊继续坦白，"想要推翻修界重塑人间的不止你一个人。"

铃萝听得皱眉："你也知道自己人缘很差讨人嫌吗？"

冥渊的语气有点儿苦："是你们没人懂我。"

铃萝面无表情地转身走进死雾门："恶心。"

冥渊拦住她："这人布局之大，连你也被算计其中，你不想知道他是谁吗？当年月宫宫主大婚时，原定要娶的人并非姜妙，是上一位姜家人出了意外才要她顶上。"

铃萝顿住，不自觉地听冥渊继续说着："姜妙为什么能顺利杀了上任宫主？因为有人在幕后帮衬她，白骨魔又为什么非要与她合作？因为有人要白骨魔这么做，这一切只是为了借姜妙打开月宫的封印，放万魔出世。"

冥渊见铃萝转过身来，便缓缓说道："你不想知道第一个特意安排云守息注意到你的人是谁吗？"

铃萝微眯着眼，眼中杀意更盛："谁？"

"在你入魔后，肆意泼你脏水，引导舆论，让你成为真正的魔，引来十二大仙门的人全面围剿天照山的也是这人。"冥渊说，"幕后主使将修界的所有注意力引到你这里，召唤四方禁兽本是杀我，却没想到你先与我一战，修界被毁灭，可妖魔仍在，到时候人间必成炼狱，这才是你重生的原因。"

"这是救你，也是救我，更是为了救这世间。"

铃萝冷着脸问："我凭什么相信你说的话？"

"你应该能猜到这个人是谁。"冥渊笑着说，"重来一次，你有了许多不能割舍的存在，这些人你都可以抛弃不管吗？"

铃萝气得直接进死雾门离开了。这一次死雾门终于带她回到正确的地点。朝阳高升，山间小道蜿蜒，两旁开满了香味浓郁的蜡梅，落花一地，圆滚滚的黑球灵魔们在山林中蹿来蹿去叽叽喳喳地闹着。

岁雾也在跟她诉说重回故地的感想。

铃萝踩着晨雾往山道上走去。她记得不止如此。山顶上有许多样式不一的精致庭院和房屋，还有花池，绿色的藤蔓牵了满园，过几个月就会开出紫色的小花，池边搭着好几个瓜果藤。许多许多场景，每一幕里都有越良泽的身影。可铃萝到那块地时，看见的只是一座破败竹屋。人界的深渊灵脉还在，越良泽给她搭的庭院却没了。

铃萝有点儿恼，坐在屋檐下看着山色。小灵魔们在竹屋上下来回跳着。

岁雾跟她说："快叫丹水真君来这里搭房子呀！"

铃萝恹恹地说道："他肯定生气了。"

岁雾大惊："为什么？丹水真君竟然敢对你生气吗？那他也太有长进了吧！"

铃萝按着剑柄阴森森地说道："你有没有点儿脑子？"

岁雾委屈地回道："剑本来就没脑子的。"

铃萝气得又把它屏蔽了。她一个人在屋檐下气鼓鼓地坐着，也不知道气什么，躺倒在地后，天色转眼变得阴沉，没多久便传来轰隆隆的雷鸣声。

倾盆大雨突至，这大雨一下就是三五天。

铃萝在竹屋外就这么待了三天。她把自己这一生从头到尾回忆了一遍，认认真真，不放过任何细节，许多曾经没有在意，又或是以为不重要的细节，如今都变得难以承受般沉重。

铃萝抬手遮住眼。大师兄楚异曾经因月宫变故受重伤，没参与后来那些事，有子修师兄看着他养伤，她见大师兄最后一面是什么时候？铃萝有些想不起来了。二师兄于休因为师父的死与她决裂。二师兄自小最听云守息的话，一切都以师父为标准，师父要他死他也不会犹豫，所以很难接受师妹杀了自己敬爱的师父的事实。他虽然与铃萝决裂，却也没有正面跟她起冲突，大家讨伐她时他也没出面参与。至于云守息，铃萝弯着嘴角冷笑。她确定这人死透了，不存在假死诈尸的可能。铃萝没解释过她为什么杀云守息，因为觉得恶心，被云守息以那样的目的针对做出那些事让她觉得恶心，若是再让他人谈论此事，让整个修界的人知晓，她会觉得更加恶心。

蜃楼里有云守息藏起来的一幅画，画上的女人跟她有八九分像。若是有人故意引导云守息注意到她，那这个人一定是在她入内门前就见过这幅画。能出入青石坊进蜃楼见到这幅画的人不多，必须有实力，又是云守息信任之人。大掌门穆横天，不会乐意看见云守息为女人疯狂。二掌门青樱不提也罢。至于其他长老也难说。

铃萝在想这次该怎么处理云守息时短暂地睡了一会儿。梦外苦业花灼烧着她的肌肤，梦里有东岛天极满山的棠花，还有在棠花下抱着酒坛的少年。

越良泽抱着酒坛出外门下山去码头帮忙卸货，刚巧遇上今年新来的外门弟子们。这些人还没换上门服，来自各大洲地，一个个叽叽喳喳，半是激动半是兴奋。越良泽没理他们，跟工人们一起专心卸货，抱着箱子来来回回地运，新来的外门弟子们的讨论声不时落入他的耳里。他将货物箱放下，起身擦了擦汗，不经意地瞥见走在人群最后的一道蓝色身影。

风撩着她的衣裙和发，少女微仰着头打量眼前的仙山，不似旁人那般兴奋激动，眼中是浓浓的沉郁之色。这惊鸿一瞥让越良泽无意间记住了此人。因为那几位品行不良的师兄，越良泽在外门天天打杂，别人入夜休息时，他还得赶夜活儿，帮忙巡逻等等。

越良泽无所谓被打骂羞辱，因为觉得没意思。这个人间很没意思。他也不知道自己活着要做什么才好。越良泽麻木地去夜里巡逻，却发现有人在山间竹林里练剑。少女刻苦勤奋，白天上完习堂，晚上也不睡觉继续修行，真是上进。越良泽没多看，转身走了，不打扰对方。

没几天，他在书阁打扫，发现又是这人半夜不睡偷摸进书阁翻阅书籍，抱着一大堆古籍在角落里借着月光看。少女不敢点灯，怕被别人发现。

越良泽默不作声地离去，没惊扰她。偶尔路过斋堂，他发现这女孩独来独往，有人和她打招呼也不理，私下听见不少人嘲讽她心比天高。他总能在竹林与书阁遇见少女，因为少女不要命地勤奋修行。越良泽没有打扰她，不会在少女饿的时候递上食物，也不会在少女缺光亮的时候递上烛火，因为少女选择这么做就表明她不想被人发现。但他会看少女练剑看一晚上，也会在书阁等她看完书走后将来不及归纳的书本放好。被发现有人夜闯书阁后他主动背锅，没有让人查到少女身上。可莫名地，他被少女感染，开始拿起剑在庭院中修行，认真看古籍。在竹林练剑的少女偶尔累后，会坐在石阶边将捡来的石头一块一块地叠上去，每叠一块就低声念一个名字，念的是那些屠戮离宫、伤害玉芝的人。后来这些人都死在她的剑下。

他们没有一次对话和任何眼神接触，一个在明一个在暗，沉默着度过许多个日夜。越良泽目睹少女勤奋修行，武试、笔试双甲，入内门，被参息真君收为亲传徒弟。从此她再也没去过竹林与书阁。

越良泽还是会去。他在竹林里练剑，在书阁里看书，第一次有了想要修行追随某个目标的想法，并为此付出行动。直到他离开天极，也没有跟少女说过一次话，见过一次面。

这段记忆如夏夜萤火，短暂却明亮。

第四十七章　夏夜萤

第四十八章

师徒

铃萝醒来时雨还在下,她揉了揉眼睛,坐起身望着雨幕发呆。她越是想见他,越是不敢面对。铃萝完全没想到她竟然有害怕越良泽见到她生气失望的一天。明明她入魔前一刻还跟他承诺出魔巢再陪他玩,笑着逗他"我不在你该怎么办"。没想到自己挖坑自己跳,真到了这么一天,她才意识到自己有多么过分。以前她不知道越良泽的心意,也不知道他那么讨厌魔。

如今什么都知晓,她才意识到对越良泽来说继续爱着她有多么残忍。铃萝弯着身子抱着膝盖嘀咕:"魔真讨厌。"

黑色的小灵魔们跟天照山的灵们打打闹闹,白色、蓝色的小萤火从地底升起又消散,铃萝能顺利占领天照山,是因为这里曾是她母族的发源地,也因为她体内的人界灵脉。

等到暴雨停歇,铃萝才下山去天照山外围,犹记得她有半个徒弟在外围山边种花养老。

这会儿刚过午时,但因为接连下暴雨,天色一直阴沉,厚重的乌云层掩盖天光,活像是要入夜般。院里的藤架滴着水,一位穿着灰衣的老者正在屋檐下拿篾条编竹背篓,脚边放着许多工具,灰背白底的毛丝鼠抱着根胡萝卜在旁边"咯吱咯吱"地啃。忽然一只小白狐从空中蹿出直奔毛丝鼠追去,毛丝鼠吓得满地逃窜,老者起先看得乐和,见那毛丝鼠势微后,才叫道:"阿宝,快来救救小宝啊。"

在屋里打扫的慕须京推开窗朝外一看,就见浑身雪白的狐狸一爪子将他心爱的毛丝鼠按在地上"呜呜"乱叫,白狐却坐姿优雅又傲慢地看着他。

慕须京看着这再熟悉不过的狐狸预示着他的好日子到头了。他放下手中的鸡毛掸子,直接翻窗出来朝白狐走去,低声跟白狐说:"放过它吧。"

毛丝鼠这才得以喘息,自由后抱着慕须京的裤腿瑟瑟发抖。慕须京俯身将毛丝鼠抱起,跟着白狐朝外走去。

"我的花在哪儿?"铃萝问。

慕须京给她指了个方向,带她去花棚看。盆里的小花苗早已抽枝发芽结花苞,过些日子就要开了。

铃萝记得它们是很漂亮的花。她很喜欢，越良泽每天清晨都会折一枝放在她的屋里。

小白狐伸出爪子摸了摸细嫩的花叶，绕着花棚转来转去。

慕须京在旁边观察着，问她："你来这里他知道吗？"

铃萝："不知道。"

慕须京又说："前些天他发飞云听问我有没有见过你，我才知道你入魔了。"

铃萝入魔一事他并不是很惊讶，不管铃萝是入魔还是飞升他都不觉得奇怪，就是认为这人能做到而已。

"怕啦？"铃萝哼笑一声。

慕须京摇头，蹲下将被狐狸爪子压倒的花花草草扶起来，斟酌着词句说："他很着急，到处找你。"

铃萝摇着尾巴看他。

慕须京不动声色地问道："你不去找他吗？"

小白狐抬高下巴："我当然要找他，但我还有些事要做。把我的花照顾好，过些日子我来取。"

慕须京看着小白狐转身离开，问："你去哪儿？"

铃萝说："去天极。"

慕须京摸了摸受惊吓的毛丝鼠，确定铃萝离开后，立马拿出月听给越良泽发消息，告知他铃萝去天极了。

被师哥带回圣剑宗关起来的越良泽看见慕须京的消息后眼中浮现一层阴郁之色。她宁愿去见慕须京也不来找我是吗？原本跪坐在石室里静心的越良泽拿着剑起身，被守在门口的大师哥拦住："干什么？回去跪好。"

越良泽抿了抿唇，低声说道："师哥，我要去找她。"

"不止你在找她，你的另外两个师哥、各大仙门的人都在找她。"大师哥不为所动，"至于你，先把你自己体内的魔除了再说。"

越良泽保证道："我不会入魔。"

"说得好听，看看现在连魔气都控制不住的人是谁？"大师哥以眼神示意他低头，越良泽拿剑的手间有黑气萦绕。

"她要去天极是吧？"大师哥靠在门前又说道，"那鬼地方你还敢回去？"

越良泽静心，将向外扩散的魔气控制住，"也许以前的我还会害怕，但现在已经不怕了。"越良泽低声说，"无论如何，我都要去找她。"

大师哥挑眉看着他："你要跟我动手？"

越良泽垂着头，声音很轻地说："师哥，我求你。"

圣剑宗的大弟子最受不了的就是他家小师弟示弱。越良泽顺利地离开了圣剑宗，去往东岛天极。当怪慈仙首来石室看他的小徒弟时，发现只有大徒弟在这里。

"你师弟呢？"怪慈问。

大师哥："走了。"

怪慈纳闷："我不是让你看着他吗？他能从你的眼皮子底下逃出去？"
大师哥说："他都求我了。"

东岛天极近日正处于风暴中心，杀南山雪河掌门入魔的弟子，正是今年夺得金鸢池宴大会的魁首，修界尊者参息真君的小徒弟。这位横空出世的新的二十六魔与南山雪河风家的恩怨纠葛也让众人热议不息。铃萝自魔巢离去后再无音信，可之前稍做停息的万魔又开始大规模地祸乱人间，魔王们借着二十六魔的死雾门肆意转送地点，让人防不胜防。

人们对二十六魔的憎恨感逐日增加。从前对铃萝的夸赞，都变成了唾弃与侮辱，人们将死去亲朋好友的仇恨转移到魔身上，喊着与其势不两立，而许多人喊着曾在某地某时看见铃萝肆虐人间又借死雾门离去，莫须有的罪名和仇恨都扣到了她的身上。铃萝在去天极的路上混入人间里听了片刻就嫌弃地离去。

岁雾问她："冥渊说的那个人究竟是谁？"

"总会知道的。"铃萝抬手点开死雾门，"现在我们去见见老熟人。"就算是死雾门，她进东岛天极也会引起骚乱被发现，但东岛天极有一个漏洞，那就是限制灵力的娑婆界。黑线在空中展开，铃萝拎着瓶棠花酒从中走出，看见熟悉的万丈高墙与隔间，铁链自上而下一条条坠着，冰冷怪异。

夜里星光漫天，风声从峡口吹来，呜咽着似鬼哭狼嚎。铃萝立于空中，看着山壁隔间里被铁链束缚着的男人，俯身将酒瓶从缝隙里递进去。盘腿而坐的清舜挑眉看着她："哟，一段时间不见，你就变了个样。"

越良泽离开天极后的几年里，铃萝偶尔会来娑婆界看清舜，彼此很是熟悉。她每次都想从清舜这里得知有关越良泽的事，清舜总是吊着她不肯说。

"不用羡慕，很快你也会变得跟我一样。"铃萝屈指轻弹铁栏，轻而易举地将上边的禁制破掉了。

清舜舌尖轻舔虎牙，眼里一抹暗红光芒若隐若现。这禁制其实不是很厉害，但他依旧破不开。虽然不厉害，却必须人从外面才能破，被困在里面的清舜只能等着旁人来破除。

数十年的时间，他等到了。清舜伸手拿过酒瓶，揭开封盖问道："这次你想听什么？"

铃萝微抬下颌："不用你说，他已经会自己讲给我听了。"

清舜眯起眼："最后给你次机会，我知道一些他永远也不会主动告诉你的事。"

铃萝狐疑地看着他，这家伙跟他的关系有这么好吗？

清舜仰头喝了一口棠花酒，摇了摇酒瓶说道："天极三美之一，没想到有生之年我还能喝到。"

铃萝一手搭在腰间的佩剑上，静候下文。

清舜将手伸出，示意她把手上的铁链斩开，淡淡地说道："我师父曾有一位师妹，复姓。"

铃萝握剑的手微顿。

"这师妹作为剑修天赋极高，我师父常说，若不是她选择嫁给一个散修，二掌门的位置或许是她的。"清舜语气不急不缓地说道，"师妹早年除魔，于人间化名行侠仗义，得罪了许多人,也得罪了许多魔。在她产下一子后,她与一只魔同归于尽。大家都以为她死了,可后来才发现,人虽然死了,那只魔却没有,甚至借着她的躯壳重回人间。那时候谁都没发现有何不对,师父以为师妹回来了,还带着她的孩子,便让她在天极住下。可这魔恨透了师妹,借着孩子的娘亲的躯壳获取信任后,整天以魔喂养师妹的孩子。"那些旁人眼中的美味佳肴,在孩子眼中却是狰狞的脸和残肢。女人端着碗,拿着汤勺,微笑着凑近他,亲手喂他吃下那些东西。

"别人吃饭长大,这孩子却吃魔长大。"清舜冷冷地笑着,"后来那名散修找上门来,终于揭穿了这魔的身份,又与这魔同归于尽。天极掌门因自己被一只魔欺骗耍得团团转很是恼怒,封锁消息,又对一个被魔饲养、浑身魔息的孩子厌恶不已,却说看在同门之后的分上任他自生自灭。"清舜喝完最后一口棠花酒,继续说道:"都是些伪善者。"

铃萝握紧了岁雾,指尖微微泛白。越良泽说过,他父亲是除魔死的,还说没见过母亲。

也许在他看来,那只是顶着母亲的躯壳的魔。难怪他讨厌魔,又只吃自己经手的食物,因为曾有如此不堪又痛苦的经历。

清舜瞧着铃萝杀气肆虐的面庞挑眉:"你看,这些事他一辈子都不会主动跟你说。"他饶有趣味地打量着铃萝:"当年我本来要带他走的,结果被关在了这里。"

铃萝拔剑将他身上的铁链斩断,冷着脸说道:"你师父至今还在明心祠被关着出不来。"

清舜眯着眼,从隔间里走出,一脚踏入空中,再睁眼时,眼眸里已是暗红一片。他活动着肩背脖颈,发出"咔嗒"的声响,迎着漫天星光落地,从娑婆界不避不躲地一路杀去明心祠。

天极灵鸟乱飞,刺耳的警告传信声响彻内外门。原本在戒律堂谈事的穆横天等人瞧见山里冲天的魔息与火光,顿时沉下心去,而云守息以为是他那小徒弟杀进来了,起身离去。铃萝看着天极大乱,却与人群去了相反的方向。清舜吸引了所有人的注意力,而她要去的是青石坊。铃萝相信清舜能给她足够的时间,因为这位二十六魔之一出世后,做的第一件事就是弑师。

明心祠里有一尊祖师爷的石像,雕刻得栩栩如生,是天极弟子们思过忏悔的地方,自从二掌门青樱入祠后,这里就再没其他人来过。田蓉被抓回天极,经过戒律堂的审判,穆横天允许她去见自己师父最后一面再将其处死。如今她就着月色跪在明心祠外,能透过门窗隐隐约约瞧见屋里的烛火与同样跪着的纤细背影。

田蓉已经十多年没见过师父了。自从清舜师兄被关在娑婆界后,她所有的修行都是隔着明心祠的门得到师父的点拨,到她能入世后,二掌门就再也没回应过她任何一句话。如今她也与这位师兄走了一样的路,让师父失望了。田蓉那时还小,不知道师父与清舜师兄为何师徒反目,直到如今才明白。师兄为了自己在意的人,难以舍弃和放下,所以就算与修界为敌,也一定要护对方平安。当年她的清舜师兄是修界赫赫有名的剑修,金鸾池宴大会魁首,天极二掌门的亲传徒弟,还有一把更加有名的神武剑:来自上无涧的碎魂。那时清舜是天之骄子,只性格狂妄,特立独行,也是个喜欢无视规矩、让长辈们头痛的存在。平时在天极有师父压着,清舜还会收敛些,等他入世后,行走人间就开始压不住性子，无视两界约定的规矩，作为修者插手人间事。

清舜与南平王之子结为好友，在南平王造反被定罪，诛九族时，劫狱带走好友与其妹，引起人间与修界的矛盾，遭到三司教通缉。后来，清舜与前来抓捕他的三司教徒产生冲突，杀死了其中的几人，导致矛盾更大。在被两界追杀的日子里，所有人都说是清舜错了，要他回头悔过，可清舜认为自己没错。他是修者，但也是南平王世子的好友，保护自己的朋友，他不觉得有什么不对。何况这造反本就不存在，是南平王功高震主，得罪朝中党派，遭到陷害、抛弃而已。他不知，也有人是忌妒南平王世子与修界强者走得太近，关系太好，因而故意见死不救。缘由有很多，只因人心复杂，难以分辨。清舜就这样带着两个无家可归的小可怜躲躲藏藏，最终还是被三司教高手找到。对战中清舜受了伤，而南平王世子为救他而死，遗言只道连累他很是愧疚，又托清舜照顾好唯一的妹妹。

南平郡主不忍再连累他，于是对清舜说："你是我兄长的朋友，如今阿兄不在了，你也不必再护着我。清舜，你做的事已经够多了。接下来的路我自己走，你回天极吧，你还有师父，她会护着你的，朝廷也不能拿你怎么样……"话还没说完，她就被清舜黑着脸拎起来御剑走了。

日落后，清舜被他的师父找到。他还是不敌，也不愿与师父以死相拼，战到浑身是伤，最后一丝灵力也耗尽后，在师父面前跪下，求师父放过他身后的少女。

二掌门说："我答应你，保她平安，你随我回天极领罚，不再插手此事。"

清舜这才笑了，艰难地伸手摸了摸哭成泪人的少女的脸颊，跟她说："不用担心，我师父人很好。"他回天极，被罚水刑，有二掌门护着，与三司教的恩怨化解，被禁足三年不得出山。

清舜本就浑身是伤，被罚水刑出来后养了半年才好些。他数次想见南平郡主都被拒绝，最终找到二掌门，跪地卑微地求道："我只想见她一面，看她是否过得安好。"

二掌门却背对着他，淡淡地说道："等你被解了禁足再说。"

二掌门越是这样，清舜越难说服自己，于是闯下山去，入了人间才得知，南平郡主早被抓回朝廷论罪，发配边关做军妓，不到一个月就死了。

清舜简直难以置信，赴往边关，一路杀进军营，问清楚来龙去脉，才知他拼命想护着的人早就落了个尸骨无存。杀意无法压制，他在军营大开杀戒，又试图杀进皇城，被多方阻拦，从受人景仰的天之骄子，成为被两界通缉的恶修，为报仇不惜与魔合作。那时清舜已经半只脚踏进魔修境界，却还是没有放任自己入魔。他杀了许多人，包括来拦他的同门师兄和长辈们，最终是天极三位掌门出动将他带回了天极。二掌门下跪为徒弟求饶，清舜才得以被免死刑，被关去婆婆界受苦，却生不如死。如今他被人放出，一步入魔，来了结当年未解的恩怨。田蓉还在回忆往事，冷不防听见响彻整个天极的警示声，正惊讶时，带着黑色火焰的魔从天而降落在明心祠的庭院里。她的清舜师兄手中拿着一把满是裂痕的长剑，暗红的眼眸盯着门里的身影说："弟子清舜，特请师父赐教。"门内的女人略略垂首，一滴泪从脸颊上滑落。天极的二掌门出关，与她入魔的弟子一战，灵力与魔息在这个夜晚动荡，吸引了所有人的注意。

当掌门、长老们都赶往明心祠时，铃萝一路畅通无阻地来到了青石坊。

星光耀眼，白玉牌楼层层叠叠，她一步一步走上去，就像当年云守息牵着她从入口一步步走到蜃楼。这里的一景一物都让她印象深刻，铃萝曾以为这里记载的都是温暖、无法割舍的记忆，最后印象最深的，却是被囚于蜃楼水下的画面。

蜃楼的水连通山底的海，东岛天极被称作仙山，仙山至大，至高，而她，就被关在仙山之下的深海中，遥望着无法触及的出口。铃萝走上悬桥，朝蜃楼中心走去，每一扇门窗上的挂画都是云守息亲手所作。她的师父擅长绘画，画得十分漂亮，栩栩如生。在蜃楼底层暗屋里，有一幅云守息亲手作的画，那是一切的开始。

铃萝刚下悬桥，就听身后有人叫她："你要去哪儿？"她回头看去，自家大师兄楚异正站在悬桥上居高临下地看着她。楚异一手放在腰间的佩剑上，见铃萝回头，顿感气不打一处来，咬牙切齿地说道："你还敢回来？之前你走得不是挺干脆？甩甩手就是死雾门显得自己很厉害是不是？"

铃萝："没有死雾门我也很厉害。"

楚异气得走下悬桥冷眼瞪她："我是在夸你吗？天大的事你不能商量商量再做决定？入魔不会提前预警一下？不就是南山雪河的掌门，剑意杀不了，你不会咒杀、毒杀？你非要入魔拿剑跟他对砍？你是不是有病？

"你这么蠢，别人还都说你是老子的师妹，知不知道丢死人了？！"

铃萝被他劈头盖脸地骂了一番，忍无可忍道："我开死雾门走还不是怕控制不住魔性一剑斩翻你们！你摸着你的良心说你打得过我吗？！"

楚异冷笑："打不过不会跑？你杀一个给我看看？我看你跑那么快，是因为那个喜欢上你的倒霉圣剑宗弟子吧？！"

"师兄。"铃萝眼角狠抽，"我入魔了，你再刺激我，等会儿控制不住魔性别怪我翻脸。"

对铃萝入魔这事，楚异起初是颇为恼怒的，这师妹胆子真的是越发大了，也越来越目中无人，竟然当着那么多人的面杀了南山雪河的掌门！这要怎么收场？就算师父是天极的掌门也护不住她！后来得知前因后果以及铃萝与风家的纠葛后，楚异又觉得师妹为杀风云鸿入魔不值，她就不能找别的方式杀，非要跟人对剑？从一开始的恼怒变成了后来的恨铁不成钢。此时，楚异冷笑道："你以为我会怕吗？"

铃萝不跟他多说，气呼呼地朝蜃楼走去，楚异跟上问："去哪儿？！"

"去地下。"铃萝说着，忽然眯了眯眼，"师兄你确定要跟着我一起去？"

"蜃楼上上下下哪里我不能去？"楚异被她说得莫名其妙。

铃萝哼笑一声，神色诡谲，一路领着楚异朝蜃楼最底下走去。

楚异看着她轻车熟路地找到机关打开暗道，眼角轻抽地问："谁干的？"

"蜃楼是师父的，这暗房自然也是师父的。"铃萝走进通道里，通道宽敞明亮，两旁的墙壁上都有挂灯。

楚异没来过，于是狐疑地看着走在前边的铃萝："你怎么知道？"

铃萝："我上辈子来过。"铃萝感觉到后方传来的冰冷视线，耸了耸肩，又改口道："梦里来过。"

楚异忍无可忍："你再胡说八道我就拔剑了，你现在是魔，我杀你天经地义。"

铃萝哼了一声，通道不长，她走到尽头推开色彩鲜艳的移门，里边光亮充足，中间是一汪水池，水面栽种有红莲，开得正艳。

楚异沉着脸打量周遭，玉石雕柱，灵珠点缀，水池里的红莲与门窗彩绘，的确是他师父的风格和手笔。但他并不觉得这有什么，这个看起来华丽又压抑的暗房，也许是师父建造来潜心作画的地方，因为在水池旁放着许多画篓，桌面和地上铺陈的纸张上有着绚丽的色彩。

铃萝站在画架的帷幔前没进去，说："师兄，里面有一幅画，你帮我取来吧。"

楚异看了她一眼，师妹说这话时脸上带笑，是那种带着冷意的笑。"什么画？"他不动声色地朝前走去，掀开帷幔时，听到铃萝说："你一眼就会看中的那幅画。"楚异刚想让她说清楚，就被画架后的一幅画吸住心神。黑亮的瞳仁中映的画像主色调是一片漂亮的蔚蓝色，那是楚异再熟悉不过的大海，在蜃楼顶上就能观到的人间美景。画中月色下的海上有一块黑漆漆的礁石，身着蓝色长裙的女人坐在礁石上看着画外的人，美目盼兮，巧笑倩兮。柔顺的黑色长发梳着他叫不出名字的发式，他却无比熟悉。就连鬓角垂落的一缕黑发和坠在发尾的红色小绳结也一模一样，甚至有一年他送给铃萝的生辰礼物就是这红色绳结，因为他经常见她佩戴。

铃萝笑起来时与画中的女人十分相似。楚异见惯了铃萝傲慢骄纵的模样，也熟悉她在师父面前乖巧的样子，可画中的女人神色更接近温顺。不仅是温顺，这笑容牵动的眉眼间还有几分温柔与爱恋之色，女人像是在月下回首注视自己的爱人。

"师兄。"铃萝在外缓缓喊道，"那是师父亲手所作的画，你应该认得出吧？"

楚异站在画架前，目光从一开始的震惊到晦涩。师父对铃萝的特别之处他有所察觉，但因为那是云守息，他不愿去怀疑什么，铃萝是师妹，更受宠一些并没什么。但随着时间推移，有时候无意间一瞥，他会发现在铃萝看不见的地方，师父看她的目光变得越来越复杂，也让他越来越在意。今年楚异本是要找铃萝谈谈这事的，只不过还未开口就出了意外。

"世上有许多狂人，为了追逐自己心中所想付出一辈子的生命与时间，比如那些寻找上无涧的修者。"铃萝站在帷幔前淡淡地说着，"人间有话本先生，为了亲眼见证妖精鬼怪而跋山涉水，亲身探险，为此付出生命。师兄，我告诉你一个秘密。几十年前，有一个富人家的孩子到沿海的村寨里游玩，大船出海不慎遇上海妖袭击，船上修者的不敌，导致翻船。海浪翻卷，却只将那名修为尚浅的小少爷还回了人间。他被海浪送回沙滩上，人们将他救起，醒后告知他的父母，是一名人身鱼尾的女人救了他。人们都说那是海妖，但海妖并非此形态，虽有鱼尾，却不成人形。这小少爷也坚信并非海妖救了他，并对此物生了执念，多方寻找。他天赋很高，又被父母送入仙门修行，见识更广阔的天地，却一直对海下那一幕场景念念不忘。后来他请教一位尊得知，深海里有一怪物，名鲛人，人身鱼尾，其族以美艳与善音律著称，非常神秘。于是这小少爷入深海去寻鲛人。"

那时他已是一方掌门，修为深厚，在月圆之夜入深海，海上迷雾四起时，听见空灵美妙的歌声。寻着那歌声入海，他瞧见了那人身鱼尾的怪物。柔顺又微卷的黑发在海水中四散沉浮，女人长相美得惊心动魄，像是会发光的深蓝色眼眸温柔地注视着他，藏在发下的双耳是透明中带着点儿淡蓝的鱼鳍状，附近的小块皮肤上有鳞片。女人有一条漂亮的尾巴，鳞片在海水中微微折射着光芒。他找到了居住在深海下的怪物，人身鱼尾的鲛人。鲛人唱着哀怨动听的歌，引诱着他往深海坠落。

铃萝说："小少爷耗费多年千辛万苦才寻到鲛人，却把它杀了。"

楚异看着画卷上的女人，从那张美艳的脸上缓缓往下看去，衣裙遮掩的深海下，画中的女人有着一条长长的尾巴，却不似鱼尾，那鳞片光滑漂亮，折射着金色的光芒。她不是鱼，更似龙。

"小少爷回到陆地，那尊者问他是否寻到心中所想，小少爷说没有。他的心中所想，女人脸上没有鱼鳍，也没有鳞片，不是深蓝色的眼睛，也不是一条鱼的尾巴。小少爷说，那丑陋、卑贱的鲛人，与他心中所想相差千万里，不可相提并论。于是这小少爷苦练画技，将他心中所想，一笔一画地记下。当他拿着画像与尊者阅后，尊者叹息，要他放下执念，这天地间，并没有他所追求的东西。小少爷不信，执着地在世间寻找，终于有一天，他找到了与画中人相似的脸，狂喜地认为自己找到了。"于是他耐心喂养、教导，布局。只要他有这张脸，一切都可以做到。云守息收集所有海妖的尾巴，又翻遍所有咒律和药典，将她的灵脉与海妖置换，才成功将双腿化作一条满是金色鳞片的漂亮长尾，将她困在深海之中，整日凝视着她充满绝望的眼眸。他曾痴迷地望着铃萝的脸庞低声呢喃："你因我所想而存在，我们本就是天生一对。"

"师兄。"铃萝轻声笑道，"那画上的女人可是跟我长得像极了？"

楚异盯着那画像，喉结微动，声音沙哑地说道："一点儿也不像。"

铃萝抬手，灵力翻涌，厉风掀起帷幔将那画卷拿到手中。她瞥了一眼传来脚步声的入口，以为是云守息来了，便结出结界，将楚异藏在帷幔之后笑道："不知道师父又会如何觉得，是像呢，还是不像？"

铃萝看向入口，在来人推开移门后，看见的却是另一副面孔。

背着剑的圣剑宗弟子目光沉沉地看着她。

铃萝不由得愣住，帷幔里的楚异说："忘记告诉你，是他告诉我你回天极了。"

"这种事你应该见到我的时候就说出来！"铃萝恼怒地看回去。瞧见她气恼的样子，越良泽眼中的光芒又黯淡两分，他朝铃萝走去："就这么不想看见我吗？"

"没有！"铃萝立马反驳，"我最想见到的人就是你，但不想在这里见到你。"因为她不想自己曾经被人当作玩物般囚禁的事被越良泽知道。

越良泽听后直接使用瞬影到铃萝身前，伸手欲将她揽入怀里，身后却有破空声传来，尖锐的剑啸之气，十足的杀招。杀招时机准速度快，越良泽就算被这剑意伤到，也要抓住铃萝，而铃萝为了不让他伤到，主动拉过他，两个人一起朝水池里摔去。

楚异被铃萝困在帷幔后出不去，听着这落水声抬手捏了捏眉心。

渡神的剑意，是师父来了。

越良泽扣着铃萝的腰把人紧抱在怀中，避开剑意后从水中掠出。他看见散落在地上的画卷，画中人的模样映入他眼底，浸水的画卷浮沉坠落，颜料却不受丝毫影响，画中人的容貌依旧鲜艳。越良泽抱着铃萝的手缩紧，目光幽冷地朝站在移门前的人看去。

第四十九章

同归去

　　铃萝将头埋在越良泽的怀里擦了擦脸上的水,云守息将这亲昵的举动看在眼里,眼里的杀意又增了一分。

　　越良泽解下外衣,给铃萝披上时迈步向前拦在她身前,断意受命散了两卷,他似乎不打算与云守息多费口舌,若是要拦人便直接开战。

　　倒是铃萝低头看着落在地上展开的画卷笑道:"师父,你来得正好,我刚想问你,这画上的女人与我长得是否相似?"

　　越良泽冷着脸说:"不像。"

　　铃萝眨着眼看他,伸手轻轻拽了一下他的衣袖示意别捣乱。

　　云守息因为自己的禁地被人闯入,自己的所有物被他人揽在怀里触碰而心生杀意与不悦之情,虽尽力保持了面上的淡然之色,可眼中早已阴沉一片。

　　"铃萝,你入魔与否我也不在乎,只要有我在,这世上就不会有人或修者伤到你。"云守息朝铃萝伸出手,"过来吧,你不应该站在他的身后。"

　　铃萝抬眼看向云守息,不为所动:"师父,你还没回答我的问题。"

　　无生剑势外露,与渡神斗剑,双方都曾在上无涧待过,彼此是老熟人,如今却因为持剑的主人而彼此相向。

　　无生念叨着:"等会儿不要客气,我无敌的主人会把你往死里揍!"

　　渡神沉默。

　　岁雾也说道:"等丹水真君知道这人做了什么,我怕你是要被砍成两截。"

　　渡神很无奈:"我什么都不知道。"

　　剑灵们刚交流完,持剑的人就动手了。

　　渡神与无生的剑意相撞横扫散去,掀起烈风,帷幔卷起贴着画架,而水池里的莲花因不可抵挡的剑气碎了满池。

　　越良泽拦在前方,不给云守息靠近铃萝的机会。

　　云守息冷冷地喝道:"滚。"

越良泽目露嫌恶之色，长剑相撞斩出星火，两个人一开始就用了全力，所出皆是杀招，完全不给彼此留后路。

云守息不管这人圣剑宗弟子的身份，越良泽也不管他天极掌门的地位，双方此时此刻只有对眼前人的厌恶情绪与杀意。

溅起的水珠落在画卷上，沾水后显出深色的痕迹，却显得那画中之海越发漂亮。铃萝弯腰将画卷拾起再展开，伸手轻抚画中人的面容，指尖从发尾绳结到长长的金色尾巴，低声说："师父，你仍旧打算让我变成这样吗？"

"换灵脉与海妖结合，长出丑陋的尾巴，再用卷神锁将我关在这水池之下？"

云守息于对战中朝她看去，神色略显惊讶，没想到铃萝竟将他的计划全猜对了。

被铃萝以结界关在帷幔后的楚异沉着脸朝外看着，私心是不想听见云守息肯定的回答。

越良泽感受到迎面而来的压迫剑势，正要回敬，却被后方岁雾斩出的剑诀拦住，铃萝提着剑走上前说道："这是我跟他之间的恩怨，我要自己解决。"

铃萝伸手拉了拉他的衣袖低声说："你先等等。"

越良泽瞥了她一眼，铃萝又说道："或者你闭上眼睛，别看、别听。"这要求就有些过分了。越良泽目光沉沉地朝她看去，那眼神中无言的不满情绪让铃萝瞬间妥协。

云守息冷冷地看着二人，铃萝将画卷展开面向他说："你要我变得像她一样吗，师父？"

"这就是你原来的模样。"云守息视线落在画卷上，一瞬间有些温柔，"你本该是如此美丽，早在我第一次看见你的时候就注定如此。"

楚异心底像是压了一块大石头，压得他喘不过气。

越良泽忍不住蹙眉，手中剑不自觉地朝云守息侧翻刀刃的那一面，似乎下一瞬就会朝他斩出万剑。

这两个人都不想听见云守息吐露出任何有关爱慕铃萝的话语来。

"就因为我长了一张跟你想象中的人相似的脸吗？"铃萝看似若无其事地面对着云守息，曾经被关在水下的一幕幕却在她的脑海中闪烁着。

云守息将目光转回铃萝，微微笑着朝她伸出手，语气又像往常般温柔："铃萝，你就是她，也将成为她，这是命中注定。"

越良泽忍无可忍，正要动手，铃萝却先他一步，岁雾剑光闪烁，带着魔息的神术剑意横扫全场，龙吟与剑鸣都只针对云守息一人。

云守息神色微沉，就算是他对上这剑意也要小心，更何况铃萝入魔，实力已深不可测。

他在对战中说："铃萝，你因我所想而存在，我们本就是天生一对。"这话更是激起了铃萝心中的仇怨，就算重来一次，她的师父仍旧如此执迷不悟。

"云守息，你看清楚！"铃萝狠狠地斩去一剑，"我、不、是！"

云守息衣上咒纹全亮，挥舞的剑势与铃萝旗鼓相当，强强相撞迸发的灵力星火直冲天际，刀剑声声中，他依旧温柔地说着："我知道你暂时接受不了，那是因为你还没有完全恢复，我从见到你的第一天开始就已经在准备。当你回到海中的时候，你就明白我这么多年是以何种心情等待着你。铃萝，我一直想等着合适的机会跟你说，我从未想过当你的师父，因为我——疯狂地爱着你。"

剑啸声刺耳，神术剑意斩出的每一剑都让云守息以更多的灵力来应对，但他毫无惧意，看着铃萝的目光逐渐失去控制变得狂热。压抑在心底太久太久的秘密，终于能在今日肆无忌惮地暴露给她知晓，这让云守息难以自制。可铃萝一点儿都不想听，只觉得恶心，这份狂热毁了她的师父，也曾毁了她。她嫌恶地说道："你的爱就是将我囚禁，让我变得面目全非吗？"

云守息却说："我们一起去往深海，从今以后只有我们两个人！这份爱意绝对不允许旁人插足，我将带着你离开这个让你失望透顶的人间！那时只有我们在一起，我会让你忘记所有烦恼与痛苦！"

"铃萝，过来！"他再次朝铃萝伸出手。

铃萝却无动于衷，只斩去剑光。

云守息蹙眉，铃萝的攻势越发狠，杀气肆意，释放的庞大灵力正不知觉地压制着他。

"你是我师父，只会是我师父。"铃萝剑势下压，视线越过透明的剑身直视云守息的双眼，"我爱的人从上辈子到这辈子，都只有我身后那位。"

越良泽原本沉郁的眼眸在此时被点亮。

云守息却彻底疯狂，忽然之间迸发的剑起让风声也变得凄厉，绕过铃萝朝她后方的越良泽杀去。

越良泽抬剑以无生抵消，虽然想出手，却记着铃萝的话忍了。

倒是帷幔后的楚异喊道："师父！放过你自己，不要再执迷不悟了！"

云守息什么都听不进去，使出瞬影去往越良泽身边，目标十分明确，就是要他死。

铃萝却比他更快一步，红色的折扇全开呈半圆状，樱喜种灵这一瞬间，花枝覆盖整个暗室，那飞舞的花潮还带着明显可辨的魔息。铃萝神色傲慢，足尖踩着花枝在空中高高在上地注视下方的云守息："师父，你可要认真些，这是我最后一次与你比武了。"

"没关系，铃萝，偶尔失误我可以容忍。"云守息却阴沉地笑道，"你还不明白我的心意，我会先解决了他，再给我们足够的时间。"

楚异感受着周边灵力的暴动，这力量逐渐变得恐怖，搅动得水池翻涌，引来山崩地裂，帷幔遮掩之下，他只见那两股力量互相碰撞纠缠，可一方越来越强势。在不停歇的尖锐剑啸声中，他呐喊的声音变得渺小，几不可闻。在烈火将那幅被吹至空中的画卷燃烧时，云守息神色疯狂，飞身过去时，火光后的铃萝以樱喜扇骨划过云守息的双眼，血色与星火混杂飞溅。

楚异冲破铃萝的结界出来时，看见的是狼狈地被铃萝从空中斩落地的云守息，他从未见过温柔高雅的师父如此失控、疯狂。云守息闭着双眼，两道血泪汩汩流下，渡神被铃萝踩在脚下，云守息昂首，俊美无双的面庞狰狞着，嘶吼着小徒弟的名字。

铃萝手中的樱喜已经破碎，坠落的扇面也被画卷燃烧的火焰席卷吞噬，拿在手中的只有一柄扇骨。她在云守息的嘶吼声中低笑着，俯身凑近时，瞥见冲上来的楚异，手中动作却没有停下。

楚异沉声道："铃萝！"他使用瞬影来到两个人之间，却见血色飞洒，无数萤光自云守息体内飞出消散。

铃萝将断掉的扇骨扔在地上。

楚异拔剑，声音低哑："饶他一命。"

铃萝目光晦暗。曾经那一击她划破了云守息的脖颈。可刚才发现楚异冲上来时，她只是废了云守息的灵脉，因为知道她的大师兄会做什么，会说什么。

记忆里楚异没拦她只是没来得及而已。那时他自己都满身伤地在静养。

蜃楼的动静早就引来各方尊者，以穆横天为首，还有一众天极弟子。

他们看见被楚异护在身后狼狈不堪、双目淌血的云守息皆震惊不已。

"铃萝……"于休艰难地喊出名字，"师父？"

"守息！"穆横天见云守息灵脉被废，震怒不已，反手拔剑就朝铃萝斩去，"你这孽畜！"

铃萝还未动，就见一只缠着半截铁链的手将这剑意抓着粉碎，以死雾门而来的男人呵呵笑道："穆掌门怎么跟我打着打着就跑了，怕死吗？"

穆横天气得额角青筋隐现，眼里有滔天怒意。眼前这两只魔，一个杀了他家二掌门，一个废了他家三掌门的灵脉与双眼，还都是他天极弟子！如此丑事传出去，绝对会被各大仙门的人嘲笑上几百年！

穆横天震怒道："你们两个孽畜，自甘堕落成为卑贱邪恶的魔，又对一手带大自己，教授法术修行，犹如生身父母的恩师痛下狠手，磨灭人性，当诛！"身后跟来的长老与堂主们纷纷动手，铃萝冷哼一声，不管清舞，也没管天极众人仇恨的目光，只转身牵着越良泽的手，眨眼间已带着他使用瞬影离开蜃楼到青石坊外的万丈崖上。

穆横天等人与其剑意却紧追不舍，跟着她眨眼间已到云雾缭绕的万丈崖上："孽畜休想逃！你今日大闹我天极，伤我同门，我定要你有来无回！"数十道裹着杀意的威猛剑气和咒律朝铃萝攻去，她身边的人却反手一剑，黑色的剑意与煞气压过了崖上的云雾，这一剑斩在修者与魔之间，将这悬而危的山崖斩成两半，斩出了一道难以跨越的鸿沟。

铃萝有点儿惊讶。她并不想越良泽动手，带走越良泽在那些人眼中也只会是二十六魔绑走了圣剑宗弟子而已。

越良泽斩出这一剑，隔开了修者与魔后，转身看回铃萝，朝她伸出手："我不想再被你丢下了。"

第五十章

旧时信

铃萝牵住他的手:"上次,我不是故意的,是我怕——"

越良泽打断她的话:"我说过,不管你变成什么样,我都是喜欢你的。"他说得前所未有地认真。

铃萝红了眼眶,却是笑着的,有什么东西填满心脏,让她觉得此刻这方天地美得让人几欲落泪。她打开死雾门带着越良泽离开了天极。死雾门一开一合,铃萝带着越良泽回到了天照山。山里有盛大月光,破败的竹屋前有些小水坑,小灵魔们聚在水坑边喝水,忽然瞧见回来的二人开心地围了上去。

铃萝让它们走开,刚要放开他的手却被越良泽紧紧抓住。她回头看去,越良泽用另一只手轻抚她的面容,将她脸上沾染的血迹抹去。

"你这些日子都在这里?"他问。

铃萝"嗯"了一声:"天照山很漂亮,你会喜欢这里的。"

越良泽眼里映着她的模样:"你从什么时候开始知道云守息的事的?"这话他说得有些闷。他以前就觉得云守息跟铃萝站在一起很别扭,感觉说不出的微妙,让他难以忽略。可这人是铃萝的师父,所以他半个字都不会说。哪怕拦信是云守息做的,他也只当云守息是不愿爱徒与圣剑宗有所来往。

铃萝老实地答道:"一开始。"

越良泽沉默。他回想云守息的变态之举,阴沉着目光问:"教你亲吻的人是谁?"自从与铃萝说开后,这些事他都不想去记得或是猜测,反正铃萝现在喜欢的人是他,陪在她身边的人是自己。就算那人真是云守息,越良泽也只会觉得这男人卑鄙无耻,并立马提剑回天极把人杀了。

而铃萝本以为越良泽会生气,没想到他却是在吃醋,于是那乖巧老实的模样散去,弯眼笑得促狭:"这可真是不好说。"铃萝故作深思道,"你现在是在吃醋吗?"

越良泽冰凉的手指停在她的嘴角:"是。"

铃萝止不住眼角眉梢的笑意,将那颗飞霆珠拿出来递给他:"那你亲自看看是谁,本来拿走它的时候就想着要给你,反正它也复活不了那些已死之人,但能做到让你知晓是谁教我的,也不算是完全没用。"

越良泽听着心里有点儿闷。你不说,还非要我亲自看,还是这态度,真以为我刀枪不入不会痛?他又气又委屈,低垂着眉眼闷着不说话,握着飞霆珠的力道却像是要把它捏碎。

铃萝观察着他的表情,知道把人惹毛了,又顺毛道:"我发誓,我最爱的人绝对是你,一直是你,只会是你。"

越良泽听得胸口发烫,伸手把人捞进怀里低头吻去,声音沙哑地说:"不看了。"

那怎么行?!你必须给我看!

铃萝抓着他的衣肩说:"我可不会让人随便碰我,只要我不愿意,谁都不行,你不看会后悔的。"

越良泽被她说服,又或是因铃萝刚才的表白而有了底气,默默将神魂送入飞霆珠中。

铃萝扶着他在屋檐下坐下,将冥渊给的苦业花以灵力渡出转入飞霆珠中,珠中通往黄泉幽冥的小船轻轻晃动,载着一缕幽魂在黄泉徘徊。

越良泽被小船送往水边,看见沿途盛放的花地,那满地的花是绚丽的,有着他生平的点点滴滴记忆,曾经的、现在的一一重叠。从他与父亲辗转人间各地,到被披着人皮的魔带去天极,他的世界因此变得扭曲,万魔的咒骂与憎恨和女人的脸重叠模糊。名叫母亲的女人总是会看着他笑,温柔地轻抚他的发顶,盯着他一口一口吃下自己给予的食物。

越良泽神色平静地面对这些幼年时日日夜夜折磨着他的痛苦回忆。那只魔死前试图拉上这个孩子,却被一股力量阻拦,那力量温柔、强大且悲伤,封印了越良泽体内的魔息,也让他的灵脉力量变得微弱。魔死了,二掌门因弟子一事闭关,三掌门外出不知此事,穆横天看着他,高高在上的审视目光夹杂着厌恶之意。

穆横天看在他娘亲的面子上并未下杀手,把人流放在外门,不闻不问,任由其自生自灭。

这世上最爱他的两个人都死了,在天极的日子他不知所措,但时间久了就慢慢习惯了,浑浑噩噩地活着。被人欺负或无视他都不在意。他一天天地算着,还要活多久才能再见到爹娘。

所有的转折都在天极发生,他与父亲分开,遇见了铃萝。之前他只是默默地看着铃萝,从她的修行中感受到试图追寻的力量,如今是铃萝找到了他。

他们因此有了不一样的结局。在铃萝外出历练的时候,越良泽因为逐渐控制不住魔息而被穆横天赶下山去。穆横天绝不允许有人发现天极收留了一个比魔更加让人厌恶的怪物。

压制的力量消失后越良泽被魔息吞噬,被认为是只灵魔。

他在东岛城里躲躲藏藏的。不同于之前,这次他抱着某种明确目的,只等铃萝回来再见她一面,也想要好好告别,但又因为身上的魔息不敢接近她,难以启齿。他说不想害人是真的,人很可怕也是真的。也许铃萝是无意的,又或是抱着调笑戏弄的心态说出要他坚持、相信他能做到这番话,可对当时的越良泽来说,这话里的每一个字都是世间最强的咒律,将他牢牢困住,让他有努力、坚持的目标。他刚出城没多久,就被怪慈仙首带走了,入圣剑宗,学会掌控自己的力量,一点点地将体内不受控制的魔息收服消除。

少年鼓起勇气，给还在天极的少女写了一封信，表达谢意，也寄了不少感谢的东西，却没收到一封回信。于是多年后在西海太初相遇时，他不敢打扰或是主动接近铃萝。越良泽看着时光倒流前的记忆，他的目光一直追随着铃萝，永远跟在她后面，看着她在前方耀眼地引导自己，看着她从守护人间到在南山雪河入魔，看着她拿岁雾与自己一战，听她对自己冷嘲热讽。

可每一幕场景都只让他觉得心疼。

南山雪河一战后，铃萝独自一人离去。

越良泽望着她走进死雾门的背影，心里某一角倏地崩溃坍塌。

无生自那一战被他放下，因为无生会影响铃萝还不稳定的魔性。

他回山门罚跪反思，是选魔，还是选人间。

师尊说："这是一个不能后悔的抉择，你需要用心且慎重地决定。"

越良泽选了铃萝。

师尊并不想他做出如此选择，于是要大师哥守山门。但怪慈仙首也知道，大徒弟受不了小徒弟示弱。即使用尽全力也赢不了大师哥的越良泽，还是被大师哥放走了。他出了圣剑宗，去往南江城。即使数次被铃萝丢下，他依旧跟着她，一直跟到天照山。

铃萝逐渐不与那些魔尊来往，在天照山潜心修炼，也不管三界相争，可心中那股毁灭一切的念头越来越重，到最后再无回转余地。

越良泽知道来不及了。事到如今，他就算告知铃萝那份心意也没用，或许还会被她嘲讽几句。可能他从一开始就错了，有的话应该早些说。他与四方禁兽一战，耗尽所有力量，在烈烈黑焰中走到了尽头。神识散于天地时，越良泽想，希望她下一世不再这么苦，有父母亲朋宠爱着长大，一辈子无病无痛，无灾无难。他的愿望还未实现。

越良泽醒来时，身边的铃萝正将爬到他肩膀和头上的几只小灵魔拎下来，猝不及防地对上男人睁开的眼时微怔。

这双眼看她的眼神熟悉又久违。铃萝笑着伸手在他眼前轻晃，眯着眼问道："还吃醋吗？丹水真君。"

越良泽抓着她的手把她拉入怀里紧紧抱着，此刻她是自己失而复得的珍宝。

铃萝在他怀里笑："教我的人没教好是不是？"

越良泽从喉咙里应了一声，不舍地放开她，低头缠绵温柔地亲吻着她。就这样待了许久，黎明即起，两个人在屋檐下静静地看着这世界。

铃萝有种尘埃落定的安全感，抓着越良泽的衣袖，又转而握着他的手与他十指相扣，看向院中杂草与水坑说道："我让慕须京照看的花都发芽了，还有的结了花苞，等天亮我就去把它们接回来。"

"你给我的庭院屋舍都没有了，只剩下这座破竹屋。"

越良泽说："重新建。"

铃萝仰首看他："你以前怎么那么喜欢建房子？"

越良泽轻歪了一下头："你说要建离宫，还说离宫有很多漂亮的庭院和花树。"

第五十章　旧时信

啊,她完全没印象。铃萝那时候真的没太把越良泽放在心上,有所在意,这份在意却被她压着。"这是你的山,又是我搭的庭院,也算有一个归处,你偶尔去外面许久不回,若是我把天照山的院子搭建得漂亮些,更讨你喜欢些,你也许会心生惦记,多远也会想回来。"

越良泽轻声说着,末了弯着嘴角无声地笑了笑。换作以前,他是绝对不会将这些事明明白白地说给铃萝听的,怕她说他幼稚,怕她不屑一顾,怕她正眼也不瞧一下。虽然很少,但铃萝偶尔嘲讽他的话还真能把他伤到,每次他听了闷着没多久,铃萝就会觉得不对劲,隐约察觉到怎么回事后会笨拙又无措地试图逗他开心让他消气。

铃萝是真的不会哄人。越良泽只要看着她主动朝自己走来就已经满足了,别的都是锦上添花。

"这次也不比以前容易,不管怎么样,我都是魔。"铃萝看着暗淡下去的夜色,顺着他倒下躺在他的膝上,声音很轻,"做个好人很难。"

做了坏事的人就是坏人。

做了好事的人又做了坏事也是坏人。

好人应该是怎么样的?

好人一件坏事也不能做,也不能与做了坏事的人在一起。

越良泽轻抚着她的发,也同她一起看着逐渐明朗的天色。

"铃萝,不要活在任何人的阴影与评价中,他们不能代替你承受痛苦,也永远无法与你感同身受。"曾经的铃萝后来大开杀戒,招惹许多仇恨,要杀她报仇或是除害的修者数不胜数。

铃萝来者不拒。她无所谓谁要杀她,只要这些人能做到。

越良泽说:"我从不觉得你错了,别的人却认为你一开始就错了,这些言论,都只是不同人眼中自己认定的事,可你只存在于你自己眼中。"

铃萝被他说得好受些,笑着问:"原来你是这么想的,所以才总是看上去一副无所谓、谁都不想搭理的样子吗?"

越良泽点头。"如果非要在意旁人,只在意你在乎的人如何看你就好。"他低头看着铃萝,"比如我,你绝对不会在我眼中看见任何你不想看见的情绪,别的人如何想都不重要,你只需要看我就好。"

第五十一章

棠花枝

　　铃萝没告诉越良泽，她在意的从来不是旁人的眼光与看法，一直以来，她在意的都是她在乎的那些人：得知真相前眼中的师父、她的师兄、天极的同门、曾救过的人间……后来她又觉得自己在乎的事物太多了才会这样，于是一下把所有都抛弃了。铃萝靠在他的腿上久违地睡了个好觉，梦里不再有那些遗憾与仇恨，只有安静与温暖的感觉包裹着她。

　　等她醒来时，看见小灵魔们扛着木材在空地上来来回回搬运，男人卷着衣袖，长发高束，额头上有薄汗，将图纸递给身边的器灵们，又转身将折来的花枝摆放在已经做好的花架上。

　　铃萝揉了揉眼，在屋檐下坐起身，屈着双腿眨眼看着，身旁两把剑正有一搭没一搭地聊着天。

　　岁雾说："你当时哭得真像个人。"

　　无生："断意你别拦着我！老子先宰了它！"

　　断意："我没拦呀。"

　　无生："你怎么不拦着我？！"

　　铃萝起身朝越良泽走去，问他："你把花取回来了？"

　　越良泽"嗯"了一声，看了她一眼，将一盆盆花摆好："这几天先把主屋搭好，去拿花的时候顺便讨了些菜，你想吃什么？"

　　铃萝弯腰轻嗅花草："你做什么我吃什么。"

　　越良泽说了声"好"。他这几天沉迷于在天照山搭房子，有缺的食材或是工具就去山外围的便宜徒弟家拿。

　　慕须京觉得他这些天变得忙碌起来，一方面要应付越良泽的便宜儿子和铃萝的暴躁师兄询问情况，一方面要满足两个人去找各种工具，又要被因为丹水真君沉迷于搭房子没时间陪她玩的铃萝盯着练咒律。慕须京的时间被安排得满满当当，他就连坐下来跟毛丝鼠无言相对享受片刻安宁时，也会被从天而降的一只小白狐拍来毛茸茸的一爪子问他："快半年了，天干地支、二十四象咒文都背不完，你还玩什么呢？！"

毛丝鼠果断地抛弃了他的主人，飞溜回屋躲在阿爷身后瑟瑟发抖。

慕须京想，修界的人不是正在追杀她吗？怎么还不来？赶紧来！反正他也不信有人打得过铃萝。可当真的来人时，他第一个告诉铃萝，就怕她真的被仙门围攻伤了死了。然而赶来的仙门众人也只能在外山边缘徘徊，进不去里边，不知从何处听见风声的众魔也来了此处，嘲讽着修界接连出了两个入魔之人。双方因此打得不可开交。

铃萝收到传信灵鸟传的消息，看完后漫不经心地将其捏碎了。

越良泽路过问她：“有什么事吗？”

"没事。"铃萝眯着眼笑，"我出去看看，你专心搭房子就好。"

越良泽应声。

铃萝走了没两步又回头喊他：“你最近是不是太入迷了？”

"没有。"越良泽头也不回地说，"晚上陪你玩，何况之前在魔巢说出去陪我玩的人当时走得倒是挺干脆。"

她哼了一声不敢继续说了。

越良泽余光瞥见她离去的身影，面上掠过笑意。

天照山外来的人不少，十二大仙门中，以东岛天极和南山雪河的人最多，剩下的是逍遥宗和三山的人。北庭月宫新任宫主拒绝了其他仙门一起去天照山除魔的邀请，表示只想专心重建月宫。

西海太初掌教仍旧在惦记镇仙玉，又表示分出许多人手去镇压其他魔，但对风掌门的死表示了惋惜、愤怒，还对入魔的铃萝进行了强烈谴责。再加上那日越良泽在天极一剑斩开万丈崖护着铃萝的事许多人都看见了，仙门的人为此也纷纷要圣剑宗给一个交代。

白藏对此笑道：“师尊正在考虑此事，不过多日自会处理，若有不服者，亲自去将我这叛逆的师弟抓回即可，圣剑宗感激不尽。”

此次众人围攻天照山除魔，是以东岛天极掌门穆横天为首。

铃萝对此一点儿也不意外。她来时看见了许多似曾相识的面孔，却不见她的两位师兄与同门好友，也没瞧见南山雪河那位少主。为了防止慕须京那小屋被波及，铃萝特地选了老远的地方与这些修者一战。她拥有人间深渊灵脉，能感知这天地间的所有灵力，当她想要时，只需要招一招手，便能拥有旁人一辈子也无法获得的深厚灵力，且取之不竭。因此就算是十个穆横天也挡不住她的神术剑意。

天照山一战，灵息暴动，守在山前的女人斩出漂亮的剑式，掀起了狂风骤雨，换来雷鸣闪烁，山崩地裂，谁也无法承受这股霸道且强势的力量。此战让穆横天受重伤，不得已退走。

铃萝展现的力量过于强大，让人们惧怕也羡慕。如今修界要担心的不只是新出现的两个入魔之人，还有再次侵害人间的万魔。等他们退走后，铃萝扬手欲设下结界，又想到那个咒律半吊子的徒弟而作罢，打完架后去教育慕须京：“快点儿，学不会别出去了，免得我想设个结界都怕你不会走在山里被困到死。”

慕须京默默放开手里的毛丝鼠，打开灵鸟跟里面的咒律较劲。

铃萝慢悠悠地回到深山，越良泽做好了晚膳等她，旁边只有器灵和小灵魔们在继续搭房子。

越良泽上下打量了铃萝一会儿，确定她没受伤后才说道："徐慎说这次风天耀也来了，但他半路又离开了。"

"为什么？"铃萝拉开椅子坐下，拿起筷子夹着菜，"他怕了？"

说完她冷哼一声，嫌弃道："就他那半吊子神术剑意的修为，他杀到我这里来也是在其他人面前丢脸。"

"他以前……"越良泽说到一半又顿住，瞧着铃萝低头安静吃饭的模样把后话都吞了回去。

铃萝听着没了声音，纳闷地抬头看回去："怎么不说了？"

越良泽摇头，落座陪她一起吃饭。他想起风天耀以前追在铃萝身后，三句话不离她，所有人都看得出来他对铃萝十分崇拜，那大少爷跟着铃萝也确实有所改变。

铃萝入魔后，风天耀休养好后也找她大闹过一场。那时他已掌握全部神术剑意，却还是被铃萝死死压制着，都看不到能赢过她的希望。风天耀被铃萝打倒在地，浑身是伤，从一开始大声质问崩溃到后来绝望，又哭又笑地吼道："是你赢了，你动手啊，杀了我啊！"

铃萝漠然地看了他许久，嗤笑一声，收剑道："你真应该像你父亲一样才好。"他应该像他父亲那样虚伪、自私、卑鄙，还要像他父亲那样胆小、懦弱、残忍，可风天耀与风云鸿完全不一样。

他的父亲忌妒自己那天赋超绝的阿姐，活在姐姐的阴影下自我扭曲、痛恨不甘的同时也做出了丧尽天良的事。可风天耀不忌妒铃萝，虽心有不甘，却堂堂正正。他不会嫉恨阿姐，反而很喜欢，喜欢追逐着她的力量。

铃萝没有杀风天耀，活着才会让他痛苦，在他仍能呼吸的日夜里反反复复回忆残酷的经历，带来的绝望和痛苦会不停歇地摧残他。

风天耀望着铃萝收剑离去的身影捂住眼，哽咽地说着"对不起"。

晚膳后铃萝在水池边做围栏，越良泽收拾好厨房出来说："这庭院和主卧已经做好了，剩下的也能交给器灵们，我明日得回宗门一趟。"

"咔嗒"一声，铃萝把手中的竹片捏断，回头眯着眼看着他。

越良泽走过来伸手摸了摸她的头："师尊已经给了我够多的时间，再拖下去，二师哥他们就该来这里亲自带我回去了。"

铃萝低哼着："你师哥们也打不过我。"

越良泽低头看着她："来比剑术吗？"

铃萝仰首看回去，见他话里略带笑意地说："在天极那会儿，你拿着根棠花枝指导我剑术的样子可威风了。"

"比就比！"铃萝夯毛道，"别以为我喜欢你就会让着你，我现在也能拿着根棠花枝击退你！"

越良泽单手握住剑柄："来。"

铃萝："现在哪里有棠花？等明年春天。"

越良泽："换梅花枝也行。"

铃萝哼道："不要！我就要棠花枝！"

越良泽眼里的笑意越发明显，他将蹲在地上的铃萝捞入怀中紧紧抱着。

"不会太久的。"他低声说，"只要你不再丢下我，我总会回你身边的。"

铃萝闷在他怀里不说话。

她知道越良泽必须回去。

越良泽不介意为她与修界为敌，却不想连累师门。

"这次就别出去跟那些魔玩了，之前很多事不是你做的，却有人把罪名推给你，二师哥在查这事，但后来因万魔残害人间死伤惨重，人们的怨气难以化解，又有人推波助澜，才非要上天照山杀你。"越良泽轻抚着她柔顺的长发，低头看着她，"他们或许不知道四方禁兽的黑火能焚烧整个天地，只想着除魔，可若是四方禁兽失控，所有人都会死。"

铃萝闷声道："那人比我还疯，我只要冥渊死，他是要天地间所有人都死。"

越良泽说："也许不是所有人，而是修者。"

"我不会丢下你的。"铃萝从他怀里抬起头，"我会找这个人，他这次休想再把四方禁兽召唤出来。"

无生号道："让他放！我这次绝对不会再输！"

岁雾："你又打不过，到时候丹水真君再死一次那我家阿萝怎么办？！"

断意："别理它！别理它！不会的！不会的！"

两个人不约而同地屏蔽了自己的剑灵。

越良泽天亮时走的，回圣剑宗时恰逢大雨，他与师尊谈完话，再次跪在山门前，心情却不再像当年那般沉重复杂，反而是平静的。

铃萝在天照山监督他留下来的器灵干活，看着小灵魔们扛着木材跑来跑去地递给器灵。夜里下了雪，器灵们在夜里一边扫雪一边搭房子，颇为可怜。她在屋檐下看了会儿，小声说道："再等等你们主人就回来帮忙了。"

慕须京终于学会了天干的所有咒纹，带着火凤临招摇地进了深山里，等着铃萝夸一夸他，却见她一个人神色郁郁地站在院里吃着野果看着器灵，瞥见他时开口就问地支的咒律。答不上来的慕须京收起自己的火凤临走了。

铃萝在天照山等了越良泽六天。她知道越良泽一定会回来的，但在第七日时，告诉自己，再看不见人就直接去圣剑宗将人抢回来。

大雪纷纷，白日天色也是一片阴沉。铃萝倚在庭院栏边，双手结印练习咒律，从她的指尖飞出的灵鸟点亮了昏暗的天，为从山道走来的男人照明。回来的圣剑宗弟子一如当年，浑身是伤地提着剑，慢慢朝她走来。

铃萝眨着眼，在他走近时忽而笑道："丹水真君，你受重伤，还敢来我地界？"

越良泽眼里掠过笑意，伸手搂住她的脖子低头吻去："来陪你练美人尖。"

器灵们还在外面敲敲打打，主人们却已进屋里暂避风雪。

第五十二章

旧友

　　铃萝此次入魔后在天照山老老实实地陪越良泽玩,自东岛天极离开后,不管是修者还是魔,都是他们主动来挑衅。一次二十六魔中的一位对她发出邀请:"你的母族当年被人间帝王所杀害,如今他仍在位,难道你就不想报仇吗?"

　　铃萝抬了抬眼皮看他:"没我允许就用死雾门进我的地盘,你猜我想不想让你的灵识散在这里?"

　　于是两个人交手,对方真的就被她斩灭剑下。

　　铃萝虽然没出山,却总是被传她在外面惹出腥风血雨。

　　宋圆圆他们听见有人甩锅给铃萝后,都不服气地上去理论,年轻一辈之间吵得不可开交,渐渐分为两派:认为铃萝没错的和认为铃萝有错的。

　　圣剑宗弟子越良泽投靠魔族一事被昭告天下,引来众人热议,纷纷感叹惋惜一代真君为何如此想不开,也有人对圣剑宗终于出了个祸害丑角幸灾乐祸。

　　铃萝悄悄去人间听了会儿,听得火冒三丈,当场把人家的酒楼给掀了,又跟几家侮辱越良泽的仙门弟子打了起来,最后被赶来的越良泽使用瞬影从人群中拉走。

　　越良泽让大狸猫赔了酒楼的钱,哄着气呼呼的铃萝回山。

　　"不用在意他们说的那些话。"越良泽说道。

　　铃萝吃着糖葫芦瞪他:"他们这么说你,我怎么可能不在意?!一天天的就知道听风就是雨,别人说什么信什么,信完还添油加醋地往外传,就该把他们的舌头都割下来泡到你的辣椒坛里!"

　　越良泽听得摇头笑:"放坛里那我调的辣酱还怎么吃?"

　　铃萝嘀咕:"我又不吃辣,给慕须京吃去。"

　　越良泽:"他也不吃泡了人舌的辣酱。"

　　"他吃,只要是你给的东西他就吃,反正他又不知道里面泡了人舌。"铃萝哼了一声说着,"他想要我还不给呢。"

　　越良泽朝慕须京居住的方向看去,这次他没早早死去,以自己喜欢的方式活着,也算好事一件。

已到冬末初春的时候，山道两旁覆盖着厚厚的白雪，铃萝踩着石阶往上走，隐约可见树影重重后的亭台楼阁。传信灵鸟自上空飞落在她的肩上，铃萝咬着一颗红红的山楂果，招手让传信灵鸟飞去越良泽那里。

越良泽看着上面的消息说："甘王府因刺杀太子一事遭降罪，被满门抄斩，姜俊因此事入魔，又多了一个入魔之人。"

皇子夺位之争，甘王府站错了队，也行错了事才遭如此下场。

"这事啊，记得当初他被带回月宫时，那小世子还千里迢迢地跑来月宫要把他带回去。"铃萝低头看台阶，蹦蹦跳跳地上去，"月宫大乱后，他好像选择了留在月宫没走。话说回来这人间的帝王还真是喜欢满门抄斩和诛九族，先是南平王，又是甘王府。"

人界与修界共处一地，难免有纷争。如果当年她的母族没有以咒律咒杀帝王妃子与将军，就不会被追杀至灭门，她阿娘说不定也不会嫁给风云鸿。

越良泽说道："姜家人入魔，北庭月宫应该会更忙了。"

"他在位好几十年，算得上长寿，要不让他退位了吧。"铃萝若有所思地说，"反正人界深渊灵脉在我这里，皇宫的神护之气也拦不住我。杀一个人间帝王会比杀修界尊者更难吗？"

越良泽回："更难。"

铃萝回首看着他，越良泽静静地看回去。虽没说话，意思却很明显，他会拦着。

铃萝哼了一声："我就说说而已，人间的事关我一只魔什么事？"

越良泽追上她，一步来到她身旁，将手中之物递过去。

那是一把漂亮的金色女扇，小巧精致，扇柄坠着点点流苏。

越良泽说："你用扇的时候很漂亮。"

铃萝接过扇子，"唰"地展开，如樱喜一般的上百枚扇骨打开呈半圆形，却比樱喜还要轻。她眉眼弯弯，一看就很喜欢："你什么时候做的？"

"离开宗门的时候，带走了些材料。"越良泽说，"师尊应允的。"

铃萝还没来得及多问几句，就发现有人闯山，气势凶猛，一路杀到深山内围的山道下来。

越良泽转身看去，隔着老远看见了南山雪河的少主。不过短短数月，他却仿佛历经数年，从以前的骄纵狂傲变得颓废阴沉。

铃萝咬着最后一颗山楂果："该来的还是会来。"她一边往下走去一边说："不管那咒律半吊子的家伙，我真的要设结界了，免得什么人都敢往这里跑。"

越良泽站在原地没动，安静地注视着她拔剑迎战。

风天耀上次来了又走，是因为回去专心修炼神术剑意，如今扛着那些打击掌握了全部神术剑意，出来的第一件事就是找铃萝。

铃萝朝风天耀走去说："我可一点儿都不想再看见你。"

风天耀咬牙，率先斩出一剑。

铃萝神色嘲讽，轻而易举地接住他的神术剑意，龙吟声在山间咆哮，惊得飞鸟离群，走兽呜咽。

慕须京感受着深山里传来的灵力暴动,从地上起身遥望,心想又是哪个倒霉蛋去挑衅铃萝了。与当年一样,风天耀学成后来找她一战,却被铃萝强势压制,粉碎他剑上的神龙之息,将他从空中击落,看着他砸进深雪中苟延残喘。

风天耀双手紧握成拳,骨节上有擦伤,淌着血,又被雪冻得青紫一片。

"你怎么不干脆杀了我?"他冲铃萝低吼着,"是,我输了,我一辈子都赢不过你,你的神术剑意才是最厉害的!那你倒是动手啊,杀我!你不是讨厌我吗?动手啊!"

"吵死了。"铃萝一指剑诀飞斩去,"我跟你父亲之间的恩怨,你冲我嚷嚷什么?风家的少主、当今南山雪河的新掌门在我天照山要死要活的,说出去修界又得给我扣一顶高帽子。我警告你,想死就滚远点儿。"她冷漠地说完这话转身离去,任由那少年在雪地里陷入崩溃状态,抬手捂着眼呜咽,破碎的声音里传来几声"对不起"被藏进寒风中,散落在深山里。

越良泽伸手摸了摸铃萝的头,又为她拭去眼睫上沾染的细雪。

铃萝却垂首看着手中的折扇说道:"我刚才忽然想起来了,樱喜是云守息托西海太初的詹琼大师打造的,这位詹琼大师也是与他交心的那位尊者。詹琼大师有一个徒弟,叫詹容,你应该记得吧?"

越良泽点头:"记得。"

"詹容与我的三位师兄关系都挺不错,但平时多是看他和大师兄及子修师兄走动。"铃萝轻抚手中的扇骨,声音越说越低,"炼器尊者唯一的徒弟,却是太初最低等的弟子,又跟着堂主参与打点门中大小事务,真是奇怪。"

越良泽问:"你觉得詹容与你的哪位师兄关系最好?"

铃萝想也没想地答:"大师兄。"

越良泽却摇头:"曾经各大仙门举行盛事或合作时,我不止一次见过他跟你二师兄在一起,尤其是当年在雪河魔巢,我看见他俩特意避开了其他人一起进去,每一次都在避人耳目,周边设有结界。"

若是寻常谈话,两个人大可不必谨慎。

二师兄……

铃萝眨了眨眼。这是她始终不愿意去怀疑的人,因为于休身上有着跟陈师兄一样干净温暖的气息。但铃萝也想起来了。她醒来看见的第一个人是琴鸢,第二个人是于休。铃萝不笨,水天镜倒流时光后,所有信息脉络无比清楚,想要猜出冥渊说的人是谁并不难。

于休向来常伴云守息左右,替他处理天极上下事务,云守息有什么动静,他最清楚。谁也不知道在楚异外出历练,还未有师妹时,于休跟在云守息身边的日子看见了什么、听到了什么。可就算二师兄知道云守息的执念妄想又如何?他为什么要那么做?现在想来,铃萝只觉得自己对这位二师兄的了解很少,连他从何而来,如何成为云守息的徒弟的也不知道。

她只能去问云守息。云守息自那夜后就疯了,被废灵脉,又瞎双眼,如今每日在蜃楼上拿着笔作画,画上几笔又"哧哧"地笑,偶尔缓缓喊出铃萝的名字,温柔得像是恢复了理智，很快却又是哭笑又是癫狂。

楚异刚从悬桥上下来，就见他的师父神色冰冷地将笔摔在他的脚下，问他师妹在哪儿，又问他画呢。沉默不语晾着他片刻后，云守息又自己"哧哧"地笑起来，摸瞎拿起新的笔在空白的纸上画出凌乱的线条。

楚异目光复杂地朝云守息看去，他最敬爱、崇拜如谪仙的师父，如今却变成这副痴傻模样，这无疑让云守息比死还难受。可那日他绝对没法眼睁睁地看着铃萝当着他的面杀死云守息。楚异也清楚，如果他出手与铃萝一战，又会让铃萝难过。

偏偏对这两个人他谁都难以舍弃。慢楚异一步走来的于休弯腰将地上的画笔捡起，沉默不语地送回云守息手边。两个徒弟安静地站在门口看着。

"暗室里的东西我都收拾好了，里面有很多不能让外人知晓的东西，那证明了师父是真的想将铃萝变个模样。"于休轻声说着。

楚异哑声说："我可不想她变成那样。"

于休苦笑道："我也不想，师父如今这副模样都是被那执念所害，如今外界却将铃萝批判成杀害恩师的不忠、不义、不孝之人，可她就连杀风云鸿也有足够的理由。师兄，世人都在说是她不对，难道铃萝做错了吗？"

在杀风云鸿一事上，楚异从没觉得铃萝有什么问题，再看云守息，就算这是从小教导他修行，几乎算是给予他一切的师父，楚异也不得不说一句："她没做错。"

这一切的源头不在她，需要反思的人也不是她。

于休听着这话，抿着的唇微弯，笑容转瞬即逝。

传信灵鸟飞上蜃楼落在两个人的肩上，楚异看完消息后蹙眉，听于休说："万魔危害太大，修界尊者也接连出事，如果不加以阻止，死的人会越来越多。"

众魔已在人间杀红了眼。

楚异冷笑道："她老老实实地待在天照山没出来捣乱，怎么这笔账还算到她头上去了？"

于休轻声叹息："只要是魔就有错，师兄，如今十二大仙门都同意召唤四方禁兽，我们也拦不住。"

楚异："你在这里看着他，我去跟掌门谈谈。"

"师兄。"于休拦住他，"还是我去吧，你除魔受了伤，先在蜃楼休养。"

于休擅长交际，平时门中事务都是他在打理，也颇得穆横天看重，楚异一想的确是他去谈更有用，便点头。

如今滞留在天极的弟子多是还没入世的，有能力的都被吩咐出山除魔了。

穆横天上次闯天照山被铃萝重伤，退回天极休养中。

于休刚出蜃楼大门，就看见等在外边，提着两坛棠花酒的子修。

子修朝他晃了晃手中的酒坛，笑容灿烂。

"看住他就行。"于休说。

"放心，没灵脉的废物召唤不了四方禁兽，但看个人还是没问题的。"子修嬉皮笑脸地说着，"再说他最喜欢跟我玩，就是现在要哄着他喝几杯棠花酒有点儿难。"

于休领首，向来温和的面容却略显阴沉：“我让詹容选个目标，可没让他选铃萝。”

子修却笑道：“别生气，别生气，这只能说咱们的师妹够强、够厉害，把那些什么魔尊、魔王的都比下去了。你看看现在提到她的名字大家都恨不得杀之后快，传她在天照山修炼灭世，旁人不知真假就信，还能顺利召唤四方禁兽，这不得感谢师妹？”

于休瞥了他一眼。

子修拍了拍他的肩膀，安抚道：“等到时候四方禁兽把该杀的人都杀了，只留下你的师兄和师妹，一切就都结束了，你也别总板着张脸，笑一笑呗。”

"我去见掌门，你按计划行事。"于休迈步离去。

子修摸了摸鼻子，哼道："就知道假笑，没意思。"他哼着歌进了蜃楼，过悬桥上高台找到守在云守息身旁的楚异，笑着朝楚异晃了晃手中的酒坛。

楚异收起手中的玉听，抬首朝他看去。

楚异刚收到越良泽发来的消息，要他注意三个人，其中就有他眼前这位。

"三掌门变成这样，还真是想不到。"子修在旁边坐下，把酒坛开封后递给楚异，"掌门他们要召唤四方禁兽去打天照山，你怎么想？"

楚异捧着酒坛说："觉得有些奇怪，她什么都没做，背的锅却不少。"

子修一手搭着楚异的肩膀，以为楚异察觉了什么，正要发问，却又听楚异说："多半是她当年让我背锅的报应。"

子修笑得肩膀耸动，眼泪都要出来了。"以前的日子可真好啊，能御剑，能随便使用咒律，能学很多东西，金鸾池宴那会儿，我都想拿剑跟铃萝比一比。"子修嘿嘿笑道，"我当年的剑术也不差是吧？"

楚异看着他问："后悔了？"

"后悔啊。"子修点着头，喝着酒。

楚异有点儿惊讶，怔怔地看着自己的好兄弟。他还是第一次听子修说后悔。当年子修的剑术堪称一绝，他入世挑战三山的剑修尊者，破了他们的秘传剑术，因而与三山交恶，后来人间一个大洲遇难，魔界开了入口妄想派大军侵入人间。子修守在入口力战，距离最近的三山却无一人支援，还是最后天极的人赶到替换他，入口虽然守住了，他却废了。为这事天极跟三山闹过一阵，三山后来迫于压力给子修赔罪，让楚异给骂了回去。人都废了他们这会儿赶来赔罪有意思？假惺惺。

"年少无知，就知道逞英雄，等失去灵力修为再也拿不起剑后，才觉得后悔。"子修咧嘴笑骂道，"我费心费力的，怎么就救了那些个玩意儿？不管是普通人还是修者，一个个都又蠢又坏。聪明又善良的人太少，跟他们一对比起来——"子修哼了一声，"还不如不救。"

楚异当他心有不平，没有多说什么，沉默地陪他喝着酒。换作自己，自己也没法肯定地说没有遗憾，或一瞬也不后悔。

子修睁只眼闭只眼地看他，开始大吐苦水，让楚异陪自己一口接一口地喝完整坛棠花酒。

酒水见底后，子修问他："还喝吗？"

楚异："喝。"

子修抬手在他眼前晃了晃:"你确定?"

楚昇"嗯"了一声,冷冷地看着他:"但这次你可别在酒里放药了。"

子修夸张地问道:"你怎么看出来的?"

楚昇没说。

铃萝让越良泽给他发的传信里还有一句:别喝子修师兄的酒。

"你想干什么?"楚昇站起身,抓着酒坛居高临下地看着他,眼底深处却有一点儿复杂和恼怒之色。

子修无辜地举着手跟着站起来:"你别激动嘛,我干什么?我就看你最近太累又受了伤想让你睡得好一点儿。"

"真的?"

作画的云守息忽然又将笔摔过来:"吵死了,闭嘴。"

两个人同时顿住,安静片刻后,又见云守息自个儿笑起来,重新拿起笔画着凌乱的线条。

子修摸了摸鼻子:"三掌门这到底疯没疯?"

楚昇朝他走去:"你别转移话题,到底想干什么?"

"停!"子修喊了一声,楚昇就真的停下,皱着眉头,脸色略显难看。

他并不想停下,身体却被什么东西禁锢着。

"为防万一你不喝,我在气味上也做了手脚,做不成剑修,用不了咒律,总要精通一些药典的。"子修抬手拍了拍楚昇的肩膀,"你就在这里陪我喝一宿,等天亮后咱们再出去。"

楚昇冷着脸说道:"费子修。"他难得连名带姓地这么叫。

子修依旧是平时那副嬉皮笑脸的样子,揽着他的肩膀说:"别生气嘛,我保证就这一次。"他变戏法般从身后又拿出两坛棠花酒来放在桌上,笑着给云守息倒了一杯:"三掌门一起喝呗。"

铃萝提醒完楚昇就看见身着天极门服的琴鸾从风天耀身旁走过,朝山道上方的她跟越良泽走来。这熟悉的眼神让她握住了腰间的剑柄。

岁雾号道:"来啊!再打啊!谁怕谁!"

冥渊:"我不是来打架的。"

岁雾:"你可说话算话!"

无生:"别怂!打起来!让我来!"

越良泽向前一步拦在铃萝身前,听冥渊说:"我们上次谈过,如今你做出了许多不同的选择,肯定不愿让四方禁兽再次踏足这里。"

铃萝一手搭在越良泽的肩上,神色莫测地看回冥渊:"如果真是我二师兄,你觉得我会去阻止吗?"

冥渊指向越良泽:"那你愿意让他再死一次吗?他可不会眼睁睁地看着天地两界都被毁掉。"

铃萝目光微冷,冥渊提这事她就特别不爽:"你怎么不自己去阻止?"

"我说过,我不会干涉任何人的选择,一切都是你们自己决定的,我只维持秩序与平衡。"

冥渊说，"没人能驾驭四方禁兽，也无法约束它们的力量，到时候只会把一切都毁掉。铃萝，如果你再不去，事情还会和以前一样，不会有任何改变。"

铃萝蹙眉问："我二师兄为什么非要这么做？"她对于休的记忆全都是好的，于休温柔良善，待人真诚、聪明，很听师父的话，崇拜大师兄，爱护小师妹。这样的人怎么会想着灭世呢？但仔细想想，她在别人眼中也是非常好的，强大善良，又有谁能想到这样一个美好的人会入魔？

"他跟你一样。"冥渊说，"也许你该亲自去问他，如今他正要去天极的禁地半仙冢，将海域下的其中一只禁兽放出来。"

铃萝放在剑柄上的手松开，她嘲笑道："这四方禁兽好歹也是神兽之上的存在，怎么随随便便就能被召唤出来？"

"禁兽沉睡在四家千年大仙门下，普通人自然无法将其召唤出来，只因为它类似上无涧，只有被选中的人才能召唤，而他恰巧就是其中一个。"

冥渊耐心地解释着："他是让四方禁兽来到人间的桥梁，但无法控制禁兽做出行动，这需要大量修者祈愿催动。你曾是仙门骄傲，应当听说过四方禁兽的存在，人们都误以为召唤它的方式是祈愿，只要足够多、足够坚定且强大的信念，就能让四方禁兽出世。"

铃萝的确听过此事，但那时就连云守息都道这是传说，后来才证明这是事实。

越良泽的飞云听响起，他低头看去，是师哥白藏的传音，告诉他各大仙门的人正在召唤四方禁兽的事。当年他心思都在铃萝这里，众人召唤四方禁兽时他并没有在意。

"铃萝，你不能再犹豫了。"冥渊说，"你有人界的深渊灵脉，要么阻止他们召唤，要么将出来的四方禁兽再封印回去。"

铃萝歪头去看越良泽，越良泽轻声说道："去吧。"

她这才哼了一声，慢慢走下山道，走去还躺着的风天耀身边。

"起来。"铃萝嫌弃地说道，"你去跟西海太初的詹容再打一架。"

风天耀一手捂着眼睛，陷入自己的世界中，冷不防再次听见铃萝的声音时微怔。

他咬着牙，胡乱地抹了把脸，一双眼通红："我为什么要去跟他打？"

铃萝："爱去不去。"她抬手划开死雾门，转身看回过来的越良泽。

越良泽将传信灵鸟放走，说："刚买的东西都让灵鸟送回去了，也给慕须京传信让他帮忙看着厨房，回来应该就能吃了。"

铃萝问："你做的什么？"

越良泽："竹筒饭，还有些虾和牛肉清理好了但没动……"他话还没说完，铃萝却在此时想起以前，他们分开那晚吃的就是竹筒饭。这不好的记忆因为同样的东西重叠导致她心里闷闷的。

铃萝因此炸毛："不吃这个！明天、后天随便什么时候吃都行，今天就是不吃这个！"

越良泽愣了一下，似乎也想起这回事，抿着唇笑了一下，"好，不吃这个。"他朝死雾门里走去，又给慕须京更改了嘱托："竹筒饭熟了你就先吃吧，不用等，吃不完就给阿爷送去。"

第五十三章

护人间

铃萝通过死雾门来到东岛天极。日暮之中,海上的仙山已经遍地灯火,穿着不同颜色和样式的门服的人聚在一起,缓缓朝布下咒律阵法的海面走去。日暮时天际有绚烂云彩,倒映在深蓝色的海面上,海面风平浪静,水下却有一道道火线游走。深海上有一座高台,当今修界尊者们正聚在高台前举行仪式,身后是数千万修者迈步来到海面上。

宋圆圆目光复杂地朝前方看去,跟身边的徐慎低语:"你再说一遍,掌门叫我们来干什么的?"

徐慎:"祈愿。"

常霏神色恹恹地问:"祈什么愿?"

徐慎说:"召唤四方禁兽杀万魔的愿。"

路过的南山雪河弟子听后纠正:"是杀天照山二十六魔之一铃萝的愿。"

三个人齐齐扭头朝他看去,又重重地冷哼一声一同走开,留下这名弟子满脸疑惑之色。

南山雪河的人不少,多是追随、崇拜和仰慕凤云鸿的人以及与他交好的修者等。玉沧也在,脸色不太好,在长老的催促下不断给他的新掌门发听筒。他不知道风天耀偷跑去了哪里,只希望他不是跑去天照山,但越是不想,直觉却越强烈。玉沧位置靠前,看见西海太初的詹容跟东岛天极的于休并肩走过身旁。于休上前到高台中心的穆横天身旁低语,示意一切都已准备好,可以开始召唤了。

穆横天脸色苍白,却强撑着要亲自参与召唤四方禁兽。他略一颔首,身后的掌门、宗主们开始双手结印。

金乌西沉,黑夜降临,耀眼的结界光线在水下绕着阵法熊熊燃烧。后方的弟子们也开始双手结印准备祈愿,而玉沧还是觉得心里七上八下难以安稳,正准备偷偷溜走去找他家少主,就听狂风呼啸,吹着边缘阵法的火墙朝他压来引来不少人惊呼。

玉沧反应神速地后撤避开,再抬首时,海面上空出现一道细长的黑线,红裙黑发的女子在空中俯瞰下方,精致的眉眼微挑着,神色傲慢中带着点儿嘲讽。

"魔,魔,二十六魔来了!"人群中再次响起惊呼声。

高台前的穆横天面色阴沉，咬牙道："备战！绝不能让她破坏今晚的召唤！"

玉沧已经管不了什么召唤不召唤的，现在只想大声告诉在场的所有人，那个被二十六魔一把推出死雾门拔剑朝西海太初方向斩去的臭小子才不是我南山雪河的新掌门！少爷你被绑架威胁了就眨眨眼哪！

风天耀也不知道自己是怎么回事，心里一边唾弃一边朝詹容斩去一剑。他为什么要听铃萝的话跟这家伙打？可身体总是比理智更先做出反应，他甚至抱着一种"她还愿意跟我说话，还愿意再看我一眼，还愿意理一理我"的侥幸心理付出行动。风天耀嫌弃着，嫌弃他仍旧渴望着追逐她，证明自己给她看。

"风掌门？"詹容蹙眉防守，"你这是何意？"

"少主！"

"阿耀！"

呼唤声逐渐多起来，风天耀却咬牙红了眼，手中剑招不停。此刻他已自暴自弃，什么风家什么掌门，都不要了，说他投靠魔族也好，怎么都行，他不想再去思考什么，只握住手中的剑战斗。

穆横天朝从死雾门里走出的铃萝怒目而视："你这是用了什么咒术控制了他？"

挚友之子如此动作，穆横天很是气恼。

铃萝哼笑道："穆掌门对别人的儿子可真是挺关心，今日各大仙门都到齐了，还挺热闹，你们想召唤四方禁兽尽管努力便是，我不阻止。"她将视线落在下方的于休身上，说道："我今日来是找我二师兄夜谈，无关人等还是避开的好。"此话一出，其他仙门的人纷纷拔剑或调动灵力防御警惕，只有北庭月宫的新任宫主巫旭摆手，月宫弟子都收好武器只保持警惕，末了还后退一步。

逍遥宗宗主沉声质问："后退是何意？你北庭月宫莫不是怕了她？！"

巫旭声音冷淡地回："她修为深不可测，能以魔力使用神术剑意，我看宗主你上去也接不了几招，宗主若是不怕，那就上去跟她讨教。若是宗主赢了，逍遥宗也算是能让世人多记住几百年。"

逍遥宗宗主听得恼怒："今日众仙门的人聚在一起就为了召唤四方禁兽除掉这个魔头，你北庭月宫却带头退缩！仙门的脸都被你丢尽了！"

巫旭冷笑道："我看你才是不要脸，我月宫来此是为了人间的万魔，可不是单独针对哪一个。奉劝宗主多管管自家人，少管别人家事，你们逍遥宗上至长老下到弟子里里外外丑态百出的事可多着呢，还仙门的脸，你们逍遥宗早就没脸可丢了。"

"你！"逍遥宗宗主根本说不过他，一口气憋在心头恼羞成怒，脸红一阵白一阵，最后一甩衣袖，转而指着上方的铃萝怒道，"都给我把她拿下！"

巫旭像是看傻子般目送逍遥宗的人冲向铃萝，被人屈指轻弹的剑诀给扫落海中，连维持海面站立都不行，落水后一个个扑腾着喊救命。

越来越多的人冲向铃萝，哪怕她说了只是来找于休，却没人肯相信。

詹容应付着剑招不休的风天耀，确定这人是认真的后也逐渐认真起来，风天耀的神术

第五十三章　护人间

剑意配合朔方压制万剑，让詹容躲闪得有些狼狈。

"风掌门！你这是被二十六魔控制了心神还是被威胁了？"詹容问道，"为何要与我纠缠不休？！"

"问你自己！"风天耀暴躁地吼道，"你自己做了什么自己清楚！"

不然铃萝干吗要他跟詹容打？！

詹容听得眼神闪烁。

"风掌门。"太初堂主在詹容不敌时拦在两个人之间，沉声道，"还请风掌门给一个合理的解释。"

"阿耀！"玉沧终于越过混乱的人群来到风天耀身边，将风天耀拦去身后的同时尬笑着跟西海太初的人解释，"误会，误会，我家掌门被魔迷惑才会做出这种事来，绝对不是针对太初。"

风天耀皱眉，詹容知晓自己被怀疑，不动声色地退入人群中想要脱身，退出人群后转身，却对上了在外围等着他的越良泽。

詹容不由得想笑："丹水真君。"

越良泽拔剑，目光沉静地淡淡说道："那些说她在人间为祸的流言蜚语和假证据，都是你做的？"

詹容温和地答道："这是一时之计，虽有得罪，但并无恶意。"

越良泽发现，他笑起来的时候跟于休很像。

两个人都是戴着面具生活。

"你给她招来的恶意可不少。"越良泽不打算放他离去。

詹容深吸一口气，若是论法术，他肯定是比不过越良泽的，握剑时朝于休那方看去，铃萝强势蛮横地杀到了他面前。

岁雾剑刃划出的气息带着点儿冷意拂过于休的面容。

铃萝说："二师兄，你可有话要跟我说？"

于休忍不住摇了摇头，一手捂脸，手指插进冰凉的发中，话里带着点儿难耐的笑意："师妹，铃萝，你为何非要挑这个时候来？"

铃萝神色平静地说道："因为想结束掉那些麻烦，让某个烦人的家伙离我远远的。"

又被她嫌弃的冥渊很是无奈。

于休又低笑一声："你该在天照山等着我们过去，到时候一切都结束了，我会带着你和师兄离开。"

铃萝沉默地看着他。

于休放下捂脸的手，长久以来他那温和谦卑的脸消失，露出疯狂偏执的真容，似兴奋与激动让他周遭的灵息狂乱暴动，眼眶微红。他完全变了一个人。

铃萝十分认真地打量着眼前这个从未见过的于休。

"二师兄，你早就知道云守息内心的执念和那幅画对吧？"铃萝低声说道，"如果不是我先一步，在入考最后那天你也准备让他去参加并注意到我是吗？"

于休稍微冷静克制了点儿，嘴角的弧度却忍不住越来越大："师妹依旧是那么聪明，入魔对你半点儿影响都没有，反而让你看清更多事了吗？"他默认了铃萝的猜测。这也是事实。

曾经，在云守息对他有所怀疑的时候发现铃萝与画中人长相相似，他便说服不爱管事、沉迷于在青石坊里修炼的云守息去参加了那次公布入考成绩的大会，让他顺利见到了铃萝。自那以后，云守息的目光与重点都在铃萝身上，根本没工夫管他。这让于休更加轻松地去做他想做的事。于休深知云守息对画中人的执念。

"一开始我只是想借你吸引他的注意力，让他没工夫关注我，却没想到他比我想的更疯，竟想对你做那种事。"于休摇头叹息着，眼里却带着笑意，"堂堂天极三掌门，高高在上的修界尊者，却是个卑鄙的疯子。"

"于休！"穆横天怒斥道，从短暂的惊讶中回过神来，不能容忍他以这些话形容云守息，"那可是收养你、给你续命的师尊！"

于休像是被话里的某个词刺激到，低声笑着，目光掠过铃萝落在她后方的穆横天身上："大掌门，你可是最没资格说这话的人了，也不想想我因为谁才家破人亡。"

穆横天神色微怔，但见于休眼中的讥讽之色，又沉声问："你何时记起来的？"

"从没忘过，"于休说，"当年威风的大掌门下山除魔，妖魔肆虐时，却为了保都城的王公贵族，将魔引到城外，任由城外村落里的人死于妖魔手中，这种事谁会忘记？"

天极现任大掌门最会算计利益取舍，行事作风都考虑着修者与人间微妙的平衡，然而这样的做法也会给自己埋下恶果。

"修者除魔，肆意胡来，只管自己是否能杀这魔换取名声地位、灵力修为，却不管交战时法术波及多少无辜之人，反正死的不过是区区普通人，没权没势的普通人。"

于休慢慢朝穆横天走去："你以为是我想被人收养，是我想入你天极山门？是因为全村只剩下我一个活口，是因为你自负傲慢，不知自己做了什么愚蠢的事，却高高在上地施舍怜悯般带我回天极。分明是你害死了我爹娘和全村的人，旁人却还要感叹你穆横天心善，简直是天大的笑话！"

穆横天捂着胸口，却仍旧坚持己见："放肆！你休要继续胡搅蛮缠，那都城外的人分明是魔所杀！牺牲一人活百人，换作你也会这么选！修者除魔是规矩，我等都是为了守护这人间！"

铃萝不由得听笑了，招来他人惊慌失措地瞥过来。修者除魔是规矩，她又听见了这话。还守护人间？又是这些冠冕堂皇的话，本来护的是人间的人，这人都没了，你护的是什么？

"若你真的问心无愧，为何带我回天极后要抹去我的那段记忆？是因为我看见了，看见是你毫无顾忌地施展剑阵，导致全村一百多人为那只魔陪葬！"于休一字一顿，话里满是阴冷与怨恨之意，"凭什么？凭什么他们要死在你的剑阵下？！"

"你住口！"穆横天拔剑，周身灵力暴动，"这么多年来是我看错了你，没想到你早已如此执迷不悟！"他朝于休斩去的剑气却被铃萝挥手拦下了。

"好，于休，你跟她同门多年，果真没能忍住投靠魔族了吧？！"穆横天沉声道。

铃萝嗤笑道："执迷不悟的人是你吧，大掌门，你若是再动一下——"她还未说完，

第五十三章 护人间

穆横天就动了，同时铃萝身后青光爆发，连接脚下的咒律火线一同炸裂爆开，从海下掀起阵阵滚烫的火墙。以灵力站在海面上的人们都感觉到脚下开始震动，摇晃得他们几乎站不稳，个别弟子修为不够，直接摔进水里扑腾着浪花。所有人都听见了来自深海之下的兽鸣声。巨浪与火墙翻涌，吞噬着海上的一切。修者们御剑掠至空中，巫旭指挥着救援那些落水的人退至后方岸上。

詹容安稳地站在水面上，笑看着以灵力同样稳稳站在狂风海浪中的越良泽说："人们以为是以祈愿的方式召唤四方禁兽，可大错特错了。"

越良泽问："你又是为了什么？"

"我？"詹容似乎认真想了想，笑道，"一开始只是想为师父报仇，他做完樱喜后，就被云守息斩杀，因为云守息不想让其他人知道画中的秘密，后来我发现于休的想法很不错。这世上只要有普通人就够了，修者与魔都不需要存在。"

越良泽静静地看着他。

"白骨魔能在太初潜藏，带走镇仙玉，是你铺的路？"

詹容笑道："事到如今再看，这不是显而易见的事吗？"

越良泽又问："北庭月宫替换姜妙的事也是你做的？"

詹容摇头："那是另一个喜欢凑热闹交朋友，知道天下最多秘密的人做的。"

上空御剑的人疾冲下来，凶猛的剑气斩开掀起的火浪，来人喊道："于休！"

楚异拎着被揍的子修，子修嘴角淌血，正"嗷嗷"擦着血喊疼。

于休站在风浪之中回头看去，地动山摇间，巨大的黑色影子自他身后破海而出，浪花飞溅，仰首嚎叫，低沉的兽鸣声响彻天地，震得人头晕眼花，御剑站在空中的修者们都被那声势的横波扫荡摔回了海里。

四方禁兽已经出来一只了。

琴鸢将落水的宋圆圆送回岸上，又身法灵敏迅捷地去救下一个人。

宋圆圆看得呆住："你的身手什么时候这么好了？你不是怕海的吗？"

铃萝抬首看着第一只四方禁兽，龙身牛头，黑色的鳞片迎着皎皎月光，声如雷鸣，召来烈风掀起海浪，威压横扫此方天地，压得那些落水的修者只能被滚滚海浪席卷，无法翻身，她冷笑一声，拔出腰间长剑，跟越良泽说："你别动，站那里看着我给你报仇。"

越良泽神色无奈。

楚异刚从这凶猛的怪物身上收回注意力时，就看见被于休踩在脚下，被玉笛长剑穿过心脏的穆横天，顿时气不打一处来："于、休！你给我停下！"他额角青筋隐现，整个人都处在崩溃边缘。师父疯了，师妹入魔，亲近的挚友也脑子不正常，看起来最乖的师弟还给了他致命一击，他上辈子造了什么孽要认识这帮人？！楚异气得拿剑的手都在抖。

"师兄、铃萝，"于休抬头，朝二人露出平日温柔的笑容，"待我清理好这肮脏的天地，让四方禁兽重塑人间，修者与魔都将死于今夜，到时候，我会给你们一个崭新的人间。"

这世上，于休只在乎两个人。他的大师兄楚异，是一个见不得别人受苦受难、刀子嘴豆腐心、永远坚定正直善良的修者。他的小师妹铃萝则美好得让人想要保护她，哪怕她比任何人都要强大。对于休来说，除了大师兄和小师妹以外的修者和魔都该死。

狂风海啸雷鸣，似乎天地就要因此瓦解，骇浪翻滚，修者们都在自救。铃萝看着那高高的四方禁兽说："二师兄，人间始终是一个模样，好的坏的都会有，比起什么崭新的人间，我更想要你开心地活着。"她掠至空中，长剑斩出神术剑意之形，金色的长龙环绕在上方。

"于休，收手吧。"楚异红着眼劝道，"灵息不灭，你毁不了这世间的，它可能会短时间沉寂，但总有一天会再生。"

于休睁大眼，眼中红血丝遍布："师兄！你可知道我走了多久才到今天这一步？这是我最后的机会了！"

惊涛骇浪再现，又是一只四方禁兽破海而出，嚎叫着朝铃萝冲去。

越良泽在海上看着，双手抱剑，阵法的火线在深蓝的海水中穿梭，白色的雾气合拢又散去，那曼妙的身影斩出的每一剑都漂亮得让人沉醉其中。那边的师兄弟打起来他看都没看一眼。

"让你别动还真就不动了？"白藏调笑的声音从身后传来，越良泽回头看去。

三师哥指着另一方说："万魔来了，该动一动。"

越良泽这才重新拔剑。

白藏将手中的金色玉牌扔至空中，朝后方的大仙门人说道："诸位，可别愣在那里看戏了，该救人的救人，让一只魔挡在前边救世，还要不要脸呢？仙首令在此，诸位不听也得听，在此得罪了。"有了明确的目标与指示，刚才还慌忙不知所措的修者们变得有序，咒律、法术、剑阵接连使出，将四方禁兽与铃萝对战的地方分开，又将闻讯而来试图捡漏的万魔拦在外面。

四方禁兽已经出来了三只，除铃萝以外根本没人能靠近它们，还没走近就被那沉重的威压给压进了海里。如此众人也见识到四方禁兽的恐怖之处了，那的确是能够毁灭天地的存在，若是他们拦不住，那么在座的人都逃不了。不知不觉间，下方的修者们竟悄悄在心里为铃萝加油打气，期盼她能胜利。众多尊者则在外围布置结界，防止这灵力波动散开再伤到沿海村寨的人们，再次造成于休所说的惨祸。又是一声让人头晕胸闷的兽鸣响起，四方禁兽全都出来了。

"铃萝她……拦得住吗？"宋圆圆看得担心，忍不住要去帮忙，被琴鸢拦下："别过去，她故意的。"之前追随着她死咬不放的火焰在这一瞬间变成更加滚烫灼热、仿佛能烧化人的灵魂的黑色火焰。这是铃萝的记忆中，让她无法忘却、布满整座天照山的黑焰。

"来齐了，可一只都别少。"铃萝哼笑一声，终于认真起来。之前杀越良泽时每一只四方禁兽都在，她要报仇当然得让它们全都出来。铃萝立于空中，迎着漫天星光调动天地灵息，人界深渊灵脉的力量为她所用时，那威压与四方禁兽不相上下。剑术与咒律，长龙与火凤，耀眼的金光在天地间飞舞，这是在场修者们一生中见过的最震撼的战斗，也是风家神术剑意发挥到极限、前者后人都无法超越的一次展示。修界大仙门的人在此战中清楚地认识到了铃萝的力量，心中留下的阴影，让他们再也不敢轻易招惹她。

风天耀不知为何，看得止不住地流眼泪，旁边的玉沧急忙掐了个小结界帮他挡着，防止他人看见自家小掌门忽然崩溃泪流不止的模样。兽鸣声逐渐衰弱，而握剑的人越来越强势，到最后已是单方面碾压，将破海而出的怪物斩落回海中。

"不！"于休挣脱楚异的剑阵，嘶吼着朝坠回深海的四方禁兽飞身扑去，师兄的喊声在他耳中远去，单薄的身子穿过了烈烈黑焰。所有人都看见他在黑焰中变得扭曲，逐渐化作灰烬飘散得无影踪。

楚异声音嘶哑，倒是子修拉了他一把才拦住他追上去的动作。

空中的铃萝垂眸看着这一幕场景，眼中光芒晦暗，最终只是轻轻眨眼，回首看去。

越良泽刚好收剑朝她看来，两个人的目光在从乌云后探出头的新月下相接。

铃萝表情骄傲地说道："我给你报仇了。"

越良泽弯着嘴角忍不住笑，站在海面上朝她伸出手："过来。"

铃萝使用瞬影下去，越良泽拉着她的手渡送灵力，一手轻擦她脸上的伤痕。

"你可别让他们瞧出来我受伤了。"铃萝压低声音悄悄说道，"虽然耗了大半力量，但从这里离开还是绰绰有余的，我就是不想他们后续来天照山闹事，麻烦。"

"放心，还有我在。"越良泽摸了摸她的头，"而且他们也不敢拦你了。"

铃萝侧首朝仙门之人看去，但见一个个眼神复杂，隐藏着点点倾慕与崇拜、感激和叹息之意。她看向忽然晕倒的琴鸢、一脸蒙地拉着琴鸢不让她掉水里的宋圆圆、把骂骂咧咧的常霏从水里拉起来的徐慎，再往后看，风天耀躲在角落里哭到崩溃，玉沧在旁边小声地安慰着风天耀。

北庭月宫与西海太初的人在进行救援治疗和布阵收尾事宜。的确没人敢再拦着她。

铃萝忽而笑了，指着上空的仙首令说："我可以把那个拿走吗？"

越良泽说："二师哥不会让给你的。"

铃萝："抢啊。"

越良泽又说道："抢不过的。"

"你小看我！"铃萝哼道，"我想抢就没有抢不到的东西。"

越良泽便说："那你别抢仙首令，抢我。"

铃萝碎碎念道："你本来就是我的，我不用抢，是别人要跟我抢你。如果有人要跟我抢你，那算他倒霉。"

越良泽笑道："你那就跟我抢无生，我看你之前挺喜欢它的，在太初那会儿不是还劝我换剑吗？"

岁雾："我不同意！"

无生："我也不同意！"

有所动摇的断意："我……我……"

无生："你也不同意！"

断意："好吧。"

"抢什么无生？我才不要无生，就要你！"铃萝朝他扑去，被越良泽背着，背对着人群，走在明亮月光下的海面上回家去。

第五十四章

小铃萝 上

修界众仙门难得万众一心，将从封印里跑出来祸乱人间的万魔杀退，还将趁机试图打通两界道路的阴谋粉碎，成功维护了人间秩序。纷争逐渐平息后，众人便开始处理自家事。

这期间铃萝跟越良泽在打理整个天照山，偶尔出去帮忙解决点儿修者打不过的魔尊。天照山太大，花树溪河中藏着不少天地秘宝与秘境。以前一个潜心修炼只想跟冥渊同归于尽，另一个只围着她转，两个人都没时间好好看看整个天照山。

越良泽专心搭房子种花花草草，铃萝则满山遍野地搜寻天地秘宝。一个月的时间里，她带回来的天地秘宝放满了整间屋子，柜台、书桌、床铺，就连地上也摆得满满当当的。

越良泽站在门口都不知该如何下脚，根本没空余的地方。还好他搭的房屋庭院够多，就算铃萝再带更多东西回来也装得下。时隔数天铃萝才休息，抱着岁雾在床上占着小小的一角。

越良泽帮她将乱放的东西收拾清理出能过的空间来，好不容易走出一条路到床边，又将床上堆放的物件放好，给自己腾出地方，躺下抱着她在这放满天地秘宝的屋里入眠。天快亮，在越良泽还睡着时，一只软软的小手不轻不重地拍在他的脸上，稚气的嗓音喊着："越良泽，醒醒。"

越良泽醒来，对上一双干净明亮的眼。一个小小的身影缩在大大的衣服里，艰难地伸出手在他眼前晃悠，看起来很是郁闷。越良泽万万没想到他醒来后铃萝就变成了个小女孩。他撑着手坐起身，听着那稚气软糯的声音气急败坏地说道："这一定是哪里出了问题！为什么你没变？！"

越良泽伸手摸了摸她的脸，太小，也太可爱。

铃萝"嗷呜"张嘴咬他的手，被躲开："你别笑！"

越良泽笑着摸了摸她的头："这屋里东西放太多了，有些天地秘宝混在一起会有不一样的效果发生。"他一边笑一边起身在屋里找罪魁祸首，铃萝缩在自己的衣服里只露出个头，气呼呼地指挥着。

铃萝这些日子沉迷寻宝，带回来又不整理，全都堆在一起，越良泽在屋里找了一圈，在被各种刀剑神武压着的角落里拿起被灌溉了无尽之水的小盆栽。他将其递到铃萝面前说："你吃过吗？"

铃萝瞪着那小枝丫上挂着的青色小巧枣子说："昨晚吃了一颗。"

"无尽之水倒在这里面了，这灵果本是提升修为的，无尽之水有倒逆之效，应该是它们让你倒转回了儿时的状态。"越良泽说着，见铃萝睁着眼越来越震惊的表情没忍住别过头去笑起来。

铃萝没好气地吼道："别笑了！"

"你知道你现在几岁吗？"越良泽问。

铃萝咬牙切齿地回道："五岁。"

越良泽笑着朝外走去："我看看朝蝶金露能不能解。"

铃萝裹着自己大大的衣服从床上下来跟去，漂亮的裙摆在地上拖曳。她在大衣服里走得跟跄，到门口时踩着裙摆打滑朝前摔去，还好抓着越良泽的衣摆稳住了。

屋外光线逐渐明亮，越良泽跟站在院门小路上的楚异目光相撞，两个人先是怔了怔，随后都被彼此脚边的小人吸引了注意力。铃萝抬头看去，对面有个穿着整齐、干干净净的男童手握坠着流苏的玉笛站在楚异身边，明亮的眼正好奇地看着她。

短暂寂静后，楚异指着铃萝问："她是谁？"

铃萝指着青衫男童问："二师兄？"

越良泽简单解释了一下是怎么回事，低头打量青衫男童。

"今早我去沿海边巡逻，发现村民从海里救起一个孩子，孩子手里握着他的玉笛。"楚异进来在院里的石桌边坐下，视线在变小的师弟师妹之间来回转悠，"灵息也一模一样，所以带他来找你看看。"

铃萝踩着衣服走到男童身边，在他眼前伸手晃了晃："看什么？你自己的师弟你还认不出来吗？"

男童被人围着有些局促，抓着玉笛目光躲闪，在铃萝凑近时下意识地躲去楚异身后，又禁不住好奇地探出头来。

楚异盯着铃萝看，伸出食指戳她的额头："人变小了，脾气倒是没变。"

铃萝被他戳得"哎呀"一声，没站稳摔倒。

越良泽弯腰将张牙舞爪的铃萝牵起来："他是四方禁兽连接现实的桥梁，就算当时跟着四方禁兽一起跳入海中被黑焰灼伤灵识散去，也会再聚拢成形。"

四方禁兽是不会杀死自己的桥梁的。

楚异不由得看了一眼拿越良泽的衣袖擦额头的铃萝，所以当时于休跳过去她才没有出手阻拦，事后也没有多问，怕是早就知道了这事。

"那怎么变这么小？"楚异问。

铃萝嘀咕："灵识都散完了，他能恢复一些聚拢成人形已经不容易，小怎么了？他又不是不长。"

楚异斜眼看过去："我看你现在顶多就三岁，一年长一岁，让他再等你二十年试试？"

铃萝将越良泽的衣袖抓成皱巴巴的一团，咬着牙说："我五岁！"

楚昇："你以为五岁能好到哪里去？"

铃萝气得迈着小短腿回屋里去，不一会儿将那青枣盆栽搬出来递给两个人说道："都给我吃！我看你俩吃完有几岁！"

楚昇摸了摸小铃萝的头，笑得幸灾乐祸："二十年后再见。"

铃萝抓着他的衣摆："一起吃！"

楚昇嫌弃道："让他先吃！"

越良泽低头看着飞云听说："我刚才问了大师兄，不用等二十年，逆转的灵力会一天返还一次，相当于一天长一岁。"

楚昇接过铃萝手里的盆栽跟越良泽一起探究片刻后说："如果是这样，那白藏的天地镜有倒流时间之力，把逆转之力从她身上斩除就好。"

岁雾边笑边说："对对对，天地镜可以，上无涧那会儿我俩关系最好，它肯定会帮忙的！"

铃萝听后也跟岁雾一起夸天地镜漂亮实用。

无生："为什么天地镜能被夸，为什么无敌的我要被你嫌弃怂恿换剑？"

被忌妒冲昏头脑的断意："天地镜进这座山就把它断成两截！"

越良泽静静听着，楚昇给铃萝使眼色，再夸？再夸你就老老实实地等着十多天以后再恢复吧！

"天地镜跟岁雾挺像的，只不过它映照不出景物，但有另一种美感，你三师哥在哪里？"铃萝仰首看向高高的越良泽。

越良泽说："去很远的地方除魔，短时间内赶不回来。"

铃萝只能被迫接受自己变小一事。

下午慕须京来山巅日常汇报自己的咒律练习，一脚踏入院门就见一个穿着粉裳的团子仰首比画指挥着懵懵懂懂的青衣团子在水池边钓鱼。两个人粉雕玉琢可可爱爱，却让他险些怀疑自己走错地方。另一名许久不见的天极师兄则瘫在旁边的躺椅上看咒典。

慕须京迟疑着是过去还是不过去时，那穿着粉裳的团子朝他脆生生地喊道："你站在那里不动干什么？"听听这奶声奶气的嗓音，慕须京甚至起了鸡皮疙瘩。尽管这声音稚嫩，却是熟悉的语气，慕须京走过去时目光诡异地上下打量着这团子。

铃萝本是张精致可爱的脸，却神情悚悚的："别问，问就是再也不吃枣子了。"

慕须京一脸蒙。

楚昇抬眼望过来打量着他："我看看你学咒律学得怎么样。"

慕须京便走过去双手结印召唤。

铃萝教于休钓鱼。

"你还记得什么吗？"她问。

小于休摇头。

铃萝："你不记得大师兄，不记得我，也不记得子修师兄跟詹容师兄？"

小于休摇头，表情茫然，对这一大串名字都很陌生。

"那正好。"铃萝伸手摸他的头，微微笑着，凑近他小声说道，"若是你还记得，可就要跟詹容师兄一起被关去两界死牢里受苦，就连子修师兄也被罚去烈焰山禁闭，十年后才能出来。"

小于休握着鱼竿，犹豫着问："他们做了什么坏事吗？"

你这个主谋还好意思问呢？！铃萝面对这双干净却犹豫的眼静默片刻，摇头笑着，一副小大人的模样："没什么，他们只是选错了方式而已。"

小于休懵懵懂懂，无法完全理解。

铃萝说："二师兄，别看我了，看鱼线，动了。"

小于休急忙看回去，鱼线拉扯着竿动，铃萝说："你拉呀！"

小于休使劲。

铃萝："你不要以为变小了就可以偷懒让我帮你拉！"

于休说："太……太重，我使不上劲。"

铃萝眨着眼："师兄你不要重来一次就变笨了，你用咒律啊！"

于休被说得快要哭出来："不会……"

楚异翻着白眼过来帮他把鱼钓起来扔桶里，指着那鱼说："今晚你吃这个。"

当晚，在其他人都吃着山珍海味时，于休看着碗里的鱼肉沉默地吃着。

他内心惶恐，不断思考自己到底哪里得罪了楚异。

楚异对这个叛逆的师弟气还没消，欺负不了铃萝，欺负欺负没记忆的小师弟还有什么难的？

第二日醒来，铃萝又长了一岁。她看着铜镜里的人，一瞬间有些恍惚。当年她这个年纪时，还是爹娘的掌中宝、心头肉。这日越良泽带她离开天照山去了人间。他跟楚异走在后边，看两个小团子手拉着手满街疯跑。

于休起初还害羞得放不开，话都说不了几句，但很快就被花花世界吸引，新奇的事物迷住了他的眼，又有一个吃喝玩乐样样精通的师妹领着他，到晚上时他就已是一口一个师妹喊得十分顺口了。

入夜他们住在大狸猫开的客栈里，因为贵，所以没什么住客。阁楼平台上是一桌佳肴美酒，往下看就是庭院与花树，大狸猫正被两个小团子围在树下瑟瑟发抖。

铃萝跟于休说："这叫作画皮灵，是高阶咒律的一种，它看起来是一只大狸猫，其实是以施术者的灵力操控的皮囊。来，你照着它画一只试试看。"

于休点着头，认认真真地盯着大狸猫动笔作画。

大狸猫抱着树干"嗷嗷"喊道："小师叔！这里有个毛孩子长得好像小师婶！"

铃萝捏了捏它的耳朵说："我就是。"

大狸猫看着这张普通人幼崽的脸更惊恐："小师叔！这里有妖冒充小师婶！你快来！"

阁楼上的楚异幸灾乐祸地笑，越良泽在给铃萝剥虾，闻声问："你要带他回天极吗？"

"不然呢？放在天照山里？"楚异回头看着他，"一来打扰你们过二人世界，二来，我可怕铃萝又把他给教歪了。"

越良泽："她不会的。"

楚异："那放天照山打扰你们过二人世界？"

越良泽说："带回天极吧。"

楚异目光鄙夷地看着他，越良泽面不改色地听他吐槽着："我才是上辈子毁天灭世的大恶人，所以这辈子才欠他们的。

"一个个看起来好端端的，结果背地里都瞒着我做些乱七八糟的事。铃萝就算了，子修这混账玩意儿凑什么热闹！"

楚异越说越上头，气不打一处来："这浑小子被关在烈焰山活该！"

"你不用担心，三师哥常去烈焰山看子修师兄。"越良泽说，"他过得挺好。"

楚异瞪眼看过去："谁关心他了？！"

越良泽目光平静地问："天极还容得下你吗？"

"之前一团糟，现在已经安稳下来，就算没了掌门，还有范堂主他们。"楚异哼道，"就算有人心生不满，在天极受此重创，急缺人手的时候也不敢对我做什么。"他还是天极的大师兄，只是没有他的同门师弟妹们了。

越良泽朝庭院看了一眼，建议道："但他不一样，带他回天极，穆横天不会就那么算了。"

楚异说："如今青石坊成了禁地，除我以外没人进得去，师父整日在蜃楼上作画……"

他说到一半突然顿住。

越良泽似乎认真专注手中的虾，在楚异想着怎么略过这个话题时，淡淡地说道："倘若他出了青石坊又不巧被我遇上，便必死无疑，你可要看好他。"

这次旁人只认为云守息对铃萝图谋不轨，但越良泽知道他上次成功了。

楚异抬手摸了摸额角，在心中叹息。他知道日子很难过，但没想到会这么难过，又要看着痴傻的师父，又要教导复活没了记忆的小师弟。关系好的师姐给别家仙门的师妹介绍他时，都会说一句上有老下有小，不离不弃，很有担当。

师妹们却因此纷纷放弃拿下天极大师兄这朵高岭之花。

第五十五章

小铃萝 下

　　楚异因为于休，短时间内不会回天极，让于休跟还是小孩的铃萝玩。可惜铃萝一天长一岁，五天后就十岁了，于休翌日醒来看着远高于自己的师妹陷入沉默状态，最后哭着去问楚异："师兄，师妹为什么突然变得这么高？她怎么长得比我还快？她是不是不想跟我玩了？"

　　楚异看着满脸眼泪的小师弟一时呆住，竟不知道该说什么。他从没见过于休哭，记忆里的师弟一直以来都是从容不迫、温柔谦和的。

　　"你师妹天赋异禀。"楚异绞尽脑汁地说道，"她一天长一岁，你一年长一岁，能比吗？"

　　于休听了这话后觉得自己比不上师妹，也难以跟不是小团子的师妹沟通，于是抛弃了铃萝，改跟自己身形相仿的大狸猫玩。

　　铃萝听见二师兄跟大狸猫碎碎念道："大师兄说师妹一天长一岁，可一年三百六十五天，这样算的话，师妹究竟是能活三百多岁，还是活三百多天？"

　　大狸猫呆住。

　　铃萝从之前小小的一团长高了些，到越良泽的腰间，于是转身扑进他的怀里闷声道："我二师兄变蠢了！"

　　越良泽摸了摸她的头，轻声笑道："等以后他就变聪明了。"

　　铃萝长到十四岁时，城内有灯节，入夜后满城灯火接连亮起，河道两旁是穿着打扮精致的青年男女们，灯节时街摊可彻夜不收，热闹非凡。十四岁的少女身着彩衣，头戴发簪，色泽亮丽的黑色长发搭在肩前，随着她弯腰拿起摊上的鬼怪面具时垂落。

　　璀璨绚烂的烟花在她身后的夜空中接连炸响。铃萝回头却没看那烟花，而是望向跟着她的黑衣青年。越良泽腰间佩剑，模样清俊，眉眼沉静，少年侠客的淡漠与成年男子的慵懒气质奇异结合，走在熙攘的人群中引来不少女子侧目偷偷打量。

　　越良泽看着她手里拿着的面具，问："要买吗？"

　　铃萝踮脚，试图将面具戴在他的脸上，未果，越良泽便接过去自己戴上。

　　摊铺的老板娘笑道："小妹妹，你哥哥长得这么好看，遮住就可惜了哟。"

越良泽给她付钱，铃萝拉着他沿河道走着，耳边、眼里都是人间的热闹。

等她看够烟火后，越良泽带她去吃街巷夜食，较为安静的街边摊亮着红灯笼，来往的人少了，摊主们都聚在一起聊着天。

铃萝被他领着在一处馄饨摊边坐下。

"我以为是你回去后做给我吃。"她眨巴着眼看着坐在对面的越良泽，心想自己也真是被越良泽给宠坏了。

越良泽从筷筒里拿出筷子，擦拭后递给她，说："那就不一样了。"

铃萝问："什么不一样？"

越良泽说："我想让你在这个年纪也能安心地吃上一碗街边馄饨。"

铃萝握着筷子微怔，碗里的热气上涌，让她双眼越发湿润。自十四岁起，她的人生就天翻地覆，从衣食无忧到流落街头，没钱、没家，吃不饱、穿不暖、睡不好，还得躲躲藏藏，饿极了连树叶都吃过。若是她再回到那个年纪，越良泽希望她可以不再过那样的生活，不用再受饥寒之苦，不用因为偷一个馒头被人追着打。她能过上有吃有喝、有家能避风雨的日子，可以毫无顾忌地安心游走在热闹的人群中，不再躲躲藏藏，穿着漂亮的裙子，戴着精致的发簪，游逛灯节只需要开心就好，喜欢的东西能买下来，饿了就去街边吃一碗热乎乎的馄饨饱腹，最后回家舒舒服服地睡上一觉。哪怕只是一天，越良泽也想将她曾经不堪的经历替换成美好的记忆。

铃萝从以前不确定、误会，到如今越良泽皱一下眉头、眨一眨眼就知道他在想什么。她不再怀疑，也坚信越良泽爱着她，比这世上的任何人都爱她，而这份爱意无论何时都让她动容、满足、依赖。

在越良泽的带领下铃萝十四岁去吃遍了街边摊，十五岁去学堂听课，十六岁住精致的高台楼阁，十七岁买上好的胭脂、漂亮的衣裙佩饰，十八岁走在街上已是引得路人频频侧目。

他们换了一座又一座城，看了许多风景。今日出行到一半就下起雨来，越良泽给她撑着伞，铃萝牵着他的手问："今天去哪儿玩？"

"万州城今天有火神节，你看街上布景都设好了，却没想到下起了雨。"越良泽说，"我们先找地方避一避，等雨停。"

街上行人不少，雨伞花团锦簇，遮遮掩掩间难以让人瞧见伞下之人的真容。

玉沧处理完山门事务，带他家小掌门出来看看火神节散散心，没想到中途下雨，开场都难，又瞧见丹水真君牵着个小姑娘的手模样亲密。他擦了擦眼睛，按住身边已经黑了脸的风天耀："阿耀你冷静，万一是误会呢？咱们先多看看，丹水真君不是那样的人！"

"那女的看起来还小，怎么也不可能是她。"风天耀的手已经按在剑柄上，"他都当着我的面和别的女的共撑一把伞还搂搂抱抱了！"

玉沧擦着额头的汗，见风天耀跟上去也急忙追上，生怕闹出什么事来。

他心里一万个后悔，早知道就不带下山看什么火神节了！两个人悄悄跟着，看见越良泽跟撑伞的姑娘进酒楼点了吃的东西，听大堂里的说书先生讲戏，其中掺杂一些修界的趣闻。

铃萝问越良泽："你知道天极最好看的人是谁吗？"

这问题似曾相识。

越良泽瞥她一眼，伸手帮她将嘴角沾着的肉汁擦去："知道。"

"你以前不知道的。"铃萝眨着眼看着他，"我不信你还真知道，你说是谁？"

越良泽凑近她的耳边悄声说："范堂主。"

铃萝微微睁大眼："你怎么知道？"

"大师哥告诉我的。"越良泽说，"他因为奇特的修炼之法才变成现在这样，灵力越是深厚，体形越高大，若是灵力损耗，体形也会跟着改变。所以要论天极谁最好看，应该是消耗灵力后的范堂主。"

一直关注两个人的风天耀爹毛，当即不顾玉沧的阻拦，抬手就是一道狠戾的剑诀杀过去，被越良泽拦下。迎面而来的高大身影带着厉风与怒意，风天耀指着越良泽怒道："越良泽！你竟敢背着她在外边跟别的女人卿卿我我！"

越良泽："……"

风天耀气道："这还是个小姑娘！你看看她才……"

转而瞧见铃萝的正面，风天耀不由得顿住，这模样长得还真是像铃萝，于是更加气了："你还特地找了个跟她长相相似的人！"

铃萝没好气地吼道："滚！我说过没事别出现在我面前。"

脆甜的嗓音说着最狠的话。

风天耀一脸蒙。

玉沧不管三七二十一，上来拉着他就跑："打扰了，打扰了，你们继续！"

风天耀百思不得其解，悄悄跟着他俩好几天，这才逐渐弄清楚是怎么回事。

等铃萝恢复后风天耀才悄悄离去。

铃萝回天照山做的第一件事就是将青枣盆栽拿给宋圆圆，并告诉他多孝敬师父。

宋圆圆照做，给师父先吃，第二天一早去请安，开门后发现坐在门后的五岁小孩惊得立马关门出去。

没多久，越良泽的飞云听就被便宜儿子的消息给弄得响个不停。他这才知道铃萝把青枣盆栽给宋圆圆了。看了一眼在庭院里教慕须京咒律的铃萝，越良泽默默把这锅扛下，他告诉宋圆圆别慌，范堂主过几天就变回来了。结果到头来时间可不是几天，而是一个多月。

宋圆圆看着自家师父从一个小团子长到俊美无双的少年，始终觉得他家师父被调包了，为此天天胆战心惊。他师父却对那青枣盆栽感兴趣得很，天天研究，也没怎么怪罪他。

铃萝领着慕须京悄悄去天极偷看，遇上同样来偷看的常霏跟徐慎，几个人对屋里那光风霁月、举世无双的人感叹不已，彼此悄悄传画记录下这一幕，差点儿被发现。

范堂主侧首看向门口："谁在外面？"

众人齐齐将宋圆圆推了出去。

宋圆圆一个趔趄到了门口，清着嗓子说道："师父，是我，问问你要不要吃点儿夜宵？"

铃萝带着慕须京先溜，过定山河时撞上了带着于休回来的楚异。

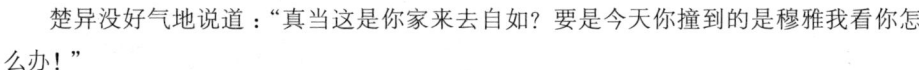

楚异没好气地说道："真当这是你家来去自如？要是今天你撞到的是穆雅我看你怎么办！"

于休仰脸看着变回原样的师妹，一副难过的表情。

铃萝还没说话，就见穆雅跟几位长老真从后边走出，场面失控，刀光剑影之下，铃萝懒得动手，直接开死雾门离去。

被留下的慕须京：你是不是忘记了什么？

楚异无语地看着被几大长老跟穆雅的剑气拦住的慕须京，这倒霉家伙。

回到天照山的铃萝跟越良泽描述范堂主年轻时有多好看，抬手绘声绘色地比画，越良泽神色平平，静等她说完后才问："我好看还是他好看？"

铃萝想也没想就说道："那当然是你好看。"

越良泽眼里掠过笑意，摆放着碗筷又说道："你再回去一趟吧，晚膳已经做好了。"

铃萝纳闷地问："我回去干吗？"

越良泽叹道："你不觉得你忘记了什么东西吗？"

铃萝睁大眼看着他。

半晌后，她才拍了一下额头："慕须京！"

在天极力战几位长老的慕须京终于等到铃萝回来接他。

此后慕须京发誓，再也不要单独和铃萝出门。

第五十六章

人间魔

铃萝花了一年多的时间探索完天照山后便跟越良泽去了遥远的城洲，去那些人迹罕至的荒野、山谷、丛林，从盛春到隆冬，遇见远离喧闹的人和妖，善恶两面各有千秋。他们回天照山没两天，就被北庭月宫现任宫主亲自找上山求助。

铃萝站在山道顶端居高临下地看着半山腰的巫旭跟慕须京说道："你堂堂千年大仙门的宫主，竟然跑来找魔求助？"

巫旭站在下边倒是面不改色地答："几年前这只魔说，若是被封印在姜家体内的魔真的复活，就该想尽一切办法将它除掉，不管是求助其他仙门还是怎么。"

铃萝微抬下巴，神态骄傲。这一任的月宫宫主在平复万魔后，便将北庭月宫上上下下彻底清理了一番，破旧立新，与姜家人达成新的合作：不再压制那可怕的魔，而是让它复活，以绝后患，这样既能缓和三姓大家局势，也能让被恶咒断白头束缚的初代解脱。

巫旭觉得这才是他们月宫后人该做的事。

"这就是你来的理由？"铃萝问话时瞥了一眼沉默不语的慕须京。这家伙真就决心在天照山养老，活动范围只在天照山和附近城镇，平时宋圆圆他们叫他出去玩都不去。一年多前铃萝还能把人带出去遛一遛，现在连她也叫不动他了。这会儿他却跟巫旭站在一起，摆明下定决心要去帮忙。

"三日前那魔在一名姜家人体内复活，杀出月宫，若是入世定会再掀波澜。"巫旭说道，"月宫正召集各家仙门修者一起除魔。"

铃萝："我又不是仙门的。"

巫旭又说道："这天照山除了魔以外，还有圣剑宗的弟子。"

铃萝弯唇笑了笑："别说那魔实力深不可测，单就断白头这一恶咒就能吓退众多仙门的人？你也知道这恶咒有多危险，还敢来我这里请人去帮忙？"

四周灵力威压震得花枝轻颤。

巫旭却不避不躲，沉声说道："恶咒的确吓退了众多仙门修者，但依然有人前往，天极弟子、南山雪河掌门，我会去，他也会去。"

铃萝问："这么多人还不够？"

巫旭说："但我不希望有任何一个人因此牺牲。"

铃萝哼笑一声没答话。

巫旭告诉她除魔地点后便带着慕须京离去了。这封印之魔刚复活，正狂妄得很，目标是要将北庭月宫搅得天翻地覆，如今躲在以前的老巢里休养生息等待恢复到全盛时期。巫旭等人找到它后便直接冲进去，没给它时间。

铃萝跟越良泽说了这事，越良泽问她："不想去？"

"也不是。"铃萝语气悠悠地说，"堂堂北庭月宫宫主亲自来请，这排面很大了，但他说得好像我一定会去一样，怪嚣张的。"

越良泽便说道："那我先去，你再晾他一会儿。"

铃萝伸手抓住要走的人，抬首瞪他："你不跟我一起去？"

越良泽转而牵着她的手："那你跟我一起去吗？"

铃萝哼了一声，没说话，任由他御剑带自己过去。若是她以死雾门过去更快，但御剑赶去也勉强算是晾了巫旭一会儿。到达魔巢洞穴时外面一个人都没有，铃萝进去时一路都在跟越良泽说："到时候你不要先上去，防止这魔恼羞成怒又玩阴招，不能给它施咒的机会，还是得防一防断白头，总之你不要冲在最前面，就在我身后。"

越良泽神色淡淡地问："你再说一遍？"

铃萝丝毫不觉得哪里有问题，又重复了一遍。

越良泽本是牵着她的手走在幽深宽阔的地道里，闻言顿住，侧身看回去，伸手轻擦过她的脸颊说："有深渊灵脉后，你倒是更加看不起人了。"

"我那是担心你！"铃萝瞪他，"我能杀魔，可不会解断白头。"

越良泽笑了一下："你担心的事不会发生。"

两个人快到尽头时，还未见人先闻其声，在不少灵力暴动和魔息翻涌的前方。铃萝听见宋圆圆大声喊道："住手！别再打了！你知道我爹是谁吗？！"

巫旭喊道："是这魔的魅惑之术！他们被控制了！"

徐慎拦着朝自己冲来，被控制的南山雪河弟子喊道："别打了！你知道我娘是谁吗？！"

常霏被中了魅惑之术的玉沧追着满场跑，一边跑一边朝两个人喊："就我是孤儿是不是？！"

慕须京被风天耀追着砍，神术剑意让他有点儿吃不消，忍无可忍的情况下也喊道："要打打巫旭！你知道我师父是谁吗？！"

越良泽目光平静地带着铃萝转身："我们还是回去吧，这里人够了。"

铃萝笑倒在他怀里，越良泽单手揽着她的肩膀神色略显无奈。双手结印正在阻止那魔使用咒术的楚异没好气地喊道："来都来了还不赶紧帮忙，在那儿看什么戏呢？！"

越良泽这才拔剑朝魔斩去，帮着楚异分担压力，铃萝则在后边施术将那些中魅惑的人唤醒。

清醒过来的风天耀见到铃萝时愣住，下意识地问："你怎么在这里？"

刚才这里还没她的身影呢！

铃萝微抬下巴，朝他命令道："把你的剑从我徒弟面前拿开。"

慕须京：感动了。

风天耀：她哪里来的徒弟？为什么慕须京是她的徒弟？酸死了！

"小阿爹！"

"小阿娘！"

宋圆圆和徐慎的喊声又给了风天耀沉重一击。

南山雪河的小掌门毛都夯了。

这帮家伙乱喊什么呢？！

这都什么乱七八糟的关系？！

凭什么我连一声"阿姐"都叫不出口，你们却能喊她阿娘跟师父？！

风天耀原地气炸，回头拿着朔方朝魔疯狂乱砍发泄。修界年轻一辈的佼佼者几乎都到齐了，再加一只目前实力已达天花板的魔，逼得这只封印之魔到处逃窜，被压制得死死的，最终走进死路，愤怒地狂叫着欲跟这些修者同归于尽。然而如今的天地灵力铃萝取之不尽用之不竭，在单纯拼灵力的战斗中，她斩出的剑意将封印之魔撕碎，斩灭于耀眼的金光中。

巫旭看着上方散开的金色灵息和封印之魔的黑色碎片，死死握紧手中的剑，眼眶微红。那些错误、混沌，都该结束，一切重新开始。他恍惚中看见初代宫主的身影在消散的碎片中朝他微笑，伸手摸了摸他的头。

北庭月宫为此事大摆宴席庆祝三天三夜，邀请了参与除魔的几家仙门的人，送了许多礼物表达感谢，天照山单独收到了一份。如果铃萝想去月宫参宴，巫旭会力排众议同意，但她没想去，越良泽也没去，让慕须京代去。如今是年轻人的天下，那些老旧、不合时宜的规矩和理念正在被改变。

铃萝在天照山拆箱看月宫送来的礼物时跟越良泽闲聊："你觉得未来哪家仙门更厉害？"

越良泽拿着剪子在剪花枝，静思片刻后说："如今北庭月宫没了内斗，彼此团结一心，未来可期。南山雪河虽然经历一番波折，但年轻一辈都很不错，仍旧是剑修最多的仙门，战斗力很强。"他将花枝插入瓶中，优雅得像贵家公子，此刻倒是没一点儿剑客气势："东岛天极跟西海太初则刚好相反，一个损失最大，一个基本没什么损失。"

"算他们倒霉。"铃萝哼笑。

越良泽说："但天极底蕴很强，就算遭受如此损失和打击，也能恢复过来，以范堂主的做法，有则改之，还有楚异等人教导，不用担心会没落或被人欺负。"

铃萝扭头看着他："西海太初一门心思就放在镇仙玉上是吧？"

越良泽哑然。

铃萝凑过来在花前轻嗅，又问："那我们呢？"

越良泽看着她说："我们会比他们都要好，长长久久地在一起。"如他所说，几年后当初的年轻人们都已成长，彻底扛起重担，经历大大小小的磨难，成为一方尊者或掌门，受人景仰。

当年众人带着几分调笑称呼的南山雪河小掌门，多年后再没人敢当着他的面嬉皮笑脸地道此称呼，都恭恭敬敬地低着头。他成了跟父亲完全不一样的南山雪河掌门。

巫旭每年都来一次天照山，试图将慕须京带回月宫，每年都被拒绝。

随着于休年纪渐长，楚异开始带着他的小师弟外出游历人间。铃萝跟了数月，最后被楚异以会教坏于休的理由赶走。

又一年秋收季节，越良泽整日在天照山捡果子酿酒做酱，每年几位师哥和好友都会向他讨要吃的东西，就连大狸猫也打着做生意的名声跟他合作在外贩卖赚钱。

铃萝耐不住性子陪他跟一堆五颜六色的果子玩，就去巡山。

天照山太大，外围也会藏一些山精妖魅或魔，虽然铃萝曾放话谁敢在她的地盘上闹事就让谁灰飞烟灭，但她常跟越良泽出远门，一些妖魔胆大就敢在她的眼皮子底下干坏事。

铃萝偶尔会找时间去清理这些搞事的妖魔，最近去除妖的时候听见上山采药的村民们说有一对道侣在附近帮忙除妖治病，十分善良，长得还好看。铃萝回去跟越良泽说了这事，嘀嘀咕咕道："妖魔敢往我这里跑就算了，现在连修者都敢来，二十六魔是不是一点儿威慑力都没有了？"于是第二天她就去把天照山的妖魔给揍得满地找牙地"嗷嗷"叫。

当天越良泽去给慕须京送果酱跟果饼，见到了村民说的那对道侣。

青年眉目舒朗，女子身着彩衣，只有女子腰间佩剑，是剑修。青年背着女人路过时，见正在搬动木材上山坡的阿爷，便停下帮他。

阿爷连连道谢。

上坡后他们就遇见了赶来的越良泽。

彩衣女子打量越良泽腰间的佩剑，抬手比画了几下。越良泽看懂了她的手语，在问他的剑是否从上无涧所得。

越良泽说："是。"

彩衣女子又比画道："来比一场吗？"

青年似无奈地瞥了一眼彩衣女子，朝越良泽目露歉意地说道："家妻喜欢追求剑术，遇上剑修总忍不住想比试一番，你不用理她就好。"

阿爷收到越良泽给的东西，为表感谢，叫他们留下来一起吃顿晚饭。

青年正要推托，越良泽却说道："阿爷的一番心意，两位若没有急事就答应吧。"

于是两个人这才留下。

彩衣女子见越良泽不比试，便去帮阿爷，青年留下跟越良泽摆放桌椅碗筷。

"你夫人喜欢用手语吗？"越良泽问。

青年偶尔抬首去看彩衣女子，目光温柔平和，闻言笑道："她天生嗓子有疾，只能发出简短的声音，法术也不能医治。"

越良泽："抱歉。"

青年却说道："你身上的魔息从何而来？"

越良泽说："我妻子的。"

青年愣了一下，随后笑道："那就不用道歉，我也问了不该问的问题。"

越良泽得知这两个人是散修，从小一起长大，是青梅竹马，青年专修咒律，彩衣女子喜欢剑道，二人游历世间斩妖除魔。
　　入夜后，一桌饭菜都已经被摆好，青年却接到好友的求助消息，不得已带着彩衣女子先走，却撞上领着慕须京回来的铃萝，双方见面皆愣了愣。
　　彩衣女子朝铃萝比了个手势，铃萝挑眉，一手放在剑柄上说道："好啊。"
　　青年跟越良泽急忙拦住两个人。
　　被拦住的铃萝嘀咕："干吗？是她要跟我打的，你还怕我输不成？"
　　青年则拉着彩衣女子走远，边走边说："你打不过她的，想练剑我明日陪你。"
　　彩衣女子没动作，青年却听见她的心声，便温柔笑着说："好，你想学咒律也教。"
　　晚膳时，慕须京让巫旭发来初代宫主与夫人的画像，再给铃萝看。
　　铃萝看后说："长得可真像。"
　　慕须京又说道："听说初代宫主夫人也不能说话。"
　　越良泽给铃萝夹菜："魔死了，断白头也该失效。"
　　分离上千年的人终将再次相见。这次之后他们再也不会分开。

番外

玉芝 上

大乾国有一位玉公主,生来目盲,皇室为其广招天下医修救治,无数医者入宫看后都无有良策。数年后贵妃谋害子嗣被罚在冷宫终身禁闭,独女玉公主被流放出宫,困于公主府中。从前的盛宠尽失,还多了不少落井下石之人,他们踩不着被关在宫里的贵妃,就来踩一踩被关在宫外的残疾公主。

母亲的家族怕遭连累已早早地与贵妃划清界限。她的吃穿用度被克扣不说,连带下人也都走的走逃的逃,这座华丽的公主府是盛宠时陛下赐予她的礼物,尊贵又独一无二,如今却成了一座牢笼。

这年的冬天对小公主来说很难过。玉芝身边就只剩下一个宋嬷嬷。宋嬷嬷年纪大了,又有腿伤,走不快,常拉着才六岁的玉公主唉声叹气:"都怪老奴这腿碍事,不然也能出去赚点儿银两回来给殿下烧些炭火取暖。您这手可太凉了,快些进屋,老奴再给您暖一暖。"

玉公主虽生来看不见,却是个乖巧懂事的主儿,从不任性哭闹,没事的时候一个人也能安安静静地待上许久。

此刻她随着宋嬷嬷的引导慢吞吞地往屋里走去时还暖心地笑着安慰对方:"嬷嬷别着急,我不怕冷的。"

宋嬷嬷听得心中酸楚,别过头去悄悄抹泪。

曾经公主府里有许多贵重之物,都是陛下的赏赐,金银玉石更是不缺,后来都被人搬走了,就连庭院里的假山石像和花树都没了。

夜里风雪渐大,屋外已是一片银白景致,没了挡风雪的树木与纱幔,也没有加温的炭火,窗上都覆了冰霜。在这样的极寒夜里玉芝被冻得瑟瑟发抖,宋嬷嬷就跪趴在她的床边紧握着她的手,本是想为她取暖,却没有半点儿用处。她年纪大了,又有旧伤,没能挨过这样的寒夜。

玉芝小声地叫着嬷嬷,没能得到回应。她意识不清,觉得自己大概是要被冻死了,耳里都是寒风的呼啸声,在她听来这风声凶巴巴的,就像是母妃发怒时对她的谩骂和高吼。不知何时耳边的风声停了,玉芝迷迷糊糊地感觉身体落入某个燃烧着大火的洞里,风声变成火焰燃烧的"噼啪"声。她睁不开眼，却觉得周遭应该是明亮的。

玉芝冰冷的身体正快速恢复温度，她能感觉到有什么东西在自己身上跳来跳去，不同于人类的触碰，像是某种动物，还有尾巴，正拉着加厚柔软的被子一点点地往上给她盖好。

毛茸茸的尾巴轻扫她的面容将冰冷的感觉拂去。

这日寒夜，玉芝看不见天地，看不见风雪，看不见父母亲朋，却看见了一只白狐狸，一只身后燃烧着漫天烈火的白狐。小白狐姿态优雅地端坐在她的床边，不时伸爪替她拉一拉被子。玉芝试图伸手去抓它，又被白狐一爪按住被子："手别拿出来，再捂一会儿。"

玉芝小声说道："妖……妖怪？"

铃萝："不是妖怪。"她不满地伸爪按了一下小女孩的额头，"是魔。"

玉芝："那是什么？"

铃萝："是很厉害的妖魔。"

"妖魔是长这样的吗？"玉芝夸道，"好可爱呀。"

铃萝耐心地说道："这是狐狸。"

玉芝："不是妖魔吗？"

铃萝："是画皮灵。"

年仅六岁的玉芝陷入迷茫状态："那到底是什么呀？"

铃萝直接换了个话题，尾巴扫了扫面庞："你该睡了，天亮后我再来。"

玉芝在温暖的寝屋里睡了一夜，门窗都开着，外边全是厚厚的雪，本该是看着都冷的天，屋里却暖洋洋的，半点儿凉意都感觉不到。不仅寝屋，整个公主府虽已被寒雪覆盖，却走到哪儿都是暖和的。玉公主本就没多少衣服首饰，鞋子还破了，如今赤脚走在地上也感觉不到冷。这般新奇的体验让她很快忘记烦恼，好奇又兴奋，摸着门边喊宋嬷嬷，想再去别的地方试。可她喊了好久都没得到回应。

"嬷嬷？"玉芝有些疑惑，犹豫着大胆往前走出一步时听见昨晚熟悉的声音说："她死了。"

小白狐就坐在她的肩上，毛茸茸的尾巴扫来扫去，又似亲昵安抚地拂过她的脸颊。

玉芝愣了好一会儿，有些失落："嬷嬷不在……以后就我一个人了。"

铃萝不满地说道："怎么就你一个人？我还在呢！"

玉芝："可你是妖魔，不是人呀。"

小白狐又气呼呼地给了她的额头一爪子。

玉芝跟它闹了一会儿，忧郁的心情散了不少，在小白狐的带领下逛着公主府。

"府里好暖和呀。"玉芝感叹，"昨天还不是这样的，是你施了什么法术吗？"

肩上的小白狐傲娇地抬首说道："区区火咒而已，怎么样，是不是很厉害？"

玉芝拍了拍手："好厉害呀！"小女孩稚嫩的夸赞却听得白狐心情甚好，白狐看向走廊外空旷的水池和地面问："你想种些什么花树？明日我给你带来。"

"想吃什么？

"想穿什么衣服和鞋子？要什么首饰？

"想要什么你就说。"

玉芝呆了呆，就连陛下和母妃都没能给她这种权利。公主虽然早慧，到底只有六岁，爱玩的天性使然，让她坐在院里抱着小白狐高兴地讨论着要什么。

玉芝苦恼道："我看不见的，不知道选什么才好。"

铃萝："那就抓阄，或者我说给你听，听完你再选对什么感兴趣。"

玉芝对这只口吐人言、会法术的小白狐异常亲近信任，白狐说什么她都"嗯嗯"点头。

"东岛天极的棠花留香久，粉白的颜色也漂亮，还能酿酒。西海太初的樱花也是一绝，常开不败，是上千年的珍稀品种，棠花只是春季开，要是种太初的樱花一年四季随时都能看见。"

"好难选呀，我可以都要吗？"玉芝小心翼翼地问道。

小白狐眨眨眼，骄傲地回道："当然可以。那就不选了，全都要。"

陛下对贵妃余怒未消之下无人敢来公主府救济，生怕触了霉头被殃及，谁知没几日，皇城内有名的酒楼商铺都争先恐后地将贵重物品不要钱地往公主府送，大到山珍海味、华裳金饰，小到膳食玉碟、香炉花瓶。冷清的公主府每天都有人进进出出，倒是在这寒冬的日子里热闹了一番。幕后掌柜大狸猫抱着算盘清算着，爪子上下拨动拨得算盘"噼里啪啦"地响，算出一个满意的数字后抬头去看小公主肩上的白狐："小师姊，一家人也得明算账，把这么大的公主府填满可不容易。"

白狐居高临下地看着它："你小师叔这些年替你镇场子收拾来找麻烦的妖魔们也不容易。"

大狸猫瞪大了眼，抱紧自己的小算盘："那……那我也付了工钱给小师叔啊！"

铃萝："那可是圣剑宗弟子，剑道第一的丹水真君，我的人，雇他当打手的价钱是多少你心里没数？你算算你这些年开给他的价合理吗？"

大狸猫可怜巴巴地拨了拨算盘，重新给铃萝看价钱。

铃萝瞥了一眼："合理吗？"

大狸猫颤抖着爪子在算盘上打出了最低价，这次白狐终于满意，挥了挥爪子："去找你小师叔拿钱。"

这一趟只赔不赚的大狸猫哭着跑出了公主府。公主府里里外外都焕然一新，又恢复了当初贵妃受盛宠时的模样，甚至有过之而无不及。如今各个庭院里就差些花树装扮。

玉芝总是抱着小白狐不松手，高兴时还喜欢抱着小白狐在脸上蹭来蹭去，小白狐在身边时她永远不用担心看不见而摔着、磕着。

冬季还未过去，夜里总是寒风呼啸，就算偌大的公主府里只有她一个人玉芝也不怕，每晚听着白狐跟她讲妖魔故事入睡。床边的白狐伸出爪子翻着画本书页，不时看看被窝里的小女孩后又看回画本想着自己讲到了哪里。

"赵郎这才发现自己的妻子竟是一只长着九条尾巴的狐妖。他又惊又俱，一时难以忍受，头也不回地跑走了，三天三夜没有回家。"

原本平躺着的玉芝听到这里侧过身来，脸上写满"好奇"二字："九条尾巴的狐妖是什么样的?"

铃萝:"没什么特别的,就是比我多了八条尾巴。"

玉芝想了想,说:"那还是很可爱呀,为什么他要害怕?还三天三夜不回家,狐妖多伤心呀。"

小白狐肉乎乎、毛茸茸的爪子按住她的头:"这狐妖吃人。"

玉芝:"啊,你也吃人吗?"

铃萝:"我这是画皮灵。"

玉芝:"不是狐妖吗?"

铃萝叹气:"你该睡了。"

"好吧。"玉芝乖乖地转回身去,安静片刻后又小声说道,"你要是饿了想吃人的话,就吃我吧。你对我这么好,又这么可爱,我愿意给你吃。"

小白狐气得一尾巴扫过她的脸,玉芝揉了揉鼻子,听见一声低笑,又好奇地转过身去。

"睡觉。"白狐用爪子推她的额头。

玉芝:"有人来啦。"

因这府里的火咒暖和,所以门窗都未关上,越良泽提着食盒进屋来,顺手先摸了把白狐毛茸茸的脑袋。

铃萝轻哼道:"有人要来把狐妖抓走了。"

玉芝顿时紧张起来:"是坏人吗?"她翻身抱住小白狐缩回了被子里。

越良泽面不改色地将食盒放在旁边,听着被子里传来白狐的笑声有些无奈:"铃萝。"

白狐让玉芝睡过去后才从被子里钻出来,轻盈地越上他的肩膀,探头在他的脸上蹭了蹭以示安抚。

"这些天你耗了太多灵力,该休息会儿了。"越良泽说。

铃萝因为入魔,再加上玉芝还小,铃萝太过亲近会让玉芝多少也沾上些微魔气,就算让玉芝沾上一点儿魔气铃萝都不太愿意,这才用了画皮灵。

此时听了越良泽的话,小白狐又露出骄傲姿态:"你小瞧我。"

越良泽知道她不服输的脾气,就算真的耗了太多灵力也不会主动停下,便摸着狐狸耳朵说:"你已经很久没陪我了,玉芝很重要,但我也很想你。"

白狐装模作样地叹息着:"唉,你这么黏人,真拿你没办法。"

越良泽轻挑一下眉,往外走着:"你陪玉芝的时候就没想过我?"

白狐摇着尾巴没说话。

越良泽:"一次也没有?"待他走出公主府来到依旧热闹的街道上,肩上的小白狐化作流光散去,越良泽伸手稳稳地接住了撞入自己怀里的人。

铃萝被他抱起,搂着他的脖子垂首与之额头相贴,笑盈盈地说道:"我才不会不想你,我这么喜欢你,当然会忍不住想你。"

越良泽眉眼间都是笑意,无视人间万物,情不自禁地在她的嘴角落下一吻。

铃萝好不容易找到了玉芝的转世,自然十分在意,确实冷落了他几日,但铃萝敢保证,

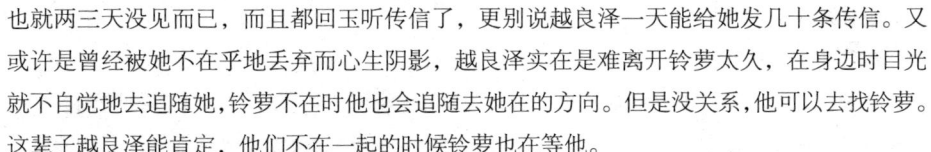

也就两三天没见而已,而且都回玉听传信了,更别说越良泽一天能给她发几十条传信。又或许是曾经被她不在乎地丢弃而心生阴影,越良泽实在是难离开铃萝太久,在身边时目光就不自觉地去追随她,铃萝不在时他也会追随去她在的方向。但是没关系,他可以去找铃萝。这辈子越良泽能肯定,他们不在一起的时候铃萝也在等他。

"你去狸猫那里付钱了吗?"铃萝问。

越良泽"嗯"了一声:"还差些什么?"

铃萝想了想说:"就差天极的棠花跟太初的樱花了。"

这倒是不难。

越良泽说:"我去天极。"

铃萝看他一眼,有点儿犹豫。她不太想越良泽去天极,因为他年少时在天极的经历太过黑暗。

越良泽看穿她的想法,抿唇笑了一下:"别担心,在天极的时候也并不全都是不好的回忆。"

坏的好的回忆都是那么深刻,不可磨灭,他亦无法遗忘。

于是铃萝去西海太初,越良泽去东岛天极。

东岛天极的棠花很多,但恰逢冬季,都没怎么开,越良泽过了定山河入内门,目标明确地去了青石坊。要说棠花,肯定是青石坊蜃楼周围的最好,但他来天极也不全是为了取棠花。

越良泽刚入青石坊,如今的东岛天极掌门楚异就感知到了,他丢下众新入门的弟子御剑而来,就见堂堂丹水真君正拔剑挖他家的棠花树。

楚异面无表情地问道:"你干吗?"

"拿几棵棠花树回去。"越良泽答得也面不改色,"天极的棠花很好。"

楚异狐疑地又问道:"说得你天照山没有棠花似的,难不成你是要带回圣剑宗?"

越良泽说:"是给大乾国的公主玉芝。"

楚异听到这名字神色微顿,铃萝找妹妹玉芝的事他也知道,刚想问他什么时候找到玉芝的,却见一抹身着白衣的身影抱着画卷从长廊转角处走出:"小异,铃萝何时回来?"

楚异:"完了。"他看向越良泽,眼角轻抽。取棠花只是借口吧,这家伙真正的目的还是在那个人身上!

可楚异也无法阻止。

他深吸一口气,揉着额角御剑离去,干脆眼不见心不烦。本来被长老们推着当上掌门整日处理天极的烂摊子就头痛得要命,天天都在掉头发,最近终于安稳些,楚异决定接下来的日子都要对自己好一点儿。

越良泽离开青石坊时正巧碰上要回去拿东西的于休。

于休如今不过十岁孩童的模样,比起几年前的怯弱胆小样子,如今倒是端庄雅正不少,见了越良泽微一垂首喊道:"丹水真君——"

越良泽看他片刻,伸手道:"正巧,于师兄不如跟我一起去。"

于休微怔:"去哪儿?"

越良泽带着他离开了天极。

铃萝没想到越良泽不仅给她带回了东岛天极的棠花树,还带回了她的二师兄于休。

越良泽说:"玉芝如今缺的是同龄的伙伴,你总不能让她跟画皮灵过日子,就让于师兄陪她几日。"

铃萝被说服了。

于休天赋慧根极佳,虽才十岁年纪,但懂的东西和见识比玉芝多太多。玉芝很快就被他的渊博知识折服,成了于休的小跟班,一开始还想着要小白狐,没多久就被这温润如玉的小哥哥吸引了注意力。

玉芝的每一天都过得快活又充实。于休会教她很多东西,玉芝学得也很努力。很快冬季过去,天气逐渐暖和起来,院里栽种的棠花树发芽抽枝,一夜之后淡粉的花朵密密麻麻地缀满枝头。玉芝能明显感觉到夜里拂过面颊的风不再那么刺骨寒冷,她抱着小白狐坐在长廊边,闻到空气里的花香味,轻声问道:"花开了吗?"

铃萝:"开了。"

"真好呀。"玉芝温柔又贪恋地摸着白狐的头,"我要是能看见就好了,这样母妃也不会不喜欢我。我知道我的出生对她来说没有半分欢喜,大家都说要是我没有出生就好了……"

小白狐语气森然地说道:"谁说的?我去把这些人的舌头全都拔了,再把他们的眼珠子挖出来,挑了手筋打断腿再剔骨剥皮吊死在宫门口!"

站在石桌旁摆弄碗筷的越良泽头也不回地说道:"你吓到她了。"

小白狐仰首去看抱着自己的姑娘,玉芝连连摇头:"没……没有吓到!我……我才不会害怕小狐狸!"方才那点点感伤都灰飞烟灭了。

"我说的是那些乱嚼舌根的人。"铃萝哼道,"若是再有人这么说你,你必须告诉我。"

小白狐散形,一抹纤细人影立在小公主身前,温热的手掌轻捧着小姑娘的半边脸,女人的声音第一次那么近:"你的出生是幸运的,也是令人欢喜的。"

"玉芝,不要害怕,也不用再怕,睁开眼看看这个世界,它已经不再是曾经的模样,那些伤害你、令你畏惧的人已经逝去。"

玉芝懵懵懂懂,却又心中酸楚,自出生以来就像是有一双手蒙着她的眼睛,又在心里悄声告诉她,说蒙上眼是为了保护她,睁开眼后的世界又脏又可怕,她会受伤的。

如今她听着小白狐温柔又坚定的声音,蒙着眼睛的那双手颤抖起来,在鼻子越来越酸的时候,蒙着眼睛的手缓缓放下——玉芝颤抖着眼皮,缓慢地睁开了眼。

月色与庭院石灯灯光相映,庭院里高大的棠花与樱花互相交错,却都不及身前的女人漂亮。眼前的女人明媚娇艳,注视她的目光却是温柔的,女人说:"不用害怕,我会保护你。我已经能保护你了。"玉芝眼中泪花闪烁,女人为她擦泪的时候却抓着她的衣袖号啕大哭起来。

花真漂亮呀。原来她睁开眼后的世界如此美丽又温柔,让人忍不住落泪。

玉芝 下

  自从找到玉芝的转世后,铃萝便在大乾国久待下来。玉芝解开了心结,走出过去的阴影,重新睁开眼看向世界,眼中所见皆是美好景致,在铃萝的陪伴下一点点被治愈。

  铃萝不在时,是于休在公主府陪着玉芝。他很认真地教玉芝读书写字、弹琴画画等等,被楚异等人调侃算是玉芝的半个师父。

  玉芝便追着于休喊小师尊,因为于休只大了她两三岁。于休起初被喊得脸红,不知所措地摆手推托,但他越是害羞,玉芝便喊得越起劲。时间长了,于休终于学会无动于衷,还会在玉芝喊小师尊时淡淡地回应一声:哎。

  如今公主府里就只住了玉芝一人,剩下的则是铃萝以法术捏出来的傀儡们,他们外表与常人无异,会在铃萝不在时照顾玉芝。因为玉芝如今还小,灵根不稳,受不住天照山的魔瘴之气,铃萝便没带她走,而是让她继续留在公主府,这就导致有什么稀奇玩意儿她都往公主府搬。

  曾经空空荡荡的公主府,被铃萝填得满满当当。

  这天玉芝在玩铃萝送的神仙笔,只要蘸了墨水往画纸上一点,纸上就会浮现执笔人心中所想的画作。她画了数十张画,随后兴冲冲地捧着画卷跑去找于休,小奶音高兴地喊道:"小师尊,你看,我学会怎么画画了。"

  于休开门出来,见到玉芝带来的画作陷入沉思,这画技高超到他也要道一声佩服。

  玉芝画了公主府的山山水水、花花草草,还画了几张铃萝,瞧着活灵活现,栩栩如生。

  面对于休看过来的狐疑目光,玉芝将双手背在身后,只仰着脸笑。

  于休是除铃萝外第二熟悉玉芝的人,知道她这个小动作就是想出去玩,便将画卷放到一旁,上前将玉芝披风的帽子给她戴好:"今天想去哪儿玩?"

  "去看阿姐。"玉芝说。

  于休说道:"师妹还要迟两天才来。"

  玉芝吸了吸鼻子,歪着脑袋问:"我不能去找她吗?"

  于休摸了摸她的头,牵着她的手往外走:"等再过几年,你灵根稳定就可以了。"

虽然铃萝不在，但有于休陪着，玉芝也不算无聊，她常在于休的掩护下偷溜出公主府，在外边玩到天黑才回来。不受宠的公主也就这点儿好处，没人会来招惹、算计她。

铃萝往公主府搬的奇珍异宝太多，玉芝又因为好奇常常翻出来玩，导致公主府灵气充沛，路过的妖魔都有些眼馋。实力不够的妖魔也只有眼馋的份，命硬胆大的妖魔，则挖空心思想着该怎么进公主府去抢宝物。

入夜后玉芝睡得很沉，放在桌上的画卷溢出一缕缕黑气，画卷半展开，画中的女人化作黑雾现形。

铃萝从画中走出，全身被笼罩在阴影中。她停在床边，俯下身轻声唤道："玉公主。"

女人的声音轻柔且充满诱惑力，将沉睡中的玉芝唤醒。

玉芝迷迷糊糊地醒来，看见床边的铃萝，揉着眼睛问道："阿姐，你什么时候来的呀？"

"刚到一会儿。"铃萝伸手牵着玉芝起来，"玉公主，要去看看我这次为你带来的礼物吗？"

玉芝望着眼前的人，虽然还有些迷糊，却下意识地点点头，跟着她往外走。

屋外的走廊上和庭院中都起了薄雾，傀儡们想要上前，却被定在原地，只能看着玉芝与女人走远。

公主府地处偏僻，外边看着也很荒凉破旧，但只有进去才能窥见里边的富贵景象，这一片都被设了结界，今夜的画中魔想要绑走玉公主，就得带她走出结界范围。

夜里风大，吹得玉芝衣发乱飘，她还有些迷糊，扒拉下遮了眼睛的发丝，揉着眼睛奶声发问："阿姐，还要走多远呀？"

"就快到了。"女人柔声说，"就在前面。"

玉芝点了点头，往女人指的方向看去，夜风将迷雾吹散，官道口的路灯摇摇晃晃，昏黄的光芒照亮黑夜，也点亮了站在出口的两道人影。

"你这赤魔，追你小半个月，总算被咱逮到了。"玉沧边说边拔剑，将身旁的风天耀赶去后边道，"掌门你在旁边看着就行，这算我的啊，你别跟我抢。"

如今已是南山雪河掌门的风天耀，相比从前变得成熟稳重许多，听完这话不发一言，站在原地没动，只冷眼看向前边化作铃萝的模样的赤魔。真是什么阿猫阿狗都敢扮作铃萝的模样来败坏她的名声。风天耀拔剑，出招就是霸道至极的神术剑意，飓风掀起，把玉沧都吓了一跳，忙换他躲去掌门身后，无语道："开打了您好歹吱一声啊！"

赤魔惊叫一声，化作一摊墨水落地，还有不少溅落在玉芝的衣上，她呆站在原地。

"又是你们！"赤魔露出半是肉身半是白骨的原形，一双红瞳愤怒地盯着风天耀，"南山雪河的剑修还是死得少了，否则你们怎敢再次坏我的好事？！"

风天耀冷笑："废什么话？"

金色的飞龙瞬间在整条街道上空展开，肃杀之气蔓延，强势镇压赤魔的魔气，削弱它的力量。

赤魔心中虽恨，却不恋战，目标明确地朝着玉芝飞去，要将她掳走当作筹码。

玉芝反应过来时吓了一跳，在赤魔靠近她时，两道神术剑意同时飞出，一道来自远处的风天耀，一道来自玉芝体内。

赤魔被两道神术剑意击中，爆发出惨烈的叫声，拼尽全力开出死雾门离去。

风天耀之前只注意化作铃萝的赤魔，没注意到旁边的玉芝，如今她身上竟有铃萝留下的神术剑意，让他震惊片刻，没能拦住赤魔。

"玉公主！"于休及时赶到，神色凝重地将玉芝护在身后，戒备地看向前方。

"我们不是坏人！"玉沧举起双手打招呼，"这位小……"他看了看眼前十二三岁的于休，话也说得柔和了些，生怕吓到眼前的小孩们："这位小公子不要慌，我们是南山雪河的修士，追击二十六魔中的一人来此，刚巧撞见赤魔绑架这位玉公主。"

风天耀只瞥了一眼于休，又去盯玉芝，沉声问道："她怎么会有神术剑意在身？"

于休不知道南山雪河掌门跟师妹铃萝的关系，踌躇一瞬，还是没有告知对方玉芝的身份，毕竟师妹是魔，眼前的人是十二仙门的掌门，对方还说是追击二十六魔来的，万一对同是二十六魔的师妹有坏心思呢？

"多谢二位相助。"于休不答，只垂首道谢，牵着玉芝的手要回去。

"等等。"风天耀把人拦住，于休戒备，另一只手握住玉笛，灵气流转，就在双方快要打起来时，一道身影使用瞬影出现，越过后方的玉沧来到于休身旁。

风天耀惊讶地抬眼时，越良泽已将于休和玉芝带离数米，夜色中与远处的南山雪河掌门遥遥相望。

"丹水真君！"于休抬头，像是看到了救星。

玉芝从于休身后探头，问："阿姐呢？"

"她去追赤魔了，一会儿就来。"越良泽说道，"你们先回去。"

玉芝高兴起来，被于休牵着回公主府的路上还在说："刚才那个不是阿姐吗？"

于休认真回道："不是，是妖魔变作的师妹。"

玉芝眨巴了一下眼："妖魔真坏，竟然变作阿姐来骗我。"

风天耀离得远，听不见他们叽叽咕咕地在说什么，倒是身边的玉沧摸着下巴说道："丹水真君来了，那另一位应该也快了，还别说，那小女孩多看两眼，倒是觉得跟铃萝长得有两分相似。"

玉沧说："这次总不会是铃萝又变小了吧，或者他俩什么时候有了一个长到这么大的女儿？"

风天耀冷哼一声："瞎猜什么？直接过去问。"

越良泽站在公主府大门前，神色沉静地望向走来的风天耀两人。

风天耀上来就问："那是你女儿？"

玉沧：刚才不是说别瞎猜了吗？他震惊地望向自家掌门。

越良泽也被风天耀给问沉默了，抿了抿唇说道："她是大乾国的玉公主。"

再次望向风天耀时，越良泽淡淡地说："也是铃萝唯一的妹妹。"

这对风天耀来说无异于一道惊雷，来得毫无预兆，让他措手不及，站在原地足足愣了一炷香的时间。

铃萝的妹妹玉芝，知道的人都会小心谨慎，不在铃萝面前提起。

风天耀后来也知道铃萝与逍遥宗的恩怨，知道自己在南山雪河被所有人宠着长大时，她们姐妹俩却在人间流浪，过得苦不堪言。

如今铃萝终于找到了玉芝。

玉沧作为风天耀最好的朋友，也能理解他此刻的心情，正想安慰点儿什么，却见风天耀抬手就给了自己一巴掌。这巴掌打得清脆，玉沧看着都疼，忍不住伸手摸了摸自己的脸。他无声叹气，伸手拍了拍风天耀的肩膀。

铃萝赶到公主府时，手里还拎着赤魔的头。她满眼煞气，在看见门口的越良泽时才收敛了些。

越良泽率先安抚道："她没事。"

铃萝松开赤魔的头，一脚踩下去，让其灰飞烟灭，冷哼道："这家伙真是活腻了，这么大的结界也敢闯进去找事。"

越良泽朝边上不远处的风天耀歪了一下头，示意她看那边。

铃萝扭头看去，这才注意到还有人。

"你在这里干什么？"铃萝神色倨傲道，"听说你们南山雪河最近追着赤魔不放，该不会就是因为你才招来了这倒霉玩意儿吧？"

风天耀即使已经变成成熟稳重的南山雪河掌门，还是被铃萝三言两语给说得不成熟稳重起来。他深吸一口气，没有还嘴，看起来有点儿怏怏的。

铃萝才不管他，毫不客气地说道："没事走远点儿。"

说完她就要进去看玉芝，一脚踏进大门没走两步，又黑着脸转过身来。

越良泽问："去哪儿？"

铃萝抬手在虚空中划出死雾门，板着脸回道："刚想起来，我把慕须京忘在赤魔的老巢里了。"

越良泽叹气道："去吧。"

铃萝与越良泽最近是带着慕须京在外历练，玉芝触发了神术剑意后，铃萝得知她遭遇赤魔袭击，便直接飞去赤魔的老巢，准备杀它个灰飞烟灭。

谁知回来的时候她走得急，又把慕须京给忘了。

慕须京满脸无语地看着赶回来的铃萝。

铃萝凶巴巴地说道："你怎么不自己跟上？"

慕须京："没想到竟是我的错。"

铃萝把慕须京带回来后就不管他了，直朝玉芝的屋里跑去。

慕须京看了看门口的风天耀，也不管。慕须京倒是想去看铃萝的妹妹长什么样，可千万别像她姐姐就行了。

风天耀眼巴巴地看着慕须京进了公主府，心中暗骂一声："他都可以，我不可以！"

该死的慕须京。

玉沧左看看，右看看，挠头问道："要不，咱们也进去？"

风天耀幽怨地瞪了他一眼："我倒是想进去看看，但这是我能进的地方吗？"

"既然是大乾的公主，怎么住的地方如此荒凉破烂？"风天耀转身吩咐道，"去查一查。"

玉沧连连答应："好嘞，有事做就好。"

玉公主的事不难查，他又是十二大仙门的掌门人，南山雪河在他的带领下，这些年威名不减反增。

大乾国大部分地方又都靠南山雪河的修士庇护，彼此之间常有合作，就连大乾皇室每年的祈福、灾祸预测事宜都要向南山雪河发出邀请。风天耀很快就得到了玉公主的消息。玉沧翻着手里的玉听，边看边说："这小公主的人生也是过得坎坷，母妃曾荣宠一时，自己却出生就目盲，贵妃娘娘不喜，后来贵妃失宠，树倒猢狲散。大乾王上忘记了这个女儿，府里的下人也偷拿了东西离开，只剩下一个老嬷嬷照顾她，两年前这老嬷嬷也死了。"

风天耀听得脸色十分难看："王室就放任一个看不见的六岁小女孩独自一人住在公主府里？"

"贵妃谋害王上子嗣，算是重罪，被关在冷宫里，公主被流放到宫外，其他人也不敢跟她扯上关系。"玉沧抬头发现风天耀的脸色后"哎"了一声，"消消气，消消气，别看那公主府外面破破烂烂的，里面可不是这样。喏，那黑心商狸猫开的店，在前两年往府里搬了不少好东西。何况有铃萝跟丹水真君他们在，肯定不会让玉公主再受委屈，就连目盲都已经被治好了。"

玉沧不知自己说的每一句话都是一把刀狠狠地插在风天耀的心中，成熟稳重的南山雪河掌门自暴自弃地问道："那我呢？我能为她做点儿什么？"

玉沧："问得好。"

风天耀还没想好自己能为玉芝做点儿什么。他悄悄蹲守在公主府附近，玉芝若是和于休他们出来玩，他也就悄悄跟上去，一直跟到天黑玉芝回府。他跟了许多天，其中被不同的人抓到过。

于休只觉得他奇奇怪怪的，慕须京则当场问道："你什么意思？"

风天耀恼怒道："我也逛这儿不行吗？"

慕须京便用一种"你是什么缺乏童心的奇怪大男人"的目光看着他，看得风天耀满心窝火，风天耀却又不走，依旧保持不远不近的距离跟着他们。

越良泽就很客气了，直接说："再离远点儿。"

依旧感到憋屈又窝火的风掌门："行……"

换了铃萝就没这么好说话了，她先是让跟着的风天耀滚，在他丢掉自己的成熟稳重，恼羞成怒地说"我就走这里"后，铃萝又会说"再跟着我就杀了你"。

风天耀气急败坏就差跺脚，说："我今天就不怕死，没道理这路谁都能走就我不能走。"

一来二去，玉芝反而对他好奇起来。

"阿姐，他是谁呀？"玉芝被铃萝牵着走，却频频回头看后边气鼓鼓的风天耀。

铃萝说："无关紧要的人。"

玉芝又问："那他为什么一直跟着我们？"

铃萝说："他不要脸。"

旁边的越良泽听得笑了。

铃萝歪头看过去，轻轻挑眉，示意他：笑什么，难道我说错了？

越良泽却轻轻摇头。

铃萝总是能轻易地将他逗笑，就连她本人都不知道，她的一举一动在越良泽眼中，是多么有趣且令他着迷的。

因为铃萝杀了赤魇，导致其他二十六魇很是不满，一部分进攻她的天照山，一部分来找她的麻烦。

铃萝暂时不能陪玉芝，却让慕须京留下看着。这就给了风天耀机会，他哄小孩子倒是有一套，尤其是现在的玉芝正处于对什么都好奇的阶段，也有着小孩贪玩的天性，什么都想去看看。风天耀让玉沧打听好了方圆百里好玩的地方，便半是威胁半是请求地让慕须京带玉芝去玩，他出钱出力，全程陪玩，满足玉芝的一切需求。

玉芝是个乖巧懂事的孩子，心思也没那么敏感，对热情温柔的风天耀没抵抗力，几天后就一口一个小风哥哥地喊着。

风天耀第一次听见她喊自己小风哥哥时，只觉得心脏被重击，鼻子毫无预兆地酸涩起来，让他红了眼眶，忍不住别过头去。

玉芝不解地看着他，伸手在风天耀眼前挥了挥："怎么啦？"

风天耀犹豫着，伸出的手在空中顿了顿，最终小心翼翼地落在玉芝的头顶，用了这辈子最温柔的力度摸了摸她的头。

慕须京觉得这样下去不行，等铃萝回来听了这称呼，他怕又要挨训又要挨揍，便悄悄地给越良泽发传信，问他玉芝这么喊风天耀合适吗？

越良泽直接问了铃萝。

铃萝沉思片刻后轻声说："以前的时间太短了。"

玉芝甚至来不及去怨恨那些人就已经不在了。

越良泽伸手摸了摸她的头，铃萝在他宽厚温暖的掌心里蹭了蹭，叹道："算啦，我只要她这辈子幸福平安就好，她想怎么喊就怎么喊。"

她只要玉芝这辈子好好的，不，她一定要玉芝这辈子过得无忧无虑。

越良泽回复慕须京："铃萝说玉芝喜欢怎么叫就怎么叫。"

慕须京：我来问你的意思，不就是不想让铃萝知道这事吗？

既然铃萝发话了，慕须京就不太拦着风天耀跟玉芝接触，渐渐地，他们外出的频率越来越高，去的地方越来越远。

不巧他们在外惹了事，遇到些地头蛇，彼此一闹腾，玉公主的身份就曝光了。玉公主的娘家势力还在，听闻玉公主私自离开公主府，还带着人打了某个郡王，就怕王上牵连怪罪，一时间如临大敌，纷纷埋怨这玉公主不懂事。

直到风天耀把人领到大乾王上面前，众人才觉得不对劲。

南山雪河的掌门亲自带人来，当着大乾王上的面，对大乾王室放言，玉公主就是他认的阿姐，以后谁若是跟她过不去，就是跟他风天耀、跟整个南山雪河过不去。

风掌门靠谱起来，还是挺霸气的，当场震慑住了大乾王等人，众人不敢多言，只敢恭喜，甚至连夜解了对玉公主的流放，给她分发了更加豪华富贵的公主府，送了无数仆人与金银珠宝去府中。只是大家回过神来，不由得纳闷，为何风掌门是认的阿姐？你堂堂七尺男儿，认一个才七八岁的小姑娘当阿姐？

可大家也不敢当面议论这事，只敢私下里说说，如今有了南山雪河明面上做后盾，大乾王室无人敢随意招惹欺辱玉公主。暗地里铃萝为小妹杀二十六魔的事传了出去，再也没有妖魔敢在太岁头上动土，见着玉芝都避着走。所有人都在努力，让玉芝这辈子过得幸福喜乐，平安顺遂。